六十万个动作

李骏虎 著

中国文联出版社
http://www.clapnet.cn

图书在版编目（CIP）数据

六十万个动作 / 李骏虎著 . -- 北京 : 中国文联出版社 , 2019.12
 ISBN 978-7-5190-4270-7

Ⅰ.①六… Ⅱ.①李… Ⅲ.①中篇小说—小说集—中国—当代②短篇小说—小说集—中国—当代 Ⅳ. ① I247.7

中国版本图书馆 CIP 数据核字（2019）第 298859 号

CHINA LITERATURE AND ART FOUNDATION
中国文学艺术基金会
中国文学艺术发展专项基金　资助项目

六十万个动作

作　　者：李骏虎	
终 审 人：姚莲瑞	复审人：胡　笋
责任编辑：蒋爱民	责任校对：蔡振英
封面设计：大德文化传媒	责任印刷：陈　晨

出版发行：中国文联出版社
地　　址：北京市朝阳区农展馆南里 10 号，100125
电　　话：010-85923066（咨询）85923000（编务）85923020（邮购）
传　　真：010-85923000（总编室），010-85923020（发行部）
网　　址：http: //www.clapnet.cn　http: //www.claplus.cn
E – mail：clap@clapnet.cn　jiangam@clapnet.com
印　　刷：天津画中画印刷有限公司
装　　订：天津画中画印刷有限公司
法律顾问：北京市德鸿律师事务所王振勇律师
本书如有破损、缺页、装订错误，请与本社联系调换

开　　本：787×1092	1/16
字　　数：350 千字	印张：22.75
版　　次：2019 年 12 月第 1 版	印次：2019 年 12 月第 1 次印刷
书　　号：ISBN 978-7-5190-4270-7	
定　　价：46.00 元	

版权所有　翻印必究

新文学百年书香经典编委会
（按姓氏笔画排序）

王　干　鲁迅文学奖得主、著名作家

白　烨　中国当代文学研究会会长

李一鸣　茅盾文学奖评委、著名作家

陆文虎　原解放军艺术学院院长、著名学者

邱华栋　茅盾文学奖评委、著名作家

张志忠　首都师范大学教授、著名学者

陈晓明　北京大学中文系主任、著名学者

徐宝锋　北京语言大学教授、著名学者

| 目录 |

人民就是活菩萨	001
刀客前传	028
飞　鸟	040
忌　口	068
爱无能兮	106
在世纪末的夏天	140
此案无关风月	162
六十万个动作	212
皮卡的乡下生活	232
解　决	256
局外人	269
流氓兔	281
五福临门	295
前面就是麦季	327

人民就是活菩萨

第 1 章

一

前头一片欢声雷动。几个打扫战场的红军战士在草窠里捉到了敌第18师师长张辉瓒,所部近万人马被歼。战斗胜利的第三天就是元旦,红军乘胜突袭了闻风溃逃的国军第50师,俘敌官兵三千余。红一方面军总前委书记毛泽东很高兴，连夜挥毫，写下半阕《渔家傲》记述大捷。此役缴获枪支弹药、军备银圆颇丰，总部决定召开军民祝捷大会，嘉奖立功人员，庆祝一下中央苏区第一次反围剿的胜利，又翻了翻箱底，把当年打下茶陵县城后缴获的银圆库存也都拿出来，给每个立功人员发一块钱的零用钱。

　　虚岁十九的连长梁兴中在战斗中负伤了，军医从他身上取出来三颗子弹，用缴获来的新纱布包裹好伤口，正躺在红军医院的担架床上修养。连指导员参加完军民祝捷大会，兴冲冲跑到医院来看他，把一枚红四军的三级奖章帮他别到军装左胸口，又把两根手指伸进自己的上装口袋里，夹出一块银圆来，放到梁兴中的手心上。梁兴中伸展着芭蕉叶子般的大手掌，抬头看看笑眯眯的指导员，眨巴几下眼睛问："老杨，你这是干什么，你给我钱干啥？"指导员帮他把手掌合上，眼里闪着光芒说："这不是我给你的，这是总部发给立功人员的，还有参战部队的伤员和连以上干部，每人一块银圆哪！"怕梁兴中不信，他又把手指伸进口袋里夹出一块银圆来，在他眼前晃了晃，"你看，我也有一块，这可是'硬通货'啊！"梁兴中这才舒开手掌，仔细瞧了瞧那块银圆，掂量了掂量，在手里摩挲了又摩挲，沉甸甸、硬邦邦的，心里很激动，低着头，不让指导员看见他眼里的泪花——他从小给人打铁，铁片子见了无数，银圆却是第一次见，这该是多大的一笔钱啊！

　　指导员问过他的伤情，拍拍他瘦削宽阔的肩膀："小梁你就安心养伤吧，白匪被咱吓破了胆，跑得比兔子还快，一时半会儿不敢再进犯苏区了，队伍要原地休整几天，我们就驻扎在龙冈，主要任务就是扩红，给地方训练赤卫队和赤少队，帮着老乡们修补修补房子，这一段你少操心，争取养好伤早些归队，我先走啦。"梁兴中问："怎么样啊指导员，这次我们连减员好多啊？"指导员说："战士们跟上你冲得最勇猛，我们立功人员好多，将来扩红也不是问题。"

指导员走后，梁兴中解开上装左口袋的扣子，翻起兜盖，把那块银圆小心地放进去，又慢慢地把扣子扣好。想一想还是不妥，又解开扣子，把银圆拿出来，看看没人朝他这边看，学着人把银圆的边缘贴近有些龅牙的嘴唇，用力吹了一下，拿到耳边去听，棱角分明的脸上浮现孩子气的笑容。他支起高大的上身，靠在墙上，低着头，慢慢解开外衣，手指夹着银圆塞进贴身的衣袋里，觉得胸口有一小块微微发凉，带来一种前所未有的奇异的感觉，呆了呆，心想大概是因为自己身上从来没有装过钱吧。一边扣着衣扣，一边琢磨要赶紧找个可靠的人把这块银圆捎给老家的母亲，要知道一块银圆可以让老娘吃喝不愁很长时间，是一份了不起的家当哩。从现在的驻地往西南方向翻过几座山，走上两天一夜的山路，江边有一座用毛竹和席子搭成的四面透风的铁匠铺子，那就是他的家，参加红军快一年了，跟着队伍走了很多地方，有一次离家很近了，想给当时的连长请假回去看看，赶上部队要开拔。不久母亲托人捎口信来，说父亲病死了，因为要打仗，也没顾上回去奔丧。从那个时候起，就是母亲和小妹相依为命地生活。想到这里，他感到胸中生发出一种力量，分成好几股热流在全身游走，热流所到之处，伤口一点也不疼了，胳膊腿里都是劲，不由得扭头看看窗外，再也躺不住了，决定出去走走。他掀开被子，两手搬起那条伤腿放到地上，伸手去够挂在墙壁钉子上的军帽，拿下来整一整，戴到头上。护理战士阿福看到了，跑过来蹲下帮他穿鞋，仰着脸对他笑："梁连长你伤口好的真快啊，战斗英雄就是不一样！"

梁兴中比一般南方人要高大很多，坐在床上和阿福站在地上差不多高低，他咧开宽大的嘴巴笑笑，龅牙在窗缝射进来的阳光里闪着光。

其实阿福跟梁兴中年龄相仿，听说了他是战斗英雄，这些天一口一个连长地叫着，把他当首长看。阿福很羡慕他，悄悄说了自己也想到战斗部队去的心思,那会儿看到指导员给梁兴中胸前挂战斗奖章,就一直躲在远处偷偷观望,指导员一走他就赶紧跑过来了。梁兴中看到阿福的目光不停地扫着自己胸前的奖章,不自觉地伸手摸了一下,笑一笑,摘下来,像个年长的首长一样递给他,说:"拿去看吧。"阿福接过来,盯着看了半天,胸口微微起伏着说:"这可真好看、真光荣啊!"他恋恋不舍地把奖章还给梁兴中,突然想起什么来,趴下身子把胳膊伸到床下摸索着,拽出一把用破布包着的大刀来:"梁连长,这是你打仗时砍白匪用的大刀,趁你睡觉的时候我把上面的干血用泉水洗干净了,还用毛竹的叶子擦得又光又亮。"梁兴中把大刀接过来靠到担架旁边,看到床头靠着一根拿松树的树杈做成的拐杖,顶上分叉的部分用破布仔细缠了很多层,拿过来掂一掂,知道是阿福替他做的,笑着说:"阿福啊,这些天你受累了,听说集市恢复了,我请你去喝一碗油茶吧。"

阿福赶忙辩解:"梁连长,我给你搞护理工作可不是为了让你请我喝油茶……"梁兴中拍拍他的肩膀,习惯性地把眉头皱成一个"川"字,压低声音郑重地说:"我知道你的想法,过些天我就跟你们护理队长说说,看他放不放人。""好啊好啊,太好了!"阿福高兴地要嚷起来了。梁兴中冲他摆摆手,把拐杖支撑在腋下,在阿福搀扶下慢慢站起来,和伤员们打着招呼,一步一步走过病床中间的过道。

二

红军临时医院就设在龙冈的畲族乡间,这里的老百姓自称山哈,把自己看作客家人,说的都是客家话,穿衣打扮和风俗习惯又跟瑶族很像。大战过后,这里又恢复了往昔的宁静祥和,红军医院背靠的山头松柏森森,被一条小江环绕着，江上搭着竹排捆接的浮桥，一眼望去，老林中的白色的雾霭和江上蓝色的气体交织在一起，犹如仙境。谁能想到，就在几天前，红一方面军两个军团四万多人，在毛泽东"诱敌深入、各个击破"的战术指挥下，把国民党精锐的第18师九千多人包围在龙冈，一举歼灭。那场激战中，梁兴中带领全连战士冲在最前面，他挥舞着自己打造的大刀冲入敌阵，砍瓜切菜一般，如入无人之境，敌人见他勇猛难挡，专门瞄着他打，他一连中了三枪都没倒下。那时节，梁兴中杀红了眼，撞倒了要给他包扎伤口的卫生员，左手端着手枪，右手挥着大刀，领着战士们只管往前冲，指导员上来拽住他，冲着被包围的敌群大声喊："缴枪不杀，红军优待俘虏！"红军战士们跟着一起高喊："缴枪不杀，红军优待俘虏！"早被梁兴中凶神恶煞的样子吓破胆的敌军纷纷跪下把枪举过了头顶。梁兴中的军装已经被鲜血浸透了贴在身上，有自己的血也有敌人的血，这时候才感到一阵阵的头晕眼花，靠在一棵被炮弹打折的松树上，因为失血过多昏迷了过去。指导员一边指挥战士们把俘虏缴械聚拢，一边喊叫卫生员和担架来，赶紧把受伤的梁连长抬下去急救。那时，指导员和大伙看见他成了个血人，都以为连长多是不行了，不少战士都哭了起来。

这时候换了一套干净的红军服，缠着新绷带挂着新拐杖，身边站着的护理战士阿福斜背着子弹袋、肩扛步枪，左臂缠着白色的红十字袖标，梁兴中再看战场，层峦叠嶂，山怀水抱，仿佛人间仙境，哪里还有炮火连天、子弹横飞的景象？生死线上走了一遭，身上又添了几个弹洞，一条伤腿状况不明，此刻梁兴中挂着拐杖，心里却像眼前的江水一样平静。他自小在江边跟着父亲给人打铁，从早到晚抢大锤，父亲的小锤点到哪里，他的大锤跟着砸到哪里，父子俩整天都不说一句话，耳朵里只有江水哗哗奔流的声音和叮叮当当的打铁声，有时候父亲把烧红的铁具插到水缸里淬火，"嗞啦"一声冒一股白烟，就是一成不变的生活插曲了。他们给人打船锚，更多的是打一根又一根长得一模一样的船钉，就像一个一个受苦的日子那样，过去的日子，正在经历的日子，和即将到来的日子都一模一样。年深日久，梁兴中变得跟父亲一样沉默寡言，别人问什么，都用笑容来回答，他个子又比一般人要高出一头，跟同年龄的伢子比，看上去就要大好多岁，给人少年老成的印象。春上红军到庐陵县来扩红，乡里村里贴满了鼓动人心的标语，热闹得像过大节，就连很多十五六岁的伢子都跑去参了军，那些天，天天有年龄相仿的伢子跑来铁匠铺喊他一起去，梁兴中看看父亲像门神上的尉迟恭一样的黑脸，他嘴上不吭气，大铁锤砸得铁砧子乱晃荡。这一天，打完百十根船钉，父亲把小锤搁在火炉边，蹲到墙角的废铁堆里翻翻找找，抽出一根三尺多长的铁棒来，掂一掂，插到了红亮的火炉里，对待立的儿子说："铁娃，鼓风！"梁兴中心里一阵莫名的激动，他不知道父亲要打什么，只是感觉今天一切都发生了改变，仿佛平静的江水忽然翻腾起来，他用尽全力拉动了牛皮风箱，只几下就把炉火烧成了金色，那根铁棒也慢慢由黑变红，最后变得像孙悟空的金箍棒一样金光灿灿。父亲用大钳子把金光闪闪的铁棒抽出来，放到铁砧上，抄起小锤来从头到尾火星四溅地连续敲打了一串，沉闷有力地说："铁娃，打！"梁兴中手里的大铁锤连续起落，当金光消逝，那根铁棍就变成了一个通红的铁片子。直打得红色黯淡下来，再插到炉火中去烧。这把大刀成了父子俩合作打出来的最后一件铁器，刀背宽厚，刀面阔大，长短跟养牛人家的铡刀差不多，正好配上梁兴中的身量。父亲又拿小铁锤亲手为他打出两个挂刀的扁铁环，把这把大刀斜挂到背上的那一刻，梁兴中强烈地感觉到自己就是铁匠行当供奉的大唐开国功臣单鞭尉迟敬德临凡。

　　梁兴中背着自己亲手打制的这把大刀参加了红军。一个月后，这个在刺杀训练中以一敌三取胜的新兵就当了班长。他还爱学习文化，大家休息玩闹的时候,他拿着根树枝在地上,把识字班上学来的字一笔一画地教给战士们。因为作战勇敢,又努力学习,夏天结束的时候他就当了排长。这个打铁出身的红军战士脑子也像烧成金色的铁块一样灵光四射,他当侦察排长的时候,常常化装去敌占区,搞回不少金贵的报纸来,让首长们喜出望外。十月份,国民党内讧的"中原大战"结束后,蒋介石腾出手来,调集十万大军部署对中央苏区的围剿,梁兴中带回的报纸提供了重要的情报。十一月,多次立功的梁兴中被批准入党,由排长代理连长职务。十二月,他在反围剿的战斗中勇猛冲锋,身负重伤,被红四军军部授予三级奖章,奖给一块银圆。

梁兴中倚在拐杖上,在护理战士阿福的搀扶下登上一块高地,从这里可以看到江水拐弯处有一大片等着开春种植油茶的空地,此时红旗招展,队列整齐,聚集着成千上万的人,隐隐可以听见他们在齐声高唱革命歌曲。有好几个方队,有的方队在唱歌,有的队列在跑步,还有的方队似乎坐在地上正听一个站着的干部讲话。梁兴中眺望着那里自言自语:"咦,祝捷大会不是结束了吗?这是在搞什么名堂?"阿福笑着告诉他:"梁连长,我听我们队长说了,这是在开俘虏兵大会呢——一下子捉到了几千俘虏,咱们正在给他们宣传革命道理、教他们唱革命歌曲呢。咱红军优待俘虏,他们当兵前也都是些老百姓,愿意留下的就留下,不愿意留下的还发给两块银圆的路费,比你们立功的还多一块哩!"梁兴中告诉阿福:"我们参加红军不是为了当官发财,而是给穷苦人民打天下,红军的优待俘虏很重要,这可以在战场上瓦解他们的军心,减少不必要的伤亡,也是扩红的好渠道。"他们站在那里看了一会儿,看到唱完歌的俘虏兵开始重新组队,愿意参加红军的列队等待换装,愿意回家的排队领取路条和银圆,然后一个接一个走上江上那座三根毛竹宽窄的浮桥。梁兴中又想到了自己的母亲,盛夏的时候父亲染病死了,家里就剩了母亲带着小妹过活,虽然苏区实行优属政策,逢年过节区县政府都会给军属发放优待款和粮食,毕竟家里没了人打铁维持生计,一块银圆可以让她们衣食无忧好些日子,此时梁兴中看到这些过江回家的俘虏,还是想赶紧托人把自己这块银圆给母亲捎回去,他扭头对护理战士说:"走,阿福,下去看看有没有我同乡同村的人,有的话,叫他捎点东西回去。"

日头已经偏西,对面高山的影子铺到江面上,让这条小江的水一半墨绿,一半绛红,在密密层层的草木之外,能看到一条白色的小路从苍茫的山林里钻出来,沿着江边蜿蜒通向会场。阿福搀着梁兴中,两个人寻路向开会的地方走。出了松林,走到江边,冷风潮气袭来,梁兴中毕竟伤后元气不足,喘气越来越粗,阿福看到前面竹林旁边有一座茅屋,"梁连长,我们去老乡家歇歇,你喝口水"。就搀着梁兴中走过去,准备找老乡讨碗水喝。走到茅屋外面的毛竹林边,阿福扶着梁兴中在一块大石头上坐下来,站在他面前,整理着自己的军装,瞪大眼睛问:"梁连长,我听说你的大名是毛委员给起的,是吗?"梁兴中咧嘴笑笑,舌头舔一舔龅牙,回答:"我当侦察排长的时候,经常搞些报纸回来,首长们很爱看,有一回毛委员让警卫员喊我,要看看这个经常给他找报纸的人长什么样子。见了面,毛委员夹着一根烟和我说话,拿夹烟的手指指着我说,哎哟,小同志你和我差不多高啊!他夸我打仗勇敢、搞侦察会用脑子,问我叫什么名字,我说没有大名,小名叫铁娃。毛委员吐出一口烟来,想了想说,搞革命没个响亮的大名不好,我们共产党和红军闹革命的目的就是要振兴中华,你姓梁,我看你就叫梁兴中吧。"

"啊,啊,振兴中华,好啊好!"阿福的眼睛越瞪越大,不停地踮着脚尖,简直要跳起来了,他咋着舌,眼神无比向往地看着梁兴中说:"哎呀,梁连长,我也只有阿福这个小名,要是毛委员也能替我起个响亮的大名就好了。"旋即他的眼神黯淡下来,拉拽着胳膊上白色的红十字袖标:"可是你看，我只当了个护理兵，根本没机会打仗，怎么才能当上像你这样的战斗英雄啊？"

"阿福你莫伤心，等我养好伤归队，一定想办法把你要到战斗部队。"梁兴中低头从口袋里摸出一枚过去的奖章来，拉过阿福的手，放在他手心里笑着说："这是我第一次当战斗英雄时得的奖章，暂时交给你保管，作为凭证，等有一天你立了战功，得了奖章，再把它还给我吧。"

阿福一把攥住奖章，目光炯炯地望着梁兴中说："梁连长，你说话要算数！"

梁兴中直起腰来，眉头皱成个"川"字，像个长辈和首长一样冲他郑重地点点头。阿福白净的面皮激动得泛红："连长你坐这里等一下，我去屋里向老表讨碗水来给你喝。"他还没有拔脚，被梁兴中一把拉住了，梁兴中摇摇手低声说："阿福等一下，你听，屋子里有人哭。"

阿福顿住脚侧耳细听，果然是有女人的哭声从茅屋里传出来，撕心裂肺，是死了人那样悲痛的哭声。时已午后，这个女人不烧水做饭，一个人大放悲声，这可是在苏区，而且新年刚过，她有什么事要大哭呢？难道家里有当了红军的在这次战斗中牺牲了吗？还是被国民党的溃兵打死了家里的人？梁兴中顾不得身上的伤，霍地站起身来对阿福说："走，进去看看情况！"

第 2 章

三

来年七月，苏区第三次反围剿打响了。五月里第二次反围剿时，梁兴中的伤还没有好利索，没有被批准参加战斗，为此憋闷了两个多月，没想到蒋介石这么快又调集了三十万重兵第三次围剿中央苏区。事不过三，有了前两次反围剿的胜利经验，毛泽东和朱德早已对国民党作战驾轻就熟，自信红军可以以一当十，这次只投入了红一方面军的三万主力部队，用的还是"诱敌深入、避重就轻"的老战术。梁兴中连队所属红四军的任务是从敌军防线之间二十公里的间隙里隐蔽穿插，趁夜急进，与红三军呼应，围歼由君埠、南陵回缩到黄陂村的敌第三军团之第八师。盛夏之夜，虫鸣蛙鼓，红军主力部队在黑暗中悄无声息地急行军，穿密林、涉溪涧，长驱直入，天亮之前到达了指定位置，开始隐蔽休息，等待战斗命令。

梁兴中的连队担任主攻，他带着战士们匍匐前进到黄陂村外敌军工事附近，埋伏在清晨湿漉漉的灌木丛中。副连长趴在他右边，通信员趴在他左边，副连长低声说："连长，一会儿打起来你掩护，我带人冲锋。"梁兴中观察着敌人的阵地，头也不转地说："没商量，你哪次见我梁兴中当过缩头乌龟！"副连长说："看你看你，是指导员担心你身上的伤，让我保护你。"梁兴中鼻子里哼一声，揶揄道："我是好大一个首长哦！"通信员听到他们斗嘴，忍不住偷笑，被副连长捡起一块小石头打中脑袋，批评道："有什么好笑，注意隐蔽！"

隐蔽了半个上午，战斗命令还没有来。梁兴中抬头看看天色，天阴得越来越重了，铅灰色的云团低低地压在头上，像一大包一大包吸满水的棉花，远处黄陂村那边的天空已经开始有闪电划过，隐隐传来轰隆隆的雷声。这时贴着地面，掠过一阵凉爽，冲散闷热的空气，梁兴中把小本子装进口袋里，怀抱着大刀盘坐在地上，觉得凉气一阵阵地加重，额头上的汗珠却冒得更加细密了，他把军帽撸下来，擦了擦头上的汗水。根据侦察回来的情报，黄陂村至少驻守着敌第八师的三个团的兵力，工事坚固、武器精良，而红军的弱点在火力的薄弱，阵地战的胜利都是靠冲锋得来的，梁兴中知道这肯定是一场硬仗，他悄悄地扭了扭腰，捏了捏自己腿上的受过伤的地方，确定一切都没有问题——"打铁还要自身硬"，每次战斗开始之前，他都要在心里念着父亲常说的这句话。

时近正午，铜钱大的雨点终于落了下来，"啪啪"地打在帽檐上，沉重而密集，像是撒下一把一把的石子儿，旷野顿时处于雨水的喧嚣之中，绿色的大地泛起白色的水花，满世界全是"唰唰唰唰"的雨声。梁兴中却感到了巨大的宁静，他在雨水中努力支棱起耳朵，一心想捕捉到什么，每次对于战斗的开始他总是有着奇妙的预感。就在这个时候，攻击命令下达了，他像只准备发动猎食的豹子一样猫起腰来，扭头看看左右两侧，一百多双年轻的眼睛正在雨帘后面炯炯地望着他，雨水把他们的帽檐打得耷拉下来，但大家都在努力地睁着双眼等着连长的命令。梁兴中把大刀倒提在右手，举起左手的手枪用力挥舞了一下，发一声喊："跟我上！"猫着腰向前冲，全连战士学着他的动作闷声向前，一个紧紧跟着一个，在大雨如注的野外像是一群配合默契的狼在围猎。梁兴中得到的命令是占领对面的工事，给主力部队总攻找一个支点，他记得军事课上一点短促突击的要领，一心要迅速而隐蔽地突入敌人阵地，使敌人的重武器失去火力上的优势，而大雨是最好的隐蔽。就在他们冲到离敌人阵地不到一百米远近的空地上，敌人发现了他们，重机枪在雷鸣电闪中发出古怪的"突突"声，"卧倒！"梁兴中回头大喊了一声，几乎就在同时，他听到了担负掩护任务的部队开始向敌人阵地开火儿，包围黄陂村的红军主力开始全面进攻。

大雨和敌人的火力压得他们抬不起头来，梁兴中爬在泥水里，在雨水中眯缝着眼对爬在旁边的副连长说："必须再冲一下，不能耽搁总攻，你听着，如果我牺牲了，由你代理连长，不惜一切代价，必须拿下敌人工事！""连长！"副连长伸手去拽他，梁兴中已经跳了起来，大喊："一排跟我上！"话音未落,只觉得肩膀仿佛被重重打了一拳,接着左胸又被重击,梁兴中仰面倒下,雨水一下子灌进了他的双眼,世界瞬间变得迷蒙和黑暗。

"连长!"副连长和通信员几乎同时扑到了他的身上,急切地查看他的伤情:梁兴中左胸同时被重机枪子弹钻出两个枪眼,一个在肩下,一个在心脏部位,虽然下着雨,军装左上口袋还是被子弹烧出了一个洞,血水在身下的雨水里漫延,在雨柱下泛起红色的水泡。战士们不顾一切地向他爬过来,泥水溅得满脸,眼睛却瞪得一个比一个圆。

四

梁兴中躺在泥水里,大雨像子弹一样往他的鼻孔、嘴巴里猛灌,让他一时不能呼吸,眼睛也无法睁开。在突然而至的黑暗和窒息里,他想起第一次反围剿胜利后的那天午后,他胸前别着奖章,挂着拐杖,和护理战士阿福走到江边竹林的一座茅屋外,听到屋里有个女人在哭泣。他们担心有漏网的白匪行凶,梁兴中拔出手枪来慢慢走到门口,阿福端着步枪悄悄摸到窗户外面策应。梁兴中迅速推开虚掩的门,端着枪侧身观察屋里,外间屋陈设简陋,一目了然,除了一张破旧的木桌两把竹椅,再没有什么家具,也没有人,他打手势叫阿福过来,两个人相互掩护着蹑手蹑脚走进去。里屋门上挂着草帘,梁兴中背靠门边的墙,用枪管轻轻挑起帘子,查看里屋的情况,他看到竹床上的被子里躺着一个男人,旁边有个披头散发的女人伏在他身上号哭。

"大婶,我们是红军。"梁兴中先打了一声招呼,把枪别起来,示意阿福掀开门帘,挂着拐杖迈步走进去,问道:"出什么事了?"那个女人闻声站起来,慌忙用手去清理被泪水粘了满脸的头发,撩起衣襟擦干泪眼,看清了他们穿着红军服,扑通就跪下来磕头:"红军大哥做主啊,救救我男人吧！"梁兴中赶紧让阿福把大婶搀起来："大婶不好这样，红军是穷人自己的军队！"又看看床上躺的男人，脸色蜡黄气息奄奄，自顾闭着眼睛呻吟，知道是重病的人，问道，"大婶，大叔病成这个样子，怎么不去看病抓药，光哭有什么用？"这一问，大婶肿胀的眼泡里又渗出两汪泪水，抽抽噎噎地述说起原委，原来他的丈夫昨天半夜旧病复发，为了给丈夫抓药，她天一亮就担着家里养大的两只大灰鹅走路到集市上去卖，龙冈的灰鹅是江西有名的特产，很快就有人来买，大方地给了一块银圆。大婶着急给丈夫抓药，千恩万谢地收下银圆，跑到药铺里抓好药付钱，才知道这块银圆是假的。赶紧跑回集市上去找那个买鹅的人，哪里还找得到！仅有的两只大灰鹅被人骗了去，又没钱抓药，大婶回到家里越想越伤心，一点办法也没有，只好抱着男人痛哭。

梁兴中是打铁的脾气，哪里听得了这个？气得要暴跳，可是又没处去找那个骗子，看看大叔躺在床上有进的气没出的气，命在旦夕，眼下最当紧的是抓药救人，他忽然想起自己还有一块银圆，抬手就去解衣扣。阿福看见了，过来低声提醒他："梁连长，你妈妈……"梁兴中已经把手伸进了内衣口袋里，摸出那块带着体温的银圆来，他把刚刚在自己身上暖热的银圆递给大婶说："我这里正好有一块银圆，大婶快拿去抓药吧，再晚怕耽搁了大叔的病。"大婶绝处逢生，眼泪又下来了，还是要下跪，梁兴中赶紧扯住她，把那块银圆塞到她的手里。大婶一边撩起衣襟拭泪，一边不住地说："红军都是好人，老天保佑好人，老天保佑红军啊！"梁兴中笑着说："快不要说了，红军本来就是给咱穷人打天下的嘛，大婶，快去抓药吧。"招呼一声阿福，转身往外走，又想起什么来，扭头说："大婶，把你那块假银圆留给我做个纪念吧，反正留着它也不能花。""好，好。"大婶把手伸到病人枕头下面去，摸出那块假银圆来，千恩万谢地递给了他。

银圆没有了，也用不着去找人往家里捎啦，梁兴中和阿福走上了返回红军医院的路。"一块银圆还没捂热就送人了，"阿福惋惜地说，"梁连长，刚才你不让我把话说完，你把自己的银圆给了大婶买药，你自己的妈妈还有妹妹怎么办哪？"他们刚刚穿过松林爬到高处，梁兴中站住脚，伸开手掌看看手心里那块假银圆，笑笑说："我妈妈到底是红军家属，苏区政府会照顾她的生计。"他面向西南，眺望着雾霭迷蒙中家乡的方向，把那块假银圆照旧塞进了贴身的衣袋里，扣上了衣扣。

　　从那个时候起，那块假银圆一直在他军装的左上口袋里装着。此刻躺在泥水里的梁兴中突然抬起右臂，用手掌去摸自己的左胸口袋，他摸到湿透的军装里有一个圆圆的硬邦邦的东西，猛然睁眼，推开副连长和通信员，一咕噜爬起来，捡起自己的大刀和手枪来，瞪圆了眼睛大喊："同志们跟我上啊！"正在悲痛的战士们见连长又活了过来，群情激荡，一起呐喊着跟着他往前冲，借着雨势狂风一般席卷到了敌人的工事前，梁兴中把大刀插地上，接过两颗手榴弹甩进地堡枪眼里，敌人的重机枪就哑火儿了。梁兴中连忙占领工事，调转重机枪枪口，居高临下向守敌猛烈射击。主力红军利用他们打开的这个缺口，潮水一般冲垮了敌人在黄陂村的防线，红军攻入村子里，歼灭了守敌两个团，国民党第八师残部撤出黄陂村，仓皇向洛口、宁都突围。

　　黄昏前雨停了，红军继续追击残敌。冲在最前面的连队本地战士居多，他们参军之前就在这片山水之间打鱼砍柴，每座山梁、每条路、每道沟都像自家院子那样熟悉，红军又最擅长打运动战，这个时候背着大刀、扛着长枪撒开两条腿，几乎是在山梁上跳跃，在树林间穿梭。梁兴中带着自己的连队翻过一道小山梁，居高临下，看到山下大雨后暴涨的溪涧拦住了逃敌的去路，无数的汽车、摩托车像一堆堆的屎壳郎瘫痪在泥泞中挣扎，那些国民党的兵蚁聚成一团一团的，在雨后的晚霞里惊慌失措地乱滚。梁兴中回头看看，山梁上每一条小路都奔跑着追击的红军战士，连队之间的界限已经分不清楚，此时霞光万道刺破云层，可以清楚地看到周围的山梁都已红旗招展，红军的两条腿已经跑过了国民党第八师残部的汽车轮子，并且把他们包围起来。然后，在一瞬间突然的寂静之后，并没有等到冲锋号响起，各个山梁上山洪暴发一般呐喊着冲下无数的红军，"缴枪不杀！""红军优待俘虏！"的口号响彻天地之间。梁兴中高举着自己的大刀，冲在连队的最前面，在他身后有自己连队的战士，也有别的连队的战士，之前的训练中，梁兴中对每个战士都说过一句话：冲锋的时候，不要管自己是哪个连队的，你只要记住跟着红旗跑就对了，打完仗再归队也不迟。看现在的情形，每个连长都是这样告诉自己的战士的。

他们没有遇到有组织的火力抵抗，几乎跑到跟前的时候，面对的就是一排排把枪举过头顶的俘虏了。敌第八师近两个团的逃敌陷入泥水之中，当官的都在忙着化装成士兵潜逃，像地老鼠一样往林子里、山洞里乱跑乱钻，国民党士兵多数是抓来的老百姓，他们早听说被红军抓住只要投降就能保命，还要发给银圆、路条回家，到哪里去找拼死抵抗的理由？

天黑前打扫完战场，各参战连队回归建制，开始有序地撤退，有的连队押送俘虏，有的连队负责抬伤员。副连长带着担架跑过来要抬梁兴中，梁兴中不高兴地说："好好的，为什么要让抬着走？"副连长拦住他，指着他军装上血渍干结的胸部，着急地说："老梁你不要光顾着打仗，你好好看看自己，你胸部中枪了！"梁兴中解开扣子，把军装脱了半拉，露出左肩来给他看："哪里胸部中弹了？就是肩膀被子弹咬了一下嘛，一会儿到医院让军医把子弹取出来就好了，硬伤，不碍事的。"

"不对啊，我明明看到子弹在你胸前钻了一个眼儿啊。"副连长眨巴着眼睛把梁兴中的军装拉展了，露出左胸口袋上的那个枪眼，他瞪起眼睛叫起来，

"你看有没有,你看有没有,这不是个枪眼儿吗?布都烧焦了!"梁兴中也看到了,那个枪眼儿不偏不倚正好在心脏部位,他不由伸手在自己胸口摸了一下,皮肉完好,连个蚊子叮的疙瘩也没有。副连长丈二和尚摸不着头脑,把梁兴中打量了又打量,叫起来:"哎呀,连长,你是不是天神下凡,刀枪不入啊?!"战士们呼啦围过来看热闹,你一言我一语,对着梁兴中指指点点,都惊讶自己的连长神奇。

这到底是怎么一回事呢?像个丈二金刚一般矗立着的梁兴中心里也困惑,他把一根手指头从那个烧开的弹孔里伸进去,不停地抠着,然后就抠到了一个圆圆的硬邦邦的东西,恍然大悟,把兜盖翻开,伸进两根手指去,夹出来那块假银圆,放在手心里仔细观瞧:薄暮之中,那块银圆上有一个明显的凹坑,显然子弹正好打在了上面!他咧开大嘴,露出龅牙,哈哈大笑起来,把银圆展示给战士们看:"我哪里有什么刀枪不入的神通啊?我这是有护心宝镜哩。"

"太巧啦,子弹正好打在银圆上啊!""是啊,真是巧啊!"战士们传看着那块假银圆,都感叹着。

梁兴中收敛了笑容,感慨地说:"这块假银圆是我用一块真银圆从一个大婶那里换来的,是人民救了我啊!"

"连长讲一讲,连长讲一讲。"战士们嚷嚷着把梁兴中抬上了担架,副连长不好意思地对他说:"连长,你可把我吓坏了,那会儿打黄陂村的时候,你中弹倒下,我真的还以为你光荣了。"梁兴中笑着说:"有人民保佑着我们呢,哪有那么容易就光荣了!"他坐在担架上,战士们争相抬着他,里三层外三层地围裹着,听他讲述几个月前拿银圆给大婶抓药的故事。

梁兴中讲完了故事,在战士们的感叹声中,天黑了下来,正是农历的月末,晦月无光,接下来还有长期的斗争。为避免暴露红军主力,总部命令不准燃点火把，主力红军趁夜撤离，开往指定位置集结，休整待命。

梁兴中又一次躺到了红军医院的病床上，军医为他取出了肩膀里的子弹，做了全面的身体检查，确定只有一处新的枪伤。手术之前，他没有看到阿福，以为小伙子被调到别的病房担任护理了，就想着修养期间去找找他。连队在黄陂村战斗中作战勇敢，被军部授予"战斗模范连"称号，他也被表彰为"模范连长"，获得了一枚"红星奖章"。参加完庆功会回来，梁兴中把红星奖章摘下来放衣兜里，他想，阿福那么喜欢奖章，一定要借给他好好戴几天。他还打算找一找医护队的队长，看能否把阿福调到战斗连队来。上次住院的时候他就打算帮阿福实现心愿，后来第二次反围剿打响，阿福忙着护理新伤员，医护队人手紧张，这件事情就耽搁了下来。如今第三次反围剿都打胜了，梁兴中想该是给阿福兑现诺言的时候了。还没来得及找医护队长，跟新的护理战士聊天说起阿福，战士惊讶地说："阿福已经申请调到战斗连队去了，你还不知道吗？"

"是吗？他去了哪个连队？"梁兴中心里很有些失落，他是多么喜欢阿福啊。在照顾他的两个多月里，阿福心心念念地盼着能去他的连队，他伤愈后却因为战斗准备而忘记了阿福，现在，难免心生愧疚。

"我也不知道，他走之前常跟我说起一个送他战斗奖章的连长，说他也要像那个连长一样当个战斗英雄。"小战士一边给他换绷带一边说："阿福说那个连长的大名还毛委员给起的，他做梦都想让毛委员起一个响亮的大名。"

"他肯定能当上战斗英雄。"梁兴中不由伸手去摸口袋里那块假银圆，若有所思，"也许有一天我还会碰到阿福，那个时候他已经成了战斗英雄，得到了自己的奖章，而且已经有了一个响亮的大名。"

第 3 章

五

　　梁兴中盼着能碰上阿福，这一盼就是十几年。十几年里他大大小小打了无数仗，负伤住院成了家常便饭，然而一次也没有碰上阿福。每一次被授予战斗奖章，奖章别到胸口的那一刻，他都会想起护理战士阿福，不知道他是否如愿当上了英雄，得到了自己的英雄奖章。那块假银圆，他也一直装在左胸口袋里，无论穿红军军装还是八路军军装，装着这块银圆打跑了日本鬼子，又从江南一路打到东北，开始参与指挥解放战争。辽沈战役中，三十六岁的梁兴中已经是人民解放军东北野战军第十纵队司令员，相当于军长。

　　秋天已经接近尾声，东北的初冬就要来临，为阻止国民党廖耀湘兵团重新夺取锦州，梁兴中纵队奉命孤军守卫交通要道黑山地区，面对十倍于己的敌人。上级告诉他只要坚守三天，兄弟纵队就会到达，完成对廖耀湘兵团的合围歼灭，因此黑山、大虎山的高地绝不能丢。参加革命十几年，惯打硬仗恶仗，仗仗都是胜仗，给梁兴中赢来"梁老虎"的美名，也有人叫他"梁打铁"，是说他的铁匠出身，更是夸赞他打仗无坚不摧。但这十几年来，梁兴中还有一个不为人知的习惯，那就是每次战斗开始之前，他都要抽空去医护队转一转、看一看，起初是希望再次见到阿福，然而每次不免失望，但心里总会变得温暖而充实，平静而自信起来。后来就成了纯粹的习惯，不去医护队跑一趟心里总是不踏实。视察完黑山、大虎山几个高地的阻击阵地后，梁兴中带着几个警卫员策马来到后方的医护队，像往常一样，他检查过床位、担架，还要问问医护队长有什么困难需要解决。警卫员没有找到医护队长，梁兴中正叉着腰站在院子里眺望天空中的黑点是不是敌人的侦察飞机，一个白净的圆脸女护理战士迎上来,敬过礼,笑模笑样地仰望着他。梁兴中看着她的笑容,不知为什么心里就是一阵温暖。

"我没有见过你啊,你是刚调来的吧,你们队长呢?"他微笑着望着她黑葡萄一般的眼睛问。

"报告司令员,我是昨天才被分配到医护队的,我们队长带着其他人去给担架队讲救护要领了。"护理女兵嘴皮子很快,脸上的笑容更灿烂了。

"你笑什么?"梁兴中眨眨眼,受她的感染也咧开大嘴笑起来,露出一排龅牙,"你在笑我的龅牙吗?我打仗可全靠它呢,多顽强的敌人都能啃得动!"看见警卫员们在偷笑,他假装恼怒地瞪了他们一眼,警卫员们赶紧躲到了一边去。女兵笑得捂住了嘴,白净的圆脸涨得绯红,但是眼睛还是执拗地望着梁兴中。

"你叫什么名字?"梁兴中背起手来用首长的口吻问她。

"报告司令员,我叫兰桂芬。"兰桂芬用弯弯的黑眼睛望着他回答。

梁兴中少见地觉得局促,深秋时节,身体竟然在微微出汗,下意识地解开领口,问道:"兰桂芬同志,你到底在笑我什么呢?"

兰桂芬终于收敛了笑容,大概因为立正的姿势谈话有点别扭,她把两只手握在一起放在身前,依然仰望着梁兴中说:"我没有笑,我,我觉得司令员你好高呀,跟庙里山门前塑的金刚差不多吧。"

说完忍不住又笑起来,梁兴中也笑起来,枪林弹雨这么多年,他第一次感觉到跟一个姑娘谈天是多么地美好,是的,不是和一个女兵谈话,而是和一个女人聊天。

"呀,司令员,你看你的大衣上怎么破了这么大的洞啊?!"兰桂芬发现了新大陆一样惊讶地叫起来,一边用手拽了拽梁兴中的大衣。

"哎哟,是被子弹咬的,还没来得及缝补一下子。"梁兴中低头看看兰桂芬白皙的手,有些不好意思起来。

兰桂芬倒比他大方多了,皱起眉头说:"这怎么行?天气马上就要冷了!"她用命令的口吻说:"反正现在没事,闲着也是闲着,你赶紧脱下来我帮你缝补一下。"

梁兴中愣了愣,转身去看警卫员,小伙子们背对着他,还在往更远的地方挪。

事到如今,只好听人家的命令了,不然显得做司令员的太小家子气了。他尽量从容地把大衣脱下来,交给了兰桂芬。兰桂芬抱上就往屋里跑,一边用清亮的嗓音喊:"司令员等一会儿啊,我很快就好。"

一匹马哗啦啦从远处跑到近前,通信员跳下来敬礼:"报告司令员,政委叫您回指挥部开会。"梁兴中回头看一眼兰桂芬消失的门口,转身甩开大步过去从警卫员手里接过马缰,飞身上马。警卫员急得喊起来:"司令员,你的大衣不要啦?"梁兴中头也不回地说了两个字:"多事!"两腿一夹马肚子,这匹当年缴获来的东洋马撒开四蹄开始飞奔。

六

激战到第二天,解放军守卫的三处高地都被国民党军攻下,两军正在石头山高地上展开白刃争夺战,国民党军突然用炮火进行大面积轰击,顿时血肉横飞,敌我双方的士兵都被炸飞了。梁兴中从望远镜里看到这情景,恨得牙都要咬碎了,骂将起来:"太没有人性了!"这时作战参谋握着电话汇报:"报告司令员、政委,最后一处高地也被敌人集中兵力反复争夺,营长请求支援!"梁兴中一巴掌拍在作战地图上:"这样子不行,我得亲自上火线去指挥!"政委也急了:"不行,任何情况下司令员都不能离开指挥部。"梁兴中看看这位过去的老排长，斩钉截铁地说："政委啊，只要是战斗需要，必要的情况下你我也得拿起枪啊。"他不顾政委和参谋们的阻拦，带着几名警卫员赶去要坚守的高地。

刚出指挥部，一个警卫员说："司令员，你看那里。"梁兴中顺着他手指的方向望去，就看到一名战士领着兰桂芬匆匆跑过来。他几步迎上去，俯看着兰桂芬因为奔跑而潮红的脸颊问道："你来这里做什么啊？"兰桂芬羞涩地说："我来给司令员送补好的大衣，那天你怎么不等我，突然就走了呀？"梁兴中接过大衣来，关心地说："这里不安全，你快点回医院。"他命令那名战士："你负责把她安全送回医院！"披上大衣转身就走。

"你要去哪里？"兰桂芬看见他不是回指挥部，不由伸手拉住了他的衣服。梁兴中转回身来，看到她眼里充满了女性的关切之情，心里一阵柔软，解开军装左胸兜纽扣，拿出那块假银圆来，递给兰桂芬："小兰同志，认识你很高兴，我现在要去高地指挥战斗，子弹不长眼睛，不知道还能不能回来，这块银圆对我有着特殊的意义，我想把她送给你留个纪念。"兰桂芬跳开去，急切地说："不，我现在不要，我要等你打败了国民党回来再给我，我等你……"

"好，一言为定！"梁兴中心潮涌动，把银圆放回兜里，和兰桂芬握手，一只绵软而温暖的女性的小手和一只坚硬粗糙的打过铁握过刀的大手紧紧地相握，四目相对，心意相通。

"哎……"兰桂芬还想说什么，梁兴中已经带着警卫员跳上了车。

他们乘坐一辆缴获来的吉普车向着高地进发，大概走了一半路，弹坑越来越多，越来越大，吉普车绕来绕去地兜着圈子，梁兴中看看表，命令停车："时间紧迫，不能磨蹭了，跑步前进！"他跳下车来，带着警卫员跑步穿过被炮火烤焦的田野，想起十几年前当连长的时候在大雨中奔袭围剿中央苏区的敌人，想起几年前当旅长的时候指挥部队痛击日寇，长距离的奔跑使他呼吸急促，上嘴唇在干燥的龅牙上磨得生疼。谁也不知道他心里的恼怒？国民党的炮火把双方士兵都炸成碎片的情景让他的胸腔里燃烧着怒火——自从放下铁锤当了红军，打了这么多年的仗，他一直以勇猛著称，可是在他心里明白，无论是我军还是国民党的军队，当兵的都是穷苦老百姓，就是从红军时期开始的优待俘虏政策，使无数国民党士兵参加了红军，避免了无谓的伤亡，而国民党军队不择手段的炮火轰击，还有飞机对城市、村落大量投放燃烧弹，使他愤恨，他要亲自打败他们，结束这场民心向背、胜负结局已定的战争。

跑着跑着，梁兴中感觉自己像一架闲置的战车，渐渐在汗水的滋润下被润滑了轴承和齿轮，当连长时生龙活虎的劲头又回到他的身体里，他感到自己像当年第一次得到那块银圆一样充满了力量，脚步越来越轻快，不断跳跃着弹坑，几个警卫员小伙子在后面追得气喘吁吁。跑到高地下敌人炮火覆盖不到的区域，看到一队解放军战士正在整队，大约不到一个营的兵力。他跑过去大声问："谁在指挥？"一个头上缠绷带的指挥员向他敬礼："报告司令员，我是营长，奉命前来增援。"

"跟我上高地！"梁兴中一挥大手。营长站住没动："司令员，您不能上火线，这里有我指挥……"

梁兴中皱起眉头厉声打断他："少废话，听我的命令！"甩开胳膊，腿就往上跑，营长赶紧招呼部队跟上，拼命追赶，抢到他前面去。

上来高地，一脚踩进了浮土里，——炮火把石头和泥土都炸成了粉末。梁兴中登上一个土包，双手叉腰，眉头皱成一个"川"字，他环视一下阵地，至少有一个连的战士都牺牲了，或者趴着，或者侧躺，只有十几个被炮火烤成黑脸膛的战士浑身是血地站在那里呆呆地仰望着他。梁兴中强忍着心里的痛楚，失声喊："谁在这里指挥，还活着吗？"战士们看到他身后的援兵都精神起来，十几双只能看见眼白的眼睛活泛起笑意，立正敬礼，有人报告："报告首长，刚刚我们师长亲自在这里指挥。"

"师长呢？"梁兴中心里一紧，以为指挥的师长牺牲了。

战士指着他脚下站的土包说："刚刚敌人打炮，炸塌了指挥部，师长被埋在里面了，就在司令员脚下哩。我们刚要找工具把师长挖出来。"

梁兴中哭笑不得，跳下土包对跟在后面的营长说："赶紧叫工兵把人挖出来，他还以为自己是土行孙？！"他看看重机枪的位置，叫机枪手后撤了几米，重新布置了火力，又指挥大家把牺牲的战士们抬到后面。他知道时间紧迫，用最快的速度部署着阵地，修掩体，搬弹药，准备着迎接敌人新一轮的进攻。

还没等把师长挖出来，观察员从高处跑下来报告："报告司令员，敌人又上来了！"

梁兴中举起望远镜全方位观察过，吩咐营长："沉住气，把敌人放近了再打。"

敌人显然不知道高地上增加了兵力，更不清楚是谁在指挥，他们按照炮火覆盖之后的惯例，集中兵力快速抢攻，准备在微弱抵抗甚至零抵抗的情况下占领高地。经过这两天的观察，梁兴中掌握了国民党军队这个作战规律，因此他才命令尽量把敌人放近，以造成高地上我方守军全部阵亡的假象。他习惯性地皱着眉头，像当年做初级指挥员一样默数着敌人的距离。敌人快速推进到步枪射程之内，下意识地放慢了速度，弯下腰来观望，高地之上只有两股旋风卷起黑色的浮尘，除此之外，并没有解放军存在的迹象。经过片刻的迟疑，敌人开始撒开腿朝高地上冲锋，一排跟着一排，前后排的距离越来越小，兵力的密度越来越大，争先恐后地要抢第一个登顶的军功。

一个个戴美式钢盔的头越来越大，过大的钢盔遮住了他们的半张脸，只有鼻孔看得很清楚，营长忍不住扭头看了一眼梁兴中，梁兴中像一只等待猎物靠近的老虎，一动不动地钉在战壕里，目光凶狠而坚定。他还在冷静地计算着距离，一百米，五十米，就在敌人已经进入三十米之内，身旁的警卫员握枪的手都开始发抖了，梁兴中忽然如同晴天霹雳般大吼一声："给我狠狠地打！"抬手连着两枪打倒了前面的两个敌人，重机枪开始"突突"地扫射，冲在最前排的敌兵像割韭菜一样被放倒。这个距离掷手榴弹是最舒服的，何况居高临下，天空中布满飞蝗似的手榴弹，发出"嗖嗖嗖"好听的破空之声，黑乎乎一个跟着一个落入敌群，炸开一朵朵冒着白烟的大花。敌人被打蒙了，前面的就地趴下，后面的掉头就跑。以多年的战争经验，梁兴中知道打仗打的是心理和意志，这个时候需要一个冲锋才能使兵力占优势的敌人彻底崩溃，只顾逃跑不再有反击的力量，他对身后的司号员大吼："吹冲锋号！"

冲锋号响起的刹那，梁兴中忘记了自己是一个高级指挥员，他像这十几年的戎马生涯中一样，做出了一个一线指挥员的第一反应，第一个纵身跳了起来，警卫员们赶紧去拉他，已经晚了，一颗子弹击中了他的胸口，他下意识地捂住了中弹的部位。"司令员！"警卫员刚喊出来，梁兴中又挺直了身子，从一个受伤的战士背上抽出大刀来，呐喊着冲了下去。再次向着敌群冲锋，身后年轻的解放军战士们的呐喊让他觉得自己仿佛是在御风而行，或者自己已经变成了一阵风，他听见小伙子们在身边高喊："缴枪不杀！"不知怎么就跟着喊出了一句："红军优待俘虏！"

没有人跟着他喊，当年那些和他一起喊"红军优待俘虏"的战友们，已经真的化成了清风。

"司令员，你不能再往前冲了！"师长已经被从土里挖出来，他以不可思议的速度在冲锋的人群里追上来抱住了梁兴中。

"司令员中弹了,就在胸口!"一个警卫员急切地向师长报告。

"我没事!"梁兴中挣脱开,但他没有固执地继续冲锋,看到师长,他想起来自己还有更加重要的责任,就让那个营长带领战士们去冲锋杀敌吧。他脚踩在一块被炸出来又烧焦了的树根上,把军装解开让师长和警卫员看,"我真的没事,不信你们看,连皮都没破!"

"可是司令员,你胸口那个弹洞还在冒烟啊!"警卫员不敢相信自己的眼睛。

"司令员,莫非又是那块假银圆?"师长是他的老部下,当年那块挡了子弹的假银圆的故事他曾亲耳听说过。

梁兴中低头看看弹洞的位置,伸手慢慢地解开左胸兜的纽扣,翻起兜盖,从兜里摸出那块假银圆来——这一次,银圆被崩掉了一块,已经不是圆的了。

"啊,子弹还真长眼睛,正好打到了银圆上!"警卫员兴奋地用把手指戳进梁兴中军装胸口的弹孔里,孩子般嚷嚷道,"太神奇了,太神奇了!"

"唉!"梁兴中望望漫山遍野溃逃的国民党士兵,裂开大嘴,舔一舔龅牙,用一种苍凉的语调对师长说,"我梁兴中何德何能,被一块假银圆救了两次命,人民真是活菩萨呀!"他把打过铁的大手拍在师长的肩膀上,郑重地说,"这里就交给你了,我现在就回指挥部,把司令部警卫营调来给你,你务必要给我守住这块高地。我回去和政委研究下一步作战方案,一定要坚持到兄弟纵队赶来合围,把廖耀湘兵团消灭在黑山地区,我们还要打到北平、上海、南京,解放全中国,让被压迫被剥削的中国人民都过上好日子!"

师长和他的警卫员立正敬礼,目送着梁兴中和几名警卫员跳下战壕,沿着阵地远去,那高大的背影依然和当年当连长时一样挺拔和敏捷。

尾　声

"我是两次都该见阎王的人，只是因为第一次反围剿胜利后军部奖给了一块银圆，我正要找人捎给母亲的时候，碰上一位被坏人用假银圆骗去救命钱的大婶，我同情他，就用自己的真银圆换了她那块假银圆。结果在第三次反围剿和黑山阻击战两次打冲锋的时候，被敌人的子弹射中胸口，都正巧打在那块假银圆上，两次救了我的命。我只为人民解决了一点不值一提的困难，他们却两次保佑我大难不死，人民真是活菩萨呀！"

梁兴中深情地望着产床上的妻子和刚刚出生的孩子，眼里荡漾着无限的爱意。兰桂芬躺在床上，脸上浮现初为人母的幸福而满足的笑容，用温柔的嗓音轻轻说道："老梁啊，我们都应该感谢人民，如果不是那块假银圆救了你，你也没有机会回到红军医院寻找阿福，不是为了寻找阿福，你也就不会老去医护队，不去医护队的话，我们也不会认识，那我们就不会相爱，不会有我们的孩子。你说的对，人民真是活菩萨。"她看看身边熟睡的婴儿，对梁兴中说："我知道你又有战斗任务了，你放心去吧，我和孩子等着你回来，我们都盼着全国解放，孩子们能在新社会里学习和生活呢。"

梁兴中解开左胸兜的纽扣，翻起兜盖，拿出那块残缺的假银圆来，放在手心里掂了掂，又掏出一张写着字的纸来，轻轻地包裹好银圆，神情郑重地递给妻子说："小兰，它曾是我的'护身符'，现在我把它传给咱们的孩子，希望这块有着特殊意义的银圆能成为我们家的'传家宝'，让孩子们牢记人民的恩情。"兰桂芬接过来看看，调皮地笑着问道："这纸上写的是什么呢？家训吗？"梁兴中摇摇头，看看墙上挂的毛泽东像，告诉妻子："当年中央苏区第一次反围剿胜利后，毛主席很高兴，写了半阕《渔家傲》来纪念，后来在第二次反围剿之前又补写完了下半阕,这是我后来上红军大学的时候抄写的。这次作战恐怕要时间长一些,我走后你想看就打开看看吧,等孩子会说话了,就教他背诵毛主席这首词吧。"

窗户上的棉纸透进温柔的阳光,梁兴中走后,兰桂芬把包着那块银圆的白纸打开,看到了梁兴中当年用铅笔抄写的毛泽东的《渔家傲》:

> 万木霜天红烂漫,
> 天兵怒气冲霄汉。
> 雾满龙冈千嶂暗,
> 齐声唤,
> 前头捉了张辉瓒。
>
> 二十万军重入赣,
> 风烟滚滚来天半。
> 唤起工农千百万,
> 同心干,
> 不周山下红旗乱。

婴儿在身边安静地睡着,她默默地诵读着。

2016 年 2 月 29 日凌晨定稿于太原

刀客前传

一　领头的刀客参加过革命军

民国三年（1914），在一个干冷无风的初冬黄昏，一支由陕西澄城县出发的骡队正奔走在去往西安的官道上，除了骡夫之外，还有一个小队的士兵负责押运，当天他们已经走了很远的路程，所以人和牲口都蒸腾着白气。天黑透之前，他们距离最近的县城蒲城还有十几里路程，伍长看看眼前灯火稀落的镇甸，担心再往前去有流民打劫，下命令进入镇子打尖，等天亮了继续赶路。他们投宿的镇甸叫东乡。

半夜里起了风，一个起夜的小骡夫听到院子里有动静，窗户上也闪动着火光，趿拉上踢倒山鞋趴在门缝往外瞧。院子里站满了穿黑棉衣黑棉裤的刀客，火把的光焰在刀刃上闪，伍长和那几个当兵的都被捆了起来，一个比小骡夫年龄大不了几岁的大脑袋壮小伙提着刀问伍长：

"有没有步枪？"

伍长瞪着眼睛反呛他："有步枪能着了你个尻娃的道儿？"

边上另一个刀客抖了抖手里的刀片子诈唬伍长："你娃还不服？不服叫你白刀子进去红刀子出来！"

那大脑壳小伙也不冒火气，对伍长说："我也是当过兵的人，知道当兵的都是给人卖命，咱不为难你，这些搜刮老百姓的不义之财我带走了，你回去跟县府说，我叫杨忠。"

伍长苦笑一下："你娃就是蒲城县的杨忠啊，你领着中秋会的人杀了前清的秀才，搞得动静太大了，连咱澄城都贴着抓你们的通缉令呢。"

杨忠说："天下乌鸦一般黑，老子参加革命军推翻了前清，军阀掌了权照样不管老百姓死活，我回家种地还是不能过活——自古来官逼民反。"

旁边的刀客说："九娃，甭跟他废话，拉东西走人！"

说话间刀客们已经把银箱都搭到了骡背上，杨忠身边那个刀客一脚踢开骡夫们住的通铺大屋的房门。小骡夫早窜回了被窝里，不敢动弹。刀客们把伍长和士兵关进骡夫们的大屋里，反锁上了屋门，警告说："天亮前出来一个杀一个！"骑着抢来的马匹牵着骡子消失在黑夜笼罩下黄土高原的褶皱里。

挨到天亮，伍长借了店主的骑骡，带着士兵和骡夫去蒲城县报案。税款被劫，县府赶紧派员和伍长一起去西安报告，很快全省缉捕杨忠和他的中秋会刀客。

二　孝义会

作为一个庄稼人，杨忠想过的是耕读传家的安定生活，他从来没有想过提着刀领着一班人到处流窜。杨忠的父亲杨福是一个会手艺的农民，精通木工活儿，和黄土高原上所有这样的农民一样，平时种地，农闲时打打家具、捭把椅子，也会做农具和寿器（棺材）。因为长年拉大锯，杨福的胳膊肘老是弯的，被孙镇的财主刘秀才派来催"阎王债"的那帮流氓讥笑为"狗鸡巴"。杨忠十岁之前，关中连年大旱，颗粒无收，老百姓能跑出去的都过黄河去到山西逃荒了。杨福靠着之前做木匠的一点积蓄勉强度日，他不计划再让儿子过这样靠天吃饭的营生，就借了刘秀才的"驴打滚儿"债，把杨忠送到本村的私塾，打算让他念几年书，好有本事到蒲城和西安讨生活。三年后，杨福再也没有能力让儿子念书了，十三岁的杨忠被送到孙镇亲戚开的小饭铺当小伙计，干些洗碗和拉风箱的活儿，管吃管住不挣工钱，算是自己养活自己。半月二十天的，从孙镇跑回甘北村的家里，母亲给他换洗一次衣裤和鞋袜。

靠天吃饭的年月，死个人都发落不起。依照先人们留下的风俗和规矩，杨福和甘北村其他七户家道相当的农户联合组成了丧葬互助会，规定某一家殁了老人，其他几家一起凑份子治理丧事，关中民间俗称孝义会。这种互助形式，原本是生计艰难的穷苦人为了维持生活和人伦之礼的努力，能够让逝者享有起码的殡葬礼仪，也给生者继续活下去的信心。弱者挽起手来，更多的是为了保护自己，就算是羔羊成了群，多少也能壮大对付饿狼的胆量。1908年是一个闰年，也是清光绪三十四年，关中麦熟，孙镇各村的农户正在扬场晒麦，财主刘秀才把地痞无赖和家丁召集起来，套上几挂骡马大车，铁钩敲打着车帮走上通往各村的大路。刘秀才原本考取举人落第，从此包揽词讼，帮人打官司渔利，靠着和县衙门口的师爷笔吏的交情，慢慢地竟也成了一方富户，和一般地主不同，他没有土地可供佃租，看准了庄稼人度日艰难，放给他们高利贷，"驴打滚""阎王账""大加一""卖青苗"无所不为，他是孙镇包括甘北村在内的好些村庄的农户的共同债主。

麦收后的羊肉没了青草味，像果子一样多汁，刘秀才午饭吃了半只炖羊羔，他要出去跑一跑羊膻气，亲自带着两挂大车来到甘北村。日头把通往村庄的黄土路晒得发白，蝉叫声像水一样充满了这个世界，刘秀才歪在大车上一路打着饱盹儿。甘北村村头的晒场上，杨福戴着草帽扬场，他婆姨孙莲头上捂块头巾搂着筛子筛麦子里的沙土，就看见放羊的才娃像被狼撵着一样腿拌着腿跑进村口，一路大呼小叫到了跟前。杨福笑着逗他："才娃，你不好好放羊，跑回来急着娶媳妇啊？"

晒场上的人都跟着哄笑起来，才娃没像平时那样吐唾沫骂人，他跑到杨福跟前瞪着白多黑少的眼珠说："伯、伯，要账的赶着两挂大车朝咱村来了，我在崖头上看见，走小路跑回来的。"干活儿的人都停了手，杨福问："娃，你看清了吗？"

放羊娃喘着气跺脚说："看得清清的，一年来两回我还认不得？都是青骡子大车，头挂车上的人瞅着像刘秀才本人。"

众人都围过来，有人叫喊："别筛了，赶紧装了口袋藏起来，要不连土疙瘩都不是咱的了。"

杨福想了想说："赶不上了，该干啥干啥吧，他来了我和他说。"

"你咋说？"

"咋说？咱也不赖他的账，可人总要活人吧？把租子和口粮留下，其他的任凭贼们拉走。"

同一个孝义会的孙增寿老汉呵斥自己筛麦子的婆姨："别筛了，筛那么干净怕狗们吃着不碜牙?！"

杨福把手里拄的木锹扔到麦堆上，吩咐大家："男的都和我在这里等刘秀才，婆姨家回去拿现钱，多还几块利息少让拉几尺头口粮。"

刀客前传

两挂大车"哗楞哗楞"转过了村头的那棵老皂角树，刘秀才早看见这边热闹，盼咐一声，赶车的跳下来勒紧了缰绳，辕骡子的头高高地扬起，车慢慢停下来。几个汉子从车上跳下来，把刘秀才扶着下了车。杨福和增寿老汉迎上去问安："东家亲自来啦？麦子还没拾掇利索哩，说的就是枭了麦子还钱哩嘛。"

刘秀才不高兴地说："什么时候你们还钱利索过？"他看看晒场上的情形，回头盼咐管账的："有几户算几户，叫他们就在这里排队还账，有现钱收现钱，没现钱赶紧装麦子。"

增寿老汉走上来给刘秀才作揖，龇着稀落的黄牙赔笑："东家开开恩，我多少年没见过一文现钱了，种的又是旱地，打下这点粮食不够交租，给我留点口粮吧。"

刘秀才看也不看他，鼓着腮帮子把烟斗里的烟灰吹出来，拖着腔儿说："那也不难，叫人拆房子吧，你那屋里房梁和檩子木料不赖，我拉走就是了。"增寿老汉的婆姨听见要拆屋，抹掉头上的汗巾，一声哭叫披头散发就扑过来，"不能活人了——！"一头撞向车轱辘。车轱辘上包着铁，杨福和增寿老汉拉拽不及，婆姨的额头就见了血。

"呸呸呸，真晦气，今天出门忘了看皇历！"刘秀才连朝地上吐三口，跺跺脚上了车，指着忙成一团救人的农民们说："三天后我再来，趁早把钱粮准备好，不然就拆屋！"

增寿老汉的婆姨没救过来，杨福主持孝义会的家户出钱治理丧事。按照关中风俗和丧葬礼仪，停尸三天移灵，阴阳先生看好了五天后出殡。第三天，请来的吹打班子正敲鼓吹鸭子（唢呐），孝子贤孙们披麻戴孝轮番祭灵，院外就嚷嚷起来，跑进来的人说刘秀才在村街上叫杨福出去说话。祭灵自有婆姨们操持，杨福正和本孝义会的汉子家在灵棚外的枣树荫里喝桔梗茶，盼咐一声："该干啥还干啥，别慌！"站起来就往外走，孝义会的跟在后面。出来就看见村街上一溜三挂大车排着，不见刘秀才，只有管账的烟鬼领着十几个地痞，手里都带着镐头，是要拆房子的架势。

杨福迎上去说："就不能先让把死人发落了？把人都给逼死了，还要把死人逼活了吗？"

管账翻翻白眼说："欠债还钱天经地义，人死了不是还有活着的吗？东家心善，叫今天先收了你们的账，收完再拆他的屋。"

杨福说："都在这里忙着招呼，哪有空回家还账？出了殡你们再来吧。"

一个麻脸的地痞上来当胸推了杨福一把说："我看你娃是皮痒痒了吧！"杨福说："你莫动手，我这里人多。"

孝义会的人和本村看热闹的汉子家都围拢来，驾车的骡马就惊惧地乱弹蹄子，管账看见穷人多，回头对麻脸说："先去别的村，跑了和尚跑不了庙，慢慢和他算账。"

当晚，杨福忙完回到家里，刚躺平了，有人敲门，以为是增寿老汉家的事，起来开门，就被几个穿公服的按住了，问明正身，锁上就走。婆姨追出来，那班人说："咱是衙门的捕快，本镇刘秀才出首告杨福聚众造反搞革命党，明天起到刑房给他送饭吧。"婆姨跑到孝义会哭诉，增寿老汉受了惊吓，倒在地上直抽抽，早有那帮忙没回去的人赶紧地通知各家，商议着写状纸陈情，一边叫人连夜跑到孙镇叫杨忠回家。

状纸递到县衙，县里说来晚了，领头结社集会是谋反大罪，杨福已经提解到了西安。这一年杨忠十五岁，跟着孝义会的叔伯们奔到西安，数百里跋涉，到了正赶上给父亲收尸——四十四岁的农民杨福被当作革命党处以绞刑。之前，同盟会会员黄明堂领导了云南河口起义，清廷风声鹤唳草木皆兵，知县接到刘秀才出具的杨福组织孝义会谋反的状纸，当夜捕了"匪首"赶紧解到西安，陕甘总督衙门一听是革命党领袖，审也不审就正法了！

十五岁的杨忠跟着叔伯到法场收了父尸，颠沛数百里扶梓归葬，凄惨怆惶之状不忍书写，此时他上有寡母下有弱弟，除了要维持一家的生计，人死账不烂，冤死的父亲的债务他还得全部承担。

三　中秋会和教育会

孝义会原本是一个生活互助组织，没有任何政治色彩，然而黑暗的现实、苦难的生活以及背负的血海深仇使杨忠开始有别于任人宰割的贫苦农民，他开始思考着人应该怎样地活着。在孝义会的帮助下埋葬了父亲，大家又帮衬着把牲口和农具集中起来把各家的地都翻耕过，又耙耱平整，种上秋庄稼，一晃眼前就是中秋了。在这两个多月共同的劳动生活里，杨忠高大结实的体格和稳重平和的性格，使他得到了大家的喜爱和信任，和大字不识的农民不一样的是，他读过几年私塾，又在孙镇混了几年，对世道人心的看法不一样，忙完了歇着的时候，田间地头男女老少都爱围着他说话。乡亲们出于善良的愿望，为了宽解这个小伙子，把自家的冤屈不平都说给他听，希望他能想开点，别憋出毛病来，杨忠听完了说："苦水倒得再多也淹不死仇人，既然官府和他们穿一条裤子，我们无处伸冤，总不能世世代代这样让人当畜生欺负，活不出个人样样来，咱就要自己给自己做主。"

有人叹息说："胳膊扭不过大腿，你娃再厉害，还有那官家的刑罚硬？"

杨忠用树枝指着脚下正搬运死蚂蚱的一窝蚂蚁说："你们看这蚂蚁比蚂蚱小多少？一两只蚂蚁自然吃不了蚂蚱，可是成千上万只蚂蚁就要了蚂蚱的命，——只要咱联合起来，人多势众，就不怕他刘秀才，官府也没有好办法。到时候，看谁还敢欺负咱？"

十五六的后生说出这样英雄的话，几十岁的人们都服了气，向他请教该怎么办。杨忠说："就以咱的孝义会为班底，各人再介绍和自己交情好的亲戚朋友参加进来，谁介绍的人听谁指挥，你们再听我的指挥，这样以后遇到事情，大家一呼百应，看谁还敢欺压咱！"

听者群情振奋，有人提出疑问："各村都有几个孝义会，凭什么人家要加入咱们？"

杨忠说："这个我早想过了，以前的孝义会不过是大家帮钱度日，咱的孝义会是要给大家做主撑腰，我看历史上农民起事都有一个口号，咱不为造反，只为活命，就提一个踏实的口号吧，我想了四句：同生共死，打富济贫，扶弱抑强，保护妇女。大家看怎么样？"

都是没读过书的，听见他念的词儿提气又实在，都说好。杨忠说："那就这么定了，收秋之前还有段时间，大家分头去招呼人，八月十五那天咱在我家里开会，以后咱的孝义会改名叫'中秋会'，咱要把口号喊出去，让官府恶霸听见'中秋会'三个字腿肚子就打战战！"

中秋会成立后，请了四里八乡会武术的师傅来教拳，不管是南拳北腿、五行通背，只要能强身健体擒拿格斗，都请来教习，农闲下雨就集合起来舞刀弄枪、较武论文。自此，那些包片讨账的地痞无赖都不敢来甘北村了。中秋会刚有了些名气，却被县里文人们成立的"教育会"抢了风头。"教育会"发起人是蒲城广阳镇人井勿幕，大着杨忠五岁，是同盟会会员，受孙中山先生指派从日本归来发展革命力量，组织县里有维新思想的知识分子成立了教育会，由县高等学堂教习、举人常自新出任会长。教育会定期组织学生讲演团，宣讲反满反封建的革命思想。蒲城知县李体仁顾不上理睬刘秀才视为眼中钉肉中刺的中秋会，出兵逮捕了教育会的会长常自新和学生领袖。常自新是举人，有功名在身，按照清廷制度，见了知县大人只作揖不下跪，傲然而立，李体仁恼羞成怒，以他是革命党领袖为由，竟然严刑拷打。对举人用刑，大干清廷例禁，并且还将一个学生刑重致死，教育会的读书人纷纷奔赴西安和北京，上书学政和清廷，并且投书报端制造舆论，一时秦省轰动，北京震惊。在京秦人更是纷纷出头声援，要求清廷严惩践踏功名、目无法纪违例行凶的知县。李体仁狼狈罢官，继任知县从此对教育会的革命宣传活动不闻不问，蒲城的革命活动从此进入半公开状态，这就是当时著名的"蒲案"。

父亲被诬谋反沉冤难雪，中秋会也没有被官府真正放在眼里，而教育会因为会长挨了板子和死了一个学生，就闹得天下震动、知县罢官，为什么会有这么大的不同呢？是什么样的思想产生了这么大的力量？杨忠自此对教育会产生了浓厚的兴趣，他辗转通过关系求见了教育会的会长常自新，常自新从眼前这个年轻人的眼睛和谈吐里感觉到他是块可造之材，留他住下，给他谈了孙中山和同盟会，谈了同盟会员和革命领袖井勿幕，并答应合适的时候把他引荐给井勿幕。原来教育会就是革命党，才能战胜清廷的知县，杨忠如同拨云见月，眼前一片晴朗，胸脯起伏，起誓说："我的中秋会有几百人，什么时候革命需要，杨忠誓死效忠！"从此井勿幕成为杨忠终生崇拜的偶像。

三年后，辛亥革命爆发。1911 年 10 月 22 日武昌起义后，陕西同盟会和哥老会联合领导了起义，杨忠依约率领中秋会的青壮年参加了革命队伍，隶属秦陇复汉军向枝山的向字营。杨忠带领中秋会参加了向字营与清军的多次战斗，当年冬天，在乾州、永寿一带打败了陕甘总督长庚派来镇压革命的清军。来年，清帝退位，中华民国成立，孙中山就任中华民国临时大总统，国歌定为《卿云歌》，部队操练之前要唱："日月光华，旦复旦兮……"这首上古时期舜帝禅位给大禹的歌谣，表达了老百姓对政治清明和圣人治国的美好愿景，杨忠读私塾时曾经熟读，这时唱来，他不禁心热眼潮，不敢相信自己真的参加了革命，而且革命真的胜利了，他对孙中山建立的中华民国重现上古尧天舜日的理想社会图景充满了热望。

好景不长，只过了四个月，孙中山就辞去了临时大总统一职，中华民国落到了北洋军阀袁世凯手里,军中纪律开始涣散,当官的克扣军饷赌博成风。又是五黄六月龙口夺食的时节,杨忠无心训练,和几个同村好友请假回乡收割麦子。回来一看,甘北村和他们参加革命前没有什么两样,母亲和弟弟依然衣不蔽体食不果腹,刘秀才继续和县府勾结沆瀣一气,欺男霸女、鱼肉乡里,革命,并没有改变农民的生活和政治状况,杨忠看在眼里凉在心里,想起读私塾时念过的书里的那句话:"兴,百姓苦;亡,百姓苦。"收割完麦子,杨忠要回部队,弟弟哀哀地望着他说:"哥,要是刘秀才再来抢咱家的粮食可咋办?"杨忠沉默半晌说:"不怕,有哥在!"

好友劝他:"九娃,如今咱手里有枪,毙了刘秀才给你大报仇!"

杨忠摇摇头说:"我和那条狗是私仇,他还不配吃革命的枪子儿!"

返回军队的途中,杨忠目睹百里秦川的壮丽山河,心中对革命现状充满了深深的失望,一路上都在默念着元代曲家张养浩的《山坡羊·潼关怀古》:

峰峦如聚,
波涛如怒,
山河表里潼关路。
望西都,
意踌躇。
伤心秦汉经行处,
宫阙万间都做了土。
兴,百姓苦;亡,百姓苦。

勉强又在军中待了半年,杨忠以母亲年迈多病为由,于1913年初退伍还乡,一块儿回来的,还有当年中秋会参加革命战争没有牺牲的同乡。

四　二次投身革命

　　重新做回农民的杨忠，把仇恨埋在心底，一心要靠劳动赡养母亲和弟弟。原来中秋会的人听说他回来了，纷纷来找他，对参加过革命战争和走南闯北而眼界大开的杨忠，他们更加地敬服了。刘秀才畏惧他，向县府告发中秋会是土匪，县府派军警来甘北村缉拿杨忠。杨忠早已不是当年只会拼勇斗狠的农民，他组织中秋会成员打败了县里派来的军警。这件事以后，中秋会的名声大震，会员发展到四镇八乡，声势浩大，杨忠受到越来越多的贫苦农民的拥戴。当年教育会的会长常自新听说杨忠回来，亲自来见他，谈到革命现状，两个人不胜唏嘘，常自新嘱咐他组织力量、以待天时。

　　听了杨忠对革命的抱怨，常自新叹息道："不解决土地和农民的问题，革命是不成功的。"

　　来年夏收，杨忠割完自家的麦子，带人去邻村帮姑母扬场。那种劳作的情形和六七年前他父亲杨福在甘北村头的晒场上一般无二，也是正忙活着，有人慌慌地跑来告说："刘秀才领着人赶着几挂大车来要账了！"

　　庄稼汉们都围拢在杨忠身边，此时杨忠只觉得心血来潮，像他父亲当年一样手拄着木锹，抬头望望青天上那几缕棉线般淡淡的云彩，仿佛在质问老天："满清时这种人得势，如今革命成功，民国了，这种人还耀武扬威鱼肉乡里，这究竟是为什么啊？"他暗暗念道："庆父不死，鲁难未已！"冷静地吩咐道："中秋会的，都抄家伙，今天咱要为民除害！"

　　刘秀才跳下大车，一眼看见杨忠，打了个寒战，回头招呼地痞打手抓人。见杨忠手提三齿铁耙，中秋会的庄稼汉个个手里也都有家伙，地痞们光咋呼不敢上前。刘秀才悄悄往大车倒退，杨忠抢上一步抢起铁耙打在他腿上，把他打倒，从腰里抽出裤带绕到了刘秀才的脖颈上。地痞们一拥而上来救人，被中秋会的汉子们抢着农具打得满地乱滚。杨忠踩着刘秀才的背，双手紧拽勒着他脖子的裤带，人们痛恨刘秀才，叫喊着："勒死他，勒死他！"杨忠想到父亲当年被冤屈绞死的惨状，怒从心头起恶向胆边生，手上使劲，刘秀才像只垂死的鸡一样弹着腿，慢慢僵直了。

勒死了刘秀才，杨忠吆喝一声："行了，别打了，冤有头债有主，刘秀才作恶多端，已经偿了命，你们把尸首拉走吧。一人做事一人当，人是我杨忠杀的，和其他人无干，以后谁要敢再糟害老百姓，这厮人就是下场！"

鼻青脸肿的地痞们把刘秀才的尸首扔到大车上，仓皇跑回县里报官去了。杨忠知道官府不会善罢甘休，怕连累家人，不敢回村，带着参与打架的中秋会的汉子们四处流浪，做了劫富济贫的刀客。

入冬，他们打听到澄城县有一批税款要经过蒲城押解往西安，一路跟踪到蒲城东乡，埋伏到半夜劫夺了这批税款。用这笔钱，杨忠买了一支"曼利夏"步枪和一箱子弹，从此，二十一岁的杨忠带领中秋会刀客纵横关中，官府多次缉捕无效，派人和他谈判，要把中秋会收编为民团保卫地方。杨忠早对北洋政府失去信任，断然拒绝。

1915年冬，袁世凯违背共和、窃国称帝，各省护国军并起讨袁。常自新如约将杨忠引荐给同盟会会员井勿幕，在井勿幕的影响和带领下，杨忠二次投身革命，率数百名中秋会刀客加入陕西护国军，并于朝邑、华县、华阴一代打败袁军，缴获大量枪支弹药。讨袁战争胜利后，杨忠部因作战英勇屡立战功，被编为陕西陆军第三混成团第一营，杨忠任营长，率部进驻大荔县驻防，从此由一名刀客而开始转入其传奇一生的戎马生涯。

1924年，杨忠改名杨虎城。

2013年10月20日凌晨写于太原
2013年11月6日改定

飞鸟

一

柳小悦把那件白色的羽绒大衣从包装袋里拿出来，放进行李箱里，抚平了，拉上拉链，把箱子立起来。她站在行李箱旁边，环顾着这间还算宽敞温馨的单身公寓房间，一切都是按照她的喜好布置的，除了窗下那把用来读书的躺椅，那是宋梦南的建议。

阳光从落地窗投射进来，刚好照亮了那把躺椅，使它看上去像展览馆里的艺术品。这让柳小悦感受到了宁静。

现在她越来越喜欢把落地台灯拉到旁边，歪在这把舒适的躺椅上读书了。下班后一个人的漫漫长夜，以及无所事事的周末，她大部分的时光都是在窗下的躺椅上消磨掉的。最近她常常想养一只猫，让它卧在自己的膝上睡觉，以便看书的时候可以轻轻地抚摸它柔软的毛。

宋梦南每个月都会借口去外地出差或者开会，向单位和家里请假来陪她住几天。这里毗邻森林公园和高尔夫球场，离城市中心比较偏远，他们一起吃饭，散步，看电影，晚上搂抱在一起睡觉，在这座汹汹的大都市边缘尽情地享受着世外桃源般的生活，甜蜜又闲散。但柳小悦坚持一点，不和宋梦南一起逛商场，她不给他为自己买衣服、首饰和化妆品的机会，她要坚守自己的独立。

"我最恨别人把我看成傻白甜，尤其是你！"柳小悦郑重地警告过宋梦南。

这件白色的羽绒大衣是宋梦南自己买了拿来的，她一直放在衣柜底部没有上过身，当时宋梦南小心翼翼地劝她穿上试试，她没有理会他热切的眼神，从单眼皮后面冷冷地看了他一眼，低声说："请你尊重我的原则！"宋梦南了解她的个性，倒也不尴尬，嬉笑着说："下不为例，下不为例。"她终于没有狠下心来让他拿走，而是随手放进了衣柜里，为了这件事，她把自己恨了好些天。

现在，要回老家陪父母过春节了，她终于还是把这件羽绒衣放进了行李箱里，准备过节穿了，当然不是因为这是一件昂贵的名牌衣服，可以让家人和朋友知道她在大城市混得挺好。她愿意穿它，是因为这是自他们在一起以来她第一次要离开这座城市去很远的地方——之前就算一个月也就只能有几天待在一起，其他时间她知道和他在一座城市里，从来没有过分别的感触。现在准备回到两千多公里以外的家乡过节，她忽然就想起了那件羽绒衣，很想把它穿在身上，穿上它，就好像宋梦南一直在温柔地拥抱着自己，衣服的

飞鸟 | 041

温暖恰如他的体温一样。她不肯承认爱上这个大自己快两轮的男人，却无法遏制心底对他深深的依恋。

柳小悦踢掉拖鞋，换上一双翻毛棉靴，顺手拎起鞋柜上的手包挎到左肩上，左手点开手机上的叫车软件，右手拉过行李箱，打开门走了出去。宋梦南没能来送她，假期他一般出不来，休息时间他都属于老婆孩子。

二

爸爸和妈妈都来火车站接她，和小时候对她的漠不关心截然相反，他们的舐犊之情和年龄成正比的增长，让她越来越觉得受不了。一眼看到刚刚五十岁的爸爸已经头发花白，成了一个慈祥的虚胖子，她不由得想起宋梦南来，他也就比爸爸小个六七岁吧，可还是一副衣冠楚楚玉树临风的样子，有时候甚至淘气得像个孩子，——柳小悦从来没有觉得宋梦南是个中年人，甚至很多时候会对他产生母性的爱怜。

出来检票口，妈妈喊一声"柳小悦！"迎上来抱她，她有点羞涩地叫了一声妈，用拿着手机的那只手象征性地抱了一下妈妈，另一只手拉着行李箱。妈妈的怀抱曾是她有生以来最强烈的梦想，可当这梦想终于照进现实，她却感受不到梦想中的美好与温暖。自小，父母习惯于连名带姓地叫她"柳小悦"，她对别的同学被亲热地喊小名的热望，只有在爷爷奶奶那里才能得到满足。爸爸把行李箱接过去，笑眯眯地望着她，像个心满意足的弥勒佛。她没有去抱爸爸，闪烁着眼神低低地喊了一声爸，就被妈妈拉着去找车了。

爸爸开车，她被妈妈搂着坐在后排。"真把头发剪短啦，你真忍心哪！"妈妈抚弄着她已经剪了快两个月的短发，国庆假期结束她回去上班就剪了的。

"短头发好打理，我现在住的地方离公司远了，干什么都要节约时间……"柳小悦没说完扭过脸冲妈妈皱起了眉头,"唉,我不是跟你视频过一次,专门叫你看过头发吗?"

"那也不是见的真人哪!"妈妈自我解嘲。

爸爸在后视镜里看看她们,笑着说:"短发好,短发更能显示出职业女性的干练!"

他赢得了女儿的表扬:"还是我爸懂我!"

"今年还是一个人啊?"妈妈侧过身子,拉住女儿的手研究着她的脸,"我说柳小悦,事业固然重要,恋爱也不能不谈啊,你都二十多啦!"

柳小悦嗤之以鼻:"一个人怎么了?不谈恋爱怎么了?我不是比去年才大了一岁吗?搞得跟成了剩女似的,有那么严重吗!"

"你都二十二岁了,我跟你这么大的时候跟你爸结婚快两年了都!是不是,老柳?"妈妈向前探身寻求同盟军。

"差不多吧,就那样。"爸爸的眼睛在后视镜里笑成了两道缝。

"你就是结婚太早,年轻贪玩,生下我来不会照顾,今天把我扔给姥姥,明天把我丢给奶奶,还好意思说呢!"柳小悦说完话,瞥了一眼妈妈的表情,怕伤着"母后"。

"行啦行啦柳小悦,你就给你妈一个改过自新重新做人的机会吧。"妈妈笑着抱紧了她。

回到家,看到自己的房间已经被妈妈收拾得焕然一新,柳小悦从爸爸手里接过行李箱,打开了,蹲下来低头往外拿着东西说:"妈,我收拾一下东西,去客厅等我就行,等会儿我把给你和我爸买的礼物拿出去。"半响,不见妈妈脚步动,仰头看看,妈妈站在那里冲她眨巴眼睛,柳小悦醒悟过来,"哦,忘了!"扫视了一遍窗明几净、温馨整洁的房间,撇撇嘴角冲妈妈竖起大拇指说,"我妈真能干,是天底下最会收拾家的贤妻良母,谢谢妈妈,我为你感到骄傲！"

"这还差不多。"妈妈心满意足地拧身出去了。

妈妈是个爱整洁的女人，喜欢收拾家已成怪癖，别人家一天拖一回地，她早中晚各一次，家里的所有东西都有自己固定的位置，井井有条一丝不苟。尤其两年前搬进新住宅楼以后，她几乎把收拾家上升到了搞艺术的高度，还经常带朋友和邻居回来参观，享受别人的感叹和赞誉。柳小悦的父母都是工薪阶层，大三的时候又送她到法国做交换生留学一年，把不多的积蓄花了大半，这套新房子是贷款购买的，柳小悦上班后省吃俭用主动帮父母还房贷。这件事宋梦南并不知道，他正是看到柳小悦不像别的"九零后"孩子那样挥霍父母的血汗钱，才更加觉得她难能可贵，觉得在这个时代还有这样质朴而坚定的女孩，简直就是一件稀世的珍宝。

安顿好，柳小悦第一时间出门去了爷爷奶奶家。开门的是奶奶，柳小悦张开臂膀紧紧地抱住富态的奶奶，撒了老半天的娇。奶奶轻轻拍着孙女的背说："快去找你爷爷，从昨天晚上就开始念叨他的小月月该回来啦。"柳小悦拉着奶奶走进爷爷的书房，爷爷早就站了起来，把老花镜放到书案上，伸出手去说："月月回来啦！"柳小悦拉过奶奶，和爷爷抱在一起。奶奶挣开了说："你和你爷爷说话，我把你三叔拿来的无花果拿来给你吃啊。"柳小悦跑出去，把刚才随手放在鞋柜上的纸袋子拿进来，掏出两本线装书递给爷爷："爷爷，这是我在一家书店买到的，老版本翻印的，看你喜不喜欢？"爷爷坐进椅子里，戴上老花镜仔细翻看着，卸下眼镜笑眯眯地说："这个版本爷爷没有，我们小月月就是眼光好！"

奶奶端着果盘进来说："就知道教孩子看书，月月找男朋友眼光好才要紧呢。"

爷爷拉过柳小悦的手，笑着说："找个有修养的人就好，长相和学历不重要。"

和在自己家不同,柳小悦一进爷爷奶奶的家门就有如鱼得水的感觉,妈妈爱整洁,柳小悦从小在家里被管束到啥也不能碰,沙发巾坐皱了都要挨骂,爷爷家就成了孩子们撒疯的花果山。

三

吃晚饭的时候,柳小悦发现今年的情形和去年大不相同,她开始正式被催婚了。一大家子人围坐在饭桌上,她是孙辈里年龄最大的,唯一的适婚女青年,自然就成了众矢之的,整晚的话题都是围绕着给她找男朋友进行的。二婶说,她同事家儿子研究生毕业后自主创业,开了一家公司,自己买了车买了房,人品好长得也帅,一定要安排柳小悦假期里见一见。二婶自信满满地拉着柳小悦的手说:"那小伙儿说话得体,一点也不张扬,你俩简直就是天生的一对。能行的话,我看你就不要回大城市去漂着了,干脆辞了职回来结婚,小两口一起开公司,过两年给你妈生个大胖外孙——你看你妈这两年也内退了,闲得光剩下跳广场舞了!"她笑着问柳小悦妈妈:"是不是嫂子,你看见人家抱着孙子遛弯儿馋不馋?"逗得一家人都乐不可支。

柳小悦喝了一点红酒,脸颊烫得厉害,二婶偏逼着她答应明天去相亲。幸好手机响了,她拿上去包间外面接电话。是宋梦南打来的,问她到家的情况。

"你怎么有时间给我打电话?"柳小悦用手掌外侧给自己发烫的脸颊降温,她有点酒精过敏。

"我出来散步,想你了,问问情况。"

柳小悦快活地笑起来:"你知道吗?我今年被正式逼婚了,我二婶非要我明天去相亲。"

宋梦南也笑了:"是吗,是个干什么的?跟你差不多大吧?"

"管他干什么的,我才不见呢,无聊!"

"见见也无所谓嘛,也许一见钟情呢。"宋梦南半真半假地开玩笑。

"我怎么闻到了一股酸味?哼,见就见,喜欢的话我就不回去上班了,留在老家过小日子了!"

宋梦南投降了:"好了好了小宝贝,我还不了解你吗?你是个有事业心的大女人,小城市根本就施展不开,一般人哪能读懂你啊!"

"嗯,算你知趣!那我回去吃饭了,时间长了他们会怀疑的。"

"回程的票买了吗?我去火车站接你。"

"买了,可是只有一趟半夜才到的,你出得来吗?"

"到时候我想办法吧。晚安宝贝!"

"晚安。拜拜!"

回家洗过澡,柳小悦摞了两个靠枕在床头,歪在床头柜的台灯旁打算读几页带回来的那本书,怎么着都觉得不如宋梦南买的那把躺椅舒服。宋梦南还让她穿着白色的圆领短袖衫和黑色的一步裙,举着本书靠在躺椅里,支起一条腿面向他的手机镜头,脸和书呈九十度角,尽量把眼珠斜到眼角去看书上的字,他在一边兴致勃勃地进行着所谓先锋艺术摄影。眼珠子斜到眼角去是很辛苦的,她不忍拂他的兴致,努力地配合着他,搞得自己头晕眼花差点呕吐了。想起这件事,柳小悦嘴角上挑悄悄笑了,低声骂:"神经病!"

妈妈敲了敲门进来了,提着自己的睡裙下摆倒在女儿的床上,把脚上的棉拖甩了出去,满脸开心地望着柳小悦,因为眼睛瞪得太大而推起额头上的无数道皱纹来,"阴险"地宣布:"以后妈妈要天天和我的小宝贝一起睡。"

柳小悦惊恐地缩紧了身体,表情痛苦地说:"别,别叫我小宝贝,受不了，鸡皮疙瘩掉一床！小时候也没听你这么叫过我，我还是自己睡吧，我从小自己睡习惯了。"

"哎，不带打击报复的啊！"妈妈支撑起身体和女儿并排靠在床头，"柳小悦，自从你上大学开始，咱俩每年也就见一两面，有时候你暑假打工都不会来，妈妈有很多心里话要跟你说呢——你这越来越大了，有些事情妈妈不关心谁关心？"

"打住！"柳小悦合上书抱在怀里，扭过身子拉开距离警惕地看着"母后"，"谈什么都可以，别谈找对象结婚的事啊！"

妈妈一把揽过她，紧紧地抱住，低声说："你告诉妈妈，是不是有男朋友了？不会又是个外国人，怕我和你爸反对不敢说吧？"

柳小悦想挣脱，身体却不听话，她从小最渴望的就是妈妈的怀抱，可是从学步的时候起就只能摇摇晃晃跟在她屁股后面追，初中时看着别的女同学让自己妈妈像姐妹一样揽着走路，她曾经咬牙发誓绝不让那个叫妈妈的女人抱自己，可是自从离开家上大学开始，妈妈偏偏动不动就爱抱抱她，根本不管女儿愿意不愿意。而每当这个时候柳小悦也都无力挣脱——被妈妈那日渐发福的身体抱住，被她膨胀松软的两只大乳房挟裹着，居然像泡在温度适宜的洗澡水里一样惬意和幸福。虽然有时候柳小悦暗恨自己没骨气，但每次总逃脱不了妈妈蛮横的母爱泛滥。

"没有的事。"她依偎在妈妈怀里，声音低得像撒娇。

"妈妈还是那句话，谈恋爱和事业一样重要，一个女人没有幸福的家庭，就算再成功有什么意义呢？"

"我知道了，放心吧，你女儿不是独身主义者！"柳小悦探身拿过床头柜上的手机，"网上正热播一部穿越爱情剧，妈妈咱俩一起追吧？"

"好看吗？"

"好看，男主可帅了！"

夤夜，爸爸起来上洗手间，听见女儿房里发出奇怪的动静，轻轻地把门推开探头观瞻，只见昏暗中母女俩并排趴着，头朝床尾，两张脸被手机的荧光照得青白可怖，一人抱着一盒纸抽，又是擤鼻涕又是抹眼泪。

快天亮的时候柳小悦醒过来了，睁开眼睛寻思了老半天没搞清楚这是在哪里睡着，她侧身躺着，有个人在后面紧贴着她的后背，三百六十度无缝隙地环抱着她的身体，鼻息轻轻地吹拂着她的后脖颈，带来踏实的安全感。这是她和宋梦南最喜欢的睡姿，只要在一起住，他都会这样抱着她睡。他是个文雅的男人，从来不像别的男人那样有浓重的汗腥味，睡觉也不打呼噜，就算睡了一夜，呼吸间也没有难闻的异味。唯一不好的一点是他有点洁癖，睡觉前，起床后，做完爱都要去冲澡，冲很长时间，有时候柳小悦等着等着就睡着了。

柳小悦把手臂缩回被窝，轻轻地抚摸着环抱在她腰间的那只手，摸到了无名指上的戒指，她清醒过来，此刻抱着她的不是宋梦南，而是逐渐变成了一只袋鼠的妈妈。

那一刻，她感到了对宋梦南刻骨铭心的思念，虽然她依然不愿承认那就是爱。她决定找个借口不去和二婶介绍的那个男孩见面了，她要安静地过完假期，然后回到宋梦南的城市去。

四

二婶把那个男孩的照片发到家庭群里，让大家相看，获得了一致的点赞。柳小悦昨晚追剧到后半夜，凌晨醒了一会儿，上了个厕所回来正式开始甜美的回笼觉，妈妈和她背靠背躺在被窝里参与家庭群的热烈讨论，她浑然不觉。终于，带着全家的热望，妈妈按捺不住期盼的心情，趴在女儿的肩头，把男孩的照片放大到全屏举到女儿脸前："柳小悦，你睁开眼睛看一眼，多帅的小伙儿，你一定能看上。"柳小悦睁开半只眼睛瞄了瞄，又闭上了。

"怎么样？"妈妈问。

"哎呀困死了，让我再睡会儿好不好？"柳小悦拉过被子蒙住了脑袋，瓮声瓮气地说，"起来再说！"

妈妈一点也不恼，精神抖擞地起了床，做好了早饭回来喊柳小悦洗漱，推门看到床上委顿着一卷空被子，柳小悦已经逃之夭夭了。

柳小悦走进和高中好朋友约好见面的肯德基，找了个没人的角落坐下来，在手机上选电影院的座位，过大年、好朋友、爆米花、看大片，这是她每个春节假期的固定项目。还没选好座，手机屏上方跳出个Facebook的对话提醒，于是她决定等朋友来了再一起选座，先看看是哪个国外同学送来了新春问候。

她在十分之一秒内把那个跳出的对话提醒拉到全屏，同时一边的嘴角就挑了起来，发出嘲讽的笑声："哼，猜到多半是你！"用拇指飞快地点击着字母，回复："你也新年快乐，找个中国餐馆去吃顿饺子吧。"

是她在法国做交换生时的美国前男友齐迹。齐迹的爸爸在驻中国使领馆工作过，热衷于中国文化，就让齐迹选修了汉语。他爸的中国名字姓"齐"，喜欢读中国四大名著里的《西游记》，就给儿子也起了个中文名叫"齐天"，取洪福齐天、齐天大圣的意思。在一次学校的冷餐会上，齐天过来跟柳小悦搭讪，用半生不熟的汉语自我介绍说："我的中文名字叫齐天，很高兴认识你。"当时柳小悦打量了他一下，笑得捂着嘴说不成话，把齐天搞得一头雾水不知道自己哪里出了问题。后来柳小悦觉得不礼貌，提议两个人出去散步，出来后柳小悦好容易憋住笑，抬头看着他的眼睛认真地问："你是属猴的吗？"齐天搔搔脑袋说："我不知道，我是1992年出生的，在中国的属相里是什么？"

柳小悦憋不住又笑了："你果然是属猴的，怪不得起这么个名字！"

"这个名字是我爸爸给我起的,有哪里不对呢?"齐天耸起肩膀摊开手眨巴着眼睛。

看到齐天越来越尴尬,柳小悦不能再笑下去了,她一本正经地告诉齐天,他这个名字很容易让人联想到齐天大圣,而在中国的古代神话小说里,齐天大圣就是一只猴子。

齐天眨巴着眼睛说:"是的,这就对了,我爸爸就是喜欢中国古代的那只猴子。"

"但是如果你将来有机会到中国去,这个名字还是容易让人想到猴子的,尤其你是个外国人。"柳小悦认真地告诉他。

"那你能不能帮我想一个好听又厉害的中国名字?"齐天瞪起眼睛来渴望地望着她,目光像孩子一样纯净。

后来他们成了恋人,柳小悦就帮齐天改名叫齐迹,"奇迹"的谐音,英文是 miracle。齐迹高兴得不得了,像只猴子一样抱着她又叫又跳。

柳小悦回国后两个人自然就分手了,主要爸妈也接受不了洋女婿,考虑到毕业后还要找工作奔事业,柳小悦也没有坚持。现在这个齐迹突然在 Facebook 上告诉她:

"我来到中国了,就在你工作的这个城市!"

"啊?你妹,怎么也不提前打个招呼!没开玩笑吧?"柳小悦有点蒙——他还真是个"奇迹"。

齐迹发来一个地图位置,果然就在中国。柳小悦拿指甲敲一敲手机屏,问他:

"你是来中国工作还是旅游?"

"我差不多在中国待一个星期吧,见你一面,爬一爬长城,看看中国的故宫,品尝一下真正的中国菜,然后我就去俄罗斯。我的行程安排就是这样的。"

"可我现在老家过年呢，那你先爬长城看故宫吧，反正上班后我也没时间陪你玩。我也提前回不去，中国的春运你知道，火车票现在改签不了的，等我回去再见面吧。"

"你哪天回来？"

"我下周四晚上十一点到站。"

"啊，我周五早上的飞机到莫斯科！怎么办？"

柳小悦纠结了，这样的话只有周四晚上回去见齐迹了，可是如果宋梦南那天晚上能接站的话，要带上他一起去见齐迹吗？她是个没有多少耐性的人，遇到纠结的事情就容易变得懊恼，懊恼了就会不管不顾地任性起来，过后常常是无尽的追悔和自责。但人是不容易战胜自己的性格弱点的，所以她又没经过脑子就做了一个不顾后果的决定，告诉齐迹：

"那周四晚上你来车站接我吧，聊到天亮送你去机场。"

抬头看看玻璃门外面，还不见朋友来。柳小悦心里渐渐升起了焦躁和不安，看看时间，还不到和朋友约定见面的时间——为了能从家里溜出来，她早到了近半个小时——那就不是因为朋友迟到而焦躁不安。是为了什么呢？只能是为了刚才和齐迹的那个约定。"就算齐迹是我的前男友，他专门到中国来看我，只是见一面，又不做什么别的事情，也不是什么对不起宋梦南的事情吧？再说了，我是自由的，我不属于任何人！"她自己赌气起来，好像宋梦南真的很反对这件事情。"可是，万一他真有时间来接我，和齐迹碰上了也是一件尴尬的事情。"柳小悦的情绪越来越不好，在这种情绪的支配下，她打开微信，索性发了一条信息给宋梦南：

"你周四不要来车站接我了吧？"

没想到宋梦南秒回了："没事宝贝，我可以想办法，一定去接你！"

"你别来了，齐迹去俄罗斯路过中国，来看看我，他周五一早奔机场，我让他接我,正好聊一聊。"想了想,又补充了一句,"他漂洋过海的来一次,不见不好。"柳小悦狠狠地咬了一口自己的手背,真是后悔在意乱情迷的时候把自己和齐迹的故事讲给宋梦南过。

这回过了好一会儿,宋梦南才回复过来:"你决定吧。"

柳小悦立刻生起气来:"你不开心吗?"

"没有。"

"你是不是觉得我们会旧情复燃,做出什么出格的事情来?"

"没有,我说过你是自由的,就像天空中的飞鸟,没有人可以左右你的方向,我也不能。"

"你相信我吗?"

"我相信。"

"你不信!你不高兴。"

"我相信你,宝贝。我正招待朋友,咱们过后再聊吧。"

"好吧,你忙。"

"注意安全!"

朋友来了,看到一脸怒气的柳小悦,惊讶地问:"你怎么了,和谁吵架了?"

五

咖啡馆比家里暖和多了,江淮以南不送暖气,冬天湿冷,难过死了。柳小悦早已适应了北方过冬的方式,每年春节回来几天真是"度日如年"。而且她并不喜欢咖啡馆里的味道,比起泡咖啡馆和酒吧,她更愿意宅在家里,完全出于不影响妈妈和二婶妯娌关系的考虑,她才索性来和那个男孩见面。"靠,我居然跟个'八零后'一样跑到咖啡馆里和人相亲!"她狠狠地嘲讽着自己,并且打算要把这件事当个笑话讲给宋梦南听。

男孩来了,咖啡馆里坐着好几个等人的女孩,很奇怪他一眼就找到了柳小悦。"你好,我是杨林林。"他笑着伸出手来和她握一握,坐下来。

柳小悦望着他微笑,和二婶发来的照片不太一样,他戴着一副黑框眼镜,也和柳小悦想象中的蓝西装白衬衫不一样,他穿一件带风帽的薄羽绒衣,里面套一件黑色的立领羊绒衫,背着一款 Bally 肩包,没有职场青年精英那股逼人的气息,倒像个大学留校的助教。长得也说不上帅气,面孔识别度不高,属于那种看着还顺眼,转身就会淹没在人海的大众脸。聊起天来,柳小悦却觉得很投机很舒服,完全不用找话题,她没有想到杨林林也做过交换留学生,他去的是日本,他们互相讲了很多留学时有意思的人和故事。杨林林让柳小悦更加欣赏的一点是他很喜欢读书,无论到哪里包里都会搁一本书,"不管忙到什么时候,睡觉前我都要躺床上看一个小时书,让自己从一天的世俗应酬中出来,头脑在阅读中重新变得冷静和条理,让思想滋润心灵,然后才能心安理得地入睡"。这让他平凡的面孔在柳小悦的眼里有了光芒。

咖啡馆里的味道越来越浓了,"我们换个地方接着聊吧?"柳小悦提议。

"好的好的。"杨林林招呼服务员买单。

"我的结过了,你买你的单就好。"柳小悦说。

出来咖啡馆,柳小悦以为杨林林会提议去吃个饭,结果他带着点小兴奋说:"我想请你去参观一下我的公司。"

"好吧。"柳小悦上了他的车。

一路上,杨林林都在给柳小悦介绍公司的规模、业绩和市场前景。

"你才比我早毕业两年时间,就有了这么好的事业,你是我的人生楷模啊!"柳小悦由衷地夸赞道。

杨林林自信满满地说:"我也是刚刚上路,我们的目标是两年内能够在创业板上市，还得付出更大的努力。"

一起吃了晚饭，杨林林要开车送柳小悦回家，柳小悦托词还要见个朋友，在商场转了转，自己打的回了家。妈妈迎上来问："怎么样，有感觉吗？"柳小悦手扶着鞋柜弯腰往下拽翻毛靴子，咧着嘴没有回答，爸爸也在沙发上远远望着她笑。换上拖鞋，柳小悦笑嘻嘻伸出手去摸了摸妈妈写满期待的脸，走到客厅沙发上坐下才说："还不错，有的谈，很上进的一个人，我很欣赏他。"

"那你还回去上班吗？"妈妈坐下来拉住她的手，眼睛里闪着光亮。

柳小悦做出一副不可思议的表情来望着妈妈："这哪儿跟哪儿啊！"

"是啊，也不知道人家对你的印象怎么样？"妈妈担忧起来。

柳小悦倒在了沙发上，她觉得此刻自己应该在心里狂笑，笑自己穿越到爸爸妈妈的年轻时代了，可她只是闭着眼睛，听见妈妈匆匆跑到阳台上去给二婶打电话通风报信了。

爸爸去了趟厨房，端着一杯水出来放茶几上说："喝杯热水吧。"

"谢谢爸爸。"柳小悦坐起来，开始给爸爸讲述杨林林的创业经历，她从心里佩服他的事业心和梦想，觉得从他那里得到了自信和力量。她讲得眉飞色舞，一副被打了很多针鸡血的样子。

翌日晚上，杨林林又约她去看电影，她很痛快地答应了。看完电影，杨林林提议去他的住处聊天，柳小悦看看他的眼睛，笑着说："不了，你送我回家吧。"车子在城市的光影里穿行，杨林林左手扶着方向盘，右手轻轻捉住了柳小悦的左手，目视着前方说："我很喜欢你，你能不能留下来？"柳小悦扭头看看他的脸，用开玩笑的口吻说："留下来，为了你啊？"

"为了我们共同的事业吧。"

"可那是你的事业，不是我的事业。"她轻轻地抽出手来，笑着说。

六

"你还是要走啊？"妈妈坐在床上看着收拾东西的柳小悦，"你不是说挺欣赏杨林林的吗？而且人家还向你表白了！"

柳小悦忙着，头也不抬地说："我欣赏他的事业心，不等于我喜欢他这个人啊，这根本就是两码事好不好？"用不着抬头，她就能清楚地看到妈妈的眼神，那眼神很复杂，有深深的失落，淡淡的无奈，还有怯怯的愧疚，每当妈妈用这样的眼神望着她的时候，柳小悦就会感到心里有一种激动向着四肢蔓延，她为此而兴奋，感受到报复的快意。这种心态和情绪由来已久了，大概可以追溯到她上幼儿园的年纪，小同学之间已经会在聊天的时候争相炫耀妈妈有多疼自己，爸爸又给自己买了什么玩具，柳小悦也和她们一起大声嚷嚷，但她其实是在编故事，真实情况是爸爸妈妈都在忙自己的事情，妈妈几乎没怎么抱过她，而爸爸大多是给奶奶扔下点钱，从来没有亲自给女儿买过什么玩具。那个时候，都是爷爷接送柳小悦上下学，晚上也是在奶奶家吃晚饭。晚饭后，奶奶总是在夸柳小悦，说她是所有的孙辈里最听话懂事的一个，每天晚上都会在规定的时间乖乖地上床睡觉。这个世界上只有柳小悦一个人知道，奶奶关上灯出去后，她在黑暗里拼命地睁大着眼睛，努力抵抗睡意的袭击，怕妈妈来接她回家的时候睡着了。她固执的性格大概就是在那个时候养成的。每天早上在奶奶的呼唤声中醒来，深深的失望让她慢慢变成一个不苟言笑的小女孩。而当妈妈真的来接她了，她就使劲地闭着眼睛装睡，希望妈妈能留下来陪她一起睡，或者把她抱起来，让她的小脑袋枕在她绵软的肩头，微微震颤着把她抱回家去。真实的情形却是，妈妈在门口看一眼床上的女儿，问奶奶一声："柳小悦又睡啦？那今天不接她了。"没人知道一个孩子是怎样体会到"哀莫大于心死"的。上小学后，柳小悦从一年级起就自己背着书包到小区门口坐校车，而且常常在奶奶家住，偶尔妈妈来接她，问她回不回，柳小悦写着作业，头也不抬地回答："不回了，你走吧。"

深深的失望使柳小悦变成了一个独立而逆反的孩子，她习惯于从父母的失落中得到快乐，而对此漠不关心的爸爸妈妈却浑然不觉，直到大三的时候柳小悦得到去法国做交换生的机会，父母从经济方面考虑依然没有支持她。要不是三叔愤然指责哥嫂太自私，不为孩子的未来考虑，并且当场拿出几万块钱来资助侄女去留学，柳小悦现在就不会在这家法资外企当小白领了。

"柳小悦你再好好想想啊，你二婶说杨林林也不着急结婚，人家还在等你的信儿。"

送柳小悦到了车站，妈妈挽着女儿的胳膊不放，柳小悦轻柔而坚决地甩开她，用不可思议的眼神望着妈妈说："我的态度还不够明确吗？"她安慰性地抱了妈妈一下，又冲着她旁边的爸爸摆摆手，笑了一下说："我走啦爸爸，你俩互相照顾好。"爸爸拉着行李箱要送她到检票口，"快不用了，你在拖我的后腿。"柳小悦坚决地从他手里把行李箱抢过来。

"到了打电话。"父母异口同声地叮嘱她。

"太晚了，发微信吧。"柳小悦说完头也不回地拉着行李箱进了安检。

就是这样，每次放假回家前都会归心似箭，对父母的思念使柳小悦觉得自己已经原谅了他们。待上几天，怨气又会渐渐死灰复燃，让她的心重新变得坚硬起来，表情变得冰冷起来，以至于分别时竟然义无反顾。

柳小悦放好行李，坐在座位上生气，她生气的时候就是用大拇指飞快地刷朋友圈，高兴的时候才会跑微信群里找闺蜜八卦。她在生宋梦南的气，自从那天跟他说过让齐迹接站，他就再没打过电话来，只是得空在微信上不咸不淡地嘱咐一句："多喝水，少吃辣。"这分明是不信任她，这是典型的冷暴力！最让她生气的是宋梦南在微信里绝口不提齐迹，他把这件事情看成她的隐衷了，他不说，她就更不想提，一想到他可能为此而生气，她就更生气了。

"上车了吧？"宋梦南发来一条微信。

"嗯。"

"注意安全。"

"嗯。"

"确定不用我接你吗？"

"不用。"

然后他就消失了。直到她在午夜的出站口看到背着巨大的肩包留起络腮胡的齐迹，她才意识到自己很可能做了一个糟糕的决定。齐迹有一米九高，鹤立鸡群在出站的人流中，居高临下很轻易地就找到了她，他的眼睛发亮，上来给了她一个大大的拥抱。很奇怪，她当时想的是宋梦南会不会躲在远处的阴影里看到了这一幕。

"Jane，能再次见到你太高兴了，知道吗？我很想你！"齐迹表现出美国式的热情。

"我也想你。"她用中国式的虚伪撒了谎。

七

他们去了附近外国人常泡的一家酒吧，酒吧的门脸临街，走进去是一个楼梯，要顺着楼梯走上三楼，才是酒吧的门。柳小悦和齐迹聊着天爬楼梯，齐迹替她拎着行李箱，楼梯间都是三三两两靠着墙抽烟的老外，有人跟他们说："你好！"推开门的一刹那，柳小悦浑身的细胞都被从门里喷涌而出的打击乐震颤了，眼前是扯着嗓子聊天的一片老外，有两人一桌的，有很多人围在一起嗨的，那一刻她瞬间回到了在法国的留学生涯。齐迹站在那里对侍应生招手示意，问他能不能找个两人的座位，太吵了，柳小悦根本听不清任何一个人在说什么，但她知道这里的每个人都很享受这种高分贝的环境，而且这并不妨碍他们快乐地交流。齐迹把两个人的行李都存到吧台，侍应生领着他们到一个远看并没有座位的地方，真是奇迹，在簇簇人丛中居然有两把凳子和一张小桌。

坐下来，侍应生问他们要喝点什么，齐迹点了一杯朗姆酒，柳小悦点了一杯"天使之吻"，这种鸡尾酒是用甜酒调成的，她还咽得下去。面对齐迹，柳小悦感到了久违的轻松，她"hold住"他，也很享受他那种孩童般单纯的目光的注视。和宋梦南在一起也很舒适，他给予她无边的温存和关爱，年龄和社会地位的差异在他们之间仿佛不存在，他们是平等的，但柳小悦从来没觉得自己能把握住宋梦南，心里很清楚他有多么爱她，他也常像个孩子一样跟她开玩笑，可她还是觉得他是强大而神秘的。

"你总是一副正人君子的样子，你老婆孩子怎么会想到你跟我睡在一起啊？"柳小悦有一次依偎在宋梦南怀里，用自己还没有褪去婴儿肥的圆润手掌轻轻抚摸着他的脸颊，悠悠地说："就算是认识你的人撞见我挽着你走在马路上，他们也不会想到你和我是这样的关系吧。"宋梦南的脸颊刮得很干净，就像他的社会形象一样干净，他吻了一下她花朵般的嘴唇，轻叹一声："在这个世界上，除了你，没人能看到真实的我，有时候连我自己也不能。"

齐迹表情愉快，告诉柳小悦，因为受到老爸的影响，他早就对中国充满了神往，这次去俄罗斯拍照片，特意绕道中国看一眼雄伟的万里长城和辉煌的故宫。"当然，我还想看一看我爱的人生活的城市。"他冲她做了个鬼脸。

柳小悦心里一动："你还在爱我吗？"她一手扶着酒杯，另一只手捂了捂脸，像个微信表情包一样自我解嘲地说："不会吧！"

"是的，你一直住在我心里，你还像在法国时一样地美好。"他一只手平放在自己的大腿上，另一只手转动着手里的酒杯，冲她耸耸肩，眨眨眼，用短着舌头的中文说:"但是,你不爱我了,我也没有办法。"

柳小悦望着他笑笑,对于她来说他们的恋情无论从时间还是空间上都太遥远了,仿佛是另一个世界里另一个人的故事,跟自己没有什么关系,她刚才的心动是因为想到齐迹漂洋过海来看她而感动。"来,往事都在酒里了!"她脸上写满了快乐,豪气地端起酒杯来把胳膊平伸到齐迹脸前,像在中学时代做班里的大姐大那样,另一只手臂插在腰上。大概从初中时候起,柳小悦就是一个"学霸"了,除了成绩好,她还是个"舞霸",周末就带着一帮爱跳舞的同学上街跟别的学校的学生斗舞。大概这也是拜父母所赐了,他们是全校唯一没有参加过家长会的家长了,柳小悦给宋梦南讲过,有一次妈妈接到班主任让她去开家长会的电话,转脸就倒竖双眉呵斥女儿:"你给我闯什么祸了?我们都快忙死了,自己的屁股自己去擦,我不去!"事实上那只是一次正常的家长沟通会,柳小悦一向成绩好,从来没有让老师批评过。她抱着宋梦南抹眼泪:"每次公布了考试成绩,没考好的同学都提心吊胆地怕回去挨家长骂,愁眉不展的样子,他们说小悦啊我们多羡慕你啊,你爸妈一定要给你发奖金了吧!我笑着,其实心里可羡慕他们了,因为我爸妈从来就不过问我的成绩。"宋梦南给她递了一块纸巾,柳小悦擦擦眼泪接着说:"有一次我发挥失常,只考了七十分,一下子紧张起来,生怕爸妈会骂我,结果我自作多情地告诉他们没考好,他们根本就没在听,我妈着急晚饭后去跳舞,我爸放下饭碗匆匆去打麻将了。"她咧咧嘴,哭笑不得地摇着头。

柳小悦本打算只呷一小口酒,酒吧里拥挤吵闹的环境让她觉得燥热,果酒的口感又甜丝丝的,就喝下大半杯来解渴,到了肚子里才醒悟过来那并不是饮料,胃里就像爆炸了一颗原子弹,烧灼感通过血管像蘑菇云一样升到了头上。她的体质对酒精过敏,这一点是从齐迹瞪大的眼睛里醒悟过来的,齐迹直盯盯地望着她的神情让柳小悦意识到自己裸露在衣服外面的皮肤一定都涨红了，她看了看自己的双手，已经可以跟红烧猪蹄媲美了。然后她就感到了头晕胸闷，老外身上浓重的香水味道弥漫在酒吧里，让她觉得呼吸困难。

"啊，我忘了你对酒精过敏了！干吗要喝那么多啊？"齐迹握住她的手，弓着腰过来把她揽起来，从拥挤的人丛中往门口走。柳小悦感到喧嚣的声浪像海潮一样把自己托了起来，她依靠在齐迹的腋下紧紧地抱着他的腰不使自己被海浪冲走。那些好玩的老外都以为她喝醉了，没人帮忙，有人还对着齐迹做鬼脸挤眼睛。

他们站到了街边，齐迹伸手拦出租车，柳小悦倚靠在他身上。恍惚之间，柳小悦觉得宋梦南正在鄙夷地看着自己冷笑，他不止一次指着那些身边跟着一个背肩包的老外的中国女孩说："我最看不起这种给老外当导游，顺带陪吃陪睡的女孩了，她的父母送她到外语大学就是为了给老外当'三陪'吗？"他经常出差住涉外饭店，免不了碰上和老外双入双出的中国女大学生，她们白天当翻译带老外逛，晚上也住一起。柳小悦耳朵听腻了心里发烦，觉得他是在影射自己留学的时候交过外国男友，就放开挽他的胳膊自顾前面走了。宋梦南追上来问："你留过学，你说这样做是不是会被老外看不起我们中国人？"柳小悦站下，鄙夷地白他一眼说："有那么严重吗？聊得来晚上就住一起了不行啊！"

"聊得来就要住一起啊？跟外国人！"

"不然呢？外国人也是人啊，你不要把他们看成怪物，他们和我们一样，大叔！"

年龄相差二十年，柳小悦并不觉得宋梦南和她有代沟，但只要一提到这件事，宋梦南的观念立刻变得和时代格格不入，他很为柳小悦的说辞和态度生气。柳小悦一贯坚持自我，就算是为了爱情也不会做原则上的让步，只是再看到一个中国女孩和老外双双背着肩包走路，她就会想办法转移宋梦南的注意力，把他拉到一边去。

此刻，在凌晨一点左右的城市街头，柳小悦被一个背着巨大肩包的老外紧紧地揽着肩膀，她的行李箱在他另一侧。

八

他们是怎么回到柳小悦的住处的，柳小悦记不清楚了，她不记得自己告诉过出租车司机地址，只记得齐迹从她的包里拿出钥匙开门的时候，她把头顶在他身上，不让他进门，叫他自己去飞机场。后来又发生了什么，她也记不清楚了，她从小就有犯困就失忆的毛病，只记得齐迹把她放床上后，她冷得要死，不停地哆嗦，齐迹烧了开水给她喝，把中央空调开到最大，她还是瑟瑟发抖。他们谈恋爱的时候，柳小悦曾经酒精过敏过一次，齐迹是有经验的，他给她脱去衣服盖上被子，也把自己脱光了，紧紧抱着她，用身体温暖她。

天快亮的时候，她皮肤上的红潮完全褪去了，脸色恢复了正常，觉得身体从里到外都暖洋洋的，像泡在温泉里一样舒服，那感觉跟做梦一样美好。她不由得搂紧了齐迹，把自己紧紧地贴在他身上，不想睁开眼睛，任性地不想让时间流逝。齐迹吻着她，她闭着眼睛迎合着，享受着。

他们做爱了。她一直闭着眼睛，半梦半醒，脑海里一片丽日晴空，感觉身体像躺在漂浮的云朵上一样惬意。几乎没有什么动作幅度，一切却无与伦比。

后来，柳小悦安静地睡着了，齐迹穿上衣服，俯下身子吻了一下她的额头，背上自己巨大的肩包去了飞机场。

醒来的时候柳小悦心情出奇地好，她睁着眼睛对自己微笑，神情仿佛大病初愈的人徜徉在和风里的阳光下。她不让自己去想昨晚的事，认定那不过是一个梦，——有时候她对自己也是任性的。她准备好好地收拾一番家，然后等着宋梦南来找她,她并不打算跟他谈起和齐迹见面的细节。什么也没有发生过,这个她很确定。

九

糟糕的是,她怀孕了。

和初中二年级时初潮的经验来自早熟的女同学的悄悄话不同,她确定自己怀孕借助的是便捷的网购渠道,在快递员送来的大盒小盒里,夹着一袋早孕棒,测试的结果印证了她最恐惧的担忧。这是柳小悦最不愿意接受的事情,自从十六岁第一次有性经验,她都固执而小心翼翼地要求对方使用安全套,对谁都不会网开一面,她曾为此而沾沾自喜甚至扬扬得意。那天晚上齐迹进入她的时候,她在心里一直念叨着让他去拿床头柜里的安全套,可是酒精的作用让她觉得自己是一团跳跃的火苗,只有形状没有声音,她贪恋那种温暖的陶醉感,没有力量也没有意志睁开眼睛,而齐迹一直在吻着她,根本没有给她张嘴的机会。

柳小悦穿着拖鞋坐在地上,脸色苍白地抱着膝盖靠在床边,看着阳光无力地穿透雾霾把微弱的光斑铺在地板上,这是双休日,宋梦南在家陪她的老婆和儿子。自责像一头疯狂的长毛怪兽一样啃噬着柳小悦的心,她开始回想每一个有破绽的细节,痛恨自己为什么就没有伸手拉开床头柜的抽屉,那里有从日本代购回来的0.01毫米的超薄安全套。现在她总算明白过来,第二天早上那种莫名其妙的好心情,可能只是一种生理反应——她女性的身体从没有接受过男性的精液,那是一种神秘的化学反应的结果。真是乐极生悲啊,化学反应带来的效果不仅仅是奇妙的好心情,还有更奇妙的生命在孕育。

之前,她一直狠心地要求宋梦南用套或者体外射精,现在她倒但愿怀的是他的孩子了。她翻看了和宋梦南的微信通话记录，彻底地绝望了：齐迹走后的第四天，宋梦南才得空来陪她，而他沉着脸不愿意碰她，就在她用不容置疑的表情和一点小温柔让他相信她和齐迹什么也没有发生，又开始缠绵的时候，两人沮丧地发现，宋梦南情绪性阳痿了，柳小悦使劲浑身解数也没能让它有丁点的起色。于是她明白了他还是心有芥蒂的，对他的虚伪感到恼怒，赌气不再理他，除了柳小悦来例假，两个人第一次在一起没有做爱。就这样，宋梦南再下次来住，已经是她回来快一个月的事情了。这件事情和宋梦南扯不上关系。

窗外早就是万家灯火了，柳小悦坐在那里一动没动，一整天没吃饭没喝水，也没有上厕所。唯一的活动是头脑没有停止思考，相反它在空前地高速运转着，这是一种本能——希望通过"学霸"的高智商再一次拯救自己于绝境。然而，这世上有些问题根本就是无解的，有时候连上帝也束手无策。她发现，在所有横七竖八的坏情绪中，她最担忧的是如何面对宋梦南。之前她曾设想过如果某一天爱上了别人，她会趁宋梦南不在的时候搬家换工作换新电话号码，从他的视野里彻底消失。她也曾对宋梦南这样说过，也曾在两个人闹矛盾的时候玩过消失。当一切真的发生了，她的所有预案都化为了泡影，她的怀孕，在这个世界上第一个要交代的居然是宋梦南。

有一刻，她飞快地伸出手去拿起床上的手机，翻出了妈妈的号码，那个号码曾经多么熟悉，现在每一个数字看上去都那么陌生，它们组合成一个奇怪的谜面，以至于每一个数字都让她认不出来。她又把手机扔回了床上。她爬上了床，用被子紧紧地裹着自己，大概是饥渴的原因，头脑里有一点点恍惚，她闭上眼，宋梦南戴着眼镜的白净面孔浮现在眼前，他微笑着看着她。人在最绝望的时候，往往只能想到一个人来救自己，希望他能够出现来陪伴和安慰。这个人不是妈妈也不是爸爸，而是她最无法面对的宋梦南。

柳小悦感到两股滚烫的泪水从眼角慢慢爬到了耳朵里。随着年龄的增长日渐充盈身心的满满的自信，瞬间崩塌，在完全没有人生经验的变故突然发生之后，一切都变得糟糕起来，心情，爱情，生活，甚至她灌注了所有热情的工作，都开始找不到意义。命运开始向她的任性进行教训式报复，她早恋，斗舞，出国，跟老外谈恋爱，和有妇之夫同居，这一切原本用一个"我乐意"就能够轻描淡写地变为合理，现在看来其实都脆弱到不堪一击。

痛苦使她疲惫，不知不觉小睡了一会儿。睡梦中也不得安宁，她梦见宋梦南龇牙咧嘴地掐着她的脖子，因为窒息而咳嗽起来。醒来心里攸地生疼了一下，因为睡着而恢复的精力使她的头脑开始可以进行冷静的思考，不过就是一次意外怀孕而已，因为自己一直以来的小心翼翼而变得放大，其实没有那么糟糕：外企的年休假都在二十天以上，她完全可以向单位请一个年休假，同时向宋梦南谎称出差，神不知鬼不觉地在外地把孩子做掉，一切就跟没有发生过一样。柳小悦明白过来，她这么痛苦和懊恼，只是因为对自己没有坚持原则的深深自责——她是个习惯于不原谅自己错误的人。

十

柳小悦给宋梦南发了一个位置，又拍了一个视频发给他，告诉他会议酒店的环境相当不错。

"我有点晕机，早点睡了。明天还要早起准备谈判会。"她给宋梦南发了一个拥抱和晚安的表情，关了手机。她很少关机。她已经上网查过，最佳的人流时间是怀孕六到八周，她正好不到八周。医院也在网上预约好了，是一家高档的私人女子医院，可以不要家属签字就能做无痛人流。她怕疼，从小就怕。

睡得不错，她早早就起了床，冲了淋浴，换了件宽松的衣服离开酒店。网约车已经在酒店门口等她。这是一座多水的南方城市，跟宋梦南还在寒流里的大都市不同，这里正是花木葱茏阳光温柔，柳小悦坐在车后座上，出神地欣赏着街景，街上的车流和街边的行人都使她觉得轻松愉悦，她浅浅地微笑着，感觉到自信在体内开始复苏。

医院的环境跟想象的一样整洁美好，接诊大厅的绿植和导医的笑容都让她觉得舒服。主治医生是个白皙端庄的大姐，她平静而细致地问过柳小悦的情况，笑笑问："他知道吗？"

"他不知道我怀孕。知道了也不会同意我打掉孩子。可是我不想这么早要孩子，我的事业才刚刚起步。"柳小悦自己也搞不清哪些是谎话，哪些是心里话。

医生没有直视她的眼睛，把笔尖放在单子上说："那你只要下了决心我就给你开单子先去体检，两件事要跟你讲讲清楚，一个是人流可能会影响以后的受孕，再就是做无痛的话麻药是很厉害的，术后你需要办个床位休息过来再走，不着急吧？"

"不着急。我怕疼，还是做无痛吧。"

医生开完单子，推给她，笑容很清澈也很温柔。柳小悦心里一热，眼睛就泛红了。

做B超，化验白带，做心电图，化验血。都有一个跟她年龄相仿的导医女孩带着，她最怕一个人跑医院的，这次居然有些乐在其中。顺利通过体检，换好衣服，躺在手术台上等待着麻醉。

"姐，没事，睡一觉就好了。"推她进手术室的时候，导医女孩悄悄宽慰她。

"一会儿有人来接你吗？"

柳小悦轻轻地摇摇头，想笑一个，泪水却淌了下来。

悠悠转醒，感觉头有点疼，身体还没什么感觉。柳小悦睁开眼睛，看到的是导医女孩灿烂的笑容辉映着她身后浅粉色的墙壁,房间里充满了天堂般的亮光。"姐,有人来接你了!"导医女孩喜滋滋地告诉她。柳小悦心里一紧,慢慢地转过头,看到了面沉似水的宋梦南。

"你怎么来了?"她恼怒地质问他,一道眼泪流过鼻梁,和另一道眼泪汇合在一起。

导医女孩识趣地悄悄出去了。宋梦南走过来握住柳小悦的手,柳小悦感到他的手冰冷,而且在微微颤抖。她要把手抽出来,被他紧紧地攥住了。她怒目金刚地盯着他,眼泪像小溪一样流淌。他把头埋进她的臂弯里,脸贴着床单,声音沙哑地说:"我本来想给你一个惊喜,请假来陪你两天,下飞机打的到了你住的酒店门口,正巧看到你坐车离开,我看见你一个人这么早出门,觉得奇怪,就跟着你来到了医院。一整天,我都在远处看着你来来去去,我的脑子都快炸了,我的心慢慢地结冰了,我没想到……"

"我们分手吧,我不想跟你吵架。"柳小悦闭着眼说。

宋梦南抬起头来,看着她:"孩子是谁的?"

柳小悦依然闭着眼:"问这还有意义吗?我知道你不会原谅我的,你走吧。"

"你爱我吗?"

"问这个没有意义。我累了,想睡会儿,你不要逼我。"柳小悦哭起来。

听不到宋梦南的声音,麻醉药效还没有过去,她感到自己在慢慢地沉入水底,抽泣着睡着了。

十一

"柳小悦,醒醒,别睡了,妈给你做好早饭了,快起来吃了给你二婶回个话，你准备啥时候见面，人家小伙子那边还等着你回话呢！"妈妈坐在床边推她。

柳小悦睡眼惺忪地转过头来，盯着妈妈问："妈，怎么是你？这是哪儿？"

"什么哪儿，睡糊涂啦！这不是在咱家里吗？"妈妈忽然发现了什么，抹了一把女儿脸上的泪水，"我说柳小悦，你梦见什么啦？哭成个这样子！"

柳小悦一骨碌爬起来，结结实实地抱住了妈妈，抽泣着说："妈，我做了个噩梦。"

"梦见什么了？给妈妈说说。"妈妈抚摸着她的背。

柳小悦放开她，探身扯了张纸巾擦擦眼泪说："你先出去吧，让我再难过一会儿。"又缩进了被窝里。

"小宝贝，今天见不见那小伙儿？你婶还等着回话呢。"妈妈拿走她手心里的纸巾，抚摸着女儿的头发小心翼翼地问。

"我不知道，一会儿吃完饭再说吧。"

"好吧，你赶紧起啊，你爸等着和你一起吃饭呢。"妈妈出去了。

柳小悦把手伸进枕头底下，摸出手机来，看了看微信，宋梦南并没有发来消息，Facebook 上有一条对话提醒，但也不是齐迹的。

她的眼泪又下来了。

2017 年 11 月 15 日　初稿于厦门
2017 年 11 月 24 日　二稿于武乡
2017 年 12 月 2 日　定稿于太原

一

　　尹先生身量不高，小雅悄悄目测了一下，也就一米七上下吧，跟自己穿上中跟鞋差不多。可他的身材比例很好，站在那里的时候很匀称，走动的时候又很协调，所以没有高个子站在他身边对比的时候，就很有些玉树临风的意思。小雅偶尔看一眼他的背影，无端地就会觉得这个人很风流，让她想起上大学时在图书馆看到《西厢记》里写张生的一句话：自有一种风流体态。不过尹先生可不是惯常见到的那种浮浪之人，他举止得体，表情庄重，从穿着到气质都是一致的温文尔雅，只是不能笑，他微笑的时候眼睛里总是荡漾着一种说不出来的温情，每次小雅和他对视的时候都会把眼神慌慌地逃开，她做得很自然，只不过总得偷偷屏住呼吸。

尹先生是喜欢让小雅助餐的客人之一，不同的是碰上小雅在忙的时候，别的客人就会换餐厅里其他的女孩助餐，而尹先生不会，他会计领班悄悄跟小雅说一声，然后要一壶红茶来慢慢地喝着。他不怎么玩手机，如果领班告诉他小雅还要好一会儿，他就会拉开皮质柔软的黑色皮包的拉链，掏出一本厚厚的书来放在面前的桌面上，又拿出一个轻薄的笔记本电脑来，轻轻地放在左手的桌角，两只手卸下眼镜，搁在电脑上，把书翻到正要看的那一页，左手手指压住书页，右手轻轻地握着茶杯，低下头看书，直到小雅过来微笑着和他轻声打招呼。他一个人的时候吃饭很简单，通常是一两道菜和一盘意粉，不开车的时候会喝一杯红酒，必不可少的是总要叫一盅汤，酸辣口味的居多，乌鱼蛋汤或者是菌汤类。这家高档私家餐厅赚口碑的法宝是给熟客建立口味档案，第一次给尹先生助餐的时候，小雅照例微笑着问道："先生请问有什么忌口吗？"尹先生抬起头来，笑一笑，注视着她的眼睛说："没有，我百无禁忌。"

"那您是看看菜单，还是我给您推荐一下今天的特色菜品？"

"都可以，你给我介绍一下吧。"

"请问您是一个人用餐还是一会儿有朋友来？"

尹先生一直在看着小雅，笑意在眼睛里荡漾，语调轻松地说："我一个人，简单一点，晚上吃多了不舒服。"

除了眼睛所看到的，小雅对尹先生其他的都一无所知，助餐生是不允许和客人聊天的，除了要戴手套，如果客人有要求，还要戴上口罩。小雅是在尹先生刷卡签字的时候知道他姓尹的，他把名字写得龙飞凤舞，其他两个字小雅认不出来。

再来的时候，尹先生看着小雅戴着白色手套用不锈钢勺子给自己的餐盘里布菜，他放下筷子，用餐巾擦了擦嘴角，眨眨眼睛笑模笑样地望着小雅说："我能不能给你提个要求？"

"可以呀！"小雅放下餐具，下意识地从缀着皱褶花边的围裙口袋里拿出口罩来，准备撕开塑料薄膜包装，"您是不是想让我戴上口罩？"她望着尹先生笑意盈盈的双眼，等着他的点头或者默许，但她看到尹先生乐不可支地把身体靠到椅背上，头和下巴向后扬去，笑出了声来，把脸都憋红了。很快他收敛了自己，又坐得端端正正，只有眼睛还在笑着，用开心的口吻低声说："你误会啦，我是想让你脱掉手套！我小时候身体不好，经常到医院去打针，看到白大褂、白口罩、白手套就条件反射——你带着白手套给我布菜，我哪有心情吃饭！"他对着有些不知所措的小雅做了个鬼脸，继续笑眯眯地望着她。

"可以呀！"小雅笑一笑，侧过身去，把手套轻轻摘下来，叠好了装进围裙口袋里，她觉得暴露在空气里的两只手从来没有过的舒适，好像暮春的黄昏在河边散步时微风拂在脸颊上一样的惬意。她从服务员的托盘上捧起汤盅来，放在尹先生餐盘边，用拇指和食指的指肚捏起盅盖，汤里的热气微微升腾的那一刻，她听见尹先生轻轻地赞叹了一声："多么漂亮的手啊！"

二

尹先生第一次带女人来，是一个小雅认识却不认识小雅的女人。那个女人在这座城市里很有名气,她是电视台一档综艺节目的主持人。看上去他们是老朋友了,坐下来的时候尹先生帮她脱外套,她把一个漂亮的烟盒扔到桌子上,又拿起来拔出一支细细的女士香烟来,微微启开红唇衔住一点烟嘴,等着尹先生给她点上。尹先生坐着没动,扬扬眉毛,示意给她看墙上禁止吸烟的标识牌。两个人默契得像是在演卓别林的黑白默片,而小雅就是旁边负责举台词牌子的剧务。

小雅用训练出来的站姿候在一边,保持着适当的距离和得体的微笑,等着他们准备好了点菜。也许是灯光幽暗的缘故,她发现女主持人的肤色并不像电视上看到的那么白皙,她的皮肤带有一点浅浅的棕色,好像东南亚人种。说话也不是主持节目的时候那种甜丝丝有些发嗲的腔调,这个时候她的笑声和表情都很放肆,好像故意地要活动一下在镜头前变得僵硬的五官。但不管言谈举止多么粗鲁,她还是美的,她那双剪纸一样的大眼睛,整个晚上只盯着尹先生,从来没朝小雅看过一眼。

餐厅的墙上、楼道间挂满了老板和演艺明星、世界冠军的合影,名人在这里不是稀罕物儿,小雅还管得住自己眼睛和心情,她微微欠着腰低声问女人:"请问您有没有什么忌口?"

"等等啊,等等啊!"女主持人探身拿过自己巨大的手提包来,把头埋进去翻找着什么,嘴里念叨着,"去哪儿了?去哪儿了呢?"她长而蓬松的头发把包完全遮住了,卡座里本来就不够明亮,她把所有可以到达包里的光线都给遮没了。

尹先生笑着对小雅说:"没关系,她没什么忌口,她跟我一样,百无禁忌,什么都吃……"

"谁说我什么都吃?"女主持人把脸从头发里露出来,翻了尹先生一眼,埋怨道,"我不吃羊肉,你不知道?!"

尹先生笑眯眯地望着她，反问道："你怎么会不吃羊肉？你不是草原上长大的吗？不吃羊肉你怎么长大的？"

女主持人用牙齿轻轻咬着薄嘴唇，费劲地把包的拉链拉上，放到一边，长吁一口气坐好了，支叉着两只手整理着头发，假作嗔怒地说："草原上长大的就非得吃羊肉吗？除了羊肉就没有别的可吃的了？"

小雅有些奇怪，她费这么大劲钻进包里折腾半天，居然什么都没拿出来。

"我不是这个意思。"尹先生眨眨眼，"我记得你是吃羊肉的啊，上次我们不是还去吃火锅了吗？"

"哼哼！"女人把嘴角撇上去，薄薄的鼻翼也被扯动了，她盯着尹先生连连冷笑，"记错了吧？露馅了吧！说，你把谁错记成我了？你跟哪个骚货去吃火锅了？从实招来！"看尹先生居然还在笑，她气哼哼顺手拿起小毛巾来朝他砸过去。

"别闹别闹，有孩子在旁边呢！"尹先生接住毛巾，看了一眼旁边的小雅。小雅笑了笑，她看到女主持人表面生气，眼底一直泛着笑意，知道她在和他打情骂俏，当不得真，微笑着没有出声。

给客人面前放红酒杯的时候，小雅注意到女主持人看了看自己的手，不知道为什么手就哆嗦了一下，好像有火星溅到了皮肤上。她用眼角的余光不经意地扫了一眼尹先生，尹先生保持着他泰然自若的神态，正和他带来的女伴聊得兴起。

"你有专业功底，嗓音条件又好，怎么就不唱歌了呢？主持人是个人就会做，歌唱家可得有天分，我真是替你感到惋惜。"他在夸赞她。

"是吗是吗？"女伴眼睛里闪着亮光，她身体前倾，乳房几乎要搁到了桌边上，高兴地拿自己的红酒杯碰了碰尹先生的杯子，"很多人都跟我这么说过，包括那个谁谁谁，就是那谁嘛，在作曲界很有名气的那个老头儿。"

尹先生收敛了笑容，认真地看着她问："为什么？"

"唉，"她惋叹一声，黯然神伤起来，像个小女孩一样嘟起嘴来说，"现在说啥也晚了，我都三十多岁的人了！十年前我年轻，嗓音条件好，功底好，人也漂亮，可就是脾气不好，谁要敢借着让我上节目的机会沾我便宜，老娘大耳刮子就上去了，我才不管他是导演制片还是阿猫阿狗！后来就没人找我了呗，大的晚会上不去，下乡走穴又太辛苦，正好有个机会，我就离开歌舞剧团到了电视台——也算混了个脸熟吧，比我唱歌那会儿有名气多了。管它那么多，怎么开心怎么来！"她安慰着自己，说完话静静地望着尹先生，等着他表态。

尹先生跟她碰了碰杯，无声地笑笑，若有所思地说："我喜欢你的个性，很多人为了出名什么都可以不要，无所不用其极，你真的不容易。"他呷了一口酒，看了女伴一眼，笑起来，"不过每个人的人生价值的实现还是要把生命都投入在自己热爱的事业上，你放弃唱歌，肯定会越来越后悔的，年纪越往大走越会后悔……"

"嗨，嗨，嗨！你能不能说点让我高兴的？还能不能愉快地聊天？知道你是教授！"

"我是实话实说，你看你，又不是外人，我哄你有意思吗？"尹先生喝上酒就会变得有点嬉皮笑脸。

"哄你个猪头！"女人伸过筷子来打他的手背，尹先生躲开了。小雅在一边偷笑，背过身去拿起红酒瓶往醒酒器里倒。

尹先生起身去上洗手间了。单独面对女主持人的时候，小雅发现自己突然就很紧张，她用左手轻轻拿住右手的手背搭在小腹前面，看着她，不知道该不该问问她还需要什么。好在女主持人一直在忙着给人发微信，直到尹先生回来她才骂骂咧咧地放下手机，怕尹先生误会，哂笑着屈起瘦长的手指，用装饰着象牙晶片的指甲敲了敲手机屏幕。

看到尹先生回来，小雅一下子放松下来。尹先生看看她的眼睛说："菜撤了吧，把我存的红茶来一壶，我们消消食、聊聊天。"

女主持人朝尹先生飞了个媚眼，站起来跺跺脚说："我去洗手间补补妆啊。"小雅赶紧说："我带您去！"女主持人没说好，也没说不好，只是跟着小雅抬起的右手走。到了洗手间门口，有服务生替她打开门，小雅站了一下，看着她进去，这才返回来，她发现自己心里有了一点小小的委屈，赶紧对着空气微笑了一下。

尹先生看到她回来，有些难为情地笑着说："让你见笑了！"

"哪有？"小雅觉得脸颊有点微微发热，赶紧转身去端茶壶，倒好茶，飞快地看了尹先生一眼说，"原来您还是位教授！"

"那你以为我是做什么的？"尹先生饶有兴味地望着她。

"我以为您是位记者或者作家呢。"

"哈哈哈！"尹先生开心地笑起来，他整了整自己额前的头发，直到女伴回来之前，他一直在意犹未尽地乐着。

"你傻笑什么呢？我哪里不对了？"女主持人有些莫名其妙，低头检点着自己的穿着，又拿起手机来照了照自己的脸。

尹先生笑着摆摆手。

那天他们走得很晚，女主持人一直在轻声地唱着一些女歌星的成名歌曲，每唱完一首都会问尹先生一句："怎么样，比原唱唱得好吧？"尹先生用一个很舒服的姿势靠在椅子里静静地倾听，听完了会赞叹一句："好，真好！"可能是平时抽多了烟的缘故，她的嗓音有些沙哑迟滞，这使她在浅吟低唱的时候发出的声音像饱经风霜的草木一样瑟瑟发抖。小雅开始的时候被她突然变成了另一个人而困惑，渐渐地觉得身体像泡在水里的糖一样慢慢分解飘散，心神被那塞壬一般的歌声所俘获，站在一旁听得如醉如痴。别的卡座的客人渐渐都走完了，灯光也越来越暗，但那个女歌唱者的皮肤却越来越白皙，五官越来越精致，她的表情也越来越温柔，整个人焕发出一种月光下的白莲一样的美来，美到震颤着小雅的心魄，她真的忘我了。

女主持人忘我地唱着，小雅忘我地听着，好像在开一场只有一个观众和一个演员的演唱会。直到消失在空气里的尹先生提醒道："我们该走了，小雅累了一天了，快点休息吧。"小雅只是摇头，说不出话来，看着女主持人挽着尹先生走下楼梯，她才意识到已经把他们送到了楼梯口，而自己竟浑然不觉。

三

有时候不到用餐的时间，或者等朋友来，尹先生会到餐厅的茶室喝茶。他喝茶，也只要小雅做茶道。当此之时，尹先生就会显得很健谈，不断地发出开心的笑声，小雅发现他跟人说话的时候总是很专注地望着对方，而当尹先生低头看手机的时候，她又发现他的头发不长也不短，而且总是干干净净，从来没有显得油腻，小雅猜想他一定习惯每天早上起床后洗澡吧。

就是在茶室喝茶的时候，尹先生第一次问起小雅的名字："小雅是你的真名吗？""当然是真名。"她回答得不像助餐时那么客气，单独和他隔桌相对的时候，她保持着茶艺表演的姿势和表情，但心情和眼神都是放松的。尹先生把端到嘴边的茶杯停了下来，有些惊喜地睁大了眼睛问："是《诗经》那个小雅吗？"

"就是那两个字。"她低眉顺眼地摆弄着茶具，很意外没有听到通常那些中年男人别有用心的询问，多大了，哪里人，想换个好点的工作吗，等等。

"那你父母一定是有文化的人，他们也是教师吗？"

"他们不是，我的名字本来是女字旁一个亚洲的亚，这是后来我自己去派出所改的。"小雅看了一眼他，微笑着。

"哦，好啊！你是大学毕业吧，学的是古代汉语？"尹先生把茶杯搁下，研究着她。

"我大学学的是西班牙语。"她有意使语气显得漫不经心。

"是吗？西语是大语种啊，这几年越来越热了！"他几乎是喊了出来，"那为什么没去翻译机构工作，要来这里打工？"

"我还不想去上班，打工自由，我想攒点钱再去考研究生。"

"挺好，挺好！"尹先生兴致高涨起来，"你对古典文学感兴趣的话，可以考我的硕士，我正好是教古汉语的。"他伸手去拿自己的包。

"我一般般吧，想考比较文学。"小雅眼皮也没有抬，心里有一点点失望：绕来绕去他还是落了俗套，要给名片留联系方式了。

尹先生停止了动作，手抚在包上不动了，他刚才大概真是想拿名片给她。"哦，这样！"他收回了手臂，坐端正了，端起茶杯呷了一口，放下杯子问她，"你刚毕业吧，应该是90后了？"

"我二十一了，夏天刚毕业。"

"那我正好大你一倍。"尹先生笑起来。

小雅给他添上茶，"您有四十岁了吗？怎么这么年轻啊！"她没有恭维他，他看上去确实只有三十出头的样子，除了青色的胡茬，皮肤保养得比女人还要好一些。

"哪有？我大概跟你爸爸差不多大吧。"尹先生用一种温和而哀伤的眼神看着小雅，小雅发现他笑的时候眼角是隐隐出现了鱼尾纹——之前怎么就没有发现呢？

领班出现在门口，她轻声说："对不起尹先生，打搅您了，您的客人到了。""哦!"尹先生站起来转过身去。小雅抬起头来,看到一个穿粉色大衣的女孩笑吟吟地站在门口,乌黑的直发垂过腰际,头上别着一支黑色的璎珞发夹,有两绺头发不经意地搭在胸前,把她的脖颈衬托得雪白。女孩望着尹先生笑,不说话,淡红的唇缝露出白玉般的牙齿,眼睛很黑,睫毛很长,她微微含着胸,两手并在身前提着一只白色的坤包。小雅想,这女孩看上去比自己大不了几岁,应该是尹先生的学生吧。

尹先生迎上去站在女孩面前,柔声问:"饿吗蔡薇?喝会儿茶还是去吃饭?"女孩望着他,眼睛弯弯盛满了笑:"我都可以的尹老师,你跟我这么客气干吗?"

"那好吧,先去吃饭。"尹先生回头看看小雅,小雅已经站起身来。

领班还在门口,招呼尹先生和女孩:"这边请,尹先生还是老位置吧?"她关照了小雅一声,"小雅,我先带客人过去,你准备好了就过来啊。"

小雅答应着,对着尹先生的背影做了个"阴险"的鬼脸,心里得意起来:"哈哈,果然是他的学生,被我猜中了,耶!我可以去报考心理学专业了。"她几乎是跳着去更衣室换衣服,自己也不清楚到底在瞎高兴什么。

站到餐桌旁小雅才发现女孩的脸盘端庄大气,和那些五官精致小巧的时尚女孩不同,她的鼻子挺直,嘴形很周正,笑起来既含蓄又大方,是典型的唇红齿白,有一双水汪汪的大眼睛,符合中国传统审美的古典面庞,而且她敢肯定女孩绝对没有整过容。小雅照例先问女孩:"请问女士有什么忌口吗?"

"我不吃韭菜,其他都可以。"女孩用她含笑的眼睛望着小雅,夸赞道,"小妹妹你长得可真好看!"说完还在恋恋不舍地研究着小雅。

"姐姐才漂亮呢!"小雅由衷地回报她,她觉得自己心里的快乐在成平方地增长。

女孩不喝茶,她把红酒当水喝,每和尹先生碰一下杯她都会喝完。

"少喝点酒吧,多吃菜!"尹先生担心地劝她。

"没事,高兴,我想喝点,好喝。"她对尹先生温柔地笑笑。

过一会儿,尹先生又忍不住劝她:"蔡薇,少喝酒,多喝点热水,天气干燥。"小雅看出他的眼神是真的心疼她,她不知道该不该给女孩倒酒了。

"水喝多了眼睛会肿的,你就别劝我了尹老师!"女孩端起杯来让小雅倒上,很爽利地举杯,"来,我敬尹老师!"

尹先生喝完了,把杯子放下,对小雅说:"来一小碗泰国香米吧,让她吃完再喝。"

"我不要,我吃不下去!"女孩看着小雅说,"不要了。"

尹先生微微皱起了眉头,语气坚决地说:"不行,必须吃!小雅你去拿吧。"

女孩不说话了,她低头夹菜,拿起手机来边吃边看,很惬意的样子。尹先生也开始看他的手机。直到服务员用托盘把那碗香米端过来,尹先生才放下手机,亲自从小雅手里接过来,放到女孩面前,看着她。女孩没有抬头看他,右手拿起勺子开始吃米,左手还在举着手机看。尹先生就自己端着酒杯慢慢地呷着,正午的城市就像一幅风光照片,他很少见地打量起窗外的楼群和天空来。

女孩吃了小半碗米,又端起红酒杯。尹先生和她碰了一下,用悠闲的目光看着她,问道:"什么时候不吃韭菜了?从小就不吃吗?"

女孩兀自笑起来,看了看旁边的小雅。小雅问她:"需要我回避一下吗?"

女孩赶紧摆手:"没事没事,没什么不能说的。小妹妹你有男朋友了吗?"

小雅微笑着摇摇头。

"一定有很多人追你吧？"女孩眼睛亮亮地打量着小雅。

"我有过男朋友，他回国了。"小雅告诉她。

"她是学西班牙语的。"尹先生一直在饶有兴味地看着她俩说话，这时候插了一句。

女孩没有像尹先生刚听到那样表现出惊讶，她把目光回到尹先生脸上，笑着说："我原来是吃韭菜的，上大二的时候有个男生约我晚上出去看电影，回学校的路上他突然抱住我强吻……"她平静地说了一句粗口，"妈的，他晚饭吃的是韭菜饺子，把牙缝里的一片叶子粘在了我牙上！"

小雅惊讶地瞪大了眼睛，尹先生已经笑得趴在了桌子上。

女孩自己喝了一口酒，面无表情地说："我硬撑着回到宿舍，冲到洗手间吐得昏天黑地，胆汁都快出来了。从那以后我再也不吃韭菜了。"她眼神平静，好像在讲别人的故事，讲完又恢复了她那无所谓的神情，转头看看周围，问小雅，"这里不让吸烟吧？"

小雅下意识地摇摇头，然后才感到一点点惊讶。尹先生已经脱口而出："你还抽烟哪？"

"说不上，我只是喜欢夹着烟的时候，烟雾缭绕辣到眼睛的感觉，这让会我感觉自己很成熟，很有女人味儿。"女孩依然一副无所谓的神情。

尹先生笑了："你要的是风尘感吧？这我真没想到，不过女人抽烟是很性感。"

"有什么不好吗？"女孩看看他，神情淡然。

尹先生笑一笑，和她碰杯，没发表意见。小雅却觉得女孩一下子亲切起来，好像她俩真的是熟悉的好姐妹。

四

餐厅打烊就接近午夜了。小雅和一起打工的女孩楠楠回到合租的住处，她们把餐厅里剩下的叉烧包带回来做夜宵。两个女孩进门把外套扔一边，歪倒在小客厅的沙发里，右手拇指飞快地刷着手机屏上的微信朋友圈，左手拇指和食指夹着叉烧包有一下没一下地小口啃着。离开工作环境，她们身上的泥壳慢慢碎裂，褪去，恢复了本真的个性，落落寡欢的神情渐渐回归并凝聚在小雅男孩一样浓密的眉间，她把自己蜷曲进沙发里，顺手把手机扔到茶几上，看着天花板上淡黄色的羊皮纸吸顶灯，若有所思地说："那个尹先生，今天又带了另一个女的来餐厅，他每次都带不同的女人来，每一个看起来关系都很暧昧，你说他为什么这么做，他心里想的都是什么呢？"像在问楠楠，也像在问自己。

楠楠像个机械人一样一格一格地转过头来，瞪圆了两只大眼睛望着她的样子，眨巴眨巴眼试探着问："跟我，说话，呢？"

"没听见就算了，我去洗澡了！"小雅弹射起来，趿拉着拖鞋去了卫生间。

楠楠用咏叹调冲着她的背影问："你不会是喜欢上那个尹先生了吧？——我天！"

小雅先打开淋浴，又坐到马桶上，托着腮盯着对面的白色瓷砖墙冷冷地看了几秒钟，扭身拽下一块纸巾，把自己擦了擦，飞快地甩掉身上的衣服，走进了淋浴间。水很烫，她站在莲蓬头下微微仰着脸，闭着眼睛让水线冲刷着自己，感觉自己像一条晒太阳的蛇，慢慢地集聚着热量，恢复着活力。从小，她就怕冷，总是比别的小孩多穿一件衣服，裹得像个粽子，妈妈偶尔注意到会问一句："你怎么穿那么多？"她固执地站在那里不动，妈妈的思维已经被自己接下来要干的事情转移过去了，只想着赶紧把女儿送到学校去，匆匆忙忙地冲她招手："走吧走吧，别磨蹭了！"她不紧不慢地跟在她后面，妈妈自顾走路，有时候会把她甩下老远。爸爸偶尔才回来，扔下一把钱给妈妈，说一句："需要给孩子买什么就买吧。"在学校里，那些调皮的男生给她起了个外号——"冷血动物"，她从来不理睬他们的恶作剧，小小年纪脸上的表情越来越冷漠，眉宇间总是挂着落落寡欢的神情。

她闭着眼睛让滚烫的水流漫过身体的每一个细节，像橱窗里的塑料模特被放置在雨中，很长时间才让身体适应了水的温度，变得舒适起来。她抬起右手，摸了摸自己小巧紧致的左乳，乳房下的心跳让她感觉到了体内澎湃的青春能量和心中越来越坚定的自信。她不知道别的女孩是什么情况，她自己是随着身体的变化开始产生自我意识和对外界的感知的。十四岁的时候她上初中二年级，一个下午的自习课上，突然觉得小腹里闪电一般铮然剧痛了一下，差点叫出声来，然后一股细细的热流开始从体内慢慢往下蜿蜒。她没有惊慌失措，从书包里拿出一包面巾纸装进裤兜里，轻轻地起身去了厕所。片刻之后，她脸色微显苍白、神情自若地回到了教室，在自己的坐位上坐下继续看书。晚上回家后她没有告诉妈妈，把那个脏了的内裤用纸巾包起来扔进了手纸篓里，用淋浴把自己冲洗了一下，垫上了放学路上在超市买的卫生巾，那个牌子之前听班里发育比较早的女同学悄悄说过，适合少女用。

初潮以后，她不但没有像一般女孩那样变得举止娇弱、内心自恋，反而像一株把根须深深扎入土壤里的青藤，从心灵到身体都感觉日甚一日地蓬勃起来，那颗心像渐渐成熟的坚果壳一样越来越厚，越来越硬，身体里的能量和激情却与日俱增。在感受到自己潜滋暗长的信心的同时，她也注意到了自己在男同学眼里的变化，她更加高扬的下巴和跳跃式走路的姿势不再招来他们的嘲笑，他们看她的眼神开始变得怯懦和闪烁；她也注意到自己在成年的男人和女人眼里的变化，那些年纪和衰老程度不同的男女看她的时候，眼神好像刚刚听到了一则不大不小的新闻，这里面有对蓬勃的生命力的美好回忆，也有对美好的青春的温柔呵护。唯一没有注意到她的变化的，是爸爸和妈妈，她变得光洁和红润起来的小脸儿，他们没有看出和孩提时有什么不同。

初中毕业那年暑假，她被常在一起练舞的本校舞蹈社团的那个高中男生带去了他家里，草草结束了自己短暂的少女时代。那个男生她很喜欢，她视他为自己的初恋，他却因为事后的恐惧而装病好长时间没有没有联系她。她并没有对他产生过多的思念和依赖，她感激他带给自己的那一点点慰藉，那件本来可以是件大事的事情，带给她的只是出奇的平静。那以后，她第一次告诉自己，自己的命运要自己把握，不可以依赖其他的任何人。

小雅从卫生间出来，发现楠楠已经回自己的房间去睡了，她和小雅不同，可以睡前不洗澡，抓紧一切时间睡觉，然后把节省下来的时间花在第二天早晨的化妆上。

小雅回到自己的房间，躺下来，插上耳机听美国歌手 Eminem 的说唱歌曲。在阿姆激愤的音乐中，她慢慢地沉入了梦乡。奇怪的是，她没有梦见和阿姆在一起开演唱会，却梦见自己被尹先生背着在海边奔跑，她那么快乐，好像自己是他的女儿。

问题是，他有女儿吗？

五

"您有没有女儿呢？"

小雅想在尹先生下次来餐厅的时候找机会问一问他，在此之前，她一直练习和调整着说出这句话的语调和表情，想尽量做得轻描淡写，避免出现误会和尴尬。有时候她会在为别的客人服务的时候，把面前的客人想象成尹先生，嘴里悄悄地念念叨叨；有时候觉得信心十足，不过就是熟人之间的聊闲天嘛，问问又何妨？过一会儿又感到勇气都消弭了，这样冒冒失失地问话，万一人家没有孩子，或者干脆还是单身，那不是自讨没趣吗？

纠结着，纠结着，尹先生来了，小雅既失望又如释重负，因为他不是一个人来的，像惯常那样，带着一个女伴。小雅没见过这个女孩，和之前那些职业特征明显的女人不同，这个女孩的衣着打扮看不出来是做什么的，她个子高挑，穿一身米黄色的运动装，高高地扎着一条马尾辫，阳光，干净，健康，充满活力，但脸上的笑容却是羞怯的，尤其当她眼波流转望着尹先生的眼睛时候，就像一只洁白美丽的小羊羔。尹先生把小雅介绍给女孩，女孩扭头冲小雅很灿烂地笑了一下，她的笑容像窗外的阳光一样明媚，小雅心里不由一动——她太漂亮了，有那种让女人都心动的笑容。小雅觉得她似曾相识，想了想明白过来，这女孩酷似影星高圆圆，大眼睛，高鼻梁，大嘴巴，是那种五官大方而精美，组合起来清爽养眼的大气素颜美女。

小雅把iPad菜谱放在女孩面前，她顺手就推到了尹先生面前，望着他发出咯咯的笑声，歪着脑袋说："我不会点菜，还是你点吧。"

尹先生扬扬眉毛说："好吧，我来点！"

小雅微微欠着腰微笑着问："请问女士有没有什么忌口？"

女孩再次对她绽露明媚的笑脸，旋即又望着点菜的尹先生，有些娇气地告诉他："我不吃蒜，所有菜里都不要放蒜。"

"哦，多亏我没有点蒜蓉西兰花。"尹先生开心地笑起来。

"其他的菜也都不放蒜吗？"小雅再次向她确定。

女孩没有回答，笑吟吟地望着尹先生。尹先生看一眼小雅，微微点头说："那就都不要放，小雅麻烦你叮嘱一下厨师吧。"

"好的。"小雅记在了菜单上。

"喝点什么酒？"点完菜，尹先生笑眯眯地问女孩。

"我不喝白酒。"女孩说。

尹先生看看小雅，"来一瓶波尔多吧，都醒上"。

"你不开车了？"女孩笑着提醒他。

"下午没什么安排，一会儿我们就在附近休息一下，酒劲过了再走。"

"嘻嘻。"女孩笑了，她其实一直在望着尹先生笑，仿佛他的脸是一台正播放韩剧的电视机。

小雅转身去厨房的时候，听见女孩对尹先生说："我太崇拜你了！"不知为什么脑子里就蹦出了"傻白甜"三个字眼，赶紧轻轻地甩甩头。

往桌子上放菜盘的时候，小雅注意到女孩有一瞬间脸上没有笑容，那太阳般的面孔一下子变成了月亮，有一点点灰白和可怕，—— 一张总是绽放着甜美笑容的面孔，当笑容消失的时候，原来是这样让人难以接受。接下来的情形就跟女孩笑容消失的那一个瞬间一样让小雅觉得别扭，女孩端起杯子来闪露着快乐的笑容和尹先生碰了一下，继续笑吟吟地望着他的脸。小雅给她布菜，女孩扭头看看她，客气地说："谢谢你啊小姑娘，你去忙吧，我们自己可以！"

小雅还没反应过来，尹先生扑哧笑了，"小沈，你不知道，小雅是专门为我们这一桌助餐的，这是这家餐厅的特色服务，你让她走了，是要砸餐厅的招牌吗？"他可能觉得玩笑开得有点大了，替女孩遮掩说，"你之前没来过这样的餐厅吧？"

女孩的脸还是羞红了，她修长光洁的脖颈变成了粉红色，想笑，有点气恼尹先生，没笑出来，嗔怪地朝他翻了翻眼睛。

尹先生乐不可支，拿起公筷来，亲自给她夹菜。女孩没有吃，她把筷子放好,坐得端端正正,继续望着尹先生笑,有些娇气地说:"我就是喜欢听你说话,你说,我听着。"

"边吃边说吧。"尹先生端起红酒杯来和她碰。

小雅给女孩布菜,女孩笑着指指尹先生说:"你给他吧,看着他吃我就高兴。"

尹先生放下筷子,望着女孩说:"专门请你到这里吃饭的,怎么成了我吃你看了?"

女孩只是笑,不说话。小雅看到尹先生低头吃饭的时候,她脸上的笑容就会消失片刻,等他抬起头来,看到的仍是她可人的笑脸。她担心女孩餐盘里的菜凉了,对她说:"给您换套餐具吧?"

"不要了,我不习惯吃饭的时候有人站在旁边看,你去休息一会儿吧,有事情我们叫你。"女孩笑吟吟地望着小雅。

尹先生抬起头来看看女孩,微微皱起眉头,小雅抢在他开口之前微笑着说:"那两位慢用,我去厨房看看。"她慢慢地转过身去,眼角的余光看到尹先生在望着她,这种事以前也遇到过,但从没有过委屈的感觉,这一次走路的时候感觉腿都不是自己的,脖子僵硬到不能转动。

小雅来到后厨,问厨师长:"你们确定6号桌的客人的每道菜里都没有放蒜末吧?"

"没有啊,我亲自在旁边看着他们炒的!"厨师长对她的质疑有些光火。

"我最讨厌和客人之间发生这样的事情了!"小雅的心情低落到了极点。

穿过休息厅往回走的时候,小雅碰上了上洗手间的尹先生,尹先生轻轻拉住她的小臂,把她牵到了一株橡皮树的后面,他温和地笑着问她:"小雅,你什么时候有时间?"

"干吗?!"她瞪着他。

那种温存的目光又荡漾在尹先生的眼睛里，他笑着说："想请你吃个饭？"

"轮到我了吗？"她没头没脑地问了一句，就在尹先生愣神的时候，她已经转身离开了。

六

她还是接到了尹先生打来的电话，她没有存过他的号码，可是看到那个号码的时候就预感到一定是他打来的。尹先生说："那天的事情，我想向你道个歉，你什么时候有时间？我们一起坐坐。"

"没必要，我习惯了。"她拒绝了他，他在电话里看不见，她已经潮红了眼睛，语气却更加地斩钉截铁，她从不向任何人绽露自己的委屈，也从不接受任何人的安慰，甚至从不向任何人表示好感。

然后尹先生将近两周时间没有再来餐厅，他的规律是一周来一到两次，这么长时间不来，领班和经理都觉得不正常，他们相继找小雅了解情况。

"我不知道，那么多客人，我怎么可能都去打听人家的隐私？"小雅没有掩饰自己听到这种询问的不高兴。和经理阴沉的面孔不同，领班和颜悦色地问她："尹先生上次来有没有说他这段时间要出差什么的？"

"不知道，没说过！"小雅冷漠地望着墙上的壁纸，那里绣着一朵咖啡色的大郁金香。

摆脱领班的纠缠，她从楼梯上到了楼顶的露天平台，靠在储水池外面裸露的管道上，点了一支烟来抽。斜阳把对面楼群的一侧涂抹成了金色，城市变成了金字塔的丛林，汽车喇叭声在空气中升腾，好像大海里喧嚣的泡沫。她拿出手机来，在通话记录里翻找到尹先生那天打来的号码，把它存储为

"尹先生"，手指飞快地编辑了一条短信息："你到底是神马意思？"想了想，没发出去，删掉了。

那天尹先生还是没有来。

下班回到家，洗过澡出来，看到手机上有一条添加微信好友的提醒，她觉得有些心血来潮，一边用毛巾擦头发，一边点开看，对话框里写着：

"小雅，我是尹南平。"

"原来他叫这个名字！"她没来由地冷哼了一声，嗤之以鼻，没有通过他的申请。刚把手机扔茶几上，楠楠从她房间出来了，盯着她的脸问："你脸红什么？是不是洗澡的时候摸自己了？"

尹先生再次出现在餐厅是将近一个月后的事情了，不是一个人，也不是两个人，是三个人，他和一个女人带着一个瘦小的男孩来的。坐下来，那女人一边整理自己身上的名牌衣服，一边不住呵斥小男孩，尹先生一直在端详孩子，不时在他头上摸一把。因为尹先生很长时间没来，领班过来打招呼，看见是一家三口的样子，就没有多说，只是叮嘱小雅做好服务。尹先生笑着说："出国开了个学术交流会议，刚刚回来，带家里人来吃个饭。"

小雅没有朝他看，摸了摸小男孩的头，孩子仰着脸大声说："阿姨好！"

女人看看小雅，数落儿子："瞎叫，叫姐姐！"给小雅递上一个赔礼的笑容，光线不够亮，也还是能看到她眼角细细的纹路。

"没事儿！"小雅又摸一摸孩子的脑袋，"你叫什么名字呀？"

小男孩正在生他妈妈的气，嘟着嘴不吭声。尹先生接过小雅递过来的iPad菜谱，抬头问太太："想吃点什么？"

"你看着点吧，别太辣，小孩不能吃。"

"我不怕辣！"孩子宣布。

他妈妈没搭理他，把手机放在桌角，看着小雅说："小姑娘给来一壶白水吧，小孩不能喝茶。"

"要热水吗？"

"热水吧。"

小雅拿来一壶热水，太太接过去说："自己来吧。"她把桌子上所有的筷子、勺子和刀叉都收起来，插到一个杯子里，倒进热水去烫，又用热水把三个杯子都涮了一遍。

"我去倒吧。"小雅接过她手里的杯子来，去洗手间把水倒掉了。她回来时，太太拉着儿子去洗手间给孩子洗手了，尹先生已经在 iPad 上点好了菜。小雅接过 iPad 来，努力地露出一丝笑容，问他："他俩有什么忌口吗？"

"应该没有吧，没事，我没点什么特殊的菜。"尹先生望着她，笑得很轻松。"干吗不加我微信？"他问她。

"我去下菜单了。"小雅转身去了。

小雅很喜欢那孩子，他的一双眼睛亮闪闪的，嘴巴也甜，不住地出脑筋急转弯来叫小雅回答。他竖起一根小小的食指问她："姐姐，为什么贝多芬弹钢琴的时候从来不用这根手指？"

"是不是他有点残疾，右手没有食指啊？"小雅睁大眼睛望着他。

"不对，因为这根手指是我的，不是贝多芬的。姐姐你真笨！"他得意地笑起来，在椅子上滚来滚去。

"能不能好好吃饭？！"他妈妈呵斥他，但是这时候他不是那么听话了。

尹先生出面调停，对太太说："这小子今天吃得不少，大概看到这个姐姐漂亮了，把小雅布给他的菜都吃光了。"

太太冷哼一声说："他就是个人来疯！"

小雅把牛肉羹汤上了，尹先生对太太说："小孩喜欢吃这个，我就点了，你尝尝，这里的牛肉羹做得很地道。"太太先给孩子揭开盅盖，探身看了看里面，半晌没有放下盖子，眉头渐渐皱了起来。

"怎么了？"尹先生问。

"我不吃香菜。"太太淡淡地说。

"我去让厨房重新做一道。"小雅看一眼尹先生，弯腰去收太太面前的汤盅。

"不要了，我吃不下了。"太太把勺子放下，拿起了自己的手机，面沉似水，过于饱满的胸脯起起伏伏。

尹先生温和地劝他："时间还早，重做一道吧，很快的。"

太太把手机反扣到桌子上，盯着他说："你不知道我不吃香菜？你点菜的时候心思都跑到哪里去了？"

"我记得你开始吃香菜了啊？"尹先生依然笑呵呵的。

"我什么时候开始吃香菜了？香菜是半辈子菜，你咒我死啊？"太太单方面开始火力升级。

小孩敏感地觉察到气氛的变化，他果断地下达了命令："爸爸，你给我妈妈道歉！"

"好啦好啦，我道歉，就是一道菜而已，公共场合注意形象啊。"尹先生看看小雅，半开玩笑地告诫太太和儿子。

"对不起，是我的服务工作没做好，您喜欢喝什么汤？可以赠送一道汤给您的。"小雅也给太太道歉。

尹先生紧着摆手："不用了小雅，你那会儿问过我他们有什么忌口的，是我忘记了，不能怪你。"

太太谁也没搭理，拿起自己的手机翻着，不再说话，手机屏的亮光让她的脸上泛着青光。

"小雅，你去帮我们安排个果盘吧。"尹先生笑吟吟地说。

小雅刚离开，太太把手机拍到了桌面上，盯着尹先生问："你注意形象？你注意形象，一晚上和一个女服务员眉来眼去、打情骂俏？"

尹先生顿时成了木雕泥塑，指指孩子说："小孩在呢，你不要乱说话。小雅是打工的大学生，还是学西班牙语的——就算人家只是个服务员，也跟咱们是平等的，你对我有气，不要伤害别人好不好？"

"你心疼啦？就算我说的不对，你急什么？看看你那个做贼心虚的样子！一晚上胳膊肘往外拐，是她伺候我们还是我们伺候她？"她拽起孩子来，"走，我们回家去，他爱到哪到哪去吧！"

孩子乖乖地让妈妈穿上衣服，跟着走了，低着头，一眼也没有朝爸爸看。

小雅回来的时候，只剩尹先生一个人坐在那里，他抬头看看她，略略有些凄楚地笑着说："对不起，给你添麻烦了。"

"小孩真可爱！"小雅安慰他，把果盘放下。"我一直以为你有个女儿的。"她说。

七

小雅做了一个可怕的梦，梦见尹先生的太太在前面跑，他在后面追，太太跑到十字路口，被一辆白色的车撞飞了，尹先生喊叫着跑过去把她抱在怀里。很多人围成一圈看着，其中就有小雅自己。尹先生的太太浑身是血，她哀伤地望着丈夫问："你还爱我吗？""爱，我爱你！"尹先生哭了，使劲地点着头。他太太说了最后一句话："你能不能像现在爱我这样永远爱我？"头就垂了下去。小雅尖叫一声醒了过来，大汗淋漓，心跳得快碰到天花板，她呼吸急促地掀开湿漉漉的毛巾被，探头看了看窗帘的缝隙，好在外面天光已经大亮了。

小雅没去餐厅上班，借口身体不舒服，打电话向领班和经理请了两天病假，和一个追求她的大学同学一起去了远郊的度假山庄。他们坐长途公交车去到离山庄不远的镇子上，然后徒步走向山庄，在外人看来，就像两个年轻的背包客恋人。说心里话，她跟他是亲近的，他从大二就开始追求她，是个性格开朗带着一点点书卷气的男孩，会逗她开心，人长得也帅气，并且不像大多数90后男孩那样性别模糊、男女莫辨——她特别受不了那些长得比女孩还漂亮，皮肤比女孩还好，神情举止比女孩还妩媚的"伪娘"男生，他算是班上甚至全年级比较像个男人的稀有动物了。

　　大三的时候，她在酒吧里结识了一个来自英国的大四留学生，并且很快成为男女朋友，他为此而失落和颓废，几乎一个学期都不怎么和她说话。但是寒假结束回到学校，他跟春天一起回到了她的身边，以一个男性朋友的身份恢复了和她的友谊，他跟她和她的外国男朋友相处融洽，他们一起去野游，一起到处品尝中国的地方小吃。他们的友谊和天气一起升温，盛夏到来的时候，那个英国留学生毕业回国了，留下他来安慰她失恋的哀伤。那段时间里，她天天戴着耳机一遍又一遍地听台湾女歌手娃娃演唱的《漂洋过海来看你》，摘下耳机就和他讨论毕业后去英国找他的计划，他平静而负责地给她出主意，提建议，不自觉地把自己定位到了她"闺蜜"的角色上。

　　就在他为她的精神状况担忧的时候，她忽然交往了一个"印度阿三"，他和其他认识他的男生都震惊了，这一次他没有能够保持住风度，怀着恶意把他们嘲讽她喜欢"大鼻子"的癖好转述给她，她已斜着眼睛，嘴角挂着不屑的笑意对他说："他们想说什么就说什么吧，就算'大鼻子'体味重，也好过那帮'娘娘腔'吧！"说是这么说，尔后她并没有和那个"阿三"有进一步的发展，不过在一起吃吃饭，聊聊天，有时候也会叫上他。大概从那个时候起，她和他就成了超越性别和爱情的好朋友了，她不是不知道他的心思，只是自己也拗不过自己的任性，就是不想如他的愿。

但是现在她突然改变了主意，一心要在这次郊游中和他确立恋爱关系，她甚至在化妆包里偷偷放进了两片安全套。并肩走在乡间公路上，她看着他毫不知情、侃侃而谈的样子，心里充满了隐秘的快乐。他们在一起总是轻松而愉快的，他习惯于对她言听计从，他们之间无话不谈，她甚至会和他讨论自己经期的提前或者推后，而他也会适时地充当妇女保健专家的角色。

登记房间的时候，他要开两个单间，她说不用浪费钱了，登记一个标间就好。他眼睛里闪过一丝的犹豫，然后照办了。"你先付了吧，回头我红包转给你我那份儿。"她得意地对他做个鬼脸儿。上楼梯时他变得有点沉默寡言，她不断地催促他，"走快点，走快点，我着急出去玩呢，多久没出来了，都快憋死我了！"把行李扔到房间，简单轻装了一下，她就拉着他疯跑出了旅馆。

她像出笼的鸟儿一样快乐，并没有被刻意强调田园风格的度假景区影响到一丁点儿兴致，他心事重重地跟着她，充当她的摄影师。他们漫无目的地疯跑，中午来到一家偏僻的农家乐里吃土饭，她蹲到关着几只即将成为盘中餐的兔子的铁笼子前面，为它们的可爱和悲惨命运纠结，一切都是一个纯情少女的天性使然。吃饭的时候，她淘气地用训练有素的表情和语调问他："先生，请问您有没有什么忌口？"他愣了一下，青春的面孔笑起来，回答说："不要太辣就好，我就怕辣！"正好她要的一大盆麻辣小龙虾端了上来，她凶狠地盯着他不说话，他吐吐舌头，两个人突然就爆发了大笑，笑得快滚到了地上，引得其他桌的客人侧目。

然而午后她忽然像变了一个人，步调明显慢了下来，轻佻的步子变得自信而有力，也不再傻笑，恢复了自己落落寡欢的一贯神情。他担心地问她是不是不舒服，上午还高高兴兴的，怎么一下子就不开心了？

"没有。"她说，"我本来就是这样子的，那个人不是我。"

他开始茫然不知所措，更加得小心翼翼起来，展开导游地图，建议她还有几个好玩的地方应该去一下。"那就去吧。"她加快了步伐，好几次把他甩到了身后。到了一处老门楼跟前，她拿过他的手机说："这里不错，我给你拍张照吧，用你的手机，省下浪费流量发给你了。"他站在那里摆了一个古代门神的动作，她举着手机给他拍，就在那一瞬间，她看着镜头里这个高大帅气的男孩，突然就明白了自己为什么对他爱不起来——他比她还大着一岁，但是她总觉得他是个需要自己去呵护的孩子，她自己并没有指望被什么人呵护，她只是渴望有一个能够和自己平等的人，不必呵护，能给自己一点人生的建议，能解答自己心里的困惑就好——而眼前这个男孩让她觉得不平等，她仿佛比他要大着很多岁，在他面前，她觉得自己的心灵很苍老，苍老到想去摸一摸他的头说："What a lovely little boy!"

晚饭前，她推翻了自己行前拟订的所有的计划，他们退了房，搭上了回城的最后一趟长途车。夜幕从山谷里升腾弥漫开来，她扭头看看他，他坐在她旁边，因为一整天的疲惫而昏昏睡去。她平静地打开手机上的微信通信录，翻找到尹先生发来的那条等待通过好友验证的信息，手指轻轻地触碰了一下"通过验证"，并把他的昵称"荒原"改成了"尹先生"。她扭头望向窗外，天地已经模糊起来，远处的灯光和星光连成了一片。她往后靠靠，闭上眼睛想休息一下，手机来了一个微信提醒，是尹先生发来的：

小雅，你在哪里？

她懒懒地动着手指回复："你还有别的吃饭的地方吗？随便哪里。"
"当然有。你在哪里？我去接你。"
"不用了，告诉我地址，一会儿我自己去。"

"好的，我到了用微信给你发个位置。"

"但我要 AA 制，你要尊重我。"

"好的，随你，一会儿见！"

他发了一个愉快的表情，还有一个握手表情。

"神经，你以为这是外交谈判呢！"她露出了嘲讽的微笑。

八

出了长途汽车站，她和男孩告别，男孩去坐地铁，她打了一辆出租车在城市的光影里循着尹先生微信发来的位置穿行。

见了面，她疲惫的样子让他感到惊讶和担忧。"我去开个房间，你先去洗个澡，然后我们再吃饭。"他建议道，"我在餐厅点菜等你。"

她点点头，看着他那焦灼的样子，忍不住冷笑了一下。

他给她倒了杯水，去了酒店的总台，很快回来，拿着一张房卡递给她，告诉她楼层和房间号码。她看看他，落出一丝讥讽的笑，没有说话，接过房卡来背起自己的包走向电梯。

他目送着她进了电梯，略有些显大的鼻子在白皙的面孔投下蓝色的阴影，沉思的眼神使他显得表情严肃。他在餐厅坐下来，没有急于点菜，怕她来了之后菜品凉了，只要了一瓶红酒，全部醒了出来，给自己和她的杯子里都倒了一点，端着杯子小口呷着，若有所思。那会儿他刚带着另一个女人到了小雅的餐厅，领班告诉他小雅请假了，他不好当着别人的面追问小雅请假的原因，正在失落，手机屏亮了一下，小雅通过了他的微信好友验证。他马上问她在哪里，和小雅约好后立刻找借口告别了那个女人，匆匆赶到这家酒店。和他预想的一样，小雅的状况让他感到担心，他并不知道这一天在她身上发生了什么样的事情,他知道的是她这个时候需要他,一个她并不知底细的"陌生人"。

没有耽搁多长时间,她从电梯里出来了,套着一件灰白色的毛线衣,衣服上的风帽戴在头上,遮着她小小的脸,有两绺湿漉漉的头发贴在脸颊上。她走过来,冲他咧了咧嘴角,他起身过去给她拉开椅子,扶住椅背让她坐下。

他回到自己的座位上,端起乳白色的茶壶来给她的杯子里倒茶,她把风帽撸到脑后,露出刚刚洗过澡而红润的脸蛋,伸出手去说:"我来吧?"

他温柔地看看她,笑着说:"这不是在你的餐厅,今天没有顾客和助餐生,只有一位女士,和很荣幸能为她服务的绅士。"

她被逗笑了,哼一声说:"你随便吧!"拿出自己的手机来玩。

他叫过服务员来点菜,捧着菜谱问她:"你点还是我点?"

"你点吧,付账的时候我们AA制就行。"她看着手机说。

他冲服务员笑笑,开始翻阅iPad菜谱。她抬起头来,看着他在那里认真地点菜,用毫无感情色彩的嗓音告诉他:"我不吃海鲜啊!"

"啊?想不到你也有忌口!"他露出很惊讶的样子。

"怎么啦,我就不能有忌口吗?我又不是猪!"她很忿。

他警告她:"说话注意点啊,不要伤害别人!"

"对不起,我忘了你百无禁忌了!"她翻了一下眼睛,"你点吧,我不说话了。"

点好菜,他端起红酒杯和她碰,问道:"听说你请假了,出什么事情了?"

"我能出什么事情,一个助餐生!"她露出讥诮的笑容。

"是不是感情出了问题,和男朋友闹别扭了?"

"差不多吧,如果他算是我男朋友的话。"她打量他一下,发现他笑的时候眼睛下面的卧蚕很好看，不知道为什么就想虐他一下。

"吵架也是甜蜜的爱情啊，你还小，将来就知道人年轻的时候有多么地美好了。"

"我最讨厌别人把我看成小丫头！年纪小就说明内心和思想不成熟吗？"她按计划发飙了。

他始料不及，有些愣神，认真地研究着她的神情，有些结巴地说："我不是这个意思，我是说你有大把的年华可以用在体验人生的美好，你……"

她有些于心不忍了，决定放过他，打断他说："我找你没别的意思，就是有些人生的困惑想请你解答一下。"

他不能判断她真正的用意，感到桌面上正在出现一条巨大的鸿沟，那就是年龄差距造成的代沟了。他觉得自己正在慢慢变小，开始有些仰望她的感觉。

"谢谢你不把我当个什么都不懂的小屁孩。我想问问你是怎样成为一个成功人士的，为什么我无论怎样努力，身边的人都把我当个孩子看？我不想花父母的钱，想自己打工赚钱上研究生，我爸妈和所有亲戚都说我是在大城市待得心野了，贪玩不回家乡；我给餐厅经理和领班提出改进服务的建议，他们反过来劝我不要着急升职，安心把助餐生做好；我跟同学讲想考比较文学研究生，毕业后争取去驻外文化机构做翻译工作，他们都劝我不要好高骛远，先找一份稳定的工作养活了自己再说！为什么他们都不相信我？就是因为我年龄小，就认定我是个不值一提的小丫头吗？"她神色平静地说完这些话，脸上的红晕开始向着脖颈蔓延。

他认真地倾听着，等到她说完，和她碰了一杯，用惯有的庄重神情和温情眼神望着她，问道："先不要管别人，你相信你自己吗？"

"有时候吧。"她说。

"那就足够了，只要你自己相信自己，按照自己的想法去做，其他的都不重要。因为你要实现的是自己的理想，和别人没有关系，干吗那么在乎别人相不相信你？我二十八岁的时候应邀成为一个精英俱乐部的成员，兴致勃勃去参加大会，结果发现越来越不对劲，那些成员里，要么是年少得志的官员，要么是全国有名的演员，就连那帮比我小很多的80后姑娘，递过名片来都是公司的老总，更不要说身价数十亿的富二代！面对他们，我越来越失落，越来越灰心，越来越不自信，后悔死来参加这个俱乐部了。但当聚会活动结束后，回到正常的工作和生活当中，我很快又恢复了按照自己的理想奋斗的状态，离开那个场域，那些压力和自卑感都荡然无存了。十年后，我成为全国有名的学者，再看当年那些风光无限的人物，有的破产了，有的锒铛入狱，有的消失无踪，当然也有依然风光的，但更多的止步不前。于是我明白了，人们临时聚集在一起的时候，都习惯把自己的优势最大化，把自己最好的一面展示出来，面对那么多人优秀的一面，是个人就会感到压力和自卑，但那些人头上的光环未必都能够持久，一时的风光与否毕竟只是短暂的假象，我们还要依赖离开后在自己的生活和工作中按部就班地前行，最后的优秀和胜出靠的是自己坚定的信念和强大的自信。"他端起杯子来敬她，扬扬眉毛说，"哪有浮云能遮皓月？一时的不被人理解和认可完全可以转化为奋斗的动力。Believe in life, believe in yourself！"

她想一想，端起杯子回敬他："你说的好像有道理。"杯沿快要沾到石榴花一般的嘴唇时，她停下来看着他问，"你相信自己吗？"

"我做事情只寻找一种支持，那就是自信。"他专注地望着她，"而且，我相信你！"

她笑了，"我用不着你相信我！"

服务员把菜放到了桌子上，他亲自给她布菜。"不用你，我自己来！"她把自己的餐盘端得高高的拒绝他。

"好吧，你年轻多吃点。"他放下筷子，把菌汤盅放到她面前，"多喝点汤吧。"他替她揭开盅盖，抬起头时却发现她把头后仰靠在椅背上，闭上了眼睛。他以为她嫌他啰唆才这样，就没说话，自己开始喝汤。喝了两勺觉得不对劲，推开椅子走到她身边去，蹲下来低声问她："小雅，你怎么了？不舒服吗？"

"我是特殊体质，不能喝酒。"她微微睁开眼睛看他一眼，又闭上了。餐厅里依稀播放着李宗盛的《漂洋过海来看你》，她觉得自己被这首歌击中了，一动也不能动。

"啊？怎么不早说！要去医院吗？"他紧张起来。

她抬起一只手掌来轻轻摆一摆，低声说："没事，老这样，休息一会儿就会好的。"

他这才发现她从脸到脖子都变得通红，好像被热水烫过，赶紧招手叫过服务员买单，把自己和她的手机都装进包里，扶着她站起来，向电梯口走去。她推开他，用一只手拽着他的袖口，执拗地保持着步态的稳定。他按下电梯按钮，电梯开了，两个人走进去，她"哐"一声就靠在了轿厢上，依然不让他来搀扶。到了楼层，她又先走出电梯，一边低着头走，一边在口袋里摸着房卡。

"我来开门吧。"他伸出手去。她把房卡给她，靠在门边等着，一边眯缝着眼睛打量他。

进来关门的时候，她已经在门廊里顺着墙壁溜了下去，抱着头坐在了地毯上。他把包和外套远远地扔到了沙发上，蹲下来抱起她。"不要抱我！"她挣扎了一下，他已经把她轻轻地放在了床上。

"我冷。"她瑟缩着说。

他拽过被子来给她盖上，又走过去把空调热风打开。

她躺在那里，身体一直在发抖。听见他在吧台那里开启纯净水往热水壶里倒，发出各种声音来。过一会儿，他来到了床边，把一杯兑好的温水放在床头柜上，站在那里默默地望着她。

"要喝水吗？"他问她，嗓音有些干涩。

她闭着眼睛躺在那里，双颊通红，鼻孔里呼出灼热的酒气。他站在那里望着她，听见自己的腕表发出"嚓嚓"的声音，清晰而响亮。

良久，他慢慢俯下身子，轻轻地吻住了她那两片滚烫的嘴唇。

她微启薄薄的嘴唇迎合他，她嘴唇的生涩令他印象深刻。就在他将要抬起身子时，她伸出胳膊来揽住了他的脖子。"我好冷。"她抖动得更加剧烈了。

"等等。"他有条不紊地脱去她的外套，内衣，把她裹进了被子里，又飞快地脱去自己的衣服，撩开被子一角钻进去，把她滚烫的小身体紧紧地抱在自己怀里。她慢慢地放松下来，脖子上的红潮渐渐消散了，睁开眼睛看看他的脸，伸出手臂去紧紧地箍住他的腰。就在他要进入她的时候，她突然从他怀里滑出来，抱着自己的膝盖昐咐他，"你去洗手间把我的化妆包拿过来。"

他笑着看看她，在她嘴唇上亲了一下，跳下床去了洗手间。他把化妆包递给她，钻进了被子里，她在被子里露出两只手来，用细细的手指拉开拉链，拿出两片安全套递给他。他愣在了那里，睁大眼睛问："你身上怎么会带着安全套？！"

"原本不是给你准备的！"她露出顽皮而凄楚的苦笑。

九

她用浴巾裹着自己，下床去洗手间，腿一软坐到了地上，自己笑起来。他探身把她拉起来，叮嘱道："不要光着脚跑，把拖鞋穿上！"她不听话，光着脚跑去了洗手间。

回来，他们开始聊天。她审视着他说："你应该不仅仅是个教授吧？我看我们学校的教授没你这么多的交际啊。"

他笑笑："我还担任一家挂靠政府机构的学术交流中心主任，之前我是在政府部门工作的，后来才调到高校当教授。"

"怪不得你身上有公务员的那种劲儿，我不喜欢！"她对他耸耸鼻子。

他在她额头上亲了一下，她盯着他滚动的喉结，听见他瓮声瓮气地说："宝贝，你能不能告诉我，你为什么那么孤傲？我怎么觉得你是个缺少关爱的孩子，从小你父母不关心你吗？"

"你猜对了！"她毫无感情色彩地回答他，他的话让她脸上还不牢固的温顺瞬间消散了，恢复了那种落落寡欢的神情。

"怎么回事，你爸爸妈妈离异了吗？"他抱紧了她。

"没有也差不多吧，他们太忙了，根本就顾不上我！"她并没有抱怨的语气，像在说一件和自己无关的事情。

"你也要理解他们，这世上真正幸福的家庭有几个呢？绝大多数都是为了孩子在努力维持着。"他轻轻地叹口气，拂动了她额前的散发。

"那你呢？也是这样吗？"

"你不是看见了吗？"他苦笑。等了等又说，"总有一天，你父母会后悔的，他们会补偿你的。"

"哼哼，他们已经后悔了！"她鼻子里发出嘲笑。

"可是已经来不及了。"

"当然来不及了，我已经不需要在他们身边，也不可能在他们身边了。"

"你还可以给他们一个机会。"

"没机会了，他们自己把机会错过了。"

他越抱越紧。"我快喘不过气来了！"她抱怨道，"你要把我嵌进你的身体里去吗？"他低低地回答："我心疼你得不行，我要把你嵌进我的胸腔里，像呵护我的心脏一样呵护你！"

"你对我这是一种什么样的感情？"她挣开他，冷冷地看着他问。

他叹口气："我要有个女儿的话，差不多跟你这样大了。"

"草泥马，你变态啊！"她推开了他。他去揽她，但是她已经坐了起来，用一种研究的眼神审视着他，皱起眉头说，"我怎么觉得你不是个真实存在的人，你是我是梦魇！是的，你不是个人，你不应该存在，你是我做的一个梦！"她莫名惊骇地跳到了床下，双臂紧贴着身体，一直向着窗帘退去。

他的心被深深的怜爱攥得生疼，跳下床去一把揽住她，不住吻着她的发丝，轻声低语："宝贝，我愿意成为你的一个梦，在你梦醒的时候消失不见。就让我消失不见吧！"

她却笑起来，轻轻推开他说："我跳个舞给你看吧，这些年我唯一没有放弃的就是跳舞了。"

他回到床上去，把地毯让给她。她扬起下巴，舒展双臂，踮起脚尖来做了一个旋转的动作，但是旋即又娇羞地扑到了床上来。重新抱住她的那一刻，他全身都洋溢着幸福的快感。

她偎在她的怀里，忍不住亲了他的脸颊一下，想起什么来，拉开点距离望着他的侧脸问："我可以问你一个问题吗？"

"说吧。"他因为怜爱她娇小的身体想把她抱得更紧一点，她执拗地用胳膊支撑着、抗拒着，有些撒娇也有些赌气地说："哎呀，你先回答我的问题！"

他转过脸，望着她星星般闪烁着的眼睛。

"你到底有过多少女人？"

"我不知道，没有数过。"

"你为什么要这样，不累吗？"

他轻轻笑了一下，好像还叹了口气，望着天花板说："我在寻找人的生命里最不可缺少的一样东西。"

"漂亮女人吗？"

"不是，是爱情。"

"我能不能把这看成你找女人的借口？"她快要冷笑起来，准备背转身去了，但他用有力的臂弯钳住了她。

"我在四十岁之前，追求过很多东西，成功，事业，权力，金钱，幸福，名誉，地位，女色，乐此不疲，也还算慢慢都得到了吧，但是就在一两年之前，我突然发生了一次精神危机，觉得自己为之所奋斗的这一切，都不是生命里永恒的东西，都不是我真心想要的，我变得苦恼和忧郁，对一切都丧失了兴趣。直到有一天我在陪老婆、儿子看电影的时候，被一个镜头击中，突然醒悟到人的生命里最不可或缺的是爱情，而爱情也是我们为了得到其他东西时最习惯牺牲的——绝大多数人的人生就是个买椟还珠的过程，为了那些物质层面的东西，那些虚荣的东西，把最宝贵的东西忽视和牺牲了。我很困惑，我们是如何做到没有爱情也能活着的？"

他注意到她的安静，扭头看看她稚气未脱的精致面孔，她正圆睁着眼睛，嘴里轻轻地嘟哝着。

"你在干什么，小宝贝？"他问。

"哎呀！"她翻翻眼睛有些羞涩地笑了，"我不由自主地在心里把你刚才说的话翻译成了西班牙语，都怪你的语速正好合适翻译，让我产生了职业的条件反射！"

他忍不住亲吻了一下她花朵般的嘴唇。她舔了舔自己的嘴唇，问："那你找到了吗？"

他又叹了口气："我不能确定，有时候我觉得那是爱情，可很快又会觉得不是那么回事；有时候我觉得自己找到了，但很快又失去了。我不知道，也许爱情就是在不断地得到和失去中存在的吧。你呢，你们90后怎么看待爱情？"

"喜欢就是了吧。"

"那你喜欢我吗？"他不知道为什么要问她这一句，在说这句话的时候他鼓了鼓勇气，并且预见到自己听到否定回答时暗自沮丧的心情。

"要听实话吗？"她调皮地朝他眨眨眼。

"当然，说吧，没事。"

她突然很娇羞地钻进他的臂弯里，在那里瓮声瓮气地说："你从一开始就很吸引我，但我不喜欢你白天的样子，你的表情，动作，说话的语气，我都不喜欢；我喜欢你现在的样子，你在床上很温柔，我喜欢你在夜里抱着我，抚摸我，和我做爱。"

"那你不是很分裂？喜欢和一个自己不喜欢的人上床？"他忍住揪心的隐痛，和她开玩笑。

"才不是，我觉得夜里的你和白天的你根本就不是一个人，从来没有把你俩统一过。"她伸开手臂紧紧地抱住他，"你知道吗，我觉得现在的你根本就不是经常来餐厅吃饭的尹先生。"

"那怎么办？我们不能一见面就上床吧？"他开了一个凄凉的玩笑。

"我喜欢我俩像这样抱在一起，但我会突然想不起你是谁来，你是谁呀？"她用一种无辜的眼神望着他。他看着他，胸中再次澎湃起柔情来，转身揽住她，轻轻地压在她身上，开始和她做爱。

她那么柔情，像一道清亮的小溪流淌过他胸膛化作的山谷，有那么一刻，她睁开迷蒙的眼睛，用无限美妙的声音问他："你是谁呀？我怎么不认识你？"

他一下子抱紧了她，把脸埋进她头边的枕头里，让滚烫的眼泪渗入枕头，借以保留他作为一个男人的尊严。

有一会儿他快要睡着了，她俯在他脸畔的枕头上，对着他的耳朵轻轻说话，气息微微地吹拂着他的耳廓，他仿佛听见她在低低地说："有时间你带我去冰岛看看好不好？小时候我最大的梦想就是想去看一次冰雕展，可是我爸爸妈妈老是顾不上……"

"什么？去哪里？"他朦朦胧胧地问了一句。

"没什么，你睡吧。"她在他的脸颊上亲了一下，像只小猫一样瑟缩到他的臂弯里，他下意识地搂住了她，沉沉睡去。

醒来的时候，小雅已经不在他身边了，洗手间的灯亮着，他以为她在里面，就轻轻地喊了她了一声，没有人回答。他走进洗手间去，没有看到小雅在里面，他在镜子前面站了站，转身出来，从床边走过去拉开窗帘，想确定一下自己是不是做了一个梦。

到底是自己梦见了和小雅在一起，还是小雅梦见了和自己在一起？或者正像小雅在梦中说的那样，他本身不是一个存在过的人，他只是小雅的梦魇？他不能确定。

白昼的光芒从乳白色的纱帘里透射进来，尹先生不由眯了一下眼睛，他背转身去，看到床头柜上的便签纸上有两行字。他走过去拿起来看，是小雅留给她的，上面只有一句话：

Believe in life.

如果有一天我对这个世界失去了热情,记得告诉我这句话。

2016 年 11 月 19 日 初稿于太原
2016 年 12 月 11 日 改定于太原

爱无能兮

一

城市的天空在秋天里看上去也很高远。

午后，尹南平开车出来省政府大门，一路狂奔。连着几个路口都是绿灯，到了体育馆十字路口被红灯截住了。他落下左边车窗玻璃，打开收音机，扶着方向盘的那条胳膊肘支在车窗上，有心无心地打量着秋光里那些匆匆走过斑马线的人们。国人的面部表情从来都是一般无二的铅板一块,只是这块铅板上近些年都刻上了一个"忙"字,这个字仿佛就是一把尚方宝剑,每个人都扛着一把,目中无人地闯红灯。因为私家车的泛滥,前些年销声匿迹的广播电台又起死回生,这会儿一个年轻歌手正在里面操着矫情的港台腔,故作沧桑地自我陶醉:"是谁在爱着我——?而我又在爱着谁——?"尹南平冷笑了一下,这就是我们这个时代的文化,废话和梦呓都是艺术品。可就在红灯变绿灯的一刹那,油门将踩未踩之际,尹南平的笑容蒸发了,心被什么冷飕飕的东西击中了,不由发出一声深深的叹息,这首歌分明就是在讽刺自己的现状——离婚几个月以来,他没有人可以爱,更没有人爱着他——尹南平觉得这真是一件奇妙的事情,全世界六十多亿人,竟然没有一个人爱他,而他也谁都不爱!其实何止几个月以来,这三四年时间,夫妻间早已经连和气的交谈都没有了,老婆这样宣判:"尹南平,你根本就不会爱,你只懂亲情不懂爱情,你就是个爱无能!"这么说,尹南平有生的四十年来,那件奇妙的事情就一直存在着:放眼全世界,他谁都不爱,并且谁也不爱他。

也就是在文促会这样的单位,才能因为离婚而请到假,尹南平一直遗憾自己的单位不像政府其他部门一样属于权力机关,现在到底享受到别的单位不可能有的好处了。上午到单位,就是专门去请假的,其实领导对他自以为保密的事情早就有了耳闻,一见到他愁眉紧锁失魂落魄的样子,领导先就劝他:"你好好休息吧,早点把情绪调整过来,这段时间不用上班了,处理你自己的事情吧。"文促会直属省政府文化强省领导组,大小也是个厅级单位,原本是个临时机构,后经省编办审批成为常设机构,全称是"省政府文化强省建设促进会",没有什么行政职能,主要工作就是深入偏远山区指导基层文化建设和组织群众性的文化活动。尹南平是宣传处处长,组织报社和电视台采访的事情归他管,以往下乡,他总是暗暗奇怪其他同事还有记者们度假般的快乐，好像人人都是单身汉似的，而他，不是担心儿子不好好写作业，就是忧心老婆的坏情绪发作，待不了几天先就着急回去，那颗心被挂在一支箭上，弓弦越拉越满，一天紧似一天，直到射进了家门，却发现老婆和儿子对他的离去和归来其实都很漠然。

离婚后下过一次乡，尹南平发现自己更加快乐不起来，却第一次找到了度假的感觉。那些天，在自己单位援建的农村文体广场上，晚饭后，同事们和村民坐在一起聊天纳凉，他一个人抱着篮球在水泥场地上闪转腾挪，直到夜阑人静了，他还在篮球架下"嘭嘭"地砸篮板；天刚亮，他又抱着篮球出来了。十几年没摸篮球，一会儿功夫技术又回到了身上，尹南平把篮球在腰间环绕几周，又在胯下穿来穿去，爱不释手，醒悟到其实每个人都喜欢玩，自己也不例外，只是这些年当个小官，应酬太多，误以为自己就是那个忙得根本没有时间玩的人。下乡一周，尹南平把对篮球的热爱找了回来，代价是一双半新不旧的旅游鞋底子全掉了，像两只张着大嘴的鳄鱼，腿和屁股疼到走路迈不开，上车都抬不起腿来，返程时被人抬着才上了车。回来就翻箱倒柜找大学毕业时带回来的那颗篮球，当然是没找到，也不愿意打电话问前妻，就想着什么时候路过体育馆那条路买颗新的。

现在尹南平知道自己为什么舍近求远要绕道体育馆路了——先到单位请假，然后买颗篮球来锻炼身体、放松心情。一过十字路口，他就拐进了辅路，很幸运地找到一个空着的咪表停车位，只一把就把车倒了进去。看车位的大嫂殷勤地上来帮他刷了卡，还没忘提醒他别忘了回卡。尹南平锁好车，夹着手包走进体育馆旁边的体育用品商城，买了一颗篮球，一双球鞋，一身白色球衣。他提着几个纸袋子出来，又钻进车里去，脱掉衬衫、西裤，连同夹包都放进一个红色的纸袋子里，换上球衣、球鞋，看到车上还有半瓶上午喝剩下的可乐，也放进了纸袋子里。然后，他像从魔术师大变活人的箱子里出来，由公务员变身为运动员,一手提着个红色的纸袋子,另一条胳膊下夹着篮球,踩着自如而舒适的步子,像当年在大学里走向操场一样,漫不经心地走进了体育馆。

二

  夏天刚去不远,人们都还保留着睡午觉的习惯,午后三点多钟,体育馆的露天篮球场地上人还不多,十几副篮球架只有树荫下那两副底下有两组人分别在打半场,观众只有两个老太太。一个老太太坐在一把破旧的红色折叠椅上卖冷饮,像是个城里的退休工人;另一个老太太穿着过时的暗红色短袖衫,就坐在这边打比赛的篮球架底下,脸上挂着乡下人黝黑的神秘笑容。尹南平把那半瓶可乐拿出来,提着装着衣服和夹包的红色纸袋子走到旁边的空球架下,在球架底座上选一个位置放好,使自己打球的时候能看到。他朝打比赛的那边张望了一下,和他位置平行的这边场地上,是一群二十多岁的年轻人,穿着各色的球衣,打着四对四的半场,在他们对面的场地上,一群十几岁的孩子光着膀子在抢球,坐在记分员位置上的,是那个卖冷饮的老太太,另外一个老太太看上去年轻些,只能算个半老太太,她就坐在打比赛的球架后面,笑容诡异。尹南平拍着球小跑了半圈,找到点步伐的感觉,在罚球线前停下,投了一颗球,球出手的那一刻他觉得力量不够,要"尿"了,下意识地喊了一声,球勉强砸到了篮框上,"嘡"一声动静挺大。他抢上前接住球,跳起来补了一个篮,球撞到篮板上,弹进了篮框。尹南平找回点面子,继续拍着球兜圈子,眼角的余光察觉到有一双眼睛在盯着这边,一扭头,果然那个坐在旁边篮球架下的半老太太在望着这边,她收敛了笑容,迅速地朝尹南平放在球架底座上的红色纸袋子看了一眼,眼神闪闪烁烁。尹南平假装没注意到,继续投篮,五分钟后,他的肺里开始着起火来,这十几年在家里靠着沙发看电视,出门就开车,到了单位对着电脑点鼠标,内脏早就适应了静止状态,肺活量不习惯长时间支持这样高温天气下的剧烈运动了。他拍着球走到球架下,拿起那半瓶可乐,踢了一脚篮球,球慢慢滚进渐渐扩大的树荫里,在树荫边缘停下了。尹南平跟过去,把篮球坐屁股底下,面朝正打比赛的那边,旋开了可乐瓶盖,一股气体从瓶内冲出来,力量强大,这是一中午车内高温和行车颠簸产生的化学力量。尹南平喝了一小口,有点热,不像是可乐的味道了,看看瓶体,有不能高温储藏的提醒,可乐这种东西,高温一般也不会变质,只是影响口味罢了。他想起早上坐在马桶上翻手机报时看到的一则消息,美国一个老太太从冰箱角落里找到一个十年前的汉堡包,——是从冷藏而不是冷冻室找见的——居然还能吃,吃了也没拉肚子,可见这种美式快餐的防腐剂有多厉害。想到美国老太太,尹南平扭头看了一眼坐在球架下的那个半老太太,对方正盯着自己看,笑容更加神秘,眼神依然诡异。尹南平没有感到不舒服,剧烈的运动让他心胸开阔情绪愉快,短暂的小憩让汗水有机会流了出来,小风吹来微感凉意,感觉很舒服。他惬意地观赏着年轻人咋咋呼呼的比赛,他们看上去身体很好,精力旺盛,可是却聚在一起打半场,并且没有人卖力地跑动。他乐呵呵地望着他们,有点羡慕,毕竟一个人投篮太枯燥了,如果有两三个朋友一起玩就有意思多了,可是像自己这般年纪的人,有钱的打高尔夫,没钱的打网球,更多的人选择了体面而经济的散步,并且大家都走上了重要岗位,忙都忙不过来,谁会聊发少年狂,愿意陪着他这个请了离婚假的家伙来打篮球?

  尹南平还有一种担心,如果那边的比赛突然少了或者多了一个人,小伙子们要拉他凑场,那该如何是好?他把可乐瓶盖拧上,夹起篮球回到自己的球架下,打算投几颗三分球练练力量。刚把可乐放到纸袋子旁边,腰还没直起来,就听见那边喊:"嘿,哥们儿,过来一起玩吧?——走了一个人。"尹南平就笑了，发现自己其实一直在等着那边叫呢，他把纸袋子和可乐又提起来，夹着球往过走，一边微笑着自嘲道："打比赛太累，跑不动了。"喊他的那个小伙子带着一副黑框眼镜，调侃道："没事，中国男篮都五连败了，人家也没当回事，咱都不是 NBA 的，大家瞎玩玩。"旁边穿黑球衣的秃顶胖子也咯咯地笑："别怕，CBA 不要科比，我们要你。"尹南平把纸袋子和可乐都放在球架底座上，把自己的篮球踢踢靠在底座边上，微笑着走进了场地，他感觉浑身无力，腿有些发飘。那个半老太太已经站了起来，正绕着球架外侧来回兜圈子，神情有些紧张，尹南平提醒自己留心些，不要让她趁比赛之际把自己的纸袋子提走，里面的裤兜里有钱包，夹包里有两部手机，几乎是他离婚后的全部细软，被偷走麻烦就大了。

  眼镜男对双方的组队进行了提议，特别嘱咐尹南平和自己、穿黑球衣的秃顶胖子还有一个穿白球衣的瘦子是一边的，要尹南平记住自己人。尹南平说好，但他旋即发现对方也有一个穿黑球衣的秃顶胖子，并且和自己这边这个黑衣秃顶胖子长得很像，于是就想提议按照球衣的颜色分队，因为自己也是穿白球衣的，场上正好三个穿白的一个穿青的四个穿黑的，眼镜男就是那个穿青的，这样分队好辨认些自己人。他欲言又止，恐怕眼镜男指定分队有人家自己的道理。犹豫之间，比赛开始了，十个球一场。比赛一开始尹南平就发现自己眼晕了，那两个穿黑球衣的秃顶胖子来回穿梭，好像李逵和李鬼，他根本就辨不清哪一个才是自己人；更糟糕的是自己这边和对方都有一个穿白球衣的瘦子，真假美猴王，也让他分辨不清。尹南平像个没头苍蝇一样在场上跑来跑去，一会拦住了自己人，一会又去追对方，终于，眼镜男在抱着球准备发球时特别强调了一下："我说一声啊，如果我们这个哥们儿没有攻防转换，大家别见怪啊。"双方队员都在喊好，声调里有一种莫名的快乐，尹南平明白眼镜男所说的不会攻防转换的那个哥们儿就是自己，他不知道该感激他还是该生他气，最后他风度很好地一笑了之了：十几年不摸球了，该谁家发球他都不明白，还会什么攻防转换？

第一个十颗很快就输了，自家这个黑衣秃顶胖子终于失去了涵养，他有点急躁地提醒尹南平："哥们儿，你别乱跑啊，盯住一个人！"尹南平如梦初醒，他留心到对方那个穿白球衣的瘦子脸上有很多青春痘，自己应该盯着他。并且他渐渐想起来，所谓的攻防转换，就是对方拿球的时候他要盯住人，而自己人拿球的时候他应该多跑动，不让对方看住自己。就在这时，眼镜男拿着球被对方两个队员拦截，尹南平抖擞精神，冲到他右侧大喝一声："这边！"眼镜男犹豫了一下，给他传了一个反弹球，尹南平接到球，转身下蹲投篮，球出手的同时喊了声："有了！"球应声砸进了篮框，满场都是喝彩声，对方也在叫好。尹南平有点沾沾自喜，但旋即就回想起来，刚才自己准备投篮的时候，对方并没有人来阻拦。他不知道该感激还是该惭愧，乘兴主动抱起球去发球，眼镜男被尹南平的表现所鼓舞，接到球来了个单刀赴会，闲庭信步地上了一个篮，进球后大声招呼队友："科比来了，科比来了，快打个高潮！"果然场上就紧张了许多，尹南平盯紧了那个穿白球衣的青春痘，让他几乎拿不到球，青春痘终于哭笑不得地开始求饶："哥们儿，你老盯着我干吗！"尹南平看看这个比自己小了快二十岁的小伙子，不好意思地笑道："我总得看住一个人啊！"但他有意识地多跑动，少盯人了——上周单位体检，他查出来心率有问题，并且竟然开始骨质疏松，还是尽量少和小伙子们进行身体对抗为妙。

一个篮板球，尹南平和青春痘都没能抢到，两个人都去追，尹南平速度过快转身不及，失去了平衡，飞身摔了出去，他仿佛亲眼看着自己重重地仰面倒在水泥地上，那种久违的撞击感让他到亲切而痛苦，耳边听到满场的惊呼，知道自己摔得一定很狼狈。青春痘吓坏了，赶紧从背后把他抱起来，尹南平没等他抱起来，自己就站好了，笑着摆手："没事没事，继续继续。"对方的黑衣秃顶胖子抱着球还在问询他，眼镜男说："没事，我看见了，是屁股先着的地，头没事。"尹南平笑着催促发球，对方把球掷给了他，接球的时候，尹南平就觉得左小臂一阵钻心疼痛，心说坏了，怕是骨折了。将就到十颗球打完，他出场拿起自己的可乐，表示要歇一下，眼镜男宣布："休息三分钟！"

三

尹南平喝了几口可乐，觉得味道不是那么回事，就剩了些在瓶子里，把瓶盖又旋上。他注意到半老太太就坐在自己的纸袋子旁边，担心归担心，也没好意思把纸袋子提走，就假装要打电话，把夹包从里面拿出来，握着电话，坐到场地边上的水泥地上，和眼镜男还有自家的黑衣秃顶胖子聊天。眼镜男打量下他的夹包，问道："哥们儿，你也上班了啊？"尹南平想告诉他自己是个处长，觉得和年轻人没必要这么显摆，就答非所问地说："我都四十岁了。"眼镜男惊讶地瞪了瞪镜片后面的近视眼："不会吧，显得这么年轻，看不出来！"尹南平问他属啥的，眼镜男说："我俩都三十岁，还以为我们是最老的呢！"尹南平像个长者一样笑笑，问他们在哪里上班，秃顶胖子抢先回答："我们原先是同事，在酒店。"尹南平恍然大悟，指指那边的几个："哦，你俩和他们不是一起的啊？"眼镜男说："不认识，都是来玩的，就一起玩啦。"尹南平笑着点头，忽然一转眼，就看见那个半老太太正站在自己身后，用问询的眼神看着自己，她穿着农村人的服饰，发式和黑脸膛也是乡下所特有的——就在前几年，尹南平看见这种打扮的半老太太，总会眼眶发潮，想起自己的母亲来，但这个老太太让他很不安。他望望篮球架那边，自己的纸袋子还在，就假装没事地和眼镜男聊科比来华的事情，他所知道的信息，都是每天早上坐着马桶从手机报上看来的，先是报道科比有意来CBA发展，又报道CBA拒绝了科比，然后就是网友的漫骂和风传科比来华是为了淘金。关于科比，他只记得那张黑脸，但他对篮球比赛的兴趣远不如足球赛，因此对比赛规则很不熟悉，所以接下来眼镜男宣布继续比赛后，尹南平就闹了一个笑话。

尹南平在篮板下捡到一颗球，他在篮下起跳投了进去，结果惹来一片大笑，都在叫嚷乌龙球，对方那个黑衣秃顶胖子大度地调侃："没事没事，就当是你们自己传的球了！"接着眼镜男就提醒他："哥们儿，拿到球以后先带出圈，然后再投篮。"尹南平猛醒："哦，我忘了这是打半场了。"手臂又开始作痛，他示意刚来到场外的一个穿绿色球衣的小伙子替他上场，自己又坐到放可乐的那边去，用两根指头夹着瓶颈，摇晃着看场上的龙腾虎跃。抬眼间，发现十几块场地不知什么时候都人满为患了，仿佛从地下冒出来这么多人，一派喧嚣。那边光膀子的孩子们不知道为什么起了争执，有两个人推搡着要打架，大家都忙着在拉架。所有的场地都在打比赛，但大家都在打半场，一个穿黄色连衣裙的女孩子亭亭玉立地站在买冷饮的老太太旁边，做着所有赛场上唯一真正意义上的观众。尹南平注视了她一会儿，看到她不知道为什么兴奋地跳了一下，饱满的胸部波澜起伏，他心中就是一荡，用右手食指抹了下上唇沁出的汗珠，意识到自己已经有很长时间和女人没有过实际意义上的接触了。

作为一名场外观众，更容易领略到球赛的乐趣，尹南平乐呵呵地看着队友在没有自己的情况下终于赢了第一场十颗球，他开心地喝彩，比赛的经验和术语慢慢地也回到了身体里，看到顶替他的绿衣小伙子抱着球在篮下找机会，他着急地喊："出，出啊！"半老太太居然在尹南平身边坐了下来，她的眼睛在看球赛，注意力分明还在尹南平身上。尹南平从夹包里掏出手机看了看时间，该去前妻那里接孩子了，他若无其事地站起来，拍拍屁股上的土，冲着场内喊一声："哥们儿，走啦！"场子里有两个人回应："再来玩啊！"

尹南平满足地摆摆手，过去把夹包放纸袋子里，一手提着，一手夹着球，朝外面走去。走上林荫道，他不无得意地回过头来，看着那个没有得逞的半老太太。老太太没有朝他这边看，她就那么坐着，迅速地俯身，在卖冷饮的老太太冲过来之前，把尹南平丢在那里的可乐瓶子抓到手，扶着膝盖站起来拍拍身上的土，快步走到路边一棵大树下，拧开瓶子盖，把尹南平喝剩下的可乐倒进下水道，又拧上瓶盖，把空了的瓶子扔进靠在树上的编织袋里，从袋子口里露出来很多浅蓝色的矿泉水塑料瓶。

"她比我善于盯人，最终在比赛中胜出了。"尹南平乐不可支地望着老太太又迅速地去盯下一个快喝完的塑料瓶子，他发现场地周围还有好几个老头、老太太在转悠，他们个个都眼神诡异，如临大敌。尹南平的快乐持久而绵长，直到坐进自己的车里，他还趴在方向盘上笑个不住。

四

从某一天开始，尹南平下班回家，把车放回高层住宅楼的地下车库，他不乘电梯直接上楼，提着公文包走出车库，绕道楼下临街的超市，慢慢地走过落地的玻璃窗，观赏明亮的超市里人们排队结账的景象。如果能找到那个脑袋后面拖着长长的马尾辫的女孩——她是个店员，瘦弱的高挑腰身，态度也不好，总是微微蹙着好看的眉头——尹南平就会展露会心的微笑。他深信自己爱着她，不只是因为她的皮肤白和鼻头挺翘，也不是由于那眉毛和眼睛符合他心目中传统的柳叶眉丹凤眼的审美。他爱上她，是一次结账时，正好碰上她被顾客和工作弄得很烦躁，到他时就对着这个陌生人发起了牢骚。当时，尹南平并没有太在意她叨叨些什么，他饶有兴味地望着她美丽而烦躁的面孔，她的情绪恶劣，但表情怎样也狰狞不起来——她太好看了，即使非常生气也看着不讨厌。后来，她自己忍不住发笑了，羞涩地拿手背蹭了一下自己的鼻头，变得很快乐地给尹南平结账。尹南平始终望着她微笑，他的内心充满了快乐，他有点感激她会对着自己发牢骚。那天以后，尹南平就改变了自己回家的路线，不从电梯直接回家了，他绕出来，从楼下的超市外面慢慢走过，逡巡着她的身影，心里充满浓得化不开的爱。

　　有时候，我们会突然爱上一个陌生人，这个陌生人是相对的，因为当你在一瞬间就读懂了她，她其实成了你最熟悉的人，甚至，比和自己同床共枕了十年之久的那个人还要熟悉。你不熟悉她的身体，可你实在是熟悉了她的一切，尤其连她自己也不太熟悉的灵魂。那次古怪而熟悉的遭遇之后，尹南平觉得自己被她魇住了，他会找借口去超市，然后假装不经意地走到她的柜台那里去结账。她有时谁都不看，只看被她握着扫条码的货物，当然也不看尹南平，而尹南平也不好叫她抬起眼皮来。有时，她也会翻尹南平一眼，对他笑一下，然后用一种悠然自得的神态为他结账。她的烦躁，源于她的骄傲，而她的骄傲源于她的美丽，她对自己的外貌是自觉的，因为她经常会带着口罩，不让顾客盯着自己的脸看。

　　这样的人儿，怎么会是一个普通店员？尽管尹南平尽量把她想得与众不同，但她就是一个普通店员，和其他穿着深红色工装的店员一般无二。这样的人儿，怎么会是个店员？也许正是这样的反差在尹南平的心底深处产生了一种同情或者说疼爱，这种同情和对她烦躁的理解，共同作用下让他在瞬间爱上了她。而她也许浑然不觉，也许有点窃喜，也许很腻烦，毕竟每天这样盯着她看的人太多了。

　　尹南平不是很确定她是否把他跟其他顾客区别看待，有一次，他带着儿子去买文具，排队结账时，他让儿子走在身前，教他喊她阿姨，让她结账。她态度非常不好，没有答应孩子，并且自始至终没有朝尹南平看一眼。他被弄得不知所措，拉着儿子仓皇而逃，并且有很长时间没有再敢去超市。

离婚后，儿子基本还是他妈妈带，尹南平其实根本没有必要去超市，因为前妻一直还在照顾着父子俩全部的生活，她甚至比离婚前更加强势，发现尹南平擅自买回一件眼前用不着的东西马上就会发火。尹南平不是很能理解她的人生观，她离婚的理由是尹南平不爱她，拿她当事业的牺牲品，执意离婚后，她却甘愿照顾前夫和儿子的生活，心甘情愿地当起了全方位的牺牲品，由一个主妇变身成了保姆。尹南平真不知道她到底是怎么想的，他能明白，前妻深爱着自己和儿子，她的问题不是不爱尹南平，而是不尊重他，她不知道如何尊重他，从而使她的爱也变得像是一种暴力和戕害。

离婚一年后，尹南平发现自己渴望去爱一个女人，这么多年，他以为自己真的不会爱别的女人了，他曾经多次跟人笑谈自己就是个"爱无能"。现在看来不是那么回事，是婚姻冷冻了他对别的女人的爱，而当"解冻"后，他发现自己泛滥了，他总是莫名其妙地很轻易就爱上一个女人，有的比他年轻，还像个孩子，有的比他大很多，但他总能从她们身上发现独特的气质或者内在的美，导致自我情感的瞬间升温，就像一个无法自控的精神病人。

他爱上了一位新来的同事，并且为她寝食不安。那并不是一个美艳的女孩，黄白的肤色，而且人家已经订婚，就要成为人妻了，但她偶尔展露的一瞬间的忧郁神情却摄住了尹南平的心。他望着她，就像望着自己情深意笃的情人，他还悄悄为她写诗，并为自己对她的这份情谊而伤感不已。年轻的时候，尹南平是个疯狂的人，他做出过罗密欧那样狂热的举动，晚上翻墙跳进一家单位的院子里去，和一个女孩幽会，被女孩的领导堵在宿舍，差点被捉住。他疯狂的心这些年同样被婚姻冷冻了，现在它又开始蠢蠢欲动，扯动着尹南平的身体，像一只装在口袋里的猴子，要冲出去大闹天宫。但是尹南平把它按住了，婚姻的破裂让他对他人的婚姻幸福更加尊重了，他不愿意去破坏女孩即将或者说已经到手的幸福。他劝住了自己，却为此痛苦不堪，并且因为自己的痛苦而更加地爱她了。

他说服自己不去做不道德的事，可他常常就会忘记她就要结婚了，他误以为她是自己的情人，需要或者正等待甚至正渴望着自己去追求，他处心积虑地安排一些饭局，仿佛是不经意地捎带上她——事实上她就是一个小人物，很合理地给大家倒茶，谨慎而羞涩地微笑着，很不重要。这个时候尹南平很幸福，很伟大，也很心疼，揪心的疼，比爱还疼。一次吃完饭，大家往回走的时候，尹南平故意放慢脚步落在后面，和她并排走，他低声而礼貌地邀请她一起去他的办公室说个事情。他跟她说话的时候，眼神尽量平静，却很急切地去搜寻她瞳孔里面的反应，他试图展示自己的优雅风度，可是心脏很不争气地跳得像一个没谈过恋爱的少男或者一个正在偷窃的贼。她礼貌地答应了，他没有继续和她并排走，说完话就追上了前面的人群，去寻求伪装和保护。与此相反，女孩表现出了有情调的女人通常在这种关涉男女微妙感情的事情上的天分，她很巧妙地使自己摆脱了两个女同事的逛街邀请，并且用一个不算很堂皇但绝对说得过去的理由跟着他去了办公室。

于是，他们以普通而且互相了解甚少的同事身份开始了一次长达三个多小时的长谈。尹南平的表现不理想，他试图使自己和她很平常地拉近心灵，但是很快，也许她刻意而善意地表现的对前辈的尊敬使他渐渐地失去了平常心，又开始犯张扬自我和夸夸其谈的毛病，管不住自己的嘴，像一个装满核桃的袋子被倒提起来，毫无节制地倾泻着自己的一切。而她并没有反感的表示和神情，这也许出于初来者的矜持和殷切，但看上去让她一直保持美好情绪的很可能是她对尹南平那天穿的衣服比较满意。

他们聊了很多，其中有许多打发时间和寻找磨合的废话，可贵的是，他们谈起了初恋，他大着胆子问她的初恋是什么时候。她很可爱地问他暗恋算不算,他说不算。"那就要到上高中了。"她说不上羞涩但是很不好意思地告诉他,那个时候她和其他女生一样都喜欢那些不好好学习、身上带些油气和痞气的像小混混一样的男生。他像个心理专家一样告诉她,那是因为这样的坏男生比乖乖男更早地表现出了男性的特点,"还是性感在吸引了你们,只不过你们不知道。"他告诉她。她很认真地想了想,表示了认可。"但是,上大学和参加工作后就开始喜欢有事业心和文质彬彬的男人了。"她的表情透露出这样的说法有恭维他或者照顾他的因素,他很感激地深信不疑。后来他们谈起了《乱世佳人》,女孩说她不怎么喜欢斯嘉丽,她喜欢林道静,他很惊异她读过这么多书,更加惊异她会喜欢林道静。他告诉她,林道静其实被误读了,她不是要追求爱情,也不是要追求革命,她只是个女性主义者,借助爱情和革命实现自己的人生价值而已。她思考了一下,表示认同,看得出她真的欣赏一个男人拥有学识和思想,不再是那个喜欢小痞子的小女生。他受到鼓舞,给她讲述了易卜生另外一部戏剧《海上夫人》,和《玩偶之家》不同的是,易卜生讲的这个故事和娜拉的出走是悖反的:一个有夫之妇不甘于重复乏味的家庭生活,向丈夫宣布在海的那边有个和她相爱的人,她要去找他。那个不幸的丈夫出于真爱,决定给妻子自由,放她走;而那妻子却通过这件事发现了丈夫对她的包容和在乎,她放弃了去海的那一边寻找那个爱人。尹南平复述易卜生这个故事的时候,心里忽然一动,恍惚是在复述自己和前妻的故事,前妻宣布他不爱她,要离开他去寻找那个爱她的人,并不惜为此抛弃家庭和儿子,他以和那个丈夫同样的原因放妻子走,但她最后却不走了,离婚不离家,赖在家里心安理得地照顾前夫和儿子。

  尹南平人到中年才明白,男人是社会动物,女人是爱情动物,可是当社会给予爱情以自由时,女人却往往选择牺牲爱情,——是自由可贵呢,还是这种牺牲精神更可贵?也许这个问题直到人类灭绝都不会有准确答案。

那女孩听完《海上夫人》，深深地看了尹南平一眼，很执拗地说："要是我，我就去海的那边了。"尹南平有点惊异，也感到有点安慰，她不是在挑逗她，但她向他袒露了自己的心灵。

尹南平策划了一次聚会，邀请包括女孩在内的几个人去喝酒唱歌，她没喝酒，可是被大家很 High 的情绪感染，很投入地唱了几首歌，她唱歌的专注神情使他发现了她的真挚，他回想她的话，相信了她是个说到做到的人——她能做出那些，仅仅是由于她就是个真挚的人，这种真挚附加着纯洁和质朴。她就坐在他的旁边，他借着酒醉和昏暗的灯光遮挡，悄悄地捉住了她没拿麦克风的那只手，她没有缩回去，直到唱完那首歌，她才很隐秘地把手从他手里抽开，低声提醒他别让别人看到。他很理解，毕竟她是要结婚的人了，但她显然不是因为这个原因，她顾虑的可能是因为她刚来单位时间不长，要注意在别人心目中的形象，或者更多的是在为他的形象考虑——在不长的工作时间里，她常听人讲起尹南平的年轻有为，他注定要成为文促会的高层领导。但尹南平喝了不少酒，他心中重新燃烧起了当年罗密欧的疯狂，像一个不管不顾的轻狂少年一样抓着她的手举向空中，展示给同事们看，她非常羞涩地用力往下拉着，但她的笑容暴露了内心的兴奋，对这个中年男人的挑战世俗的疯狂流露了欣赏。好在大家都喝多了，情绪都处在癫狂状态，对他们报以热烈的掌声。人人都不敢做的事情，未必人人都不想去做，当有人去做时，不敢做的人就用掌声和呐喊表达和分享兴奋和快感，好比人类对战争和体育比赛的态度。

尹南平表示一会儿要开车送女孩回家，她说："被交警查住你会被拘留的。"他则表示，为了她被拘留是他的荣幸。"只要你知道，我是为送你被拘留的，"他醉眼惺忪地拍胸脯说，"不怕，只要被交警拦住，你下车走就是，我跟他们走。"女孩对这个疯狂的中年男人说到做到深信不疑，为此她选择了逃跑。

同事开着尹南平的车把他送了回来，他心潮难平，一路给女孩发着短信问询她的去向。同事走后，他一个人坐在车里拨通了她的电话，她的关切和笑声给了他勇气，他向她袒露了心迹，并且一口气说了四十分钟，最后他说："从第一眼看到你眼里的忧郁，我就喜欢上了你，但这是我的事，如果你觉得我打搅了你的生活，觉得我是在骚扰你，你可以很客气地拒绝我，不要因为我是个小领导迁就我，我也不是你的直接领导。"女孩很坦诚地说："怎么会呢？我要不喜欢你，怎么会和你单独聊三个小时？"她很得体地向尹南平表达了一个女性对男性的欣赏，亲切自然，没有暧昧，只有真挚。

尹南平像心衰的病人被注入了一支强心剂，他第一反应不是会和这女孩成为什么样的关系，而是自己重新获得了发展事业的激情，——这种力量的转化在有事业心的男人身上是常见的。挂了电话，他醉意全消，像一个正在恋爱中的男人一样浑身充满力量地提着自己的公文包走出车库，按照惯例绕道楼下的超市回家，走过超市的落地玻璃窗，他在一个收银台后面找到了那个穿红色工装的马尾辫女孩，她带着白色口罩，很冷艳地蹙着好看的细眉毛，不耐烦地给顾客结着账。尹南平脚步没停，他望着她，露出了温暖的微笑。

五

醒来已经是清晨，幸福感还充满着尹南平的胸腔，但头脑已经完全冷静下来了，他的第一反应是：我这是在干什么？一个家庭不幸的男人为什么要去造成另一个男人的不幸？他极力回想女孩的面容，她真的是比较平常的一个人，甚至没有超市女孩那样的美艳，我真的喜欢她吗？还是我需要去喜欢一个人，所以把她作为了爱情的对象？他下了床，只穿着背心短裤走到窗前，拉开窗帘，望着楼下的大街，车辆和行人川流不息，当看到真实的人间图景时，他再次感受了一下自己的内心，确信自己是思念着她的，而且是刻骨铭心的思念。

那好吧，也许她能保守这个秘密。

但是旋即他又想起她是订了婚的，并且就和未婚夫在一起同居，一旦被发现，麻烦会无穷无尽。此时，尹南平并没有想过这也许会影响到自己的名誉和锦绣前程，他担心的是她原本会拥有幸福的家庭，而自己的爱会破坏她已经到手的一切，还要伤害另外一个无辜的男人，这是他最不想看到的。

他翻开公文包，找到一张手机话费充值卡，把话费输入了她的号码，然后去了卫生间洗脸刷牙。刷完牙，他也打定了注意，拿起手机给她发了一条短信："充值信息收到了吗？没想到昨晚说了那么长时间的话。"她马上给他回复："看看你，就是喝多了吧，说过什么肯定不记得了！"

读完她的短信，他随即把她已经是别人未婚妻的事情抛到了脑后，像一个坠入情网的痴情少年表白心迹一样给她回复："字字句句，铭刻在心，现在再对你说一遍，还会一字不差。"然后就焦急地期待着她的回复，激情的泡泡充满了周身的血管，让他觉得双臂无力而酸麻。但是她的短信一直迟迟不到，仿佛在踌躇，也或者是矜持，尹南平更愿意她是在忙。

早在离婚前，尹南平就发现自己身上出了问题，长期的婚姻生活导致他对女人产生不了爱的感觉了，妻子不用提，审美疲劳和柴米油盐的双重作用早已把爱情转化成了亲情，偶尔他也和别的男人一样会有一两次的艳遇，喝醉了也会去声色场所应酬，但那纯粹是荷尔蒙的作用，满足了身体需求却在精神上没有任何的作用力。久而久之，他发现自己真的"爱无能"了，无论碰上多么漂亮或者素质多高的女人，他都不会动情了，偶尔会有特别对眼缘也谈得来的，所谓一见钟情，也很快会变成逢场作戏，转过身就会把人家忘掉，过后从来不主动打电话。他不止一次对好朋友们说过，我不会爱了。听的人全不在意，这个时代，谁会和他讨论爱情呢？男女之间的事，关键词已经变成了"搞"和"玩"。

但他真的为此很惆怅,在还算年轻的时候,"爱无能"比"性无能"哪个更糟糕一些呢?

可是现在他正经历的煎熬是怎么回事呢?是离婚重新解放了他长久受道德束缚的天性吗?还是家庭的破裂让他受了精神刺激?无论哪个原因,都导致了同样的结果,就是他重新享受到了思念一个女人的煎熬。他在爱,这毫无疑问,问题是他是真爱那女孩,还是他只是需要去爱,那女孩只是一个可以置换的对象?无论如何,刚刚复苏这个阶段,他对自己的爱是不自信的。

中午他几乎没有吃饭,心潮涌动以至于茶饭不思,甚至有些微微想呕吐的欲望。他不能自控,冲了个澡,从衣柜里提出几套衣服试着搭配了几回,又对着镜子把翘起来的几根头发压平,看看比较满意了,提着公文包出了门。乘电梯下到车库,发现车钥匙落家里了,只好又跑回来取了一趟。

车开出来,外面竟然下着雨,他关上天窗,开启了雨刷,划动的雨刷像他忐忑的心情。他开着车,很焦急,仿佛全单位的人都在等着他开会。进省政府大门时,正碰上文促会的大巴车往出走,他让在旁边,从车窗里看到她也在车里,想起来今天单位组织青年职工去看民间文化展览。他泊好车,提着公文包上楼到了自己办公室,给她发了一条短信:"你也去看展览了吧?"

她很迅速地回复:"恩(嗯),已经出发了。"

"回来后到我办公室来一趟好吗?"——他想了想,又把"办公室"改成了"这里"——"回来后到我这里来一趟好吗?"

"有什么事吗?"

"见面说吧。"

"好吧,我回来就去找你。"

他的心情一下子就平静下来了,像平静的海面,虽然暗流汹涌,但是有一种无形的伟大力量让一切都平静下来了,他的头脑也不再发热,甚至想起了很多遗忘很久的工作。他把衣服挂起来，给窗台和书架上的吊兰和绿萝仔细浇过水，用喷壶冲洗得绿莹莹的，然后带上门出去，走到楼道尽头领导的办公室，和领导开心地谈了半天心，说话间不经意地抬腕看一眼手表。估摸着看展览的该回来了，他抛下意犹未尽的领导，回到了自己的办公室。坐下来，用心地处理着几件工作，偶尔走神听听楼下大院里是不是有大巴车回来的声音，听到楼道里有脚步声，心跳就开始加速，但好几次都是别人的门被敲响了。

他把办公室的门虚掩着，留着很宽的缝隙，希望她不敲门直接推门进来。但是他还是听到了敲门声，知道是她来了，故意不回身说了个："请进！"她就举着白色的 iPhone4s 手机进来了，一直冲到他跟前，让他看她拍摄的展览图片。尹南平笑着让她坐到沙发上，他离开办公椅，坐在她旁边，用手托着她拿手机的手背看她用手指滑动着照片，用稍显夸张的激动向他描述她看展览时激动的心情。他用几乎父亲一样亲切的眼神望着她，心里充满了怜爱。他注意到她唇上新涂的透明唇彩，让她清纯的唇像春天的花瓣一样新鲜诱人，一定是到他办公室之前才涂的，那就是为了见他。这说明很多事情，最重要的一件是女为悦己者容，他那天酒后向她吐露了心迹，她为此而更加希望给他留下美好的印象。那么，更意味着，她不会拒绝他的进一步的要求。他把冰冷颤抖的手掌抚到她的背上，她抿了抿嘴唇，没有躲开，也没有慌乱，反而有些木讷和无所适从，像一个没有了主意的小兽。在尹南平的印象里，她是个矜持而本真的人，她在不多的几次面对他的指令性的要求时，表现出来的顺从，有一部分缘于对他的信任，但更多的似乎是本性里存在的随和和迷惘。

就在手掌心贴上她的背的那一刻，虽然隔着衣服，尹南平觉得直接连通了她的灵魂，他变得柔情无限，很多的爱怜的话语涌上喉咙，他深吸一口气准备配合行动吐露出来。这时候，楼道里有人在喊她的名字，她听到了，迷惑地看看他，他扫兴地低下头去，她就站了起来，拉开门走了出去。

尹南平的手机响了，前妻打来电话，说外面雨下得很大，叫他开上车去接儿子。他犹豫着答应了，收拾了东西，关了电脑和饮水机。他夹着公文包走向电梯，看到她也挽着包站在那里。电梯来了，门开了，里面没人。他看着她，打了个让她先进的手势说："After you!"她笑笑，进去了，他跟着她。

"外面下雨了。"他说。

"我看到了，所以要早些走。"她突然很客套，有些距他于千里之外的感觉。

他理解她的反复，环境改变是能左右人的思想的，并且为此更增加了内心的怜爱，想要开车送她，或许，她会同意和他共进晚餐。他纠结起来，没有想到在自己内心的天平上，她会比儿子更偏重一些，或者说自己的情感需求比儿子更重要一些，"我是个这么自私的人吗？"尹南平在问自己的心。走出电梯，看到门口雨下得很急，是去接儿子还是送她，尹南平必须做出决断。他决定去送她，但心里为此狠狠地揪痛了一下，觉得自己不配做一个父亲。但旋即他释然了，他做出这样的决定，不是不爱儿子，不是爱她，也不是爱自己，而是自己需要去爱。

她有些慌乱地加快脚步要冲向雨里："我先走了，再见！"

他一把拉住她说："雨太大了，坐我车！"

"别了吧，耽搁你回家。"

"没事，跟我来！"

他快步前面走，一边招呼着她。冲进他的车里，两个人各自整理着自己，一时都没什么话。她没有坐前排，坐在他后面。尹南平给前妻发了条短信："晚上有客人要陪，你辛苦去接一下孩子。"他调整了一下后视镜的角度，使自己抬眼就能看到她那张舒服的脸，然后，发动了车子。

"你喜欢吃什么？"他从后视镜里看看她。

"干吗?"她笑吟吟地从后视镜里望着他。

"请你吃饭。"

"为什么要请我吃饭?"

他笑笑,没有回答。车子驰上大街,照例是堵车,他拿起手机,问她:"海鲜怎么样?"

"不吃西餐就好。"

他打通电话,让自己常去的那家环境古雅的酒店留了一个小包间。

"你为什么要请我吃饭?"她还在问,他还是不回答,他觉得她在这方面其实挺有经验,是个有情调的女人,把这种微妙的关系拿捏得挺好。她没有拒绝和他一起单独吃晚餐,这已经说明一切。

六

泊好车,脚踏上大地,他的从容就消失了。无数次和无数女人单独吃过晚饭,他第一次感到和一个女人一起走向饭店竟然如此紧张,这只说明一件事情:他把她看得太重要了。他有一点点的沮丧,觉得这样尴尬的气氛不应该是两情相悦的情形,这又说明一件事情,那就是他深爱着她,而她对他只是有好感,他把她当爱人,她把他当还谈得来的同事。

他们进了包间,对面坐,她没有拘谨的表现。

他知道她不常来这样的地方,点菜的时候,稍微客气了一下,自己就捧起了菜谱,他故作从容地点了几道这里的特色菜,脑子却在高速运转,搜索着她曾经在饭桌上说过自己喜欢吃的菜。他没有辜负自己,想起来她喜欢吃的是虾、鱼和豆腐,这里的特色菜里有一道鱼和豆腐,于是他就补充了一道龙虾。关于龙虾,他有着美好的回忆,刚结婚那年,一位有身份和地位的忘年交来看他，请他到最高档的酒店吃饭，快吃完时他提出给燕尔新婚的妻子带一份扬州炒饭回去，那位朋友哈哈一笑说："我给你准备一份盒饭给你爱人带回去。"两只盒饭拿过来，每个里面是半只蒜蓉覆盖的龙虾。他把千把块钱的盒饭给妻子带回去，让她平生第一次吃到了龙虾，而且是一个人吃了一整只。在那以后的数年岁月里，妻子偶尔想起他对她的好来，都会提到那只龙虾。后来，龙虾对于他们的家庭已经不算是什么奢侈品的时候，她却毅然离开了他，对于他们的离婚，他俩的好朋友这样评价过："你总是把最好的给她，当她觉得你给她的已经不是她想要的东西时，她对于离开你就没有什么顾虑了。"可是，她想要的究竟是什么呢？尹南平想不明白。

　　此刻他点龙虾给女孩吃，知道龙虾对于她正像对十年前的妻子一样，是不容易吃到的东西。他突然柔肠百结，剖成两半的龙虾上来后，他把她面前的盘子端过来，细心地用刀叉剥离着里面的虾肉，然后放回到她的面前去。在他替她劳动的时候，她专注地望着他，眼神亮亮的，盘子回到自己面前时，她由衷地露出了笑容。尹南平看得出，她不是经常被男人这样呵护，所以多少有些感动的意思。果然，她站起来，拿着茶壶给他倒茶。他把茶壶抢过来，告诉她："这不是在单位，我不是领导，你也不是下属，记着以后咱俩在一起的时候，我是男人你是女士，我理应为你服务，这是绅士风度。"她听话地把茶壶给他，打趣说："那是不是我坐下之前，你应该为我扶着椅子？"他愣了一下，笑道："那当然，下次一定得这样。"两个人开心地大笑起来。

　　愉快的情绪让交谈更加融洽，他几乎没吃什么，一直在给她当服务生，她一边吃，一边用眼角瞥着他。就是她斜着看人的那眼神，让他觉得她是个懂风情的女子，为此他渐渐地开始话多了起来，欲罢不能地标榜着自己，话题包括自己在单位的地位还有蒸蒸日上的事业。他没有告诉她自己离婚了，因为还没有熟悉到那种程度吧。吃完饭，他观察她并没有急着要走的意思，就提议再喝一会儿茶。他有些想坐到她身边去的冲动，但总觉得有些过于鲁莽，没有喝酒，情感总是难以战胜理智。

到底还是得走了，出来发现外面的雨已经停了。他开车送她，很随意地提出路过公园的时候进去散散步，她没有反对，只是提醒他说："会不会太晚了？"他这才想到她的未婚夫此刻也许正在家里焦急地等待。这时候他们或者只是他似乎才想起在他们之间有一个人是不可忽略的存在，沉默像流泻进车窗里的光影一样淹没了他们，尹南平心里交织着顾虑和哀伤，他把右手抚在她左手背上，叹了口气说："我给不了你的，我也不想害你失去。"怕她不明白，他又说，"你就要有一个幸福的家庭，还有深爱着你的老公了，我不想让这一切因为我而失去，一个女人能争取到还算幸福的婚姻太不容易了。"他又自我解嘲说："也许这一切只是我的一厢情愿，但我还是感到深深的自责，如果我真的爱上了你，我只能希望你幸福，而不是去破坏你已经到手的幸福。"她不说话，只是慢慢地把手抽了回去，握住了自己的另一只手。然后，她告诉他："我到了，你回去的时候慢点开。"

他一个人回家的时候，把车开得风快，觉得只用了一秒的时间，就到楼下车库了。他出来车库，给她发了条短信："我到了，放心！"走了没几步，他就收到了她的回复："你说的对，我们都是有家庭的人了，这份感情再发展下去对彼此都不好，那么，到此为止吧。"他笑笑，把短信删掉了。超市已经打烊，他第一次看到那五光十色的落地玻璃变得暗淡无光。

进了家门，客厅里的灯亮着，前妻和儿子卧室的门关着，他们显然已经睡下了。尹南平打开电视，把音量调到最小，他接了一盆热水坐在沙发上边看电视边烫脚。六频道正播着一部美国电影，一个脸熟的黑人是男主角，叫不上名字，他又调到九频道，不是他喜欢看的国家地理节目，是个跟旅游相关的纪录片，他通常只喜欢看这两个频道，除非世界杯或者欧洲杯赛季也看看体育频道。没什么有意思的节目,他只是对着电视沉默着,偶尔眨眨眼,便觉得身边坐着那个他刚送回家的女孩。凑合着洗完脚,回到自己的卧室,床头柜上堆满了想看或者需要看的书,但只有枕头旁边那一本才是睡前的阅读物。但是今天他看不进去,半天了还是那一页,或者看了好几页却不知说的是什么。他决定睡觉,关了灯,躺在双人床的正中间,习惯地把儿子小时候玩的毛绒大猩猩抱在怀里。

一直没睡着,上了一趟厕所。回来觉得该睡着了,听到楼下远处的河坝上有人在唱夜歌,很飘忽,过了一会儿有两帮人在空旷的城市夜空下吵架,接着就打起来了。尹南平觉得自己的双臂开始发烫,一会儿鼻孔里呼出的气息也开始烧灼着上唇,他很难受,女孩的发光的影子贴在他的眼皮里面,让他的身体里充满了光芒,这光芒让他的身体像个灯笼一样和夜色格格不入。凌晨,在半梦半醒之间,他依稀梦见了她,她在对他笑,他攥紧双拳,身体蜷缩起来。

糟糕的是,我爱她,她却不爱我,这是一出可怜的独角戏——这个世界上最悲哀的事情,就是你为之痛苦和疯狂的那个人,其实根本就没有在意过你,你就是个无所谓,你爱上的不过是别人家的水泥墙。尹南平想起自己看过的那出美剧《迷失》,他自言自语:"I'm lost!"

七

"我应该出去走走,或许会好一些。"饱受相思折磨一周后,尹南平决定拯救自己,他选择了逃离身处的环境。人,有时候需要去远方找回迷失的自己。

他以去北京开会为由向领导请了几天假,把儿子托付给前妻,却背道而驰,买了一张去广州的机票。有一位大学的同窗好友,在广州开着一家生产高尔夫球具的公司,他给尹南平寄了五米室内的草皮和一副球杆,要他练习这项贵族运动。尹南平拆开包装，却怎么也找不见球，一颗球也没有。他打电话过去问："老五，怎么没有球啊？没有球我拿什么练，乒乓球吗？"老五哈哈笑个不住："不会吧，怎么会没有球？可能我们寄东西的小姑娘忘了装球了，我让她再专门给你寄一次吧。"

尹南平说："算了，你下次回来给我捎上就行，反正我也不会打，你回来正好给我当教练。"

老五说："要不这样，我让小女孩专门给你送一趟，你连人带球都收了算了。"

上飞机前，他把航班信息发给了老五，同时附了一句话："我坐这趟飞机找你拿球来了。"

说好的接上尹南平直接去东莞玩几天，老五却没自己来，派了一个身材很好皮肤很白的高个子女孩来接机，尹南平和她握手时暗想，不知道这姑娘是不是忘记给自己寄球的那个。小姑娘气质不错，很能说话，一路上可劲地告诉尹南平，今天晚上有一场王若琳的演唱会，本公司是赞助单位，所以拿到了几张很靠前的贵宾席的票，她兴奋地鼓动尹南平一起去看。尹南平微笑着望着她，他这个年纪曾经的偶像是"四大天王"，平常到了KTV也只会唱郑智化和童安格，实在不知道王若琳是何许人也，可他此番来广州也实在不知道有什么事情可做，又是个惯于迎合女孩子心意的人，就答应了晚上叫她老板一起去看演唱会。他答应女孩一起去，纯粹是冲着她长得很入自己的眼，他是喜欢她的。

老五穿着一条滑稽的裤子宴请老同学，一见面拉住手，就把他的鸟嘴附在尹南平耳边嬉笑着问他："怎么样？接你的这个小孙长得还凑合吧，你能看上就让她晚上陪你玩。"尹南平望着长得越来越像条鳗鱼的老五，生怕他的话让小孙听见，笑着打哈哈。老五却不顾他的窘迫，大声招呼："小孙，小孙，你坐在你尹哥身边，把你尹哥招呼好啊。"喝酒的时候老五听说尹南平想去看王若琳的演唱会，大摇他的鳗鱼头："不好看，不好看，长得一点也不好看，还不如咱班上的那个谁，别去了，我陪你去找个地方好好玩玩。"小孙求救地望着尹南平，尹南平说："管她好看不好看，我就是去凑凑热闹，你要没时间，让小孙陪我去就行。"老五调侃他："我看是你陪小孙去差不多！"

　　一行人从贵宾通道进去的时候，热场活动已经接近尾声，灯光都聚集在舞台上，四周黑压压的像是没人的旷野，只有无数的荧光棒像海面上发光的水母在晃动。尹南平坐下来，习惯性地掏出了手机，有两个未接来电，他心里一动，感觉到灵犀之间有微风吹拂，觉得一定是她打来的，点开看，果然是，他张望着想找一个安静的地方回电话，灯光却全部暗了下来，全场爆发出期待的呐喊和口哨，演唱会就要正式开始了，那个陌生的歌手就要出现在他眼前。尹南平在黑暗中微笑了，人生就是这样，你永远不知道自己会出现在什么样的场合，在给什么人捧场，搞不清为什么会让一些陌生人唱主角，而你还要乖乖地当观众。

　　"让我们欢迎Joanna——王若琳！"响彻全场的呐喊和口哨声中，色彩斑驳的灯光照亮了舞台，舞台上却空无一人。尹南平正纳闷，舞台上的灯光又消失了，空中落下一团柔和的橘色光束，笼罩着贵宾席中间一个突然出现的小平台，平台渐渐升高，有两个人站在上面，一男一女，尹南平一下子就被那个女孩脸上散淡而嘲讽的笑容摄住了，她的眼神如梦似幻，嘴角挂着笑，眼波流转扫视着全场。耳畔全是呼喊王若琳的声音，尹南平却什么也听不到，他出神地望着她头上黑色的小礼帽，灰色的连衣裙，黑色的丝袜，她在用不太流利的普通话和歌迷打着招呼，夹杂着英语，还是不能很连贯地表达。老五在他旁边呵呵地笑着说："台上这姑娘喝醉了你信吗？"尹南平没回答他，扭头看看另一边的小孙，她正瞪着眼睛凝望着王若琳，脸上放着光。王若琳终于开唱了，只有身边那个贝斯手伴奏，她翻唱了一首邓丽君的《夜来香》，眼神迷离浅吟低唱，尹南平注视着她，渐渐被那懒懒的声音把心揪住了。接着，她又翻唱了一首《玫瑰玫瑰我爱你》，随心所欲地发挥着，甚至有一句词唱错了，收尾的时候蹲下去又站起来，很狂放地"耶"了一声——尹南平确定她喝醉了，老五说的没错——但这让她发挥得更加淋漓尽致，让她身上散发出一种奇异的美丽，摄人心魄。在她唱英文歌的时候，尹南平听出了自己年轻的时候喜欢的爵士乐的味道，那个时候，他参加工作不久，过着单身的生活，迷恋着黑人音乐，搜罗了很多爵士乐和蓝调碟片。那些碟片，结婚后都找不见了，妻子不喜欢他喜欢的艺术，她出身于一个商人家庭，和艺术家没话说，倒是和搞装修的工人、做生意的小贩很融洽，或许，这才是他们之间最大的问题。

王若琳翻唱那首梅艳芳的《亲密爱人》的时候，尹南平吃惊地发现她比梅艳芳唱得更有味道，慵懒的声音，像是在尹南平的灵魂上刻字，让他想起这半生经历的所有的悲伤和欢乐，他望着她，很自责地想："我以前怎么会不知道王若琳呢？"他就这样爱上她了，深深地爱上了她。整个晚上，他就那样痴痴地凝望着她，他在想："通过老五是不是可以和她建立联系呢？"

黑暗中，手机屏幕亮了一下，尹南平低头翻看，是单位那个女孩发来的短信，她说："你在忙吗？为什么不接我的电话呢？有件事我本来不想告诉你，但我想来想去还是决定告诉你，因为反正我们不可能在一起，我说了也无所谓：我发现我真的很喜欢你！可是，和你在一起的时候，我又觉得很对不起我男朋友，所以，你还是不要爱我了吧。"尹南平静静地笑了，他扭头看看身边的小孙，小女孩陶醉的样子让她洋溢着说不出的美丽。

八

尹南平半躺在高铁一等舱深红色的座椅里昏昏欲睡，连续几天的宿醉令他的身体和头脑都陷入深重的疲乏，列车的高速度和轻微的摆动把他从旅客们兴奋交谈的声浪里渐渐托举出来，疲倦带来的舒适感像潮水冲刷沙滩，一浪接着一浪慢慢淹没了他的身体，甜美的睡眠和车窗外徐徐展开的夜幕一道来临。正在这个时候，手机铃声响了起来，尹南平多希望听到有人接听了电话，而自己可以继续睡觉，但的确是他的手机在响。尹南平以为是老五的电话——老五太忙，还是小孙到广州南站送的他——抬抬腰，把它从身下摸出来，睁着一只眼睛看了看屏幕上显示的名字，是律师事务所的女博士小朱，他按下接听键，又闭上了眼睛。

"喂，你现在说话方便吗？"小朱的声音带着呼啸的风声和一种说不清楚的寒冷阴霾。

尹南平睁眼看了看旁边那个戴眼镜的平头小胖子，他正戴着耳机捧着平板电脑玩游戏，对他接电话没有表现出任何的兴趣，就说："没事，你说吧。"

小朱发出深长的一声叹息，好像胸腔是一个冰柜，尹南平从来没有听过她这样的气息和嗓音，虽然她是一个法学博士，依然有着咋咋呼呼的性格和闪烁着热情的眼睛。她用空洞而乏力的声音说："我告诉你啊，我现在一个人坐在一间屋子里，关着灯和你说话，我郁闷死了。"

尹南平的睡意渐渐散去，可还没有气力去追问她原因，作为很熟的朋友，他们有着超友谊的关系，却没有超友谊的感情，但她总是散发着女博士的那种逼人的强势，把尹南平看作是她的"一盘菜"，可以听她摆布的小白脸，这种打着时尚烙印的占有好比审批通过的课题一样被她视为学术成果——学术成果是不带感情色彩的。

尹南平只说："咋了嘛？"

小朱发出第二声更加空洞和寒冷的叹息，有气无力地说："刚刚我一个闺蜜来看我和我闺女，你不知道，那家伙开着大宝马，拎着 LV 包，包里全是一摞一摞的现金，硬邦邦的都没拆捆儿！气死我了！"

尹南平失笑："你是博士啊，这么大知识分子，还能被金钱刺激到？多少钱能买到一个法学博士和你的社会地位啊，我的朱大博士！"

"不是不是！"她急切地说道，"我郁闷的不是这个，你不知道，她一个三十岁的小姑娘嫁给了一个老头儿！"

"就是图个钱嘛，这种事情早二三十年就不新鲜了，有什么好大惊小怪的？"尹南平揶揄她，同时张了一眼车窗玻璃里自己的脸，是一个中年人的面庞了，他暗暗为岁月带给自己的阅历感到享受，有些事情是学问解决不了的。

"关键是，我们是一起长大的，你明白吗？"她加重了语气，"我是看着她从一个小女孩长大的，没想到她变成了这个样子，提着一兜子现金到处招摇！真是气死我了！"

尹南平也表达了他的惊奇："说实话，真想不到现在还有这么浅薄的人，现在的人干什么都先考虑钱，可是又表现得对钱嗤之以鼻，她还没有修炼成呢。"

"哎呀，她怎么可以对我这样！"小朱说到了问题的关键，尹南平又看向车窗外厚厚的夜幕，仿佛透过数百公里的黑暗看到了她的骄傲被击伤的样子，他也没有想到她竟然是这样地脆弱。尹南平无法想象出来她那个闺蜜到底是个什么样的长相、表情和举止，这个时代还有这样的人吗？但这个开着宝马车的女人却让尹南平联想起一个经人介绍短暂相处过的女朋友。

那个姑娘没有结过婚，开着一家礼品店，一年可以赚个三五十万的样子，尹南平常开玩笑喊她小富婆。她是个气质高雅而矜持的人，穿着得体而时尚，但是一点都不招摇，当尹南平带着她赴朋友的饭局的时候，她的形象每次都让举座皆惊，毫不夸张地说，十次总有九次，让所有在座的女人都在她的光彩之下黯然失色。但男男女女们那些羡慕和饥渴的眼神并不能让尹南平感到享受，因为大家看到的是她最耀眼的一面，而尹南平常常看到的却是她挽着袖子和她的店员一起搬动着大大小小的包装箱，风风火火地装货卸货，干起那些脏活儿累活儿来就像喝水一样平常。这让尹南平吃惊，也感到心疼，正是这个原因，尹南平虽然不愿意和她结婚，却总是舍不得离开她。尹南平不愿意和她结婚，并不是因为前妻一直在照顾着自己和儿子的生活，而是抹不开面子——认识尹南平之前，这姑娘是尹南平最好的朋友的女朋友，而在此之前，她是尹南平另一个哥们儿的情人，世界就是这么小！尹南平不知道是什么原因让她先后离开他俩，但他俩提起她来都交口称赞她是个难得的好女孩。尹南平知道他们说的都是真心话，但从来不接他们的茬——他们和他一样知道一个秘密：她是个在床上热情似火的女人。尹南平不想和他们做任何关于她的深入交流，以免妨害到他们的友谊。

那个女孩也有一辆宝马车，尹南平曾劝阻她不要买这么扎眼的车，不安全，她说："没事儿的，抢劫的一般都是男人，我这车是买给女人看的。"

法学博士就是被闺蜜的宝马车和LV包刺激到了，因为人家就是买来让她看的，她成功地受到了刺激，让闺蜜把快乐建立到了她的痛苦之上。

尹南平不能把她从低落的情绪当中拯救出来，就试图转移她的注意力："娃娃呢？你该去给你闺女喂奶了吧——女博士也是女人嘛！"

她听懂了尹南平的双关语，叫喊起来："不是不是，我怎么会被她伤害到？关键是她是第三个了，我已经有三个闺蜜嫁给了老头子，然后穿得珠光宝气到我这里来炫耀。你说气人不气人！"

"不会吧？"尹南平真的惊愕了，这也太落俗套了，女博士的闺蜜们怎么玩的全是别人剩下的？他突然有种不好的预感，带着感情劝说她，"喂，你可能是在家奶孩子的时间太长了，跟外界接触太少了，才这样大惊小怪的，有时间多出来转转吧，不值当为了这么几个轻浮的毛丫头这么受打击，咱是博士啊！"

她果然恢复了博士的腔调："我就是搞不懂，这个社会到底怎么了？她们怎么都成了这样！对了，大处长，回头我安排你见见她们，你观察一下，然后帮我分析分析。"

尹南平说好呀，找个时间我和她们见个面，一个一个深入地观察分析一下。

小朱忽然爆发出一串大笑，乐不可支地说："什么呀，分析不完都哄床上去了！"尹南平也笑起来，顾忌着旁边的旅客，没敢太放肆。她接着说："这几个家伙，兜里提着一捆一捆的现金，专门钓小白脸儿的，你可小心点！"

尹南平很高兴她恢复了人气儿，着实松了一口气："怎么会？我都老成这样了。"

"那行吧，我先去喂孩子了，改天出来一块儿吃个饭吧。"她终于放了尹南平。

挂了电话，尹南平把手机依然塞到后背和座椅的空隙里，调整了一个更舒服的姿势，闭上眼睛继续睡觉。

九

回来第二天的晚上，尹南平和好朋友胡教授还有杂志社的姜主编应约去著名作家何秋葵家里喝酒。这些天气温回升，大家不约而同地选择了散步过来，围着桌子有一搭没一搭地聊着。秋葵两口子一会儿站起来一个，走到厨房那里去打着火，炒一个拿手的菜端过来，所以桌子上总是那么两三个盘子，却不停地变换着不同口味和荤素的菜品。一会儿秋葵开书店的夫人又起来去了厨房，剩下的人碰了一杯，喝了一小口，有人放下了杯子，有人就那么端着，一起笑眯眯地看着秋葵的夫人展示厨艺。他们的厨房和客厅是在一起的，所以大家可以根据自己的口味在炒菜进行当中提出不同的调味建议。他们的客厅不是传统的客厅的样子，干脆就是个酒吧，或者说整个装修成了咖啡屋的感觉：那边有半圈沙发围着一个茶道，这边是几把吧凳儿和可以调酒的吧台桌，有一面墙上都是书架，而另一面墙做成了酒柜，客人们在喝酒的当中没有人负责倒酒，得自己走到酒柜那里去拧开酒桶哗哗地接满自己的杯子，尹南平觉得那声音听起来就像农村人在黑夜里把尿盆捂在被窝里小便。

爱好摄影的姜主编总是能发现那些别致的小摆设，他忙着拿手机把它们都拍下来，然后发到微信好友圈里去。因此大家的手机屏幕总是被动地亮一下，又一下，人也被动地欣赏着他的即兴创作的作品，并出于礼貌点上一个赞，或者发出一个笑脸儿。

对于引起姜主编浓厚兴趣的那些小玩意儿，秋葵夫妇淡然地微笑着，并不忘在姜主编的微信后边满不在乎地解释那么一两句。

因为一个什么微不足道话题，秋葵两口子争执了起来，吵得面红耳赤，客人们举着杯子笑眯眯地望着他们吵嘴，谁也没有去劝阻。他们的争吵无关乎感情问题，甚至无关乎生活，他们争论的是一个诗人的写作困境，但他们都怒气冲天，有十分钟时间谁也不理谁，也不和对方说话。秋葵的前妻尹南平见过，是一个戴眼镜的高中数学老师，那个时候，他们还住在那个高中的单身教工楼里，秋葵一见尹南平总是抱怨自己有干不完的家务，发誓要写一本畅销书，然后到城郊买一幢别墅，雇上两个保姆，一个只看孩子，一个专做家务。有一天，尹南平和秋葵一起去南城一个书店打发午后时光，结果在那里待到很晚。老板娘听说他是作家何秋葵，就拉上他们一起去吃晚饭，她详细地聆听了秋葵在现实和理想里挣扎的痛苦，然后端起一杯酒来，单独敬了他一个满杯，宣布："你老婆不适合你，我适合你，我们都离婚吧，然后咱们在一起生活——相信我，我会给你你最想要的生活！"秋葵只是醉眼朦胧地笑着，他喝多了，尹南平和老板娘一起送他回到家。他们把秋葵扶到床上躺下，他老婆一直趴在台灯下批改学生的作业，始终没有抬起眼皮朝尹南平他们看一眼。出来后，刚走出楼门来到操场上，书店老板娘对尹南平说："你先回家吧，我有话对他老婆说。"尹南平怕她借酒闹事，扯住她的袖子不让她返回去，她看他一眼，像拂去一片落叶一样轻轻地拂开尹南平的手，转身又上楼了。

后来尹南平听秋葵讲，那天晚上书店老板娘返回去的时候他已经醒了，坐在床边呆呆地望着两个女人：书店老板娘站在那里，对批改作业的高中数学老师说了她在饭店对秋葵说过的那句话，然后，她过去拉起秋葵，一直把他拉出家门。而秋葵夫人一直在台灯下低头批改作业，没有答话，她甚至都没有抬头看他们一眼。那之后，有一年多的时间尹南平联系不到作家何秋葵，直到有一天他和书店老板娘以夫妻的名义出现在朋友们面前，请大家到他们装潢成酒吧间或者咖啡屋的客厅里喝酒。

那以后，尹南平经常在路上碰上熟人，一个男人或者两个男人，有时候是一男一女，他寒暄着问："你好你好，去哪里啊？"对方回答："去秋葵家里喝酒。"

曾经，法学博士朱美女也是秋葵家里的常客，尹南平就是在那里认识她的。

秋葵端了一道在南方新学的菜来，逼着朋友们说他厨艺高，胡教授和姜主编都嘿嘿笑着不说话，教授被逼急了甚至哈哈大笑起来。尹南平说："味道不错，第一次吃到。"秋葵得意地瞟了一眼他新夫人，感激地端起酒杯来敬尹南平。秋葵夫人不屑地扭过脸去和教授、主编讨论时政问题去了，秋葵突然笑着问尹南平："好长时间没有见朱大博士了，她上班了吗？"

尹南平说他也很长时间没见她了，应该是上了。

"也该出来和大家聚一聚了，"秋葵和善地笑道，"一肚子学问憋在家里奶孩子，会憋疯她的我看！"

秋葵夫人扭过来插话："小朱生了个很漂亮的女儿，我前两天去家里看她了,哎呀,跟五百年没见过人似的,拉住我说不完的话,眼里都冒绿光儿!"她举起右手来做了个鸭嘴状,合拢的四指在上,大拇指在下,叩击了几下。

"不至于吧!"胡教授摇着头鼻子里哼哼有声,提出他的反对意见,"坐个月子也就半年时间,搞得跟与世隔绝似的,太夸张了,你太夸张了!"

秋葵夫人直起脖子来,脖颈那里都急得爆起了青筋:"怎么不是?小朱是南方人,在学校谈的恋爱,毕业后跟着老公留在了咱们这里,那个理科男一点情调都没有。这些年女同学里也就跟我联系多一些,再说她工作的那个律师事务所都是男同事,生下孩子根本就没什么人去看她,她亲口跟我说我是第二个去看望她和她闺女的,说话的时候眼泪都下来了,我有必要骗你吗,教授?"她的脖子已经变得通红,好像一只火烈鸟。

秋葵伸手去扯她的衣服,嘴里埋怨着:"你怎么这样?你怎么这样?人家胡教授说了一句,你就说个没完,你怎么这么个人!"

姜主编低着头拿手指戳着手机屏幕,旁若无人地浏览他的微信是否有人点赞。

尹南平端着酒杯微笑着,望着他放在桌子上的手机,它静静地躺在那里,好像随时会响起铃声,又好像永远也不会有铃声响起来了。

2014年5月8日初稿于山西日报家中
2014年5月22日改定于3U8849航班

在世纪末的夏天

一

一场关于走还是留的争论，在被七八张破旧的办公桌分割成迷宫的大办公室里激烈地进行着，有人靠在椅子背上，有人干脆把自己的半拉屁股搁在办公桌边沿上，还有人在桌子之间走来走去，并且不得不绕过栽着半死不活的植物的几个大花盆和靠着桌子的各个侧面摞起来的各种报纸杂志的混合障碍物，更多的人靠着桌子或者文件柜站着，环抱双臂，一言不发，眼神跟着不停变换的演讲者移动着。其实，这只是一场没有实际意义的辩论，真正左右这些人命运的会议，正在楼上的某个小会议室里有条不紊地进行着，那几个被称为领导的人，此时正围坐在会议桌前，或者抽烟，或者不抽烟，翻动着手边的文件，听某一个人一边念一边解释这份文件，偶尔有人会因为抽烟太多嗓子发痒而咳嗽一下。

严小满安静地坐在大办公室最深的角落里，守着那部这时显得过分安静的电话。这场讨论和她关系不大，她不是在编人员，只是个负责收发信件和报纸的临时工，是留在老单位转到某个部门工作，还是跟着自收自支的新单位搬到新租用的写字楼去，这是那些在编的老职工正面临的选择，而她似乎没有决定自己命运的权力：新单位将在经费方面自负盈亏，假如领导不愿意负担临时工的工资，那她就只能重新去找工作了。严小满胳膊肘支在桌子边上，垂着头，有些过长的刘海儿遮盖着她从小被人取笑的微微凸起的大额头，两排像街边的常青树一样整齐密实的睫毛扑扇着，在圆润的脸颊上留下浅浅的阴影，因为上唇略显得有些短，总是露出一排细密洁白的上齿来，给人留下爱笑的印象，但此时只有她那因为正在最有活力和发育到最好的年纪而显示出女性生理美的下巴微微地在光洁的皮肤下形成一个俏丽的小旋涡。此刻，没有人注意到她的存在，更没有人在意她的命运，每个人都在近乎愤怒地向大家陈述着自己的老资历和对单位的大贡献，徒劳地为自己争取在即将到来的变革后的合适位置，男人们嗓门高得像要打架，女人们却莫名其妙地间或发出带着古怪兴奋的大笑。严小满默默地望着眼前的一切，泪水慢慢地蓄满了两只过于美丽的大眼睛，目光变得模糊起来，她没有想到自己的处境，她在想患有精神病的妈妈和仿佛已经退化了语言功能的爸爸，但是那个让她心里一疼而流下眼泪的却是正在上初中的妹妹——只要这三个人还活着，她就永远也不会想到自己。

因为微微地弯着腰,她的花格子衬衫胸前的两个扣子之间出现一个宽大的缝隙,在她不自觉的情况下,有些过于丰满的乳房从那里被一个人无意中窥见了,半边雪白的乳房和包裹着它的紫色胸罩的蕾丝花边仿佛一杯度数很高的洋酒,让那个人的脸上绽露出诡秘的微笑,眼神渐渐变得有神而光亮起来。他靠着文件柜,坐在严小满右侧门口的一盆高大的龟背竹后面,把罩着土黄色布套的椅子反过来,两只胳膊肘趴在椅背上倒骑着,一边饶有兴味地听着同事们的争论,一边拿着一支圆珠笔在龟背竹的叶片上写着字。这个上身长下身短的胖子,原先因为无聊而微微塌下去的腰,此刻受到新的发现的鼓舞,竟然弓了起来,仿佛一只发情的大猫,不时地朝严小满那边转过脸去,从无框眼镜的镜片边上朝她略显沉重的胸部望上一眼。

"大冯,你一句也不吭,是不是领导私下给你吃过定心丸了?"

听到有人叫他,胖子笑眯眯地抬起头来,从龟背竹叶片上面望着靠窗站着的那个描着很重的眼线的中年妇女,她有着一张和年龄不相称的过分光滑细腻的脸,像一件瓷器,要不是从鼻翼到嘴角两侧的男性化纹路,倒也有几分妩媚,原本徐娘半老,脑后却揪起了一个小女孩刚留头发的那种朝天辫,把所剩不多的一点风韵破坏了个干净,使她的外形和性格一样呈现出男女莫辨的印象,给人的综合观感是,她属于那种喜欢做主的女人,无论在家里还是单位,都愿意别人以自己为中心。大冯呵呵地笑着离开椅子,一路用手轻轻推开那几个走来走去的人,走到中年妇女身边去,一手叉腰,一手拍在她的肩膀上,俯视着她的眼睛调笑:"领导怎么会想到我啊?就算他们来问我,我也会说,吴姐走我就走,吴姐留我就留。"他把脸凑近了压低声音说,"吴姐,你说咱走不走?"吴姐在众目睽睽之下有些羞涩,假作嗔怒狠狠打掉肩膀上大冯的那只手,推开他骂道:"你爱走不走,跟我有什么关系?大冯你就是个油痞!"自己先笑起来,一圈人都笑起来,大冯也得意地笑着,目光穿过人缝去望远处角落里的严小满。

严小满被惊动了，她一直在混乱中努力地想听清每个人说的每句话，试图从中捕捉到对自己有帮助的信息，她抬起头正看到那些开心地哄笑的脸孔，自己却笑不出来，只好扭过脸去望窗外阳光下那些蒙着灰尘的柳树枝叶——在这之前，她被大冯看到了那双兔子般红着也兔子般无助的大眼睛——然后，她站起来低着头走了出去。在走廊里，她依然能从那些高低纷乱的声音里分辨出哪句话是谁说的，但是那些话的内容依然只跟说话者本人有关，他们也会互相提起，却从没提到过她。她走进女厕所，弯下腰来朝两个厕位隔间探头探脑地瞄一眼，确定没有别人后，从包里拿出一部手机来，拨了一个号，通了，对方却一直没有接。她认为是信号不好，把手机天线拔出来，又拨了过去，这回对方果然接了，但只说了一句"你好，我在家，一会儿到了办公室打给你"就挂了。她失望地收回天线，把手机放回包里，抽出一块纸巾来团在手心，拉开厕位上的绿色木门，进去上厕所。

严小满从厕所出来，弯着腰在外面公用洗手间那里洗手，大冯从男厕所出来，站在她背后问："要不要帮你拿着包？"严小满说不用不用，直起身来笑着看大冯一眼，用右手的食指和拇指把挂在左手小臂上的包拉开，夹出一张纸巾来擦手上的水，一边打量着镜子里自己的脸。大冯就着水管飞快地洗完手，满是青春痘疤痕的脸上堆满笑容，眯着眼睛望着严小满说："给我一张纸擦擦手。"严小满说，好好，又抽出一张纸巾来递给他，脸上有一点点发烧，赶紧转过身走出去作为掩饰。大冯跟着她出来，赶上一步问："你有什么打算？"严小满不由扭头看他一眼，实在没想到会有人这样问自己，心里就是一阵酸楚，想笑，眼睛却模糊了。

"你要愿意去新单位，我可以给领导说说，肯定还会招聘新人，怎么说你也比他们熟悉业务。"大冯笑眯眯的眼睛很深邃。

严小满的眉毛就扬了起来，大额头堆起浅浅的皱纹，心里的快乐直接从眼睛里飞了出来，跺跺脚跟叫道："真的吗?！"

大冯把手掌在她眼前摆摆说："嘘——别叫唤！"他收敛了笑容，严肃地抿抿薄嘴唇说："这样吧，晚上我请你吃饭，咱们再商量。"他的口气不容置疑，严小满也没有丝毫犹豫就答应了。

二

有些人等不到楼上的会议结束就提前下班走了，他们有更重要的事情要去做，比起上班来，自己的生意对生活更重要一些。留下的人占大多数，像平时一样对自己的人生并没有主动的想法，他们习惯了等待单位和领导的安排，这个时候，他们的心情少见地有些激动，那些个平时还算亲切和随和的领导，此时在他们的想象中都庄重而值得信赖，他们愿意把自己的命运交在这样的人手里去安排。这么多人没走的原因有两个，一个是确实还没到下班时间，另一个更重要的原因是有两个人坐着没动，这两个人都四十左右的年纪，瘦瘦高高有些端着肩膀的是办公室主任张新民，他天生不长胡子，脸颊瘦削皮肤松弛，而且像初中学校的教务处主任一样饿纹入嘴，留着大众的三七分头，眼神温和，稍微有点三角眼，从表情上看一点都没有做领导的威严。事实上，这一下午他一直坐在大家中间，一点也不起眼，而且比别人说的话少很多；那个留着长发微微有些发福的是艺术总监老姜，上唇刮得铁青，下巴上留着一簇短须，脖子上有两道可疑的抓痕，并排贴着两条创可贴。大家都愿意相信这两个人会比其他人能得到可靠的信息，于是像一堆被磁铁吸引的铁屑，看似没有规律，实际上都是围绕着他们俩坐着，连眼神都是被磁化了的。

严小满和大冯回来后,老姜出去接了个手机,回来表情凝重地看看大家,用一种非常淡泊的语调宣布:"我朋友打电话来说,咱们新单位的领导,可能会从上级主管部门空降。新单位也要事业编制企业化管理,走还是留,你们自己拿主意吧!"大家都诧异地嗡嗡起来,张新民对他如此轻率地散布传言表示不满:"楼上的会还没有结束,老姜你从哪里听来的小道消息?"老姜轻蔑地笑笑,看他一眼说:"信不信由你吧,我还有个饭局,先走了。"

大家惊恐地目送老姜出了门,又一起望向坐着没动的张新民,吴姐带头问:"张主任,你说咱们该怎么办?"

"怎么办?哼哼!"张新民冷笑两声看看他们说,"自己拿主意吧,我也说不好。"

大冯一直倒骑着椅子笑眯眯地观望着这一切,他打个哈欠站起身来,慢悠悠地走出门去,走到门口站住,转过身来,抬起一只手,对担忧地望着他的严小满勾勾手指头。严小满脸上有些发烧,收回目光看了半天斑驳的桌面,没敢抬头看有没人注意到自己,突然挽起包来就往出走。大冯在楼梯口站着,看到她出来,径自先下楼去了。严小满听见吴姐在嚷嚷着骂:"大冯,你个油痞,这个时候还有心思勾引人家没结婚的小姑娘!"她背上的肌肉就是一紧,仿佛被谁狠狠地推了一把,脚步踉跄着往前冲。

出来单位大门,严小满朝街边张望一眼,看见大冯已经拦住了一辆黄色的面的,正拉着车门对她招手。严小满尽量从容地走过去,耳朵里还回响着吴姐那句话,脸上笑容就有些牵强,但她还是惊讶地打量了一眼大冯说:"打的呀?不远的话走过去吧,好不好?"大冯扳住她的肩膀,有些蛮横地说:"别啰唆了,这算个啥!"把她推进车里。大冯关上车门,坐在严小满对面,严小满看看他,忍不住笑,问道:"去哪里啊?不贵的话我请你吧?"大冯不屑地摆摆手,摸摸下巴上浓密的胡茬说:"在省城还没有我冯刚玩不转的地方，你听我的安排就对了。"

车往北走，行道树都是高大的垂柳，枝叶在夏末时节油汪汪地滴答着虫子排出的黏液。北城集中着省城的所有首脑机关，这些垂柳都和这些机关的办公大院一样有年头了，显示出一种安逸的颓败情态。穿过几条街巷，拐进省政协所在的那条大街，世纪之交的内陆省城，文化休闲风气方兴未艾，这条街是著名的茶社和酒吧集中的地方。他们在两层楼的"清新雅韵"茶楼前下了车，大冯扔给司机一张十块钱，没等找钱，跳下车就走。严小满下了车，看看大冯的背影，没动脚，回头看看司机，司机也看看她，司机探头望了望茶社的招牌，结合刚才在车上听到的对话，大概思考清楚了他们的关系，就坚定地说："小姐，请帮忙关上车门。"

大冯等在茶楼门口，帮她拉着门。严小满闪身进去，低声对大冯说："其实我一点也不饿。"大冯没搭理她，对迎上来的穿红旗袍的服务员说："老地方。"服务员看一眼他身后的严小满，严小满扭头去看旁边鱼缸里的金鱼，服务员笑着做了个请的手势说："好的领导，您跟我来。"

严小满以为要从中间的宽楼梯上楼，却被领着顺旁边的窄楼梯下了地下室。地下室装修得古香古色，走道两边的墙被挖出一排壁龛，里面摆放着盆景还有仿制的古董瓷器。垃圾箱上点着熏香，发出一种幽幽的说不出来的古怪香味。服务员把他们领进一个宽敞的包间，有一张仿古的棋牌桌，还有一张宽大的榻榻米，榻榻米上是一张小茶几，两边摆着海绵靠墩。大冯进门就踢掉皮凉鞋上了榻榻米，盘腿坐在茶几旁边，严小满有点不知所措，她想走过去坐到棋牌桌旁边的椅子上，犹豫了一下，还是在榻榻米边上坐了下来。服务员站在地下笑吟吟地问大冯："领导看要点什么，给女士要点什么呢？"大冯侧了侧身，把手伸进屁股后面的裤兜里，他扭曲着半边脸，仿佛屁股后面有个硬邦邦的东西硌得难受，然后他很费劲地把那个东西拽出来，扔到了面前的茶几上，是一摞还被纸条捆扎着的百元大钞。他没有看严小满的表情，只望着服务员说："那什么，我存的好茶还有吧，我们就喝那个。嗯，你给拿几盘小吃吧，开心果葡萄干什么的。另外，再拿一瓶'XO'吧"

严小满就像被蝎子蜇了一下，赶紧给服务员摆手："别别，不要酒不要酒，我不会喝酒！"她试图站起来，却被大冯探身过来拽得歪坐下，大冯皱着眉头说："酒是我要喝的，你慌什么！"严小满红了脸，打他一下说："去去，我是不想浪费钱，洋酒太贵了！"大冯拿起茶几上那摞钱，高高地抛起，看也不看它落在哪里，不屑地说："钱是什么？钱是王八蛋！"严小满翻他一眼，忍不住笑了，在头顶的灯光照射下，她光亮的大额头在漂亮的脸孔上投下淡淡的阴影。

服务员走后，大冯让严小满脱了鞋坐到榻榻米上来，严小满没动弹，大冯抬抬屁股吓唬她："你不脱我就替你脱呀！"严小满剜他一眼骂道："讨厌！"自己脱了鞋，先把包甩到榻榻米上，跟着自己爬了过去，坐在茶几的另一边。

服务员端来沏好的茶和调好的酒，把几样小吃摆在茶几上，微笑着说："两位慢用，有什么需要请按桌上的呼叫器。"大冯说："出去把门关上。"他给自己倒上酒，看看严小满，给她面前的杯子里倒了一点点说："你尝尝，不让你多喝。"严小满剥着开心果，翻动眼皮看了大冯一眼说："说好的去吃饭，带我来这种地方！"大冯举着酒杯说："这地方怎么了？多有文化品味，说话也方便。"他鼓励她端起杯子，"你尝尝，跟饮料没什么区别"。严小满鼻子里哼了一声，还是端起杯子来和他碰了碰，小心地送到唇边去，舔了舔，果然甜丝丝的，就笑起来："这就是'XO'啊，比我小时候喝过的红葡萄酒还甜——我上初中的时候过年喝过一口葡萄酒，到第二天还是晕的。"大冯说："可不就是，这是调过的酒，相当于饮料。"他看着严小满把那点酒喝完，又给他倒上半杯。

严小满着急言归正传，把玻璃酒杯举在手里玩着说："谢谢你啊大冯，碰上这种事，方芳不在我也没个商量的人。再说了，人家方芳和我不一样，还有老……"自觉说漏了嘴，不好意思地去望大冯的脸色。大冯哼哼着说："这都是明摆着的事吗？方芳当然和你不一样，她比你来得早，又和老姜有一腿……"

严小满打断他说："别说那么难听，我觉得方芳是真心喜欢老姜。"

这话惹得大冯发笑："算了，别和我说爱情，老姜孩子都上初中了，他是典型的婚外恋！至于方芳，不就是个第三者吗？你别以为他们有多高尚。"

严小满若有所思地笑了，就在一周前，老姜的老婆冲进单位，当着所有人的面对方芳连打带骂，把方芳的半边脸都打肿了，还揪下了她几绺头发。老姜拦在中间，脖子上也被抓了好几把，贴着两张创可贴遮羞，还要把衣领竖起来。"我想晚上去看看方芳，她不知道好点没有，能不能上班了。"严小满轻轻叹口气。

大冯冷笑着说："先顾你自己吧！听说你爸身体不好，你妈妈脑子有问题？"他习惯了这样直不棱登毫无遮掩地说话，从来不考虑对方的感受，"你一个小姑娘家的，怎么养活他们啊？"他直盯着严小满的脸。

严小满扑扇扑扇长长的睫毛，眼泪挂在下眼皮那里，咬了咬下嘴唇，没说话。大冯清楚地看见她的牙齿把嘴唇咬得一会儿没了血色，一会儿又红润起来，嘴唇上那排浅浅的牙印让他的心跳加速，他明显地感觉到自己的心脏像长了脚一样狠狠地踹了几下胸腔，俯身捡起刚才抛在一边的那摞钱，"啪"地拍在严小满面前的茶几上："拿去寄给家里吧，不够再跟我说。"严小满惊惶地去推他的手："不行不行，我不要！"大冯直起身来瞪着眼睛嚷："啧，别跟我这样，我大冯没别的，就是讲个义气——不怕，不叫你还！"

严小满定定神，轻轻地抽动嘴角："我不能花你的钱，我自己能挣钱。"大冯逼视着她："你说，你一个小姑娘，凭什么挣钱？你说！"

"那我也不能花你的钱啊。"严小满翻起眼皮看大冯一眼。

大冯嘿嘿笑起来："就算你陪我喝酒，我高兴，行了吧。"他举起酒杯说："来，妹子，干一个！"

洋酒甜丝丝的，严小满很享受这种味道，自己也想喝起来，一会儿感觉身子有点发飘，心情也出奇得好了，大冯讲话很风趣，她就不停地笑，嘴像盘子里的开心果一样合不拢。大冯受到鼓舞，试探着给她讲些酒桌上听来的黄段子，严小满听得双颊发烧，不停地拿葡萄干砸他。正热闹，严小满包里的手机响了，她拿出来，侧过身去接。大冯没想到她会有手机，多少有些诧异，坐在一边目光沉静地研究着她。

地下室信号不好，但听筒的声音显得很大，大冯清楚地听见有个男人不耐烦地问："你在哪里？……我去接你。"严小满撒谎了："我和同学在一起，明天再联系啊。"她匆匆挂了电话，看大冯一眼，笑笑，扶着墙穿好鞋，歪歪扭扭去开门。

大冯问："你去哪儿？"她脱口而出："你别管！"大冯就知道她是上厕所去了。

严小满上完厕所回来，说了声头晕，鞋也没脱，就歪倒在榻榻米上。大冯跳起来，迈过茶几，到了她这边，探身把门关好，跪下来拍拍她的脸，笑道："不是吧，喝醉了？"

严小满面色绯红，闭着眼睛笑笑。大冯把她抱起来，嘟哝着说："你放心，以后有事就找哥我！"严小满又笑笑，鼻腔里呼出热乎乎的酒气。

大冯一手抱着她绵软滚圆的肩背，一手解开了她胸前的纽扣，然后一把拉掉了胸罩，低头吮住了她鼓胀的乳房。严小满挺了挺身子，发出含混的呓语。

大冯身躯沉重，力量很大，没费太大的力气就制服了她。严小满浑身一颤，睁开了眼睛，不由自主抱住了他粗壮的腰和臀，她想说句话，可是一直在重复一句："哥，我忘不了你，我忘不了你……"

三

方芳靠在沙发上，妈妈坐在她旁边，用手里握的一把核桃钳子夹核桃，母女俩在看电视。晚饭后爸爸照例去地下室的暗室里冲洗他白天拍的相片去了。方芳拒绝回答父母她一个星期没去上班的原因，老两口相信女儿从小锻炼成的独立能力，也没有深究——冒失地打电话到女儿的单位去问个究竟，这样的事情不是他们的作风。严小满来过家里一次，方母也问过一句，严小满嘻嘻哈哈地说："没什么没什么，就是同事之间闹点矛盾。"竟然搪塞了过去。

方芳眼睛看着电视，心里一点也不平静，老姜老婆来单位闹，她一点也没有害怕，甚至当时有些木然，仿佛事情是发生在别人身上。可就在这节骨眼上单位要分离出去，逼着她不得不考虑自己接下来该怎么办，要不要借着这个机会离开老姜，——比如说老姜要留在老单位，她就去新单位；老姜要去新单位，她就想办法留在老单位，这样跟他撇清了，开始自己的新生活。待在家里这几天，她一直在思考是否有避开世俗生活的烦恼的必要，因此举棋不定。最后父亲遗传给她的那一点艺术气质帮了她的忙，她最后的决定是随它去，如果上天仍然把她和老姜安排在一个单位，那她将继续坦然面对自己的爱情。

楼下的街边是个夜市，炒菜的"滋啦"声和那些个光着膀子的人喝着啤酒的吵闹声混响着，时而又清晰地分离开来，在"滋啦"声和吵闹声的间隙里出现一种出奇的宁静。就在这时，方芳听到有个熟悉而奇特的嗓音喊了一声："严小满——！"她侧耳细听，虽然街市上声音很吵，她还是又听到一声同样的叫喊，而且马上就判断出这是同事大冯的声音，全单位只有他一个人喊人时拖着那种奇怪的抑扬顿挫的音调。方芳的第一反应是大冯和严小满在楼下夜市吃饭，她从客厅去了厨房，从阳台打开的窗户朝下望，一团团的树冠下，很多人坐在白炽灯的光芒里吃饭、说笑、碰杯，烤羊肉串的香味和炒豆芽的烟味交织在一起，让她的眼睛有些发酸。她探出头去，用戴着隐形眼镜的圆眼睛，先是朝下，然后左右看看，没发现什么熟悉的身影。

方芳转过身来往客厅走，压着白条的蓝色运动短裤包裹着她有些苍白的腿，因为苍白，皮肤上那些细小的汗毛很清晰，显得毛孔发黑。在家里，她通常穿一件运动短裤和圆领文化衫，父亲去地下室后（老头通常要在地下室待到午夜之后），她把胸罩摘掉了，这样舒适多了，她的乳房自由地垂挂着，乳房的形状不像一般的成熟少女一样紧凑而挺立，而是以一种舒适的形态悬挂在胸脯的下方。这是遗传自她的姑姑，母系的特征通过父亲的基因转嫁到她的身上，而她的性格也和姑姑很相像，却跟自己的妈妈有着明显的差异。

她刚在沙发上重新坐下，门铃响了，节奏紧凑显示着门外的人急火火的个性。妈妈看了女儿一眼，没动窝，方芳站起来过去打开门，严小满就挤了进来。严小满问了声阿姨好，就拉着方芳去了她的卧室。打开灯，方芳关上门，严小满已经把自己扔在了她的床上，她躺了一秒钟，又弹起来瞪着眼睛打量好朋友："没事了吧你？"方芳站在对面正研究她，面无表情地说："我刚才听见大冯叫你，你是不是和他在一起？"严小满像听到一个天大的笑话，哈哈地笑起来，就差弯着腰滚到床下去了。方芳站着没动，看着她搞怪。严小满抬起脸来，仍旧乐着，撇撇嘴说："我怎么会跟他在一起！"方芳说："你别不承认。"严小满说："我就不承认！没有的事我承认什么？"

严小满看了一眼方芳下垂的乳房，转移话题："单位的事你都知道了吧，你打算怎么办？"方芳把椅子上的一个毛绒兔子抱起来，坐到椅子上说："随便，我就是个搞美术设计的，在哪里都一样。"严小满挑挑细细的眉毛，大额头上又堆起了密密的纹路，低声说："老姜和你联系了没有？"方芳直勾勾地看着她摇摇头。严小满有些怀疑地审视着她。方芳说："你今天住我这儿吧，咱晚上说说话。"严小满赶紧摇头:"别了吧,我今天回去要洗澡。"觉得说漏了嘴,又哈哈笑起来,问好朋友:"你明天去上班吧,看样子明天要开会。"方芳迟钝地点点头。

"那好,你还是骑车到我楼下,我在老地方等你。"严小满站了起来,拎起她的包。方芳也站了起来,两个人没有马上出门,又站在那里面对面说了半天话。

四

方芳骑着二八坤式自行车来到严小满租住的小区门外,看见严小满正站在离公交车站牌不远的地方等她。严小满也看到她抻着细长的脖颈、顶着染成浅红色的蘑菇头过来了,她冲她扬扬手。方芳来到严小满跟前下了车,严小满把自己的包交给她,抢过车把说:"走吧,你坐后面。"方芳推让一下说:"今天我来带你吧?"严小满说:"不用,我比你劲儿大。"

朝晖从行道树的缝隙里投射到省城匆匆的上班族身上,严小满穿着红底白点的连衣裙骑着自行车,后面驮着穿牛仔短裤和白背心的方芳,两个人说说笑笑地混迹在自行车流里。方芳不时地提醒她:"到十字路口提前看有没有交警,叫我下来啊。"严小满脚下使着劲,满不在乎地说:"没事,我抛个媚眼儿什么都解决了。再说,咱交警里有朋友。"两个人乐个没完。

和她们路线一致的403路公交车从后面追了上来,相对静止地运动着。方芳抬眼看到车厢里有一对年轻男女正望着她们,男的穿着咖啡色的西装,戴着金丝边眼镜,肩膀上挎着背包;女的穿着一件浅粉色的线衣,面颊狭长,颧骨和眼眶靠得很近,她脑后扎着短辫,头上别着乡下人惯用的那种黑色的钢丝发夹,两鬓还别着好几枚,她正眼神茫然而好奇地望着骑着一辆自行车的方芳和严小满，看到方芳也在望着她，赶紧扭头对她身边的年轻男人羞涩地笑了一下，那个男人一手拉着吊环，一手揽住了她的肩膀。方芳惊讶地发现她脑后还别着一根带小碎花的发夹，她推测他们一定是从北方的乡下来的，那里的天气已经有些变凉，所以他们穿着那样的装束下了火车，来不及换衣服就融入了省城依旧炎热的夏末里。

到了单位，严小满已经是满头细汗，体温蒸腾着她身上的香水味，她很开心地把方芳的自行车推进车棚里锁好，笑着过来和好朋友一起上楼。严小满舍不得买一辆自行车，更不愿意花一块钱坐公交车上班，她算过一笔账，每天上下班坐公交车的话，一个月就要五十块钱，这些钱就会让当油漆工的爸爸好几天的汗水白流了，虽然他只是他的养父，但他从小照顾着她和妹妹还有脑子有毛病的妈妈，爸爸是这个世界上她认为最可怜最让人心疼的那个人。因此她愿意每天骑着方芳的自行车，带着好朋友上班，这让她觉得每个月多赚了五十块钱，成为一件非常令她开心的事情。

两个姑娘一路说笑着上了楼，一走进楼道，严小满就发觉气氛不对，跟昨天乱哄哄吵成一片不一样，楼道里很安静，路过各个办公室的门，都会发现里面的人神色很严峻，像是发生了什么大事情。方芳好几天没来，对这一变化很木然，严小满赶紧拉着她走进了大办公室。吴姐板着脸坐在办公桌后面，抬眼看了看她们，仍旧低下了头去。严小满刚要问怎么回事，大冯跟在她们屁股后面进来了，他像一条优种猎犬闻到了猎物的味道，笑嘻嘻地俯视着满脸茫然的严小满和方芳，用幸灾乐祸的语调宣布："嗨，这下可好了，谁也用不着吵吵走还是不走的问题了，人家万众一心要叫咱们扫地出门啦。"原来本单位的兄弟部门联名给领导上书，拒绝不愿意跟着新单位分离出去的人员安插到本部门，以免那些资历老的人留下来影响到本部门原有人员的提拔。

这个消息一传出来，一种同仇敌忾的情绪迅速从每个人心里被激发了：

既然人家联合起来堵死了咱们的退路，咱们就要团结起来破釜沉舟开创一番新事业给他们看看！领导们发现，做了很多天动员大家去新单位创业的工作，在这个早上取得了意想不到的好结果。

当天就召开了新单位筹备情况通气大会，会上宣布了新单位的名称："化雨传媒文化公司"。果然像之前传说的那样，新成立的传媒公司在用人性质上采用老办法和新办法相结合：原先在编的人员，依然占事业编制，原先不占编制的和即将新招聘的人员，采用聘用制，档案在人才市场托管。严小满和方芳都属于后者，她俩坐在一起，手挽着手，严小满盯着主席台上一个可疑的生面孔，那个人的肩膀比他旁边的人要宽厚很多，脑袋也要大上一圈，稍微有点酒糟鼻，但目光很清亮和友善，正微微歪着脑袋打量着台下的每个人；方芳也望着主席台，但目光空洞，别人不知道她在看谁，她也不知道自己在想什么。

会场里响起一阵疏密不齐的试试探探的掌声，主席台上那个魁梧的酒糟鼻站起来给大家鞠躬，果然他就是"民间组织部"早就认定的那个从主管部门空降下来的新单位的负责人。今天他往主席台上一坐，很多人就明白传言是真的了，只不过就像对待上了超市货架的商品，只等着贴上标签才能正式出售罢了。很多人之前都认识这个叫曹全军的人，只是熟悉程度不同，交情也有深浅，因此从听闻他要从主管部门的综合处副处长空降到新单位当一把手，到他真的成了自己的顶头上司，有些人欢呼雀跃，有些人暗自神伤，也有些人不以为然，更多的人只是感到陌生和新鲜。等到大会主持人宣布，请"化雨传媒"总经理曹全军同志给大家讲话，掌声就像机关枪声一样激烈了。大冯和吴姐并排坐在台下第一排，老姜坐在吴姐另一边，他鼻子里发出两声轻微的哼哼，不屑地看了一眼正笑眯眯地对新领导行注目礼的办公室主任张新民。吴姐悄悄在老姜腿上拧了一把，低声说："你得意什么？不就是传了个小道消息吗？又不是你自己当了领导！"老姜故意粗门大嗓地回答她："给我当我也不稀罕！"吴姐没想到他会这么大声，吓得吐了吐舌头，看看台上领导们的脸色，赶紧坐正了身子，半天后无声地嘟囔一句："神经病！"

严小满坐在大冯后面，用鞋尖狠狠地踢了一下他从椅子下面勾回来的小腿，大冯收回了他的腿，脑袋没有动，脖子依然挺得很直，后脖颈上有一个带脓尖的火疙瘩很惹眼。

五

403路公交车绕了大半个市区，它的起点是城北的火车站，终点是城西的体育馆。钱婷跟着尹南平走出拥挤的火车站，在站前广场找了个地方整理了一下大包小包，又挽着手走向街对面的公交车站牌。虽然之前钱婷来过两次省城给尹南平送她织好的毛衣，但对于一个在小县城长大的姑娘来说，偌大的省城对于她依然是两眼一抹黑，她只能亦步亦趋地跟着尹南平，这个她深爱着和依赖着的年轻男人。相对于小县城长途公共汽车的挤成一团吵成一片和难闻的汗腥味，省城的公交车环境让钱婷第一次感受到了大城市的美好，车窗竟然那么大，那么干净明亮，当垂柳的枝条拂过宽大的车窗，钱婷心里涌上一种幸福感，为了她竟然能和窗外大街上那些骑着自行车或者走在树荫下的人行道上的人一样生活在这个大城市。而这一切都是尹南平、这个她深爱着的人带给她的，也是她五年来对他忠贞不渝的爱情所换来的。让她脸上冒出一层细汗的，不是省城的酷暑，也不是身上不合时节的浅粉色的线衣，而是新婚燕尔的幸福感和即将和爱人在这个大城市双宿双飞的心底暖流。

尹南平穿着婚礼上的咖啡色西装，拉着车顶的吊环，钱婷拉着他悬在空中的胳膊，他们的行李就在脚下放着。钱婷看了看车厢里悬挂的两排吊环，低声问尹南平："哎，车里挂这么多圈圈是干什么的？"尹南平看看她无辜的眼神，扑哧一声笑了，钱婷的脸腾就红了，她知道自己是闹笑话了，可又不知道错在哪里，执拗地望着他等待回答。尹南平俊秀的脸上浮现出因为爱怜而生发的忧伤，他低声告诉新婚的爱人："傻瓜，这都是给那些站着的乘客当扶手拉的啊，像我这样。"钱婷的脸更红了，她无法释放自己内心强烈的羞怯，悄悄地拧住了尹南平胳膊上的肉。尹南平龇牙咧嘴地笑着，承受着这幸福的痛苦。

突然，钱婷发现车窗外一个坐在自行车后面的女孩在盯着她看，那个女孩像电视上木偶剧里面的演员一样染着浅红色的头发，她穿着比胸衣大不了多少的白背心，和刚刚能搂住屁股的牛仔短裤，短裤的裤边好像刚用剪刀胡乱剪开，毛边的。前面那个骑自行车驮着她的女孩穿一件白底红点的连衣裙，光亮的额头在朝阳的光辉里堆起细细的皱纹，她起劲地蹬着车子，脸上洋溢着快乐的笑容。钱婷心里一动，她在一闪念间想象着自己染着后面的女孩那样浅红色的头发和前面的女孩那样无拘无束地大笑，但她赶紧摆脱了这种不切实际的想法："我是个正经的女子，怎么可能像她们那个样子呢！"因为羞涩，她下意识地攥住了尹南平的衬衫的前襟，把脸埋进了他单薄的肩窝。

他们回到尹南平租住的住处，按照钱婷妈妈的嘱咐，给门窗上都贴了"囍"字，然后简单洗漱了一下，换上符合季节的衣服，就匆匆地出门去超市购买生活用品了。

怎样一结婚就把妻子带到省城，结束自己漫长的单身生活，过上温汤热水的幸福日子，是尹南平在结婚前夕思考最多的问题。钱婷在故乡的小城有着一份稳定的工作，她是地税局的征税人员，这在当地是有点小权力的，而且钱婷的爸爸开着饭店，她的工作显然是爸爸认为最理想而且对家庭有贡献的。那么，要想把钱婷带到省城去，给她找一个什么样的工作就成为至关重要的砝码，尹南平为此绞尽脑汁。直到婚期到来前的一个星期，尹南平才想到一个在报社做记者的朋友，他的哥哥是省城最大的民营书店的老板，通过他把钱婷介绍到书店里去做营业员应该还是有一定把握的。尹南平为此欣喜不已,对于刚刚在社会上立足的年轻人来说,这是他唯一可以利用的社会关系了。他兴致勃勃、自信满满地回老家去结婚了。

按照家乡的风俗,结婚后的第三天,尹南平带着妻子去岳父母家吃回门饭。钱婷的爸爸是个生意人,凡事都喜欢提前有个设想和谋划,而且老汉喜欢通过谈话观察对方的人品性格。那天摆的是真正的家宴,就在他们家客厅里吃,在座除了岳父母,就是钱婷的弟弟钱海。二两酒下肚,岳父就开了腔,他先是笑眯眯地看了自己的婆娘一眼,暗示以下的谈话是他们夫妇共同商议的结果,然后他又和女婿碰了一杯,用商议的口吻说:"南平,我和你妈都觉得,你现在还在发展阶段,让婷婷跟你去省城,倒是可以照顾你的生活,可是话说回来,她的工作不是说找就能找下的,说到底还是会成为你的负担。嗯,就为这,我和你妈觉得,还是先让婷婷和我们生活在一起,等过上几年你发展得好了,给她找下工作,再接她去。你觉得呢?"当父亲的说完先看了一眼女儿,钱婷的眼圈已经红了,虽然昨天晚上尹南平已经给她打过预防针,她还是对父母的决定感到委屈——她知道爸爸的家底很厚,不需要过多地考虑女儿婚后的生活问题——如果他们是为了女儿的幸福着想,就不该给女婿出这样的难题,她有一肚子的委屈要反诘爸爸。但是尹南平抢先开口了,他仿佛早就在等着岳父和他讨论这个话题。

"爸,妈,我正要跟你们说哩,婷婷的工作我已经找下了。"他笑眯眯地望着二老,用清亮的眼神证明自己不是在说大话。

这回是岳母沉不住气了,她虽然习惯于听从丈夫的,但作为女人,她更能理解女儿迫切地去过自己幸福的小日子的心情,为此她打破禁忌,在丈夫之前开了腔,一脸高兴地问道:"这好吗?是什么单位?"

这个时候尹南平才意识到书店营业员是要穿着高跟鞋每天站立八个小时的,这个尚未落实的工作,实在不是很值得在人家的父母跟前夸耀的。他收敛了愉快的神色,有些哀伤地说:"我一个朋友的哥,在省城开着一家最大的民营书店,我和他说好了,先让婷婷去那里干着,等我给她找下更好的工作……"

岳父打断他:"一个月能挣多少钱?"这是他最关心的。

"八百吧。"尹南平犹豫着说。

"比在咱们这里挣的多一倍,到底是省城的工资高。"岳父开始惋叹小城市和大城市的收入差距。

岳母更高兴了,她兴奋的理由和丈夫不一样:"在书店工作有好处,能多看书,是个学习的机会。"

"就是每天要站八个小时。"尹南平揽住钱婷的肩,心底对她的疼爱让他的眼睛有点发潮。

岳母却不同意他的看法:"年轻哩,多吃点苦有好处。我和你爸刚结婚的时候,他在白班当维修工,我上夜班看机床,星期天有时候还要加班,在一个床上睡,一个月见不了几面,不是也过来了?"

岳父笑吟吟地看了婆娘一眼,"你和孩子们说这些干什么?"

尹南平没有想到就这样轻易地说服了岳父母,看来他们并不是真的想让女儿女婿过两地的生活,还真的是怕女儿增加女婿的生活负担。他并没有为此喜出望外,相反心里却平添了一层哀伤——他真的舍不得让新婚的妻子每天穿着高跟鞋站上八个小时。

但事情只能暂时这样了,他们如愿以偿地双双来到省城,开始他们全新的家庭生活。

尹南平没有急于和那个当记者的朋友联系,他想先把这事情放一放,享受一番小家庭的快乐和幸福,或许能想出别的好办法来呢。但这件事就像一个创可贴牢牢地贴在了他的心上,无论他是不是去想它,它都在那里影响着他的思维,甚至有时候左右着他的说话和行动。

从超市买了一堆锅碗瓢盆回来，尹南平又跑到楼下街面上的五金土产店，买了一根三米长的煤气灶输气塑料管和一个红色的塑料大盆。钱婷一边起劲地忙着打扫卫生，一边好奇地看着他在开着门的卫生间里鼓捣。尹南平踩着凳子，给卫生间的墙上粘了一个双面胶塑料挂钩，把煤气塑料管的一端用绳子固定在挂钩上，让悬挂的管口冲下，又把塑料管的另一端用一个橡皮接口连接到洗手池的水龙头上。他顾不得擦满头的汗珠，慢慢拧开水龙头，挂在高处的那个管口就开始出水了。他对这个自制的淋浴器非常得意，大声地喊钱婷过来。钱婷带着橡胶手套跑过来看，只见尹南平把那个塑料大盆放在挂在墙上的塑料管口下，三下两下把自己的衣服扒光，踩进盆里去，探身拧开水龙头，一股清凉的自来水就流出来钻进了他浓密的头发里，又从额头上流下来，顺着脸颊和下巴流过他的身体。钱婷的目光从水龙头沿着水管一直看到墙上的挂钩，再顺着水流看到站在盆里手舞足蹈的尹南平，她的嘴角浮现快乐的微笑，接着就哈哈大笑起来，捂着肚子指着尹南平的怪样子叫喊："看你那傻样儿，你可真是个天才，什么好办法都能想出来！"尹南平叫她脱了衣服试一试，钱婷坚持要干完活儿再洗。

干完活儿天已经黑了，钱婷裸露着饱满的身体走进卫生间，站在尹南平自制的淋浴器下的红色塑料盆里，由于新婚的快乐和对新生活的憧憬，她一直笑个不停。尹南平怕凉水冰坏了她的热身体，小心地把水龙头拧开了一点点，只让一股细细的水线落到妻子身上。把钱婷的身体浇湿后，尹南平帮她打香皂，然后用手把香皂沫抹均匀，香皂沫很滑腻，钱婷的皮肤也很滑腻，尹南平的双手很享受地游走着，钱婷小孩儿心性大发，飞快地扭动着肩膀和身体，好像在跳印度舞。她欢快调皮的样子让尹南平快活又哀伤，他暗暗命令自己，一定要努力混出个样儿来，让她过上像样的好生活。尹南平站在钱婷背后给她背上抹香皂，钱婷站在红色的塑料大盆里扭着腰肢跳舞，两个人故意哼着没词的乱弹调儿，嘻嘻哈哈地洗完了来到省城的第一个凉水澡。

六

　　严小满被分配在新单位的综合办公室，收发工作之外，还兼任打字员。但她的五笔输入不太熟练，为此差点耽搁了一份重要的会议文件，一向脾气很好的办公室主任张新民竟然瞪起三角眼狠狠地说了她几句。严小满心里不爽，抽空跑到新成立的图片部去找方芳诉苦。方芳仍然和老姜分到了一个部门，而且老姜是图片部的主任——好在新单位用的是现代办公模式，复合材料制成的写字台取代了原来的木头桌子，蓝色的隔板把每个人都分割在一个独立的格子里，不站起来谁也看不见别人的脸。严小满拉把椅子挤在方芳的格子间里，刚叨叨了没几句，升任人事部主任的吴姐就满面春风地进来了，身后跟着一个穿一件黑色圆领衫、男式大短裤，戴着白框眼镜的女孩。吴姐穿着一身白色的短袖西装，红色的高跟鞋，小腿的肌肉紧绷，径直走到抽着烟的老姜那里去，从他手里把烟头夺过去按在烟灰缸里，嗔怪地命令："办公室不准抽烟，曹总再三强调过的，你都当成了耳旁风！"老姜瞅瞅她，又瞅瞅跟在她身后的女孩，鼻腔里哼出一股白雾，没吱声。

　　"这就是咱新分配来的大学生焦俏俏，小焦。——曹总早上跟你说过的，以后她就是你的兵了。"吴姐挑挑修得很细的眉毛，用手轻轻地挽着那个女孩的胳膊，把她往前拉了拉说："来，俏俏，见见你们主任。"

　　焦俏俏面目清秀，轮廓和神情有点男孩子的阳刚之美，她对老姜笑笑，鞠了一躬，没说话。

　　老姜显然没料到她会给自己鞠躬，赶紧站起来摆手："不敢当不敢当，都是同事，没什么领导不领导的！"

　　出于礼貌，同事们都站起来对吴姐和焦俏俏行注目礼，方芳木然地看着这一切，严小满使劲地盯着焦俏俏，想把她研究透的样子。

老姜介绍方芳和焦俏俏相互认识，方芳冲她点点头，焦俏俏冲她笑一笑，没鞠躬，也没说话。

严小满借故溜了出去，一会儿又钻回来，附在方芳耳边嘀咕她刚刚打探到的消息：这个焦俏俏来头很大，竟然是上级主管部门一把手安排进来的，而且不是通过招聘，居然是带着一个编制分配进来的。"就是说，咱俩是聘用的，人家是正式的事业编制！"严小满做出一副哀伤的苦相悲叹自己的命运。但是她即刻又眉飞色舞起来，趁着焦俏俏出去的当口，拉着方芳来到落地玻璃窗前，指着楼下花坛边一辆白色的小轿车说："看见没，那就是焦俏俏的车——她爸爸一定是个大老板，说不定还是个煤老板！"方芳看了一会儿，低声说："关我什么事儿？"她的眼神悠远空洞，视线越过焦俏俏的白色小轿车，停留在街对面省城最大的民营书店的门口，有一对年轻的男女正站在那里，看样子像是在等人，男的带着金丝边眼镜，一头浓密的黑发，女的脑后扎着短辫，头上别的发夹在阳光下反着光。方芳看了一会儿，拉一拉身边喋喋不休的严小满，指着街对面书店门口的年轻男女说："你看那两个人，我怎么觉得那个女孩那么面熟呢？我们是不是在哪里见过她？还有那个男的。"严小满瞥了一眼，不耐烦地说："操什么闲心，这个世界上长得像的人多了。"

大街上驶过一辆巨大的双层巴士公交，挡住了方芳的视线，巴士身上刷着巨幅广告语：迎接千禧年群星演唱会购票火热进行中……

2016 年 8 月 19 日 于山西日报家中

此案无关风月

第 一 章

2007年秋天的一个午后,牟城建筑公司的总经理肖勇正从南郊区的建设工地赶回市里的路上。出了一件小事,一个河南籍的工人不慎从脚手架上掉了下来,当场就毙命了,本来这样的事情只需要负责工地的项目经理和家属谈好赔偿金额,送到他办公室签个字从财务把钱转走就行了,完全没必要劳驾总经理亲自跑一趟。巧的是,在此之前,项目经理在工地看守材料的远房叔叔晚上喝醉酒上床后,第二天就没有醒来,一个工程在刚上马的时候就接连死了两个人,项目经理就有理由提出来风水有问题或者开工奠基时选择的日子冲撞了哪路神仙。所有干土木工程的老板都信这个,肖勇当然也信,虽然他不是老板,只是总经理。一早,他专程赶往工地,陪着项目经理请来的高僧做法事。折腾了一上午,刚安顿好各路鬼神,手机就响了,几个好朋友催他赶紧回市里,三缺一呢。

　　此刻他坐在宽敞的辉腾轿车里,心情轻松得就像淡蓝的天空中那抹似有似无的白云,这是刚做完法事后产生的心理效果,不仅仅是死人的事情,连同其他的窝心事都随着缭绕的香烟飘走了。他甚至有些喜悦的情绪,预感到即将到来的牌局中自己手气一定会很不错。出于心情好的缘故,他很想看看车窗外国道边的田野,感受一番那些失去果实的玉米像列兵一样在秋天高远的天空下向他致敬,可惜的是市政府把绿化工程作为头等大事,公路两边五十米都种了树,那些白杨树的叶子在这个季节正绿得发黑,在即将到来的落叶季节之前努力地展示着最后的繁盛,遮挡了他散漫的视线。肖勇只有三十八岁,正春风得意,他还不到体会秋天滋味的年纪。

　　半个小时后进入了市区,他把酒店的名字告诉了司机,其实他不说司机也正往那个方向走,没什么特殊情况他们几个总是在浩景大酒店的"888"房间,用手指消磨掉每天的后半段时光。通往浩景大酒店的街道是高层建筑最多的一条,肖勇总是习惯于从车窗里打量隔三岔五地闪现出自他的公司手笔的大楼,因此底商的变换和门脸装修他都了如指掌,一个发现是慢慢地那些临街的底商几乎都被银行和通信公司占据了,而且他们总是霸道地把招牌像帽子一样戴到离自己的办公场所十万八千里的楼顶上去,造成整座大楼都是他们的假象。

"哼哼，我们的生活都被银行和手机垄断了！"他鼻子里哼出一句文艺腔。

拐上滨河路，浩景大酒店就赫然在目了。司机直接把车开上平台，门童欠着腰拉开车门，肖勇夹着包钻出来，昂头走进了富丽堂皇的酒店大堂。电梯门快关上的时候，手机又响了，他装作不耐烦地冲着手机嚷："到了到了，催什么催，急着钱输不出去啊！"

迎宾员都认识他，喊着肖总，一路把他领进"888"套房。肖勇跟在迎宾员后面进去，看到那三个人正歪在沙发上看电视，见到他，反倒呈现出一种松懈的样子，滨河派出所的康所长望着他说："怎么样哥哥，都办利索了？"不等他回答，接着笑起来，"哈哈，看肖哥笑得那么可爱，心里一定是舒坦了，我说的对不对，哥哥？"

肖勇一只手抚在自己的啤酒肚上，笑得眼睛眯成了两条缝，也不回答，把包搁茶几上，坐在对面的椅子上——他嫌沙发憋屈，总是得把肚子歪在一边才能坐舒服——接过递来的那根烟，浩景大酒店副总经理小蔡探身给他点上。

小蔡把拴着胖脖颈的蓝领带松了松，用弯屈着拇指的手掌指点着肖勇，咧着嘴角笑道："看肖哥这个样子，今天是准备给弟兄们发钱呀！"

肖勇白他一眼，哼哼两声，拍拍茶几上的夹包说："钱有的是，你娃想要，得凭本事！"

小蔡就"嘎嘎"地笑起来。

开着连锁美容店的郑锋习惯性地把右手叉在腰上，端正地坐在单人沙发里，抽完最后一口烟，侧着脸，微微眯缝着左眼，把左手的烟蒂摁灭在眼前的玻璃烟缸里，站起来说："别废话了，肖哥来了，咱就开始吧，今天早点结束，我得回家去睡。"

康所长就招呼服务员把麻将灌进自动麻将机里去，茶水沏上新的。小蔡笑着说："老康，你指挥我的人挺顺手啊，我这'浩景'什么时候成了你滨河派出所的三产了？"

老康假装正色道："怎么说话呢？我管不了你的服务员，还管不了你的小姐吗？"

惹得几个人大笑起来，都围到麻将桌那里去"争风"。肖勇先摁骰子，骰子在圆玻璃盖下"哗啦啦"翻腾了半天，停下来，居然是个"十二点"。大家都喝起彩来。

老康摇着头说："肖哥最近手气旺死了，我就不记得他输过。"

小蔡"嘎嘎"笑着说："情场失意赌场得意，肖哥家嫂子肯定有外遇了！"

肖勇伸手在他头上打了一下，他点数最大，坐在了东方。上手老康，下手小蔡，郑锋坐对家。

玩到晚上八点半左右，小蔡歪着脑袋看了一眼放在桌角的手表，问道："肖哥，饿不饿？"

肖勇码着牌说："饿倒是不饿，锋子不是说他要早回吗？"

老康哼哼两声说："他敢走，他'一吃三'着呢，一家赢了咱三家的钱，得叫他吐出来！"

郑锋不吭气，嘴角叼着香烟平静地审视自己手里的牌，捏出一张绿色的"发财"来，搁桌角上，轻声说："报牌！"

其他三个人不约而同地"嗨"了一声，表达了他们的泄气。小蔡瞪圆了发红的眼睛盯着郑锋，老康摇摇头叹气："锋子，你真是个疯子，旺死了！"

肖勇骂了一句："锋子锋子，你死去吧，我刚要碰'发财'，你给报了，我还碰不成，这还怎么和？——看来今天这法事白做了！"

老康调侃他："哥哥，你今天请的肯定是假和尚！"

小蔡"嘎嘎"笑着说："还不如你把做法事的钱给我，我剃个光头去给你当和尚哩。"

郑锋右手叉在腰间，左手食指和中指夹着根短把"黄鹤楼"香烟，看着桌子中间扔下的一片乱牌，慢条斯理地说："也没赢几万块钱，不信我数给你们看。"话音未落，他又和了。

小蔡推了牌说："吃饭吃饭，这把不算！"

老康吩咐小蔡："菜菜，你让服务员做上一大盅子面片儿，提上两瓶干红，咱哥儿几个就在这牌桌上吃几碗面片儿，喝着红酒再打上几圈儿。"

小蔡借机逃账，跑去打电话安排，其他人趁机上厕所、抽颗烟歇一歇。

郑锋一个人赢了钱，不好意思再说走的话，又坐回单人沙发上去，拿过自己的皮包来，从右边的裤兜里拽出一把钱来在茶几上蹾整齐了，放进皮包里去，又从左边的裤兜里拽出一把钱来，同样蹾整齐了，放进皮包里去。

老康指着他喊："先别装，先别装，那是我们的钱！"

郑锋看也不看他，又从屁股后面的兜里拽出一把钱来，拿到茶几上蹾着。一直眯着眼睛望着他的肖勇终于忍不住笑起来，笑得前仰后合，他嘲笑郑锋："锋子，看你那样儿，跟没见过钱似的！"

老康不服气地说："哼哼，先赢的是纸，后赢的才是钱！"

郑锋瞪起眼睛望着他，假作严肃地说："老康，你要再这么说，我背起包儿就走呀。"

老康针锋相对地说："你走，你走，我看你能走出'浩景'半步吗？"

"我就不信你还敢拿枪逼着我要钱？"郑锋不屑地看着他。

老康得意地宣布："哪里用我动手？我的人都在外面等着抓赌呢，你一出门就被他们按到车里去了，赌资全部没收，还要罚得你当裤子！"

郑锋笑道："真不要脸！"

肖勇给他帮腔，骂老康："警匪一家没有错！"

三个好朋友正在斗嘴，小蔡领着几个服务员进来了，假意呵斥他们："行了行了，吃饭吧，热饭烧不住你们的冷屁眼儿！"

服务员给四个人盛好面片，就在麻将桌上摆下几个开胃小菜，把红酒也倒进了高脚杯里。

开始吸溜面片，一片"呼呼"声中，小蔡宣布："不行，锋子太旺了，一会儿重新'争风'，换换手气！"

老康说，对对！

郑锋慢条斯理地吃着面片说："打得不好就承认，怨什么手气？肖哥是东，我是北，我还不照样赢？他还不照样输？"

肖勇气得说不出话来，小蔡嘲笑郑锋："你肯定是两个月没碰过女人了，一会儿给你叫个小姐，坐在你旁边，把你的手气破一破！"

郑锋不屑地说："你去叫吧，别说小姐，叫来个妈咪我也不怕！"

午夜之后，手机铃声开始此起彼伏。先是肖勇的，他把手机夹在下巴底下，皱着眉头训斥："行了行了，别麻烦了，知道了，一会儿就回去！"他手机音量高，其他三个人都带着笑意倾听肖嫂在那边清晰地唠叨："你不知道你血压高吗？熬夜对血压最不好了，你怎么就记不住呢？白天晚上地不回来，孩子的作业你也不管！"

肖勇说："不是给他请了家庭教师了吗？我一个盖房子的懂什么 ABCD？行了行了，就这啊！"他不由分说地挂了电话，把显示屏扣在桌面上，摸着牌自我解嘲，"老娘们家真他妈讨厌，烦不烦！"

小蔡说:"知足吧肖哥,你没碰上老康家'警察'那样儿的!"

老康这回坐到了他下手,抬手狠狠在他胖手背上打了一记,小蔡笑道:"我说错了吗?我说错了吗?不信一会儿康嫂打电话来你学学肖哥,来几句狠话哥儿几个听听?"

话音未落,老康的手机响了起来,他故意不去接。大家都憋着笑,看他怎么做。铃声响了几遍,结束了,他得意地干笑了几声,拿起手机打了回去,同时另一只手打了个噤声的手势。其他三个人配合地轻拿轻放,打起了无声牌。那边接通了,老康压低声音说:"老婆,你睡你的,我这边有任务,正潜伏着呢。"那边老婆还在问:"怎么又潜伏?昨天不是抓住人了吗?"老康依旧低声说:"傻子,人还有抓完的时候?你快睡吧,马上要行动了!"他挂了电话,得意地望着准备看他出糗的三个人。

郑锋骂道:"真不要脸,说谎不打草稿!"

老康哼哼着说:"你别吹,一会儿你家打电话来,看你怎么说。"

只见肖勇摸了一张牌,"啪"一声拍桌子上,推倒自己的牌说:"和了,清一色!"

小蔡就伸出手来"啪啪"地拍着桌子,拍得牌到处溅,一边骂着:"这是胡闹,全是大和啊,你们干脆按住抢我的钱吧!"

老康嘴里"啧啧"着说:"慢点慢点,弟弟,这可是你酒店的桌子,拍坏了没人赔的!"

小蔡干脆站起来,摇晃着熊罴般巨大的腰身像发怒的黑猩猩一样捶打自己的胸口,他提出要和郑锋换位置。郑锋没好气地说:"换什么换,我赢下的全输出去了,这会儿连本儿也快没了。"

老康幸灾乐祸地说:"两个'背家儿'换换也许又旺了嘛!"

郑锋刚站起来,手机响了,他又坐下来,按下接听键,柔声说:"你睡吧，今天不回了，就在小蔡子酒店睡，明天一早我赶回去送孩子。"他挂了电话，慢慢地把手机放回桌角，突然抖擞起精神大喊一声说，"不换了，我就不信了——来，让我好好把你们收拾收拾！"

鏖战到凌晨五时许，老康有感而发："唉，小蔡子不容易啊，到现在芳芳都没打电话来。"

小蔡得意地冷笑两声："那是！"

肖勇感叹道："小蔡子是越玩越大了，芳芳已经管不住他了，干脆就不管了。我记得前些天芳芳还跑来问他要钱，咱还给小蔡帮腔说他赢了，让芳芳拿走两万块呢——今天咋这么贤惠？"

郑锋抽着烟不吭气。

小蔡轻蔑地环视一周说："我是谁！哪像你们，成天看老婆眼色。哼哼，今天就是叫你们知道一下什么叫家教！"

他摸到一张牌，"呼"地站起身来，连拳头带牌砸到桌子上说："少啰唆，一条龙！给钱吧！"

肖勇在他后面摸到一张牌，看看自己眼前的牌面，突然牙疼一样抽气了冷气："哎呀呀，我也和了，妈的就比人家慢一步啊！"扔了牌，抡起巴掌朝自己脸上左右开弓，"啪啪"作响。

老康嘲笑他："哥哥，看你那个样子，哪里像个大老板！"

郑锋白了他俩一眼说："他本来就不是老板。"他认真地望着肖勇说，"肖哥，跟你商量个事情。"

肖勇停了手问："什么？"

郑锋说："看你自己打自己挺累的，要不我们给你帮忙吧？"

肖勇眯着眼睛大笑起来："滚一边儿去，这帮小坏蛋！"

算过账，郑锋用熬得发黑的熊猫眼环顾一圈说："要不算了吧，我一会儿还要去送孩子上学,得睡一会儿。"

其他人都同意。小蔡对他说:"那你就在这儿睡吧,我回办公室。"

肖勇说:"我得回家睡,不想和你嫂子生气。"

老康说:"我也回办公室睡,正好捎你回去,一会儿打我办公室电话'查岗'的人多哩!"

他站起来拎起自己的肩包,挎到肩上,和肖勇一起往出走。小蔡把赢下的一堆钱拣出没拆封的三摞儿来,就手扔给每个人一摞儿,其他的都扫进了自己包儿里。

第 二 章

早上七点四十,小蔡爬起来,简单洗漱过,来到酒店的自助餐厅,弄了一盘子烤肠儿,倒了满满一杯牛奶,找了个角落上的餐桌埋头吃饭。大堂经理王华端着餐盘过来坐在他身边,笑着问:"蔡总,又没回家啊?"小蔡没有扭头看她,漫不经心地说:"早知道你也没回去,昨天晚上就打电话叫你来陪我了。"

王华把黑色的工作裙下摆往皮肤细腻的大腿下压了压,笑道:"不怕你老婆扒你的皮!"

小蔡依然不看她,大嚼着香肠说:"你看咱像怕老婆的人吗?"

王华"咯咯"地笑了,把抹着淡淡的口红的嘴唇凑近小蔡耳边说:"我告诉你,楼下桑拿部吧台新来一个女孩,长得可好啦,你抓紧啊,别让别人抢了先。"

小蔡盯她一眼说:"这二年这方面戒了。"

王华说:"装,你就装,别怪我没告诉你啊。"

吃完饭，回到办公室，小蔡给家里打了个电话，没人接。他挂了电话，嘟囔着："这人上班还挺积极啊，想当领导了？"又提起电话给芳芳办公室打，还是没人接，想想可能在路上——女人开车本身就是件冒险的事情，就没有打她手机。可是，突然他就想起来，芳芳似乎昨天白天也没给他打过电话，这是不多见的事情。他拿起桌子上的香烟来，抽出一支点上，打开电脑上网。其间他分管的保安部的经理来说昨天上午两个保安和厨师打架的事情，经理的意思是厨师成了帮派，在酒店称王称霸，根本不把保安部放在眼里，需要好好教训他们一下子，希望蔡总能给弟兄们撑腰。小蔡递给他一支烟，笑着说："不要理他们，以后发生这样的事情，直接给康所长打电话，让派出所教育他们。"保安部的经理知道他和康所长是好朋友，信服了他的说法，又坐了坐就出去了。之后两个KTV的妈咪先后来告状，说黑社会的混混唱歌不掏钱，还打伤了小姐，希望蔡总能找康所长出面给她们主持公道。小蔡就教训她们："你们丢不丢人，连这些人都摆不平还出来混？就几个小混混，算什么黑社会？黑社会才不干这些不讲理的事情呢。你以为派出所是给小姐当保安的吗？要找康所长你们自己找去！"

其中一个妈咪不服气，把手里的烟头摁灭在小蔡眼前的烟灰缸里说："我找就我找，我还不敢去找他?！"

小蔡懒得跟她计较，黑着脸说："以后有事情跟KTV的许经理说，别动不动就直接来找我，我没空和你们浪费时间。"

另一个妈咪娇嗔地推推他厚实的肩膀，低声说："人家没直接去找康所长，算给你面子了，你连这都不懂！"她抛给他一个媚眼说，"走了啊，你忙完了睡会儿吧，看都熬成熊猫眼了。"

小蔡头也没抬，等她们出去，他看看台历上的时钟，已经上午九点半了，就打了芳芳办公室的电话。接电话的是她一个办公室的李大姐，李大姐反问道:"芳芳昨天上午早早就走了,下午就没来上班呀,我还以为她不舒服呢?小蔡你打打她手机吧。"

打手机,居然是关机。小蔡的第一判断是芳芳回娘家了,就拨通了她娘家电话,岳母在那边说:"芳芳没回来呀,她跟你说要回来吗?"小蔡赶紧安慰岳母:"没事没事,我联系上她让她给你打个电话啊妈。"

挂了电话,虽然岳母不在眼前,他还是习惯性地搔了搔头,又抽出一根烟来点上,抽了两口,用手机拨通了郑锋的电话,那边估计正在补觉,沙哑着嗓子问:"几点啦?"

"你给你店里打个电话,看看芳芳昨天下午有没有去做保养。"

郑锋打着哈欠说:"她办的那张卡在几个美容店里都能用,我一个一个给你问?没必要吧?"他意识到点什么,问:"咋啦,你调查她?"

小蔡嗤之以鼻:"我调查她干吗?她还值得我调查?没事了,你睡吧。"

上午的时光快结束的时候,小蔡隐隐感到有点不安,他想到也许是连续熬夜睡眠不足的缘故,才会有这样心惊肉跳的感觉。他把今天要办的几件事打电话给分管的几个部门经理交代了一下,夹上包走出了酒店。从酒店到停车场的路上,好几个人给他打招呼,他还和人家握了手,可是恍恍惚惚没记住都是些谁。他发动了车子,扶着方向盘,下意识地摆动着大脑袋,努力想把一些不好的想法甩掉,比如说芳芳在家煤气中毒了,或者昨夜小偷破门而入了,还是因为他不回家睡不着,安眠药吃过量了?这些念头像挡风玻璃上撞死的那些蚊虫一样死死地粘在他眼前,他开启了雨刷不断冲洗,可是无济于事。

"我就是回家去补觉的,啥球事也没有。"他告诉自己。

停好车后,他发现芳芳的红色宝莱轿车没在楼下,往远处看了看,也不在小区的停车场。

"要是出了车祸的话,警察会在她手机上查到我号码的,他们就会通知我。"电梯上升的时候,小蔡又努力地赶走了一个讨厌的念头。

他打开自家的防盗门,像往常一样走进去,手扶在墙上换鞋,脑袋转过去目光逡巡着客厅和每个房门,也许是没有开灯、光线暗的缘故,给他的感觉是客厅和往常有点不一样,过于安静了,多少有些陌生。沙发和茶几上都很整洁,显然是收拾过了。客厅周围的房间门都开着,有明亮的光线射出来,好像门里边不是房间,而是阳光灿烂的室外。他先走向主卧室,但没有进去,站在门口望着亮堂的粉墙和白色衣柜,双人床上铺着粗纹的纯棉床单——芳芳是个爱干净的人。他转身去了厨房,打开冰箱,取出一听冰镇的啤酒来,"啪"打开,一口气喝了个底朝天。然后他停顿了片刻,打了一个响亮的嗝儿,把手里的金属罐儿"哗哗啵啵"捏作一团,用力掷向垃圾桶,发泄着心头突然升腾而起的无名怒火。

他又开了一听啤酒,慢慢地喝着走到各个房间门口望一望,就像是在参观别人家的房子。不知为什么他就想起芳芳的平胸来,她平日里戴着海绵垫很厚的胸罩,看上去身材很好,甚至比一般女人还要打眼些,其实她的乳房远没有小蔡的大——小蔡胖,乳房比一般女人还大些——这让两个人做爱时都有些怪怪的错位感。近些年不怎么做爱了,做一回也很草草,芳芳总是穿着内衣,并且在高潮时她习惯把长长的指甲抓进小蔡丰满的前胸,好像要把他的乳房抠下来似的。很多时候,小蔡对她的不耐烦和恶言恶语都是因为她的平胸,但她仿佛并不知道这一点。这使小蔡对她更加恼火。

家里没有芳芳的包和手机,她显然是出门了。小蔡上厕所的时候发现换气扇竟然开着,发出低低的叶轮声。他洗了把脸,又发现毛巾划得脸生疼——芳芳肯定不是今天早上出去的,甚至昨天晚上就没回来——她什么时候就走了的呢？小蔡想打电话责问她，手机拨过去，那边依然是关机。

小蔡也想不起来，自己到底有几天没回来了。

滨河派出所只与跨河大桥隔着一条滨河东路，被戏称为"桥头堡"，只有两三年历史的建筑，远没有肖勇和康所长的友谊长远，自然也出自牟城建筑公司的手笔，虽然也装有几十号人马办公，因为河上视野宽阔，看上去只比公厕略大一些。康所长的办公室窗户正对着河床，托市里"蓝天碧水"工程的福，河槽里蓄满了水，他在窗下的桌子上摆了一副茶具，常在茶香脉脉中远眺碧波粼粼的水面，恰彼时有风入窗，确有范仲淹"把酒临风，其喜洋洋者矣"的感怀。煞风景的是，因为水不能流动，夏秋以来，滋生了无数的蚊虫，每到黄昏，空中一团团的蚊子如黑色的流云一般袭往城市，追逐着街道上的人；流水不腐，蓄了若干年的死水里可是什么都不缺，味道自然不敢恭维。康所长的夫人新近从云南旅游归来，给他带了两饼陈年的普洱，他刚沏上一壶，准备消一消午宴时的酒肉，手机响了。小蔡在那边问：

"老康，在所里吗？"

老康一手拎着茶壶，一手举着手机回答："在哩，你过来喝茶吧。"

小蔡挂了手机，进门时居然赶上了喝第一泡茶。老康笑着问："你就在我门口呢？"

小蔡没有笑，"我开得快！"坐下来"咕咚"牛饮了一碗说："我觉得芳芳出事了。"

老康才发现他不是往常那种松松垮垮的样子，他看了小蔡一眼，给他倒满一碗，望着茶碗里泛起的泡沫说："胡说哩，能出什么事情？"

"真的嘛，我觉得芳芳肯定被人害了！"小蔡急得站了起来，"能找的地方我都找过了，她还能去哪里呢？"

老康端起茶碗，笑呵呵地望着他，打趣："哼哼，肯定是嫌你不好好对人家，跟上别人跑了。"

小蔡不说话了，低下头望着茶碗里褐色的液体。康所长这才感觉他不像平常一样，和媳妇儿闹了别扭胡乱诅咒，他站起来走到小蔡跟前，把手拍在他大象一般厚实的肩膀上，低声问："我说弟弟，你就算再看不上芳芳，也不能干糊涂事情啊，——你要是犯糊涂，哥哥我可救不了你！"

小蔡抬眼望着派出所长的眼睛，诚恳地说："老康，我的确看不上芳芳，想和她离婚，可是我绝不会害她的——我还是人吗？！"

老康收敛了笑容，又坐回去，问道："她有多长时间没和家里人还有同事联系过了？"

小蔡说："她同事说昨天上午下班后就再没见过人，我问过她妈了，也没回去。她那几个死党也说联系不上她，正着急呢。"

老康问："芳芳有没有开车？"

小蔡说："开着呢。现在社会上治安不好，我就是担心她被人盯上，抢车、抢银行卡，谋财害命，什么事都可能发生。"

老康说："你看吧，你要觉得真是那么回事我就安排你报案。"

小蔡说："报！"

老康想想说："要不再等等看？"

小蔡站起来："不等了，我感觉不好，肯定是出事了，报吧！"

"那行，我先安排你报案，报了案咱俩悄悄去移动公司查一下她最近的通话记录，"老康故意笑着说，"这事情还是别声张好，别鸡巴弄得满城风雨，最后芳芳真的是跟上别人跑了，那你这人可就丢大了！"

"哼！"小蔡不屑地说，"她要敢给我戴绿帽子，我一刀一个让他们合葬！"

老康拿上手续，和小蔡往出走，怕小蔡心乱，问他要过车钥匙，开着小蔡的"马六"，两个人直奔移动公司。

调出来芳芳近三个月的手机通话记录，两个人在经理办公室查阅，老康拿着一支签字笔准备勾画，小蔡帮他拉着那一卷像手纸一样的记录单，两个人四只眼睛瞪起来寻找芳芳关机前最后一个电话号码。那个号码不是手机号，是个座机号，打出两次，打入一次，总共三次。老康看看小蔡，说："别着急，试试看。"他拿起手机拨打了那个号码，通了，他望着桌面，小蔡望着他。

没人接。"我感觉是个公用电话。"老康说。他又拨了过去，响了六七声，有个小伙子的声音在那边试试探探地问，"喂？"

老康说："问一下，你这是哪个单位的电话？"

那边哈哈大笑，不回答，好像在和旁边的人叽叽咕咕，半天才说："没单位，这是路边的 IC 卡电话，我路过，听见响，就接了。"又是叽叽咕咕的笑声。

老康和气地问："没事，娃，你告诉我这是哪条街、什么路段的电话。"

那边犹豫了半天，吞吞吐吐说："五一路吧，对面是什么花城小区……"

"花城小区？"老康望着小蔡重复。

小蔡说："我们小区门口的电话！"

"走，先去你家门口看看！"老康挂了电话，把电话单装进包里，站起来往外紧走，小蔡跟着他。

安全起见，还是老康开车。"你们小区门口有监控吧？"他问小蔡。

"应该有，平时没注意。"小蔡看上去有些恍惚。

"看来得调看一下昨天上午的监控录像，看看到底是谁给芳芳打的电话。"

小蔡说："哦。"他深深地吸了一口气。

远远看到花城小区斜对面街边罩着粉红色有机玻璃的 IC 卡公用电话，老康把车开到跟前停下，小蔡要下车，老康说："等等，不着急。"他又重拨了那个号码，外侧那部电话果然响了起来。

老康说："走，回我办公室。"他重新发动了车子，一手扶着方向盘，一手拨打电话，"喂，小冯，是我，你马上带两个人，去花城小区把最新的监控硬盘拿回来调看"。

小蔡的手机响了，他看了一眼屏幕，老康问："肖哥吧？"

小蔡说："我怎么说？"

老康说："就说咱俩不在市里，去省城办点事，回来再和他们联系。"

第 三 章

老康和小蔡不在，凑不齐麻将班子，郑锋和肖勇无聊地打发着漫长的午后时光，两个好朋友在浩景大酒店的洗浴中心做足疗，肖勇靠在沙发床上昏昏欲睡，郑锋不停地翻看着自己的手机短信。肖勇闭着眼睛像老和尚念经一样唠叨："这俩鸡巴娃，也不知道去省城干什么去了，神神秘秘的，肯定不干好事！"

郑锋冷笑着说："还能干什么事！牟城玩不下他们了，去玩大的去了。"

肖勇眯着眼睛笑，扬起上身望着郑锋说："我听小蔡说老康在省城有个相好的，肯定是那个女子老公不在家，叫老康赶紧去约会哩！"又皱起眉头拍着沙发扶手骂小蔡，"你说菜菜这个没油性的，人家去会情人，他屁颠屁颠跟上当什么保镖呢？"

郑锋不屑地说："他俩一对儿骚包！"

逗得两个给她们捏脚的小姑娘"咯咯"笑。

肖勇也笑得眼睛成了两条缝，躺回去，找了个更舒服的姿势说："要我说，老康也是脑子被驴踢了，那么多单身的小姑娘没男人，他非要和个有主儿的混，你说这要被人家老公知道了，他这个所长还当不当？"

郑锋说："他娃还以为自己是情圣！"

"要我说，是这结了婚的女人更容易感到情感上的不满足，才容易被勾搭——苍蝇不叮无缝蛋嘛！"肖勇感叹着，扭头问郑锋，"你说我说的对不对？"

郑锋很快地望了他一眼，目光又回到自己手机上，笑着说："肖哥你真有文化！"

肖勇有些不好意思地笑了起来，郑锋的夸赞让他感到振奋，又支起身子来打算发表宏论。搁在沙发扶手上的手机响了，他低头看看，"说曹操曹操到，"接起来大声说，"怎么了？想你哥了？情场得意赌场失意啊，你小心回来把裤衩输掉！"

只听老康在那边低沉地说："哥，你和锋子在一起吧，什么也不要说，你现在马上来我办公室，让锋子等我电话。"

肖勇"哦哦"地答应着，手机按在耳朵上，两只脚趾上长着黑毛的大脚就从木桶里挑了出来，把汤水溅了给他服务的小姑娘一脸，小姑娘站起来拿衣袖擦着脸，受惊地望着他。郑锋也望着他，眼神里充满了疑惑。

"快快，给我穿袜子！"肖勇吩咐小姑娘，小姑娘赶紧蹲下来给他擦脚。

"怎么了，什么事情啊哥？"郑锋眼里的问号在增加。

肖勇笑了一个说："没什么，你就在这里等我，千万不要走，知道吗？"

郑锋不干了，拽住他说："到底怎么了？"

"说实话我也不知道！"肖勇挣脱他，几下穿好衣服，夹起包来往出走，扔下一句,"兄弟,等我啊,千万别走!"

"今天这些人都吃错药了!"郑锋不满地骂了一句。

给肖勇服务的小姑娘问他:"哥,我还等那位哥回来吗?"

郑锋摆摆手,和气地说:"你先去吧,他不知道什么时候回来呢。"又对给自己服务的小姑娘说:"我睡一会儿,你洗完后给我按按腿就行了。"

小姑娘问:"哥,要不要给你盖住点儿?"

郑锋说:"不用了。"闭上了眼睛。

下午五点多一点儿,郑锋被手机铃声惊醒了,他揉揉眼睛,看看来电号码,按下接听键,又重重地躺下,打着哈欠问:"喂?老康,说话!"

老康说:"马上来我办公室!"声音阴沉。

郑锋不屑地问:"你不是去省城了吗?回来了?"

没回音,那边已经挂了电话。

郑锋把手机放沙发扶手上,不情愿地坐起来,把脚塞进纸拖鞋里,他犹豫着是否应该先冲个澡再过去,走进洗手间,只是拿起梳子对着镜台理了理头发,就走出来穿衣服。

十分钟后,他就坐到了老康办公室。他推开挂着"所长"牌子的门,走进来,看到只有老康一个人在,不知为什么,不见肖勇和小蔡,他有点发虚。老康正走来走去,看见他来了,迎上来在他身后把门反锁上,没有像往常一样坐到窗前的茶道那里去,而是在摆着电脑的办公桌后面坐下来。

郑锋正好转过身来,老康示意他在办公桌前面的黑色折叠椅上坐下,他自己又站起来,目光冷峻地望着郑锋,眼里全是抱怨的神色。

"你什么时候回来的?"郑锋点上一根烟,表情轻松地问。

"唉——"老康长叹一口气,又叹一口气,幽怨地望着他最好的朋友之一，他伸出手去问郑锋要了一根烟，夹在嘴上等着郑锋给他点上，笨拙地吸了一口，吐出一股清淡的烟雾来，幽幽地说，"你让我怎么办啊？"

郑锋鄙夷地望着他，受不了地说："你看你那个样子，有话不能好好说？"

老康摇摇头，把手里大半支香烟残忍地摁灭在烟灰缸里，抬起头来问："你也别装了，只告诉我，芳芳在哪里？"

郑锋跳了起来，脖子上青筋暴突，喊道："老康，你什么意思？我怎么知道芳芳在哪里？——她又不是我媳妇儿！"

老康不吭气，眼神阴郁地望着他。他在桌子上放了一盆奇石，石上天然生成高山流水的国画，惟妙惟肖，越过山水望着激动的郑锋，就像看到一个巨人在山外跳舞，让他感到陌生和错愕。他低下头来，不去看他，低低地说："芳芳失踪超过二十四个小时了，我和小蔡去移动公司调取了她的通话记录。"

"我这几天没和她联系过！"郑锋叫道。

"我们刚刚查阅了她三个月来的通话记录。"老康依然低着头，不肯抬起来。

郑锋扭头看着他的头顶，老康的头发黑森森的，有两个旋涡，郑锋小时候听老人说，两个旋涡的人都很执拗，可是这个家伙怎么心眼儿那么多呢？他坐下来，用巴掌捂住了自己的脸。

窗外滨河东路上川流不息的车声听起来就像是冬天的西北风，或者飞机在机场跑道上提速。两个好朋友谁也不看谁，中间隔着一块山水奇石，郑锋在山的那边，老康在山的这边。十几分钟后，郑锋抬起了头，也叹口气，觉得嗓子眼里有异物，费劲地咳嗽了一声，开了口：

"老康，芳芳失踪的事情和我没关系，你相信我！"

"我怎么相信你？"老康把头埋得更低了。

郑锋有些气愤地说:"反正我不知道她失踪的事情,你爱信不信!"

老康慢慢扬起头来,神色平静地望着他问:"你和芳芳什么时候开始的?"

郑锋说:"我们没什么,不是你想的那样,我就是送了她一张我店里的美容卡,她有时候打电话问问我哪个店有空床位——她不喜欢等。"

老康摆着头笑笑:"咱们每天在一起打麻将,你什么时候了解过店里的经营情况?再说,你手下有总经理,芳芳不能问她吗?"

郑锋不说话了,眼睛望着天花板上的节能灯,玩着手里的打火机说:"老康,你这是在审问我吗?"

派出所所长诚恳地说:"兄弟,我好不容易让肖哥把快疯掉的小蔡拽走,你还不清楚我的苦心?"

郑锋扭头看他一眼,眼珠游移不定。

老康说:"你和芳芳经常半夜十二点之后通电话,每次通话时间都在一两个小时,兄弟,这正常吗?——朋友妻不可欺啊!"

"刚开始的时候,"郑锋擦着突然涌出的眼泪说,"是芳芳打电话问我知不知道小蔡在哪里,她想让我劝劝小蔡不要老打麻将,老是夜不归宿,"老康注意到他说到小蔡这个名字的时候,仿佛颤抖了一下,"我给她说这是小蔡的工作性质决定的,劝她理解小蔡。可是芳芳就哭了,说其实是小蔡瞧不起她,不愿意回家,不愿意见她。我只能劝她啊,一来二去,就……"

"唉——"老康又长叹一声,"你啊!和谁不好,偏偏和哥们儿的媳妇儿,你想想小蔡那个脾气,他能放过你吗?他肯定会去酒店找你拼命的!"

"老康,"郑锋叫道,"小蔡最听你的话,你跟他说,我和芳芳没那回事,他会信你的!"

"他又不是三岁的小孩,通话记录他都看过了,你想他能信你吗?"

"那怎么办?!"郑锋的脸色开始发白,惊恐地望着派出所长。

老康又叹一口气:"唉,要不是知道他俩感情早破裂了,我先会替小蔡把你打个半死!——现在,你叫我怎么办哪!"

"老康,要不我去外地待一段儿吧?等小蔡气消了我再回来。"郑锋哀求般望着老朋友。

"不行,你不能走!"老康站起来,斩钉截铁地说,"现在芳芳还没找到,小蔡已经报案了,你一跑,万一芳芳真有个三长两短,你就是最大的嫌疑对象!小蔡说了,我要不抓你,他就和我绝交!"

郑锋开始呼吸急促,他强忍着,尽量不使自己太狼狈。"老康,靠你了!"他有气无力地央求,"你相信我!"

窗外河上已被夜幕遮盖,华灯初上,瞬间河水又以一种瑰丽的面貌重生,凝滞的黑色水面偶尔泛着些波光。老康说:"咱先去吃饭吧,也不知道肖哥能不能把小蔡按住,真是难为他了!"

郑锋坐着没动,他眼神闪烁地望着派出所所长说:"老康,别出去了,给你隔壁的家常菜饭馆打个电话,让他们送两碗面过来,咱就在你办公室吃吧。"

老康望着他眨眨眼,无可奈何地说:"你总不能在我这里躲一辈子吧,你不回家了?不上班了?你媳妇问你怎么说?"

郑锋说:"这事千万不能让她知道!"

老康埋怨道:"你呀,纯粹是胡闹!"

两个人喝着茶聊到午夜,老康说还有任务要出去,让郑锋在他办公室的床上睡。郑锋和衣躺下,老康出来,轻轻把门从外面反锁上了。他来到微机房调看小冯拿回来的监控录像,下午的时候,他和小蔡查看芳芳的通话记录,一边等小冯警官拿监控硬盘回来，注意到一个频繁出现的号码，这个号码似曾相识，以至于他很顺溜地就念了出来，跟着小蔡就喊出了郑锋的名字，电光火石之间，两个好朋友面面相觑，一时谁也接受不了这个现实，当时小蔡暴跳如雷要去杀郑锋，老康不得不先让几个警察看住小蔡，把肖勇喊来救急。此时已经凌晨一点多了，老康折腾了这一天，不但没感到累，反而觉得精神倍长，要不是郑锋做的事情太恶心人，他的心情还真没多少沉重感。他觉得芳芳一定会自己回来，一切都会大白于天下，更深信自己掌控这一切的能力，为此，他变得更加自信了。

　　为避免不必要的传播，他支走了微机室的值班员，一个人对着电脑看监控录像。他把通话记录单拿在手里，对照着上面勾画出来的条目，找到花城小区斜对面那部IC卡电话第一次打给芳芳的时间对应点，专注地望着屏幕——他希望看到打电话的那个人是郑锋，那事情就简单了；又怕那个人真是郑锋，那事情就麻烦了。就在万般纠结之中，忽然，他发现，从这个角度看过去，正好有一棵行道树的树冠遮住了IC卡电话的那半边，而那边的电话，正是嫌疑人用的那一部。他像打麻将出错一张牌后一样懊恼地打了一下自己的脑袋。他期望着打电话者是从小区门口或者对面走向电话亭，但是监控里的那个上午居然没有人从摄像头视野里走向电话亭，那么，打电话者显然具有一定的反侦查能力了，他很不情愿地想到了这一点。如果那个电话真的是有预谋的，芳芳就凶多吉少了，这让他心里不由紧了一下。

　　他看到，上午十一点多一点，芳芳的红色轿车就进了大门。说明她没到下班时间就回家了，而这时距第一个电话打给她还有半个多小时。

　　她接到第一次电话后，应该是在家里自己做了点饭吃。中午十二点四十二分，那个电话第二次打了进来，她说了几句话，挂掉了。七分钟后，她又把电话回了过去，说明那个人一直在电话亭那边等着。

十分钟后，芳芳的红色轿车开出了大门，从车前挡风玻璃里能看到确实是她本人在驾车，而她并没有转向电话亭，而是往相反的方向驶去了。

"也有可能那个电话和她的去向无关，那就复杂了。"派出所长皱起了眉头。

第 四 章

肖勇郁闷死了，陪着气急败坏的小蔡喝了一夜的啤酒，愣是没问出来到底出了什么事情，打电话给老康，派出所所长说："哥哥，你别问那么多了，你知道了只会添乱，以后再告诉你。现在你的任务是把小蔡稳住，别让他出门就行了。"

小蔡喝得烂醉，肖勇和司机像拖着一头麻醉了的灰熊一样把他弄回小蔡家时，天已经大亮了。肚子饿得咕咕叫，肖勇不敢出去吃早餐，叫司机出去买了两碗羊汤、几个烧饼，两个人"呼噜噜"喝完，搜出张纸巾来擦擦头上的汗，扔废纸篓里，倒在客厅沙发上睡着了。

正睡得香甜，梦见门铃响，在沙发上转了个身想重新做个梦，可是门铃还在响，一刹那，肖勇意识到是芳芳回来了，赶紧坐起来喊司机过去开门。司机迷迷糊糊过去打开门，叫了声康所长，老康夹着包儿走了进来。看见是他，肖勇又躺回了沙发上，抱怨道："累死你哥了，你们哥儿几个唱的哪一出啊？"老康先去卧室门口看了看睡着的小蔡，回来在肖勇脚边坐下，呵呵地笑。

肖勇睁开一只眼看看他，骂道："笑个屁！锋子呢？他怎么没来？"

老康笑着对肖勇的司机说："小曹你到车里去睡会儿吧，我给你叔说个事情。"

司机小曹拿上茶几上的车钥匙出去了。

肖勇闭着眼睛，等着老康揭开谜底。老康站起来过去把小蔡的卧室门关上，回来坐到肖勇脑袋这边的沙发扶手上，伸出手来轻轻地抚弄着他的头发，低声说："哥，你记住以后任何情况下都不能让小蔡和锋子见面就对了，原因先不要问，我慢慢告诉你！"

肖勇依旧闭着眼睛说："这一对儿王八蛋我看就是欠揍，自家兄弟有什么解不开的梁子？"

老康说："哥哥，你记住帮兄弟就对了，以后你会明白的。"

肖勇慢条斯理地问："奇怪了，芳芳怎么不见人？"

老康说："芳芳失踪快四十八个小时了！"

肖勇"呼"地坐起身来，狐疑地望着老康，然后指指小蔡卧室的房门，瞪着眼睛问："会不会是……"

老康笑了笑，眨眨眼说："我想还不至于吧。"又拉住肖勇的手，恳切地说："哥，家丑不可外扬，你这些天辛苦一下，替我看住锋子，和他寸步不离，什么也不要问他，如果他跟你说了什么，你悄悄发短信告诉我。"

肖勇有点激动地说："放心，兄弟！"他意识到点什么，问道，"这里边儿还有锋子的事情？"

老康说："你就别问了，我都快累死了。哥，你现在去我办公室把锋子接走，找个稳妥的地方把他安置下来，好好看着他，等我的电话就行。"

"放心吧，都是好兄弟，锋子要做了什么不该做的事情，我这一关他先过不去。"肖勇站起来，拍拍派出所长的肩膀说："我这就去，你也睡一会儿，看眼睛里全是血丝丝。"

送走肖勇，老康推开卧室的门，走进去在小蔡身边躺下，一闭眼就睡了过去。

他们在花城小区门口的小饭店吃了两碗肉浇面，吃面的时候老康告诉小蔡他在监控录像上什么也没发现，他觉得通话记录这条线索断了，应该从其他方面入手。老康说：

"菜子儿，我不是要袒护郑锋，我觉得咱们的思路不能太狭窄了，不能忽视了社会犯罪的种种可能性，比如说绑票和谋财害命，我希望你能先不去考虑和郑锋的恩怨，咱集中精力把芳芳找到才是关键——也许早一天她就活着，晚一天就坏事了。"

小蔡说："老康，你小看我了，我已经想好了，找到芳芳就和她离婚，然后打折郑锋一条腿，和他绝交，他们爱咋咋去，和老子无关了！"

"这才是男人！"老康放下筷子，拍拍小蔡的胳膊。他抬手招呼服务员结账。

坐进车里，老康说："我觉得咱们应该去趟银行，查一下从前天下午一点芳芳开车出去之后，她的账户有没有取款记录——你别嫌我说话难听，芳芳平时喜欢露富，我怕她因此招灾。"

小蔡面色阴沉地说："她就是个骚包儿，打肿脸充胖子！她平时随身带着两张卡，工行的工资卡和一张建行卡。"

"那咱们先去工行。"老康发动了车子。

工行卡账面上只有两千一百块钱，今天刚打进来的工资，没有支取记录。"如果不是为了钱，郑锋的嫌疑可就大了。"老康心里有些打鼓，那是他最不愿意看到的事情。他们又来到建行，记录显示，芳芳的账户在她失踪的那天下午和晚上分别在迎春街和新建路的两家分理处的ATM机上操作过，最后由于多次输入错误密码被锁定，账户里的六万块钱没有被支取。

"这样的话，陌生人作案的可能性就大了。"老康稍微舒了口气，小蔡的脸却白了，嘴唇不停地哆嗦。老康示意他不要吭气，扶着他出来，回到车子里。他没有发动车子，手握住小蔡的小臂，低沉地说，"兄弟，你要有心理准备，这种情况一般不会有什么好结果。"

小蔡不屑地哼了一声说："没事，她活该！"

他们先来到迎春街那家建行分理处，看到 ATM 机安装在外墙面，没有摄像头，这里离十字路口很远，交警的摄像头也照不到这里。

"就看新建路那边了。"老康说。像在安慰小蔡，也像在祈祷老天保佑。

他们在牟城交通混乱的街道上穿行，路过人民医院、工贸商场，从空无一人的天桥下面穿过，然后右拐路过邮政局。

在路口等红灯的时候，前面有一辆红色的桑塔纳在往后溜车，老康使劲按喇叭，还是"咣"一声被撞上了。真是人倒霉了喝凉水都塞牙，他俩气恼地下来，小蔡过去拉开红色桑塔纳的车门，把那个戴眼镜的秃头司机揪了出来。老康穿的便衣，也没开警车，那个秃头不知道他是警察，开始耍赖："你们要干什么？追了我的尾还这么厉害，你们讲不讲理！"

老康指指不远处的红绿灯给他看，哭笑不得地说："一会儿咱们去调看一下监控记录，要是我追你的尾，我陪你一万块；要是你溜车撞了我，我扒了你的皮！"

秃头一下子软蛋了，掏出钱包来捏出一摞钱说："我赔，我赔，这些够了吧？"

小蔡一把抢过来，反手把钱甩他脸上，骂道："滚你妈的蛋，老子有急事去办，赶紧给我消失！"

秃头惊魂未定地撅起大屁股把钱捡起来，一边打躬作揖，一边慌张地钻进车子里。正好绿灯亮了，没有造成堵车。

老康发动了车子，笑着说："那个猪头，我诈唬他呢，这个路口根本就没有摄像头！"说完就笑，还没笑完，自己的心先沉了一下——要是下一处也没摄像头可就麻烦了。

新建路这边的ATM机也在银行外墙上，所幸就在十字路口不远处，老康钻出车门先仰头看看红绿灯旁边，他松了一口气，有一颗像黑色的大水滴一样摄像头。"这就好办了！"他长舒一口气，缩回车里，对小蔡说："咱们去交警三中队调看监控记录。"

"女的，是个女的？肯定是个女的！"小蔡指着监控屏幕上被定格的那个人喊起来，那个人戴着黑色的长舌遮阳帽，戴着墨镜，穿着一身运动衣，从街角拐过来，一直走向ATM机，在和银行记录相应的时间掏出一张卡来插了进去。老康和小蔡注视着她的一举一动，她低着头操作了一分钟左右，密码不对，取出卡来，走进银行旁边的小卖铺。几分钟后，她手里提着一瓶矿泉水出来，又走向了ATM机，把矿泉水瓶子夹在腋下，再次把银行卡插进了取款机。

"正好是那个时间。"老康看看手上银行提供的记录单说。

那个女人在机器前面站了两分多钟，拔出银行卡塞到裤兜里，转身又走向了小卖铺，三四分钟后，她低着头走出来，匆匆朝来时的反方向快步离去。

"那种小卖铺是不肯安装监控摄像头的，要是家超市就好了。"老康惋惜地说。

小蔡幽幽地自言自语："妈的，怎么会是个女的？"

"怎么就不能是个女的？"老康鼻子里哼哼着，他让值班员把镜头回放，找到一个能看见半张脸的放大，扭头问小蔡，"你好好想想，芳芳那些死党里有没有和这张脸长得像的？"

小蔡摇摇头："太模糊了，只能看见个下巴，其他全是黑的。"

老康笑着问:"你再看看,会不会是芳芳本人?"

"放屁!"小蔡骂他,"她自己会不记得银行卡的密码?——你这派出所所长怎么混的?"

老康自我解嘲地说:"我是民警,又不是刑警。算了,我就是逗逗你,怕你神经了。"

三天来,小蔡难得地笑了一下,他有些羞涩地推了老康一把。

老康竖起右手的食指,晃动着分析说:"至少,现在我们知道了两件事情:第一,有人拿了芳芳的银行卡,说明是冲她的钱去的;第二,这个人是个女人,很可能还是个熟悉她的女人——谁最熟悉她的经济情况呢?闺蜜和死党!那会儿我也没想到会是个女人,所以才推断是陌生人作案,现在看来,咱们得马上去找和芳芳平时老在一起混的那几个死党。"

小蔡又短暂地笑了一下,夸赞老康:"你这警校算没白上。"

芳芳的通话记录单上出现最频繁的那几个号码他们都录了下来,并且对号入座。坐进车里,小蔡先拨通了芳芳的闺蜜黄媛的手机,半天那边才接上,小蔡报上姓名,黄媛喊起来:"小蔡啊,芳芳回去了吗?她不在真没意思。——啊?她真的失踪了?——哦,我们都在尤妮女士生活馆做保养呢,你们过来吧。"

挂了电话,小蔡对老康说:"她们在郑锋的美容店,我不想去他那里,你一个人去吧,我想去芳芳娘家坐一坐,给她爸妈打个预防针。"他不好意思让老康看见自己红了眼圈,推开车门下去,头也不回地走了。老康望着他的背影,长长地叹了一口气,小蔡表现出来的自尊,让他感到了一点轻松。监控录像里出现的女人让他多少打消了对郑锋和小蔡的怀疑,正是因为对这两个好友的怀疑,他才没想过嫌疑人会是个女的。"怀疑造成的偏见影响了我的判断,好在现在一切又向着正确的方向发展。"他自信地反省着。

面对一群脸上涂着不可言说的绿色糊状物、裹在粉色毛巾浴衣里的女人,老康脸上的微笑肌不争气地自己动了起来,连带的心情也轻松起来,这也是他打算呈现给她们的理想表情。把脸涂起来的反差效果,使得那些女人粉白的长脖颈和有意无意从浴衣的大领口里袒露出来的半个胸脯呈现出比平日里强烈百倍的性感,她们的得意很可能来自对自身所洋溢的光芒的体察,而老康的瞳孔充当了相机镜头的角色——女人们是多么喜欢拍照片啊!

况且,派出所所长她们都是认识的,他不就是个男人嘛!

在这里,老康很强烈地感觉到了芳芳的存在,他甚至能认定就是她们把她藏起来了,他微笑着望着她们脸上唯一露出来的眼睛,在厚厚的面膜之下,那些黑色或黑黄色的眼珠,混淆了她们每一个人的身份,每一个人都可能是芳芳,而每一个人都可能不是。

"那么,你们谁是黄媛?"派出所所长微笑着打量着那些仿佛在跳动的黑葡萄。

"我都跟你说了半天话了!"面对面的那个女人嗔怪地冲他转动着自己的两颗葡萄。

老康歉意地拍拍自己的脑袋:"不好意思啊,我都晕了!"那些女人用银铃乱摇的快乐笑声回报了他的善解风情。

"我能不能单独和你谈谈?"老康继续表现着一个有趣的男人的角色。

"行啊,行啊,怎么不行?!"其他女人抢着替黄媛回答,她们争先恐后地发出高分贝的笑声,"你快走吧,别让我们笑了,再笑一会儿脸上全是细纹,保养白做了!"

黄媛回身嗔怒地骂她们:"死去吧你们!"她改用严肃的语调反问老康,"芳芳没事吧?为什么小蔡不来找她,倒让你来?两口子吵架了吗?"

老康望着她呵呵地笑，他压低声音说："你还是跟我到旁边的包间再说吧？"

黄媛还没说话，那些女人就嘻嘻哈哈地把她推了出去，仿佛被厨师点了名的猴子被猴群推出来一样。老康前面走，黄媛别扭地跟在他后面，他们来到一个空着的包间。

包间里有一张做美容用的床，窗户下面是一张沙发贵妃躺，除了那些摆满化妆品的架子，再没有什么可坐的家具。黄媛一进来就窝到了贵妃躺上，把两条腿曲起来压在自己的屁股下面。老康只好坐在那张类似于桑拿浴搓澡凳的床边，床很高，他半拉屁股搁床上，一条腿悬空，另一条腿的脚尖支在地板上，用一个别扭的姿势面对着黄媛。他用一个平静的表情开了口：

"你最后一次见芳芳是在什么时候？"

那个面膜后面的女人压低声音反问道："芳芳真的失踪了吗？我还以为她就是和小蔡生了气哩。"

老康笑道："现在还说不好，也许她一个人出去散心了，明天就回来了。"

黄媛失口说："她怎么会一个人出去呢？"

老康马上问："那她会和谁一块儿出去？"

"我们呀，我们常一块儿出去玩。"黄媛的表情老康看不到，但他能感觉到她在闪烁其词。

"你们最后在一起是什么时候？"

"小蔡第一次打电话给我找芳芳的前一天我们还在一起，大前天吧？"

"干了点儿什么呢？"

"吃饭、逛街呗！我们女人在一起还能干什么？你以为跟你们男人一样啥都能干？"

老康被逗笑了，黄媛对派出所长的口无遮拦显示出她是个直爽性子，也说明她只把他当个男人看——这是讨人喜欢的女人的美德。他打量了包间的设施，也用朋友聊天的口气说："郑锋这个家伙挺会赚女人的钱啊，你们的卡是他送的还是自己买的？"

黄媛不满地说："他怎么会给我们卡？我们又不都是小蔡的老婆！"

老康笑着说："我和小蔡是郑锋最好的朋友嘛。"他挑逗黄媛，"回头我给郑锋说一下，让他也送你一张年卡"。

"你以为他谁也给啊？"黄媛脱口而出，自己"啧"了一声，动了动身子。

老康觉察到了，他用开玩笑的口吻说："你是说郑锋给芳芳卡是他自己愿意给，和小蔡没什么关系啊——你真坏！"

黄媛说："我没说，是你说的，你才坏！"

老康哈哈大笑，眨眨眼望着黄媛说："你们都是些有钱人，也不在乎那张卡。"

黄媛说："我和芳芳还可以吧，其他几个一般。"

"所以你俩关系最好，只有你俩是有车一族嘛。"

"主要是我俩逛街能逛一块儿，我们只穿牌子衣服，不像她们几个老去买折扣货。"

"芳芳是不是老在她们几个跟前显示自己有钱？"

"她是爱显摆，可是只有我知道她底细，她其实没多少钱，每次买衣服都去浩景找小蔡要钱，我还在车里等过她一次。"

老康拉开包，拿出那张从交警队打印的监控截图，他站起来，才发现自己的半拉屁股都麻了，跛了两步走到黄媛跟前，把那个戴遮阳帽和墨镜的女人照片递给她看。

"你仔细看看，这个女人在不在你们的朋友里面？"

黄媛伸出保养得像葱白一样的手指接过那张纸，张了一眼就说："怎么可能？这一看就是个农村女人嘛！"

老康望着她眨眼，不知道她是怎么判断的。

黄媛拿另一只手把渐渐敞开的浴衣领口收了收，仰着绿色的脸对老康说："你相信我，这绝对是个农村女人，我们朋友里怎么会有这样土气的人？"

老康愕然地瞪大了眼睛，为了看得清楚一些，他在她身边坐下，瞬间就感觉到了她身体的柔软和热度，同时呼吸到了女人的体香。黄媛并没有和他拉开距离，她就那么近地扭脸盯着他的眼睛说："你相信我，没有错的。"她忽然笑了，"唉，所长，你为什么给我看这张照片？这是电脑上下载的吧？"

老康答非所问地说："我告诉你你别说出去啊，芳芳和郑锋的事情小蔡已经知道了。"

"哦，小蔡就是为这个和芳芳吵架啊？"黄媛恍然大悟，她嘴里呼着淡淡的香气，对着近在咫尺的派出所所长的脸说，"芳芳和郑锋早就断了啊，他们还好着吗？"

她的无所谓让老康多少有些意外，他支吾着："啊，早断了啊，断了好，可我们才知道这回事情。"

黄媛盯着他的眼睛问："小蔡不会是因为这个把芳芳害了吧？那芳芳就太不值了，他待芳芳又不好！"

老康决定结束这场访问了，他对黄媛说："你帮我去问问你们那几个朋友，谁在你之后还和芳芳见过面或者联系过，悄悄发个短信给我。"他和黄媛交换了电话号码。

第 五 章

在岳父母家略坐了坐，小蔡就回了酒店。整整两天打不通女儿的电话，岳母是挺着急，好在时间不是很长，还不足以让老人往坏处想，她只是有些哀怨地问小蔡："小芳前天还在她办公室给我打了个电话，听见也不像和你闹别扭的样子呀，这是哪根筋不对了，连手机也关了呢？"小蔡安慰她："妈，我们也没吵架，她也许就是想一个人出去玩些日子，你也清楚她的脾气，不是吗？"他本打算把报案的事情告诉二老，又怕吓着他们，有一会儿他冲动地想把芳芳和郑锋的事情哭诉给他们，倾诉一下自己的委屈，鼻子都酸了，眼泪也模糊了眼睛，憋了半天，最后还是没好意思；后来他莫名其妙地被怒火烧灼着心脏，索性想翻了脸，把芳芳的丑事摊给她的父母，然后一甩手啥都不去管了，让芳芳自生自灭自食其果，可是抬头看到柔声细语的岳母和装腔作势的岳父，怎么都不忍让他们承受这样的残酷现实。而且岳父不停地在客厅里走来走去地修剪着他养的那些花草，搞得小蔡心里很乱，他安慰了他们几句就离开了。

刚打开办公室的门，分管部门的经理们从屁股后面就跟进来，有很多事情向他请示和汇报，他没有心情去处理，心不在焉地打发掉了他们。然后他去总经理和董事长的办公室分别坐了坐，想找他们请几天假，磨叽半天，担心芳芳失踪的事情被领导察觉到，使自己成为酒店舆论的新焦点，想想也作罢了。董事长说："小蔡，我正要给你打电话，晚上我几个战友过来唱歌，你安排好，和我一起陪他们啊，哦，那个新来的妈咪叫什么，挺会事儿的，让她也陪上。"小蔡最敬仰的就是董事长，董事长一向器重他，把他当自己孩子看，董事长的话就是圣旨，任何情况下他都会不折不扣地执行。况且，小蔡想，芳芳失踪的事情，原本对自己来说是件大事，有着不可推卸的责任，可是既然出现了郑锋这个插曲，那么一切都去他妈的吧。

晚上，小蔡跟着董事长把客人接到KTV，喝酒唱歌玩到第二天凌晨一点多，让客人们尽欢而散。奇怪的是，喝了那么多啤酒和洋酒，胃里难受得很，头却不怎么晕，就是吃果盘的时候把一块西瓜掉到了衬衣上，所以他又在凌晨开车回家去换衣服。

钥匙插进防盗门的锁孔里的时候，小蔡突然很强烈地感觉到芳芳回来了，他打开门冲进去，准备质问她为什么要背叛自己，为什么非要选择和自己最好的朋友搞情人，他已经设想好狠狠地抽她两个嘴巴，左右开弓，以解心头之恨，然后高调宣布离婚。他顾不上换鞋，像一头愤怒的雄狮在每一个房间蹿进蹿出，最后一无所获地倒在卧室的床上，脚朝着床头，脑袋吊在床尾，就像一艘在风浪颠簸中漏了气的橡皮艇。

他想给老康打个电话，问问情况，想到那些女人有可能知道芳芳和郑锋的事情，她们和芳芳一起欺骗他，给了他耻辱，就气不打一处来，不愿从老康嘴里听到这些。他给肖勇打了个电话，对方没有接，好像又有一个好朋友背叛了自己。屋里没有开灯，窗帘也没有拉上，小蔡望着街上的汽车灯光在天花板上像篝火一样跳动，慢慢地闭上了眼睛。

忽然，他的脖子被人用绳子勒住了，他拼命地挣扎，眼珠都要爆裂了，呼吸已经接近停顿，眼前一片昏暗，不停闪现着电光，然后灵魂就从他的躯体上挣脱出来，一个小蔡飘在空中，用悲悯的目光望着另一个死去的小蔡。

"我不想死，你快回来！"死去的小蔡呼唤着飘荡的小蔡。

一瞬间，灵魂又掉入了躯体，小蔡"呼"地坐起来，大口喘着气，汗水已经让他像一条泥鳅一样滑腻。

第二天一早，老康见到了双睛暴赤、口角开裂的小蔡，他迷惑地打量着这个破了相的人问："你咋啦，昨晚碰见鬼了？"

小蔡面无表情，眼神呆滞，像个思想者一样慢悠悠地说："妈的，梦见有人拿着绳子想勒死我，差点就死了，跟真的一样。"

老康说："你是精神太紧张了，咱去迎春街喝羊汤吧？"

像所有城市的迎春街一样，牟城的迎春街的清晨也是灌满了刺目的阳光，他们开车一路往东走上一道慢坡，街道越升越高，阳光照得两个好朋友睁不开眼睛，老康不得不把遮阳板拉下来。小蔡窝在助手座位上，依然像走路一样把他的包夹在腋下，望着大街上沐浴着一切车辆、行人、树木的清亮的光线，他像刚刚才醒来一样扭头问派出所所长：

"老康，昨晚事情没问下样子吧？"

老康干笑了一下说："还没样子，但我可以肯定芳芳的失踪和熟人一定有关系。"

他们在满地餐巾纸的羊汤馆门前的人行道上喝过两大碗羊汤，开车回到滨河派出所。

老康鼓捣着他的茶具，给小蔡沏茶。

喝了几碗，小蔡望着派出所长说："老康，我看你还是把案子移交给刑警中队吧，咱别自己这么折腾了，我快撑不住了。"

老康给他斟满茶，笑笑说："现在还不敢肯定芳芳是被人绑架或者谋财害命，万一我们前边给刑警队报了案，后边她回来了，不是白白弄得满城风雨、丢你的人吗？弟弟啊，你还是要沉住气。"

"她要不是被人害了，那个女人怎么会拿上她的卡去取钱？"小蔡不服气。

"呵呵，万一那个女人是在什么地方捡到芳芳的卡呢？"老康看他一眼。

小蔡冷笑道："我看你是怕这事是郑锋那个王八蛋干的，要保护他吧？"

老康也急了，放下茶具低下头去，伤心地说："你要这么想，我什么也不说了。"

半天，小蔡突然"嘎嘎"笑了一声，探身推推老康的肩膀，笑道："好我的哥哩，弟弟说错了还不行吗？就当我放了个屁！"

老康抬起头来，像个女人一样幽幽地望着小蔡说："既然话说到这个地步，兄弟，我实话告诉你，我最担心的是这事是你干的。"他望着小蔡的眼睛。

小蔡不屑地说："我才不会那么糊涂，我要想蹬掉芳芳，给她几十万打发了就是了，费这劲干吗？"

老康叹息一声说："不是你最好。这事要是郑锋作的恶，我第一个和他绝交！"

小蔡冷笑："你还说，你让肖哥把那个王八蛋藏哪里去了？"

老康笑道："我藏他干吗？我让肖哥看住他，套他的话哩。"

小蔡看上去恢复了点精神，他端起一碗茶吸溜着，问老康："下一步咱们该怎么办？"

老康说："说实话，我也不知道该怎么办。"

小蔡说："算了，不管球它了，咱去天池水疗泡个澡吧——总要活人吧！"

老康"呼"地站起来说："走，要的就是你这么想，你这样哥哥就不担心了。"

泡在热水池里，老康觉得自己就像泡了水的兵马俑一样，浑身的毛孔都在"吱吱"叫着吸水，而且很快就要土崩瓦解、四分五裂，他不停地和小蔡说着话，尽力抵消着这种糟糕的感觉。自从那天打完麻将之后，他和肖勇、郑锋、小蔡再没有聚在一起过，而且看来以后都不会四个人坐在一起了，这些年应付工作之外，他几乎所有的生活和休闲时光都和这三个人一起度过，他习惯了这种模式和格局，而这一切都发生了彻底的转变，他们的生活都将因此而改变，并且还将发生改变，最后会成为什么样子，谁也不知道。

老康第一次发现原来自己根本无法把握这一切，甚至连自己的生活走向都无法把握。

热水让他感到了强烈的睡意。

第一次，他们洗澡时没有要按摩服务，两个人各睡一张床，窗帘拉着灯关着，呼呼睡去。

职业纪律要求他任何情况都不能关闭手机，手机过一会儿就震动一次，老康闭着眼睛低声说话，放下电话马上又睡去。

窗外市声喧嚣，房间里像夜晚一样幽暗静谧。忽然，派出所所长诈尸一般坐了起来，他在打开灯的同时用脚去够拖鞋，大声地喊着小蔡，用力推小蔡的肩膀。小蔡转过身来，睁着一只眼睛闭着一只眼睛问："怎么啦？"

派出所所长说："别问了，快起来我们去个地方。"

两个人匆匆退了房，上了老康的车。

小蔡问："去哪里？"

老康有些气息难平，又有些自信满满地说："到了你就知道了。"他直视着前方，把车开得飞快，方向盘打得像陀螺，穿街过巷，十几分钟就到了新建路，拐过路口，把车停到了建行分理处的前面，扭头对小蔡说，"下车！"。

"这不是那个女人用芳芳的卡取钱的地方吗？"小蔡有点不知道他卖的什么药。

但是老康没有走进银行，也没有走向ATM机，他走进了那个女人买水的小卖铺。小蔡糊里糊涂地跟在他后面。老康先打量了一眼这个几平方米的小铺子，和他判断的一样，这里不可能安装监控，然后，他在柜台上看到了他要找的东西——一部公用电话。他掏出警官证来给柜台里那个矮墩墩的中年女人看了看，又拿出那个那个戴遮阳帽的女人的监控截图让她看："你记不记得三天前这个女人到你这里来买东西、打电话？"

矮胖女人拿过去认真地看了看，撇着嘴说："那哪能记得住？每天来那么多人，兴许那天是我家娃他爸看店呢。"

小蔡站在老康旁边，失望地垂下了眼帘。

老康说："你把公话号码告诉我。"

女人弯腰从柜台下抽出一张名片递给他："这是我家娃他爸的名片，上面的电话号码就是。"

回到办公室，老康先把小冯警官叫来，让他拿着那张名片去通信公司打印通话记录，他热了一壶水，把茶沏上，望一眼对面对一头雾水的小蔡，有些小得意地说："这两天我睡觉的时候都在想咱们是不是忽略了什么，梦里梦的都是这件事情，刚才咱们洗完澡睡觉的时候，我忽然想到，那个女人拿着芳芳的卡没取到钱，肯定是密码不对，她两次进了小卖铺，除了买矿泉水，很有可能是用里面的公用电话和同伙联系，让同伙逼问芳芳密码。"

小蔡眯着一只眼睛望老康，眼底有些敬仰的意思了。

老康此刻像张鼓满了风的船帆，竖着一根食指下着断语："如果那个女人真打了电话，无论是打给手机还是家里的座机，那她的同伙就暴露了，也就等于她暴露了。——等小冯拿回那部公话的通话记录来，咱只要把监控视频上她两次进入小卖铺的时间点和通话记录对上，那事情就简单了！"

"她要是没打过电话呢？"小蔡来了一句大实话。

"那就没办法了。"老康眼里掠过一丝黯然，但他旋即又恢复了昂扬的精神头。小蔡发现他倒茶的手有些微微发抖，不知道是因为激动还是紧张。

他俩喝着正宗的普洱，熟普洱总是苦涩中透着一丝丝的香甜，不同于绿茶和清茶的余香绕齿，熟普洱喝过后口感最后总是归于平淡，比白开水还要平淡，就像人生的终极味道。

两个好朋友都没有心思喝茶，就连窗外河槽里的水波泛起的涟漪都闪烁着令人心烦的潋滟之光。小蔡的肚子在咕咕叫，午饭没顾上吃，泡了个澡，又喝普洱茶，都是消食的勾当，他肥大的身躯实在是能量不足了，忍不住问老康："你办公室平时也不放点饼干什么的零食？"

老康开玩笑："有几瓶好酒，你都喝了吧。"

正磨着嘴皮子，小冯警官推门进来了，从包里拿出一卷通话记录单来。老康一把拿过来，对他说："你到隔壁家常菜给我们点两个菜，要两碗肉浇面，叫他们端到我办公室。"小冯出去了，老康从包里拿出笔记本，把通话记录单铺到办公桌上，翻开笔记本找到监控上那个女人两次用ATM机取钱和进入小卖铺的时间。小蔡在他旁边，两个人趴在桌子上像研究作战地图一样用笔尖仔细查找。

"找到了，老康，就是这个时间，还有这个时间，正好是她两次进入小卖铺的时间，没问题！"小蔡喊起来。

"哈哈！"老康也兴奋起来，"怎么样？我的判断正确吧，她肯定是和什么人联络后才会再一次去ATM机上试密码，试了一下不对，又回去打电话联络。"

那两个时间段对应的是同一个手机号，老康在号码底下画了根红线，直起身来看着小蔡说："只要查到这个手机号的主人，一切就真相大白了。不过，弟弟，你要有心理准备啊。"

小蔡不屑地说："我已经没心理了，还准备个啥！"

小冯警官领着饭店的服务员进来了，老康把那个手机号码抄给他：

"小冯你再辛苦一趟,去移动公司查一下机主的姓名和相关资料,越详细越好。"

两个人就在摆着茶道的桌子上风卷残云地吃了起来,的确也是饿了,老康嘴里塞着饭,不停摇着头感叹:"我就说吗,一定忽略了什么,到底被我想起来了!"

小蔡像平常一样夸赞他一句:"不愧是警校毕业的!"——这一次是真心的。

两个好朋友拿茶碗碰了一杯。

刚吃完饭,小冯拿回了那个号码的机主资料,机主叫董强,住址是南郊的董村。小蔡脱口而出:

"这不是肖哥工地那个村子吗?"

老康没吭气,眉头挤成了一个疙瘩,仔细地读完每一个字,他把那张纸放到桌子上,扭头对站在背后的小蔡说:"这个人你认识吗?"

小蔡坐回去,鄙夷地说:"我怎么会认识一个村子里的农民?"

老康拿起手机,拨了一个号码,低着头用深沉的声音问:"肖哥,我问你,认不认识一个叫董强的人?就是你工地那个村子的。——哦,会不会是给你干土方工程的当地人呢?——不认识啊,那你问问郑锋认不认识这个人?——哦,我知道了。"

挂了手机,老康仰面靠在椅子上,脑袋倒吊在椅子背上,闭了一会儿眼睛,睁开,坐好了,望着小蔡,一字一顿地说:"弟弟,现在可以移交给刑警队了。"

小蔡也望着他说:"我就知道你得确定了不是我和那个王八蛋干的,你才会移交给刑警队。"

老康有点不好意思地笑笑说:"这不能怪我怀疑你们,你想想看,如果不是芳芳信任的人,怎么会打电话把她从家里骗出去呢?……"他突然停顿住了,"等等,不对,有人没对我说实话!"他望着小蔡眯起了眼睛。

"谁?谁没说实话?"小蔡眯缝着一只眼睛问道。

老康咧着一边嘴角笑了,他站起来对小蔡说:"没什么,咱们去刑警中队找王队长,把号码和监控资料给他们,眼下得赶紧找到芳芳,迟了怕真出事。"

第 六 章

北方黄昏里的滨河公园恍若天涯海角的椰林风光,黄媛坐在蓝点咖啡厅的卡座里,穿一件灰色的长款无袖低胸开衫,一条白色的珍珠项链很舒坦地贴在袒露的胸口,显得胸型很好,她面若桃花,笑吟吟地望着对面座位上的老康,多少有些扭捏地说:"我就知道你会联系我的,你不会是真的看上我吧?"

老康往后靠靠,望一眼她胸口的项链,笑着说:"可不,第一次见你我就看上你了!"

黄媛哈哈笑起来,越发得有风情了:"没想到你们当警察的也这么有情调啊?"

老康哼一声说:"看你说的,警察就不是人了?"

黄媛捂嘴笑:"我还以为警察是机器人呢!"

老康说:"一会儿请你去唱歌,我请客,把你的狐朋狗友都叫上!"

黄媛收敛了笑容,忧心忡忡地说:"可说哩,快一个星期没芳芳的信儿了,真想她,你们找到她了吗?"

"正要问你一个事情。"老康有些尴尬地说。

"问就问,好好说,别总摆出一副审问人的架势!"黄媛不满地嗔他。

老康的微笑肌不由地就运动起来,他掩饰一下自己的窘态,清清嗓子说:"董强你认识吧?"他依然在笑,目光却专注地审查着黄媛的反应。果然,黄媛瞪大了眼睛,低声喊起来:

"呀,你怎么知道的?!"

老康故作高深地笑笑:"这你别管,你把你知道的告诉我就对了。"

黄媛盯着他问:"这算审问吗?"

老康眨眨眼:"不算,但算证词,给你个机会把你自己撇清。"

黄媛翻他一眼,嗔道:"本来也不关我什么事嘛。"她突然想起什么,叫了一声,"呀,不会是他把芳芳怎么样了吧?!"

老康阴沉地说:"就是他,刑警队已经控制了他,现在正在审讯。"

黄媛左边颧骨上的肌肉往上提,出现了一个俏丽的酒窝,生气一样叹口气说:"嗨,其实我也没见过董强,都是听芳芳说的。小蔡不是对芳芳不好嘛,我们就劝芳芳处一个情人报复他。后来发现芳芳和郑锋好上了,我们又劝他别和老公的朋友处,太容易暴露了也!芳芳就不怎么和郑锋来往了,只是老打电话。有一次我们几个正吃饭,芳芳接了一个电话,说了很长时间,连饭都没吃成,我们以为是郑锋,就骂她不听话,骂得她受不了了,才告诉我们,说是他上高中时的初恋情人,叫董强,毕业后没考上大学,这些年一直在广州打工,因为个什么事情被工厂开除了,就和同村的女朋友一起回来了。大概两个星期前,两个人巧遇了。"

"他家是在南郊董村吧?"

"好像是吧,反正不是城里的。"黄媛努力地回忆着,"看上去芳芳对他还挺上心的,有时候会甩开我们去和他约会。"

"那你上次为什么不告诉我？害我费那么大劲才查到这个人，险些就让他漏网了！"老康温柔地责怪对面的漂亮女士。

"嗨，谁能想到这么严重呢？人不是都往好处想吗？"黄媛倒是个爽快性格，苦笑着说，"女人都可怜，老公不疼才会去找别人，我只是不想把芳芳的事情让人都知道嘛。"

老康推心置腹地说："我自认为是个懂女人的人，现在越来越不知道该怎么做了。"

黄媛轻叹一口气说："没办法，女人就是这样，对感情看得比命还重要，我也是这样，对我爱的人，他每天抱我几分钟、看我几分钟，我都会记得清清楚楚——呵呵，你怎么了，怕了吗？不打算和我好啦？"

老康望着她，他真的有些喜欢这个有点男人性格的女人了。

把黄媛送到她家楼下，两个人在车上说了几分钟话，接了吻。目送着黄媛走进路灯下的单元门，老康低头看了看表，掉转车头飞快地驰向大街。路上接到刑警中队王队长电话，说从交警那里把视频资料调过来了，芳芳的车的确是上了从市区到南郊的公路，过了收费站后拐下了董村路口，从视频上看，开车的是个女的，但不能确定是不是她。

老康问："王哥，董强招了吗？"

王队长说："还没有，这小子看见长得跟个太监似的，嘴可硬得很，主要咱证据不充分。"

老康说："要不先审她女朋友，把她在ATM机上取钱的视频放给她看。我有新证据，马上就过去。"

到了刑警队，老康先去见了王队长，交换了情况，两个人跟着进了审讯室。老康一眼就认出眼前这个女人和视频上取钱的那个戴遮阳帽的女人是同一个人，和视频里的昏暗模糊不同，此刻强光照射着她，脸部特点突出，颧骨很高，颌骨粗大，薄嘴唇紧紧地抿着，显示出的不是性格倔强而是一种残忍。老康马上就想起黄媛看到她照片时说过的话来——"这一看就是个农村女人嘛！"——女人看女人的眼光真是毒啊。

他在桌子后面坐下，把左手拍在桌面上，直视着那个女人的眼睛，用一种无所谓的口吻说："还不说？董强都说了，你还不说？"

那个女人分开两片嘴唇，用压抑的细声音说："你让我说什么呀？我啥也没干。"

老康笑笑说："看来你不相信，董强什么都交代了，他和芳芳是高中的初恋情人，后来他没考上大学，就和你一起去广州打工，前些天他被工厂开除，你们一起回到了董村。他两个星期前碰到了芳芳，看到芳芳穿戴得像很有钱，又有车，你们两口子就开始打她主意。那天你和董强来到牟城，董强在芳芳住的花城小区门口用公用电话约她见面，到了地方，你们俩上了她的车，劫持了她，董强在后排挟持芳芳，你开车回到了董村。"他停下来冷冷地看着她问，"怎么样，后面的事情还要我说吗？"

那个女人的瞳孔在强光下像猫眼一样越缩越小，嘴角开始抽搐，胸口一起一伏。

老康阴郁地盯着她的瞳孔说："你要清楚，自己说出来和我说出来性质不同，是不是主动交代到时候量刑大不一样。而且董强都交代了，他是主犯你是从犯，他都说了，你还要犯糊涂，那你就跟他的性质一样严重了。再说了，有董强的口供，还有你取钱的监控录像，你用小卖铺的公用电话打给董强的那两个电话，也足够定你的罪了！"

"我自己说吧。"那个女人咧了咧嘴，难看地哭了起来。

老康示意审讯的民警做记录，他和王队长走出了审讯室。回到办公室，王队长递给他一支烟说:"行啊老康,把我们刑警的行都蹭了!"

老康接过来,笨拙地抽着说:"这个案子我悄悄调查很长时间了,掌握情况多一点吧,事关我最好的朋友,不敢声张嘛。"

王队长说:"说实话,你刚移交过来的时候,我真不以为这是个刑事案件,现在看来人真的可能已经遇害了。你别着急,等董强女朋友的笔录到手了,我马上安排人拿上去审讯他,他就没办法抵赖了,什么情况我先电话里跟你说一声。"

芳芳很早就遇害了。

根据董强的口供,刑警队押着他来到董村的挖沙河段指认凶案现场,老康和肖勇陪着小蔡来认尸,两个人把小蔡夹在中间,三个好朋友挤在肖勇的大辉腾的后排。刑警队调用了肖勇工地的两台大功率水泵,足足抽了三个多小时,才把一个挖沙挖出来的大水潭抽干,渐渐露出一辆红色的小轿车的车头大灯。肖勇让老康陪小蔡在车上,他亲自指挥工人下去用缆绳把轿车捆好,用工地的起重机把车吊了上来。

轿车上了地面,门被打开了,车厢里水并不多,可以看见芳芳被绑在助手座上,脖子上勒着一根尼龙绳,嘴巴被透明胶带缠着。肖勇下意识地低下头捂住了眼睛。警察打开车后备厢,里面是几块大石头。

芳芳的轿车刚吊上来的时候,小蔡就要冲下去,老康和肖勇的司机死命按住他,老康在他耳边低声喊:"弟弟,弟弟,等一会儿,等一会儿你再下去,现在你还不能看!"

直到警察在各个角度拍完照片,把芳芳解开抬出来,平放到救护车的担架上,盖上白床单,肖勇在那边冲老康招手,老康对小蔡说:"慢慢下车,别冲动,人肯定是不在了,还有很多后事需要你处理,记住了吗?"

小蔡这时候反而有些麻木了，机械地答应："哦！"

肖勇的司机打开了辉腾车的车门。

到医院看望过小蔡的岳母，老康和肖勇坐车去刑警中队接王队长去吃饭。王队长一眼看到肖勇的辉腾轿车，微微愣了一下。被老康看到了，笑着说："王哥，肖哥是个低调的人，所以坐辉腾，别看长得像个大桑塔纳，比奥迪A8还贵哩，牟城目前就这一台吧。"

王队长笑着说："肖总是大老板嘛，坐奔驰也不过分。"

三个人来到一个门脸儿很不打眼的饭店，门口仿古的牌匾上写着"小张王八汤"。肖勇是这里的常客，坐到平时常用的包间，点了两个素菜，三只野生甲鱼，三碗米饭，喝酒聊天。

王队长长相英俊，白净面皮，三两酒下肚，开始面红耳赤。他好看地笑着和老康、肖勇碰了一杯，似乎有些扭捏地说："有件事电话里没给老康说，也不知道该不该说。"眼光却闪闪烁烁地望着肖勇。

老康也喝得面红耳赤了，笑着说："说吧王哥，都是自己人。"

王队长低头眨眨眼，又抬起头来望着肖勇，笑着说："董强的口供我没给老康看哈，他在里面提到了肖总。"

肖勇一惊，忽地扭过脸去望着老康，老康也慢慢转过头来看他，两个人面面相觑。

王队长赶紧摆手笑道："不是你们想的那样。董强在广州因为偷盗被工厂开除后，和他同村的女朋友回到董村，正好肖总在他们村子的河滩上开发别墅楼，他就装作聊天经常去工地和看守材料的老陈喝酒，打听肖总的情况，是不是经常来工地，住在哪里？准备了作案工具，准备绑架肖总……"

肖勇打了个寒战，瞪起眼来骂："啊？真的？王八蛋，敢打老子的主意！那个死鬼老陈，就是董村项目经理的远房叔叔，后来喝酒喝死球了。"

王队长笑道："老陈就是被董强灌多了，才酒精中毒死的。"

老康嘲笑肖勇："肖哥还以为是犯了风水，跑去给老陈做了一上午的法事。"

没想到王队长笑着说："这个法事该做，董强说他骗老陈要找肖总包工程，让老陈通过他当项目经理的侄子打听肖总家的具体地址，结果老陈还没来得及问他侄子，当晚和董强喝得大醉，酒精中毒死球了！"

三个人都笑，老康提议为肖勇的福大命大喝一杯祝贺一下。喝过，王队长又乘着酒兴说："老陈死前只告诉董强，听他侄子说肖总每天下午都和人在牟城的浩景大酒店打麻将。老陈死后，董强就常去浩景大酒店外面蹲点，结果因为你们总是通宵打麻将，肖总又老带着司机，一直没找到机会下手。后来他看到芳芳去浩景，认出来是他高中时的初恋情人，就一直等她出来，装作偶然碰上。聊天中得知芳芳的老公小蔡就是浩景的副总，每天和肖总一起打麻将的就有蔡总，又看到芳芳穿着名牌，戴着昂贵的首饰，挎着名牌包，手机和车都挺值钱，董强就认定芳芳嫁给了有钱人，就打起了劫持芳芳的主意。"

肖勇忍不住骂道："妈的，芳芳这是替我受害了！——我这辈子都要心里不安了。"

老康安慰他："也不能这么说，每个人有每个人的运数，那天芳芳要不去浩景找小蔡要钱，她要是个不喜欢露富的人，也不会遭毒手。"

三个人都很唏嘘，无言地碰了一杯。肖勇咬牙切齿地说："王八蛋，对自己的初恋情人下毒手，这种人死一千次都不解恨！"

王队长说："董强和她女朋友准备了刀子、尼龙绳、透明胶带等作案工具，把芳芳骗出来后，上了她的车，董强就用刀子逼住芳芳，让他女朋友开车往董村的河滩上走。路过收费站的时候芳芳想呼救，董强说她要敢喊就杀了她，错过了获救的机会。他们把车开到废弃的挖沙河道后，抢走了芳芳的首饰和包里的三千多块钱，搜出了两张银行卡，逼问她密码。我猜芳芳是怕说出密码来会遭到灭口，就告诉了他们一个假密码拖延时间。结果董强女朋友坐车到牟城，先在迎春街建行的ATM机上取钱，发现密码不对，找了个公共电话让董强逼问出芳芳新密码。为了保险起见，她又转移到新建路分理处的ATM机上取钱，结果密码还不对，就用旁边小卖铺的电话和董强联系，让董强再次逼问芳芳密码。可是芳芳说的还是个假密码，试了试还不对，最后因为三次输入错误密码银行卡被锁定。董强很恼怒，等女朋友回来后，他们就对芳芳下了毒手，他用尼龙绳从后面勒住芳芳的脖子，把她勒死在助手座上。为了毁尸灭迹，他们把后备厢里装上几块大石头，挂上D档，让车慢慢地开进了沙坑的水里。"

老康看看王队长和肖勇，皱着眉头说："我想起来了，那天早上我接小蔡去迎春街喝羊汤，看到他像着了鬼一样，小蔡说他梦见有人拿着绳子想勒死他，差点就死了。"

王队长说："看来两口子是有心灵感应的。"

肖勇有些紧张地说："不对，芳芳遇害是前一天下午，小蔡做梦是第二天晚上，小蔡做梦的时候芳芳已经不在了，不是心灵感应，是灵魂感应——芳芳把自己的痛苦感受传递给了小蔡。"

老康叹息说："两口子要没矛盾，芳芳也不会死，让小蔡感受一下芳芳的不幸也是对的。"

王队长笑笑说："灵魂的事情我不懂，我们当刑警的只相信证据和犯罪动机，还有细节——那会儿你们去接我，我注意到肖总的轿车，突然想起了监控录像上的一个镜头，一会儿吃完饭你们去我队上看看吧。"

吃完饭，三个人回到刑警队，王队长让人把那段监控录像放给老康和肖勇看。肖勇惊讶地看到，自己那辆牟城独一无二的辉腾轿车飞驰在从南郊到市区的公路上，和一辆红色的轿车反向擦肩而过。

王队长说："停一下，把红色轿车的车牌放大。"

车牌放大了，老康和肖勇看到，那正是他们熟悉的芳芳的车牌号。

尾　　声

安葬了芳芳，从医院把岳母送回家，小蔡一个人回到家，他不敢回卧室住，躺在客厅的沙发上喝啤酒看电视，不知不觉就睡着了。

他忘了关窗户，半夜被窗外的雨声吵醒了，睁开眼睛，看到芳芳坐在自己的脚边，头发湿漉漉的，衣服上也滴着水，她的脸就像刚洗过的苹果一样容光焕发，很温柔很漂亮地望着小蔡笑，她用软绵绵的手抚摸着小蔡的大腿说：

"我还担心你瘦了呢，一点也没瘦。"

小蔡一点也不怕，他温柔地望着妻子，用温存的语调说："我还以为你哭了呢，脸上全是水，你是在哭吗？"

芳芳的笑容焕发着雌性的光彩，就像个大号的芭比娃娃，她轻轻柔柔地说："我哭呢，你呢？这些年就没见你哭过。"

小蔡感到心里的悲伤像冰山一样坍塌了，融化成了汪洋大海，他开始抽泣，肩膀耸动，咧着嘴，像个孩子。他越哭越悲伤，越哭越大声，无法自拔，不能自己，无休无止，直到把自己化成一滩水。

芳芳不停抚摸着他，安慰着他，像母亲呵护着自己的孩子，脸上光洁的笑容像圣母一样柔情万千，她浑身都笼罩着温暖的光线，脑袋后面好像还有一个金色光环。

2013 年 5 月 29 日完成于山西作协小院

六十万个动作

一

郭亮亮心里憋着一团火,一双骨节粗大的手在流水线上不停地动作着,每两秒钟完成一个动作:从流水线上拿起电脑主板,扫描商标,装进静电袋,贴上标签,然后重新放入流水线。他没有时间回头看,也用不着回头去看,后脑勺上的头发和脊背却像灵敏的雷达一样感知着线长王勇的存在,他知道这个晋中的小子在用不怀好意的眼睛专门盯着他。这条流水线上的工人大多都是线长王勇从老家带出来的，因为刚开始差几个人手，课长从别的流水线调配过来三个人，其中就包括郭亮亮。在这三个外乡人里，亮亮年龄最小，个子最大，脾气也暴躁，遇事敢于强出头，那两个反倒事事听他的，看他的眼色。今早七点半开早会的时候，线长点名批评了他们三个，阴阳怪气，故意找碴。亮亮早就听说线长想把他们三个外乡人挤走，留下位置安排自己新来的三个老乡，就和线长顶了两句，说你不要我们，我们还不稀罕跟着你干哩。那两个年龄大的赶紧拉住他，叫他别说了。王线长不屑地看他两眼，没吭气，扶扶鼻梁上的眼镜，低沉地下命令："开工吧。"

　　看看下午六点多了，线长还没有叫关闭流水线的意思，亮亮心里的火儿又渐渐地升高了，他觉得今天的拖工不是因为任务量没完成，根据经验，他知道自己今天已经完成了两万个动作，那么，就是线长在故意整他们了。流水线不停，谁也不能停手，一个人停手就会造成事故，亮亮忍耐着，不想让王勇抓住他的把柄。时间两秒两秒地过去，足足又完成了三千多个动作，流水线才停下来。公司规定十分钟内要全部离开，亮亮跟着大家打卡出了车间，他紧走两步赶上王勇，拍拍他的肩膀说："线长，你等一下！"

　　"你要干什么？"王勇转过身来，把额头上散落的长头发抹到后面去。

　　"那什么，我们今天多完成了三千多个动作，你把拖工的产量给课长报上去，让他给我们算加班费。"亮亮平静地说。

　　工人们看见有事，都围了过来，但没人开口，在加班费的问题上，线长的老乡们站在同为普工的亮亮这边，而不是线长那边。王勇鼻子里哼了一声，望着亮亮笑道："你算老几，敢跟我这么说话?！"

　　亮亮依然平静地望着他："我不算老几，我要我的加班费，你天天让拖工，为什么从来不给加班费呢？"

工人们都望着线长，他们的脸盘有长有圆，鼻子有高有低，眼神却和工服一样整齐划一，一片茫然的灰白色。王勇盯了亮亮一眼，转身就走，亮亮一伸手拉住了他的胳膊。王勇甩开他，猛地转过身来推了亮亮一把，大声叫道："滚开！"高大结实的亮亮纹丝不动，依然拉着他的胳膊。王勇又甩了甩，还是没甩开，他气急败坏地喊："你放不放，放不放？再不放手你明天就离开这条线！"亮亮的鼻翼扇动着，突然用变了调儿的声音喊了一声："老子不干了！"他跳起来，压倒了王勇，扬起身来一拳头砸下去，王勇下意识一偏脑袋，打坏了眼镜。工友们赶紧把亮亮拉开，王勇抱着脑袋躺在地上不动弹，有两个人去拉他，他也不起来。这个时候几名保安跑了过来。

这样的事情汇报到课长和主管那里，只有一个结果，郭亮亮没过夜就被开除出厂了。第二天就是发工资的日子，亮亮全月的工资都被扣发了。两千四百块钱打水漂不要紧，可这一个月六十万个动作，凭什么就白干了呢？他躺在厂区出租屋的床上，整整一个白天都在寻思这件事情，恨得牙根直痒痒。晚上下班后，那两个年纪大点的同乡工友回到出租屋，叫醒睡了一天的亮亮，三个人一起到外面的小饭馆喝酒。目检工小范习惯性地左右摇晃着脑袋，和俩人碰了一杯酒，哀哀地说："王勇早就看不惯我们，亮亮，我看用不了几天我和小黄也要被他踢出去。"小黄"咕嘟嘟"把一大杯啤酒倒进肚子里，打个嗝儿说："实在不行，咱三个都走球吧，在哪里打工不是打工，哪里也比港福仕轻省点吧，在这里迟早被累得成了神经病。"亮亮红着眼睛看看两个人，低声说："要走也不能便宜了王勇，我要把我这个月的工资要回来！"小黄说："我们和你一起去找狗日的！"看看小范，小范点点头说："我知道他住哪儿，他不和他老乡住一起，和他对象住一起。"

亮亮和小范分了一瓶白酒，小黄不喝白酒，自己干了三瓶啤酒，最后小范结了账。三个人从饭馆出来，顺着生产区和生活区之间的马路往东走，在小范的带领下，拐进洗浴中心旁边的那条巷子，又拐了几个弯，走进一座盖着一排平房的院子里。三个人就着窗户里透出来的灯光，走到王勇住的屋子外面。时间还不算太晚，窗帘没有拉上，他们从外面往里看了看，只有一个年轻女人坐在客厅里看电视，王勇不在。小范摆摆手，三个人退了出来，站在院门外商议。小范说："看来王勇还没回来，要不咱们去前面等他，正好有一段路没路灯，我们就在那里截住他，问他要钱。"他们来到商量好的地点，亮亮掏出烟来发给每人一支，点着了火儿，三个人靠墙站着抽烟。亮亮说："一会儿要到工资，我给你们每人买一盒好烟。"小范担心地说："那家伙训咱们训惯了，恐怕没么好说话。"亮亮从牛仔裤的屁兜里拽出一把螺丝刀来，晃一晃说："那就让这个跟他说。"两辆电动车一前一后晃着光柱从他们面前的路上驰过，小黄望着它们的尾灯，担忧地说："保安不会跑这儿来吧？"

正说着话，远处路灯下过来一个人影儿，看个头儿和走路的姿势就是他们的线长王勇。亮亮先就迎上去，拦在他的面前。王勇抬头看清是他，有点慌神，问道："怎么是你，你要干什么？"小范和小黄赶上来，小范提醒亮亮："拉他到没人的地方好说话。"亮亮上去拽王勇，王勇死活不动窝儿，喊道："有话在这里说，我哪里也不去！"亮亮吓唬他："别喊啊，我手里拿着家伙哩！"王勇赔上笑脸说："有话好好说，我也没有权力开除你，主管开除了你我也没办法。"亮亮挽住他的胳膊，把他拖到路边的冬青树后面，叫他蹲下来，有点气喘地说："我不跟你啰唆这个，不干就不干了，老子不稀罕！可是因为你厂里扣了我这个月的工资，你得赔我。我跟你说，你给我两千四百块钱，咱就两清了。"王勇说："我身上没装钱，真的不骗你，明天取了钱给你吧。"小范提醒亮亮："搜搜他身上。"王勇赶紧说："别搜了，我装着银行卡呢，你们跟上我去街上的ATM机取吧。"亮亮看看小范，小范说："大街上有保安，让他把密码告诉你，你去取钱，我俩看着他。"王勇利索地把银行卡掏出来，把密码告诉了亮亮。

郭亮亮手里握着王勇的银行卡，大踏步原路返回，来到大街上，走不多远就是他们常用的ATM提款机。他把银行卡插进去，输入王勇说的密码，取了两千四百块钱，打印了凭条，又把卡退了出来。大街上人来人往，也有巡逻的保安，他把钱装进兜里，银行卡和凭条依然握在手里，快步走了回来。

找见那三个人，亮亮把银行卡还给王勇说："取了你两千四百块钱，就是我的工资数，这是凭条，咱两清了！"王勇接过来，点头哈腰地说："两清了两清了。"小黄威胁他说："你要敢给保卫处报案，我们可知道你住在哪里！"王勇赔上笑脸说："不会不会，不打不成交，从今天起，我们永远是朋友！"他们放了王勇，三个人原路返回，小范问亮亮："你取了他多少钱？"亮亮说："就取了两千四，一分没多拿他的。"小黄说："你这人太老实了，看他那尿样儿，取他一万他也不敢吭气。"亮亮说："我就是要回我的工资就行了。"

路过烟酒店，亮亮买了三盒烟，给了小范、小黄每人一盒，三个人都咧开嘴笑着。回到住处，亮亮又数出一千二百块钱来，分给小范小黄每人六百，两个人都不要，亮亮说："拿上吧，帮了这么大忙，没有你们我也要不回我的工资。"小范接过钱来说："反正咱也打算走了，干脆好好喝它一夜，你俩等着，我去超市买一打啤酒和一袋辣鸭脖。"小范出去没五分钟，有人敲门，小黄嘴里叼着烟走过去开门，一边说："怎么这么快？"刚开了一道缝，门就被撞开了，几个警察冲了进来。

二

郭亮亮在北京做保洁工的母亲翡翠，等着楼层的工作人员走空后，开始打扫厕所和楼道，这点体力活儿对于干惯农活的她来说，并不显得十分吃力，她不停地干咳着让灭掉的感应灯再亮起来。干完活儿，她把墩布和水桶都锁进清洁间里，下楼的时候顺带用麂皮抹布把电梯里擦干净，把抹布扔在一个塑料袋里提着出了门。看见来接她的丈夫郭二斌正在楼门口和保安说闲话，保安问郭二斌当洗车工一天能挣多少钱，郭二斌说冬天生意不好，就是一盒烟钱。翡翠过来也和保安说了几句，两口子就结伴来到大街上，边走边说着话，很多人从他们身边走过，一个学生模样的中国女孩和一个背旅行包的高鼻子老外牵着手迈着大步迎面走来，一个背肩包戴眼镜的男青年行色匆匆地超过二斌两口子，这些人都和他们的安闲神态显得格格不入。在人行道上走了一段后，两口子拐进一条小街，街口有一家福利彩票代售点，只有一扇门宽窄的空间，里面挤满了人。翡翠在外面等着，郭二斌照例进去排队选号码，他把今天来洗车房的第一辆车和最后一辆车的车牌号抄了下来，作为今天的一组选号。每天下班回家路过这里，他都会进去掏出两块钱买一注，第二天上班路过看一眼公布的获奖号码。翡翠照例嘟囔了一句："花那冤枉钱干吗？尽想好事情，天上什么时候掉过馅饼？"郭二斌把那张彩票折起来小心地塞进旧夹克衬里的口袋里，有点小得意地说："两块钱不算钱，连包烟也买不了，可哪天也让我中了五百万？你娃结婚的钱和买房子的钱就都有了。"翡翠哼哼着，脸上是嘲讽的表情。

两口子绕到翡翠当保洁工的那座大楼的配楼背后，这里和一个居民小区的高层建筑的侧面形成一个三角地带，一高一矮两座楼之间只有五米不到的距离，进去就是小区的绿地，物业公司为着业主的安全考虑，把小区一侧用带矛尖的铁栅栏围了起来，人迹罕至。这座四层高的配楼，原本是翡翠干活的大楼的锅炉房，集中供热后，热力公司就着原来的管道，从小区给大楼接了一条管线，为了以后检修方便，施工时就在配楼后面建了一口热力井，用井盖遮着。刚到北京的时候，郭二斌找不下工作，到处乱窜，有一天来等翡翠下班，烟瘾发作了，刚点上一颗抽了两口，发现在街上抽烟也遭人白眼儿，很多人都绕着他走，好像他是一坨散发着冲天臭气的狗屎。郭二斌是个胆小的人，就想找个安全的地方抽，绕来绕去，绕到了这里。抽完烟，看看离翡翠下班时间还早，郭二斌无所事事，闲得手痒痒，就用口袋里揣着防身的改锥把脚下的井盖撬开了。揭开井盖才发现下面不是下水道，更像一个地下室，趴下来探头看看，里面空间居然很大，只有几根裹着厚厚的黑色保温棉的管道，闲着也是闲着，就跳下去查看了一番，很快他就得出结论，这是一个冬暖夏凉的好所在！他也不等婆娘下班了，飞跑到一个工地上，把寄放在老乡那里的铺盖卷儿一股脑儿搬到来。把行李扔进热力井的一刹那，郭二斌的心里充满了幸福感：你说这样的好事情怎么就能落在我郭二斌头上呢？你说那么多流浪汉咋就没有占领这么好的地方呢？！

　　住在井里，翡翠刚开始有点犹豫，这不成了地老鼠了吗？可看了看里面的环境，不算很宽敞，但是还干燥，也没老鼠，收拾收拾住两个人是没问题的。算一算账，每月至少可以省下千把块钱的房租，只要老家南无村的人不知道，就不算丢人，索性也把自己的铺盖搬来了。自此，两口子结束了牛郎织女的生活，倒也相濡以沫悠哉乐哉。郭二斌在村里的时候就比一般人会钻营，这时候买了一盏应急灯，让翡翠上班的时候悄悄拿到厕所旁边的保洁间里充电，晚上回来两口子就能享受有电灯的现代化生活了。郭二斌又想办法给井盖装了一把锁，把自己的地盘"合法"化了。好在供暖一直没出什么问题，也就没检修过这口井，可以让他们在这里安居乐业。只是两口子怕孩子寒碜，就是为了给在北京上大学的女儿晶晶挣学费，他们才离开老家双双跟来打工。自从住进井里，都是他们去学校看望女儿，孩子周末来找她妈，翡翠就领到大楼的清洁间里坐一坐，街上走一走，催着晶晶就回学校了，女儿居然一直没有发现她的父母是一对"井底之蛙"。

这天回到"家"里，两口子喝过用煤气炉熬的米汤，翡翠就唠叨着让郭二斌抽空儿回省城看看打工的儿子郭亮亮。儿子是最不让两口子省心的，长得和他双胞胎的妹妹一个眉眼，性格却一个天上一个地下：女子晶晶绵善安静，从小喜欢学习；儿子亮亮学会走路就开始打架，考试从来没及过格，勉勉强强上了两年高中，死活不去了，跟着人去了省城南郊的港福仕打工。前些天翡翠上班的时候听人说港福仕接连有好几个工人跳楼自杀了，连日来心惊肉跳，就逼着郭二斌回去看看亮亮，不行让娃换个地方打工。

　　郭二斌最是个惜子的，当下就答应尽快动身。买好了车票，郭二斌给亮亮打手机，想提前告诉儿子一声他要去看他。打了半天打不通，一直在关机状态。第二天动身前，又打亮亮手机，还是关机，郭二斌的心就提起来了，也不心疼电话费了，一路上不停地拨打儿子的电话，愣是没打通。他正慌乱得胡思乱想的时候，却有电话打进来了，手机只响了半声，他就按下了接听键，同时喊道："亮亮！"那边不接他的茬，只问他是不是郭亮亮的家长，郭二斌点头不迭："是是是，我是他爸。"那边说是港福仕派出所，郭亮亮涉嫌抢劫被拘留了，通知他去签字。"亮亮啊——！"郭二斌只感到胸腔一阵发闷，也顾不上车厢里那么多人看着他，瘫倒在座位上抱住乱蓬蓬的脑袋呜咽了起来。

　　郭二斌不吃也不喝，困倦得要死，眼睛就是闭不上，就那样瞪着眼睛在火车上坐了一夜。车一到站，他的小腿肚子就开始哆嗦，好像一只装在布袋里的兔子。好容易拖着两条绵软的腿出了火车站，迎面有个汉子贴上脸来问他："打不打车？"郭二斌忙不迭"嗯嗯"着点头，那汉子招招手，示意他跟着走。跟在那个肥硕的屁股后面绕出火车站很远，才在一片胡乱停放的各色轿车里找到了汉子的车，原来是开黑车的。这阵儿郭二斌脑子糊着，也顾不上挨宰不挨宰了，跟着汉子上了车，歪坐在副驾驶位置上。汉子发动了车，扭头操本地口音问他:"老哥,去哪里?"郭二斌对他笑笑说:"港福仕,我到港福仕。"汉子却不开车,依然望着他,半天不见郭二斌吭气,就问:"你得告诉我去港福仕什么地方,走哪个门儿啊,我好选择路线不是?"郭二斌才反应过来,战战兢兢地问:"怎么,港福仕很大吗?"汉子"嗤"一声笑了:"港福仕不大哪里大啊,亚洲数一数二的企业,厂区顶咱们半个省城,你说大不大!"郭二斌觉得家丑不可外扬,不想告诉他去派出所,扭捏半天问:"里面有派出所吗?"汉子一放手刹开了车,边打方向盘边说:"派出所算什么,港福仕里什么没有啊,医院,学校,超市,酒店,人家里面的工人根本就不用出来,孩子从生下来上幼儿园到老了进养老院,不出厂子门儿就可以把这辈子打发完。"郭二斌没心思搭他的茬,没吱声,汉子误会他不信自己的话,握排挡的手掌伸开拍在他的腿上说:"你不信哪,我跟你说,港福仕那就是个独立王国,我看将来弄不好还会有自己的火葬场,那样到死都不用出来了。"

郭二斌听到个死字,更加担心儿子的安危,再加上一天一夜不吃不喝没合眼,虚弱到了极点,忍不住地浑身筛糠。司机看他一眼,又看一眼,以为他犯了什么病,赶紧问他要不要上医院,郭二斌上下牙齿不住磕碰着说:"不,不去,去派出所就行。"也许因为他的异常表现,黑车司机着急打发他下车,到了地方,开口要一百,他问五十行不行,司机从他手里把钱抽出来说:"算我倒霉,你快下车吧,死我车上麻烦大了!"

下了车,郭二斌顾不上打量港福仕的大小,拖着面条般的两条腿上了人行道,倚着派出所外面的行道树蹲下来,靠在树干上晒太阳,让身体尽情地发着抖。他不禁想起南无村十字路口那些个坐在墙角的阳窝里晒暖暖的老汉婆婆子,那些被年轻人讥笑为"等死队"的老年人,他们什么心都不用操,只管东家长西家短地说着没完没了的闲话,他这时候多么想加入他们的行列呀,然而眼前派出所蓝色的门头和上面巨大的金盾却成为他必须要面对的现实。稍微恢复了点生机的时候，郭二斌脑袋里冒出了求救的念头，他想起本家侄子郭学书在一个什么市当副市长，很大一个官，这个关头只有找他想办法了。

他摸出手机来，哆哆嗦嗦地翻找郭学书的手机号码，拨出去的那一刻，眼泪已经涌出眼眶来。他准备好了向郭学书哭诉，让他出面拯救自己的本家弟弟，但是郭学书并没有接听，他又试着拨打了一次，还是没人接。一阵绝望感袭上心头，郭二斌这才开始想到将要面对怎样可怕的现实，之前只是害怕，但心里总有一棵救命稻草让他暗自有恃无恐，这根稻草就是郭学书，他总以为有郭学书在，亮亮不会真的被法办——这可是一个讲人情的社会呀。然而此刻郭学书这棵稻草像消失在黑暗的宇宙中一样了，他这个打工的农民眼前就像黑洞一样黑暗了。亮亮到底出了什么事？会不会被判刑？会不会被枪毙？可怕的想象像乌云一样笼罩在郭二斌的头上，他没辙了。之前为了怕婆娘担心，他一直没有给她打电话说儿子犯了事，这个时候他一个人支持不住了，他唯一的策略就是先打给女儿晶晶，让晶晶告诉她妈，这样母女两个还有个照应。

打还是不打？他和自己战斗着。事情就在短暂的犹豫之间有了转机，他想到应该先给郭学书他爸郭英豪打一个电话，让郭英豪去求儿子帮忙——到底郭二斌是个比一般的农民精明的人，在利用社会关系方面经验多一些。郭英豪是个实诚的人，打心眼里说他不赞成郭二斌的为人，不想管他的事情，可是他又是个善良的人，不能眼睁睁看着孩子蹲监狱。他告诉郭二斌："你先进派出所，把事情问清楚，再给我打电话，我好给学书说。"郭二斌这个时候只会不住口地叫哥了。挂了电话，他胆子壮起来，站起身来，对着树根使劲地擤擤鼻涕，用手掌反复擦着鼻子，走进了派出所。

三

警察端详着郭二斌，面无表情地说："郭亮亮肯定涉嫌抢劫，根据我的经验，要判一年以上三年以下。但据我们了解到的情况，他的行为事出有因，也是初犯。看你这样子是农村来的，挺不容易，孩子年龄也不大，进去了这辈子就有了污点。"他顿了一下，眨眨眼说，"如果受害人愿意接受赔偿，并出具情况说明，我们可以不移交检察院。"郭二斌千恩万谢，给人家递烟，警察说："我们这里不允许抽烟，你抓紧时间该干吗干吗去，别在这里浪费时间。"

郭二斌从生产区的南1号大门溜达到南3号大门，不知道哪里能找到线长王勇，又不敢问门口的保安。好容易等到下中班，乌泱泱潮水般涌出成千上万穿同样工服的人来，看着都眼晕，去找哪一个打听人？没主意，只好从警察给的塑料袋里拿出郭亮亮住处的钥匙来，先安顿下来再说，好在他来过一次儿子的住处，还找得到。躺在儿子被子堆成一团的床铺上，脸朝天淌眼泪，心里是一点办法也没有了。迷糊了半天，开始觉得有点饿了，起身想去买一袋方便面，烧水泡来吃，一眼看到塑料袋里儿子的手机，心里一动，拿出来打开，居然还有一格的电。他就坐在床边翻那手机里的信息，看着儿子给他发过的关心他妈的那些短信，眼泪又模糊了眼睛。正自伤心，手机"嗡嗡"地震动起来，把郭二斌吓了一大跳，赶紧拿袖子擦干眼泪，按下了接听键，刚"喂"了一声，听见那边着急地问："亮亮，我是小范，怎么样，你们出来没有，严不严重啊？"郭二斌像是见到了亲人，紧着说："我是亮亮他爸，你是和亮亮住一起的小范啊，咱见过面的，上次还一起吃过饭。"小范说："叔叔是你啊，亮亮出来没有？我也没敢回去拿我的行李。"二斌说："亮亮和小黄让拘留了，你在哪里？"小范疑心他给警察当探子，说了句："我还有事儿，回头联系。"挂了电话，再打，关机了。

郭二斌又坠入了无边的黑暗里，他到底是个脑子活络的主儿，编了一条短信，说明白警察让他们私下赔偿和解的意思，希望小范回来和他一起去找线长王勇谈。等了一下午，快六点的时候，小范回过短信来，告诉了他王勇的电话和住址。郭二斌料想小范这个时候也不敢回来，只好自己设法联系王勇见面。

见了面，郭二斌对王勇的第一印象是很像年轻时候的郭学书，他是个怯官的人，不知道线长和县长谁的官更大些，心里虚得像塌了个大坑。王勇冷冷地望着他，半天才开口："你是什么意思？"郭二斌嗫嚅半天，说不出个所以然。王勇又说："你想私了？"郭二斌赶紧说："对对对，亮亮还小，你大人有大量，别和他计较⋯⋯"王勇打断他说："我要一万。"郭二斌愣怔了一下，睁大眼睛说："不是取了你两千四吗？"王勇斩钉截铁地说："那是抢劫！"郭二斌堆上笑脸，又用袖子去抹眼泪说："不怕你笑话，这些年他妹妹上大学花得家里干干净净的，我和他妈在北京打工，住在暖气井里⋯⋯"王勇不耐烦地闭闭眼，哼一声说："郭亮亮那么牛逼，他老子怎么这么尿包！这样吧，最少八千，你去准备钱吧，少一分别来找我。我很忙，没事别老打我电话。"

郭二斌一拧身，"扑通"给王勇跪下了，伸手去拉他。王勇跳起来，绕开他，几步蹿到门口，拉开门厌恶地骂了一句："农民！"摔门出去了。

拖着两条腿回到住处，郭二斌靠在被子垛上，给郭英豪打电话把情况说了一遍，托他让郭学书想办法。郭英豪为难地说："学书一直在基层工作，恐怕省里的人不熟，再说了，他怎么能认识港福仕的人呢？我看你不行找找别人吧。"郭二斌嚷道："哥，你别这么说，这事你不管不行！学书是当官的，当官的和当官的都能说上话，他怎么也比我路子宽，肯定能在省里找下人。"郭英豪迟疑地说："那行，我就给学书说说，能不能解决我不敢打包票啊！"又说,"其实八千就八千,别把娃撂进去比什么都强,你千万别打错了主意。"郭二斌趁机说:"哥,你得先借我三五千,我没处想办法去。"郭英豪说:"我问问他妈手头有多少,一会儿给你打电话。"片刻,电话打了过来,说:"二斌,没多有少,你发个卡号给我,我给你打两千过去,其他的你问你哥斌子和翡翠的亲戚想想办法吧。"郭二斌打的主意是要通过郭学书的关系摆平这件事情,就没打算花钱,也就不说什么了。

纸里包不住火,郭二斌只得把事情打电话告诉了女儿晶晶,让晶晶想办法给她妈说,只说郭学书会出面想办法,叫她们不要太操心。母子连心,翡翠在电话里三问两问问出了真情,第二天就把攒下的六千块钱给郭二斌打进了卡里,逼着他快把钱给了,把儿子领出来。郭二斌手里攥着八千块钱现金,最后给郭学书打了个电话,学书还是没有接,他想想,也罢,破财消灾,把钱拿半张报纸裹起来塞口袋里,开始联系王勇。

王勇在电话里问:"你准备了多少钱?"

郭二斌感觉话头不对,结巴着说:"八、八千啊。"

王勇说:"下了两万不行。"

郭二斌就蒙了,他开始明白过来,儿子这是树了死敌了,王勇压根就没打算私了,他就是要让亮亮得到最严厉的惩罚。一种强烈的不祥感控制了郭二斌,让他呆若木鸡动弹不得。

郭学书觉得这件事情不光彩,不愿意给人开口,又怕让父亲为难,就建议父亲关了手机,不要搭理郭二斌。郭英豪笑眯眯地对儿子说:"其实我也不想管他的事情,那两千块钱我也不打算往回要了,就是觉得你要不管的话,亮亮真坐了监狱,这件事情传到南无村,好说不好听。"学书看看母亲,他妈平时看不惯郭二斌溜奸耍滑的样子,这个时候却不置可否地笑了笑,不吭气了。一家子正商议，郭英豪的手机响了，他看了一眼，对儿子说："二斌！"见学书没表态，他就接通了电话，听了半天，挂了，皱起眉头小心地对儿子说："人家又不同意私了了，二斌着急了，要回来找我。"学书妈说："快别让他来，麻烦死了，我不愿意见他！"

　　学书清楚父母的真正用意，叹口气说："我过几天到省里开会，找人过问一下这件事情吧。"郭英豪赶紧说："行，行，我明天就给二斌打电话说。"学书妈嘴上说："就不应该管他的事！"却慌忙给儿子递上一个苹果。

　　这几天，学书在处理别的事情的间歇，那件事情总是见缝插针地在他的脑海里冒个头儿，让他失神一下子。他有些惊异自己对这件事情的上心，真的是人年纪大了就容易怀旧吗？还是曾经沧海难为水，宦海沉浮多年后，对乡情和亲情看得比年轻的时候重了？他找了一个相对充裕的时间来思考自己的问题所在，由是想起了年代更加久远的一件事情，那是他的隐衷。就在他刚参加工作的第二年，一天下午，正在乡里的中学给学生辅导自习课，舅舅匆匆跑来，说外公出事了，叫他赶紧去一趟。甥舅俩骑着自行车赶到家里的时候，外公已经躺在床上，口眼歪斜，嘴边淌着涎水，明显是中了风。外公是旧军人出身，身体一向好得很，怎么会突然中风呢？事出有因，前一天舅舅在火车站当装卸工的儿子，被工头欺负得受不了，就和那小子打了一架。打完架知道干不成了，就跑回了家里，出惯力气的人闲不住，又跟着人出去当泥瓦小工了。前脚出门，后脚那工头带着几个穿保安服装的人跑到村里来抓人，欺负老百姓没见过个世面，开了一辆救护车假装警车，一路"呜啊呜啊"进了村，气势汹汹闯进院子里叫着"派出所来抓人了"。外公不明就里，战战兢兢迎上来问怎么回事情，领头的说你孙子打人了要抓他去坐牢，老汉一紧张，有些头晕，伸手去扶那人，却被那人一把推倒在地上，立马就中了风。那帮人看见不妙，虚张声势喊了几声，跳上车跑了。学书看到外公的样子，气愤得不行，一边叫村支书赶紧报告派出所，一边让舅舅张罗人送外公去卫生院。支书说已经报告了派出所，所长马上带着人来问情况。舅舅却在一边沉默着不动弹，学书说赶紧找平车拉姥爷去乡里卫生院呀，舅舅哭丧着脸苦笑着说："算了吧，年纪这么大了，折腾一回别不行了。"这件事情的结果是，派出所刚开始言辞凿凿要去抓那几个行凶者，后来不知为什么态度越来越消极，慢慢就不了了之了，据说是那边花钱摆平了这件事情。而外公也没有像舅舅说的那样很快就离世，而是在床上瘫痪了十几年，遭了老罪了。学书咽不下去这口恶气，给副县长当秘书后，曾经努力要让那几个凶手归案，却没有成功。直到他当了县长、书记、副市长，每每去看望外公的时候总想把这件事弄个水落石出，然而年代久远了，证据、证人都不好取证，自己工作又忙，竟然一直拖到老人辞世，成为心里一件不为外人所知的隐痛。

他不太想管郭亮亮的事情，很大程度上是这件事情触碰到了他深藏的隐衷，所谓十年怕井绳，身为副市长，他感到自己竟然没有信心把郭亮亮这件事的是非曲直让执法机关看明白，他怯懦了。但也正是因为心里的隐痛，他有一种义愤要替平时不待见的郭二斌出这个头。

往省城走的高速路上，郭学书靠在轿车的后座上，给郭二斌打了个电话，详细地问了事情的来龙去脉，问完了，他的心里就像明镜一样清楚了。就郭亮亮三个人的行为来说，明显构成了抢劫，法律是不会和你讲什么情有可原的。但正是这个背后的原因，这个无法说清楚的情理，才是最大的问题所在，港福仕的管理人员侮辱员工和扣发他们的工资是不犯法的，被除名的员工讨要自己劳动所得的行为却触犯了法律，这才是问题的关键。学书闭上眼睛假寐，他倒是正好有个党校的同学在港福仕所在的那个区的检察院当检察长，但是法律和人情是两个层面的概念，即使人家愿意想办法，也得有办法可想啊。

四

　　到了省城，还有很多正经事要办，很多要紧人要见，难免又耽搁了几天。这中间郭二斌不住地打电话，没办法，学书只好把他的号码设置到黑名单里，拒接了。这天晚上没有喝酒，看望了一位老领导出来，忽然想起还有这么一档子事情，就在车上给郭二斌打过电话去。郭二斌一反平时的唯唯诺诺，底气很足地叫着学书的名字，说自己正和几个说得上话的人吃饭，告诉了学书饭店的名字。学书知道他在拿自己装门面，有心不去了，饭店却在前面不远，右转就到了。车子停下来，他打电话叫郭二斌出来说话，特别强调只见他一个人。郭二斌出来了，终于见到学书，眼里闪着希望的光，脸上却是茫然的神色。学书问清他们吃饭的包间号，吩咐司机去替他把账结了，郭二斌笑了，腰杆直起来些，嗫嚅着说："我带的钱还真花完了。"学书没工夫和他聊天，直接问亮亮现在什么情况，二斌顿时愁苦起来，唉声叹气地说："昨天公安局作为刑事案件移交区检察院了，说是检察院明天就向法院提起公诉，我急的什么似的，打你电话老打不通，我是一点办法也没有了。"学书心知法院一开庭就麻烦了，当着郭二斌的面给当检察长的党校同学打过电话去，说了郭亮亮案件的前因后果，重点说亮亮刚过十九周岁，而且就是只取了两千四百块的工资数，一分钱没多要。对方很热情，问学书在哪里，要请他吃饭，学书说在开个重要会议，回头请他吃饭。

　　挂了电话，司机也从里面出来了，学书叫他从后备厢里拿出五条中华烟来，装在一个黑色塑料袋里，交给郭二斌，吩咐他："叔，你明天就去区检察院，我给你写个地址姓名，你去找检察长申诉一下内情，把这五条烟给他，请他想办法。不用怕，电话里都说好了的。"

郭二斌的脖子本来缩着，听见学书叫了个叔，又听他刚才电话里讲得很热闹很靠谱，胆子就壮了起来，说明天一早就去。那副慷慨的样子好像是给学书办事似的。

学书问他今晚请的些什么人吃饭，郭二斌支支吾吾半天才说，是两个原来在南无村插过队的知青，如今也在司法系统工作，也是病急乱投医，拐弯抹角找见了他们，没想到他们答应得挺痛快，说三万以内能摆平。此时二斌愤愤地对学书说："王勇私了才要两万，他们就要三万，这怎么敢指望他们哩！"学书皱皱眉头说："这都是些'吃二毛'的主儿，快打发了吧。"又让司机从后备厢拿出两盒礼品来，交给郭二斌打发那两个人。郭二斌陪着小心收了，学书的车都拐了弯了，他才意犹未尽地提着一堆东西转身往饭店里走。

郭亮亮被取保候审，郭二斌还没来得及高兴，接到王勇发来的一条短信："别高兴得太早了，郭亮亮躲得了初一躲不了十五！"郭二斌就慌了，赶紧又给郭学书打电话，这时候又打不通了。他惶惶不安，好歹把儿子拽到了火车站，买了两张票：一张去北京，一张回老家。郭亮亮不情愿离开省城，他心里还是不服气，对老子说："你怕他我不怕他，我看他敢对我怎么样？"郭二斌一向没脾气的人也冲儿子发了一次火："你知道个屁，没有经过世事的娃！你以为取保候审就没事了吗？什么时候法院传你回去，就得回去。别再给我惹事了，你要听爸的话，你就回南无村去，安分上一年，等我找你学书哥再想办法。——你以为王勇能就这么算了？"郭亮亮还要犟嘴，看看他爸目赤睛黄，两片嘴唇上爆起无数的皮屑，心里可怜老子，生生把到嘴边的话咽了下去，乖乖地跟在屁股后面进了候车室。

郭二斌看着儿子检票进站了，这才转身去了自己的候车室，他小跑着，着急赶回北京给婆娘报信。他心里本来想的是亲自把儿子送回南无村，又担心老婆一个人在暖气井里熬煎，只好兵分两路，把儿子"押送"上车，自己也紧着往北京赶。

还没下火车,接到他哥斌子从南无村打来的电话,说亮亮回去了,郭二斌这才把心放回肚里,嘱咐他哥管束好亮亮,别让娃乱跑,不行找找盖房子的包工头荣娃,让亮亮跟上当小工去,挣点钱能养活自己就算了。他哥说荣娃还没回村里,一回来就去找他。

郭亮亮算是见过了世面,心早野了,在家里躺了两天,安分不下来,居然冒冒失失地打通了郭学书的电话——那是在省城的时候偷偷从他爸的手机上记下的号码。郭学书平时不接陌生号码的电话,可巧那天心情不错,也正有点闲工夫,就接听了电话,那边也没称呼,也不做自我介绍,劈头就说:"我想在乡里开个歌厅嘛,这事县里的文化局管批手续,你给他们说一下,给我把手续办了嘛。"

学书问:"你是谁呢?"

那边不吭气了,半天说:"我是亮亮。"

学书有点哭笑不得,故意问:"哪个亮亮?"

那边吭吭哧哧地说:"郭二斌家的亮亮嘛。"

学书问:"你该叫我什么?"

那边气若游丝地说:"哥。"

学书的好心情被搅得没有了,严厉起来:"你爸求爷爷告奶奶好不容易把你弄出来,你不安安分分地干点正经事情,开什么歌厅,那是个正经行当吗?这事以后再说吧!"挂了电话,情绪恶劣起来,自言自语,"怎么摊上这么一家人!"

冬日没风的午后,天气暖洋洋的,睡饱了的郭亮亮跑到他大伯郭斌子院里,说要借电动车去乡里看他姑姑。他大伯警惕地问:"你找你姑姑干什么?"郭亮亮说:"没事,就是看看我姑姑。"郭斌子将信将疑地把车钥匙给了侄子，郭亮亮骑上就出了门。亮亮是去找他姑姑借钱的，他知道姑姑在镇里的街道上开着服装店，家里情况好，借几千块钱问题不大。他打算借到钱后和几个初中时的同学凑一凑，合伙在镇街上开个歌厅，要自己给自己当老板。

托县里的村村通油路工程的福，南无村家家户户从院子里一水的水泥路直通到国道，郭亮亮穿着在省城买的绿色风雪衣和高靿军品皮靴，风驰电掣地上了路。国道就横亘在村口，穿过国道就是通往镇里的水泥路，郭亮亮姑姑的店铺就在镇里的集贸市场旁边。穿越国道的时候，郭亮亮看到路口有几个等长途车的人，他们的脚下放着大大小小的箱子和袋子，他想看清那些人里有没有认识自己的，却看见他们都举起胳膊瞪着眼睛指着他喊叫。他想，难到他们都认识我吗？他们是在港福仕干过的吗？正想着，眼角的余光看到一个巨大的阴影扑向自己，耳朵里只听见一声巨响，感到自己像一片羽毛一样轻盈地飞了起来。

楼房一般高的红色百吨重卡歪倒在了路边，疲倦的司机依然坐在驾驶楼里望着躺在前面公路上的那件绿色风雪衣发愣，电动车的零件七零八落地散布在风雪衣的周围。

郭学书出国三个月，一下飞机就赶回市里看望父母，坐下来发现二老的表情有些怪异，没等他问，母亲戚然地说："二斌家的亮亮死了！"

"啊，死了！怎么死的？"学书瞪大了眼睛。

"卡车碰死的，娃回到村里待不住，骑着他大伯的电摩乱跑，让车碰死了。"

学书望着母亲说话的嘴下意识地眨着眼，一时不知道该说什么好。父亲在旁边喷了一声说："早知道还不如不管二斌这事情，让娃坐牢也比死了好！"

"那二斌两口子呢？还在北京打工？"学书终于开了口。母亲撇了撇嘴角说，"还打的什么工啊，早回村里了，听人说，二斌每天早起跑到村头的土崖哭亮亮，'我的儿呀——！'"母亲学郭二斌的腔调让学书觉得不寒而栗。

一家子正唏嘘着，郭英豪的电话响了，他看了看对学书说："哎呀，说曹操曹操到，是二斌，接不接？"母亲也看学书，眼神里有一种莫名的紧张，学书叹口气，摆摆手说："别接了，人都死了说什么也没意义了，白白坏心情。"一家子沉默着听那手机铃声，一遍过后，又响了起来，然后就没声音了。刚要说话，学书的手机响了，他从夹包里拿出来一看，还是郭二斌。郭英豪劝儿子："接吧接吧，大不了他是借着这事情问你要几块钱，你应承了，我和你妈出就是了。"学书朝父母摆摆手，按下了接听键，刚喂了一声，郭二斌在那边哭喊道："学书，学书，我儿死了，我没儿了……"

挂了电话，学书没吱声，低头在手机上翻出那位当检察长的同学的电话，拨了过去，边往阳台上走边说："老张，区检察院又给郭亮亮发去了传讯通知啊？哦，取保期满要对法院提起公诉？快别公诉了，人已经不在了，是啊，三个月前就被车撞死了。真的，他爸你见过的，就是上次我让找你的郭二斌，这个人现在跟疯了差不多了，他今天收到了你们发给郭亮亮的传讯通知，情绪很激动……"

学书打完电话走回客厅，看见父母默默地望着他，谁也不说话。

2015 年 10 月 23 日　改定于鲁院 609 室

皮卡的乡下生活

一

天气闷热潮湿，尹南平一只手握着方向盘，驾驶着自己新买的皮卡车颠簸在被庄稼围裹得密不透风的田间土路上。路有些窄，皮卡车的两排轮胎超出了光亮瓷实的车辙，把路沿上疯长的枸杞子和苍耳等带刺的小灌木都压折了，嘎巴作响。他没有开空调，像城里抠门的出租车司机一样头上捂条湿毛巾，享受着暑热蒸腾出来的遍体流汗的快感。"这他妈才叫蒸桑拿,那帮傻逼坐在汗蒸间里拿水泼烧红的石头,真他妈的傻逼!"他心里的欢快反射到脸上,自个儿忍不住笑了起来。

车子拐了一个弯儿,终于摆脱了列兵般整齐森然的玉米地和向日葵们,眼前开阔起来,是连片的芦笋地,芦笋的米粒般细小的叶片仿佛一片灰绿色的雾气,远远望去就像苍茫的大海。他想起远在省城的老婆和儿子,和他们在一起的生活仿佛是上辈子的事情了,和他的焦虑不一样,他们的时间总是不够用又总也用不完,仿佛可以长生不老地在城市里就那么生活下去。他不理解他们的热情和淡定,他的焦虑更为他们所不理解,开始老婆还不断地和他争吵,儿子也对他爱搭不理,好像他是个继父。他无法走进他们的世界,日渐懒得跟他们说话,只按照自己的想法去做事。就在上个月,他被一直看他不顺眼的一把手明升暗降,提拔成了副巡视员,离开了处长的岗位,看似进入了高干的行列,实际上成了非领导职务,上没有进入领导层,下丢掉了最有实权的处长职位。在省直机关和厅局,处长相当重要,用尹南平老家的话讲,那是"二门上的门栓"。他知道一把手和同事都会认为自己一定有失落感,索性将计就计,假装闹情绪,假戏真做地写了一份病休申请递了上去,不出意外地被批准了。拿到批示的当天下午,他开着自己的城市SUV去了皮卡4S店,用八成新的越野车置换了一台带车斗的皮卡——新皮卡要三十几万,置换的差价是十七八万——钱他还是出得起的,但他不愿意这样痛快地付钱,他办理了车贷,觉得这样才算合情合理。

他把批复的病休申请拿回去给老婆看,老婆的眼睛瞪得像灯笼那么大,皱起眉头怨恨地说:"你还有心脏病啊?你有病你不早告诉我,早告诉我我就不和你结婚了,你害我干什么?!"尹南平苦笑,故意不告诉她单位的事情,懒得解释。老婆的抱怨却无休无止:"你怎么能欺骗我呢?你就是个骗子,你有病我都不知道,这算怎么回事?这日子还过不过?!"他像个病人一样虚弱地微笑着告诉她:"我打算回老家去养病,村野里的空气对我有好处。"老婆站起来背对他闭着眼睛说:"我忙死了,还要辅导孩子功课,我可没时间照顾你。你回去也好,你妈至少能给你做饭吧。"一晚上,他们谁也没有再说这件事情,但这件事制造的别扭像鬼打墙一样自己横亘在他们之间。尹南平去儿子的卧室,想给孩子辅导作业,儿子趴在书桌上头也不抬地说:"算了吧,还是让我妈来吧。"他只好站起来,用手掌抚摸着儿子头顶的头发,儿子动也不动。尹南平嘱咐道:"有事给我打手机。"

  他没有给老家的父母打电话,怕电话里几句话说不清楚,害他们担心自己,一家人像平时一样地吃过午饭,尹南平就开着新买的绿色皮卡车驶上了高速公路。天下着点小雨,高速路的颜色是黑色的,不像晴天那样总是产生前方有个大水洼的幻视,尹南平感到很惬意,并不着急赶路,而是惰性地愿意让这条路无休无止地走下去,最好没有终点。但所有的路都是有尽头的。下了高速,沿着乡村的水泥公路驶进庄稼的领地,他居然没来由地哭了,没好意思抹泪,就摇开车窗,让眼泪自然风干。皮卡车像一头巡视领地的野兽在庄稼的森林里转了一大圈,又开上水泥路。进了村庄,拐进自家的巷子,他没有听见院子里熟悉的狗叫声,推开车门,伸出一只脚踩在这块生养了他的土地上,水泥路面结实的回弹感让他觉得自己的腿脚也充满了力量,想起美国登月宇航员那句名言来:"这是个人的一小步,却是人类的一大步。"关上厚实的皮卡车门,尹南平走到紧闭的大门前,发现漆皮剥落的木门上着锁,这两扇门在尹南平少年时代是大红的,而今在风吹雨打中黯然显出原木的色泽。邻居佝偻的大娘闻声站在自家门口喊叫他:"是平吗?"尹南平用干哑的嗓子回答:"是我,大娘。"大娘说:"你姐姐把你爸妈接到上海去了,你不知道吗?"尹南平的心里攸地一下,一种强烈的孤独感袭击了他。他回答:"大娘,我知道。辛巴儿呢?也带走了吗?"大娘已经走到了他的车跟前,抚摸着车斗问:"平啊,你这开的什么车,怎么轿车还带着车斗呢?"他回答:"这是皮卡,大娘。辛巴儿呢?"大娘佝偻着背仰起脸来像只瓢虫一样打量着他说:"我不知道,好像是送到你舅舅家了,你姐说坐飞机人家不让带狗。"大娘又关心地问他,"你有钥匙吗,娃?"尹南平说:"有哩,大娘。"他没有开门进去,拉开车门上了车,从车窗里探出头去说:"大娘,我去舅舅家接辛巴儿。"大娘还在打量他的车,嘴里念念叨叨的,慢慢靠着墙根儿给他让开路。

不管多长时间不见他,辛巴儿依然听见他的脚步声就会冲过来,在他的脚下像旋风一样地转圈圈。尹南平蹲下来把辛巴儿抱在怀里,一下子,那种绑缚着他的孤独感就烟消云散了。他把辛巴儿放到副驾驶座上,一路上不停地抚摸着它,像抚摸小时候的儿子。

回到村里,他把辛巴放到院子里撒欢,打电话给姐姐,问她怎么突然把父母接走了。姐姐吊着嗓子说:"这不是雯雯去英国读博士后了吗?你姐夫今年又被派到西部支边去了,我一个人住这么大的房子瘆得慌,就把咱爸和咱妈接来上海住两年——南方空气湿润,对他们的气管有好处。"尹南平没有告诉姐姐他回乡的事情,只说叫爸爸接电话。父亲接上电话后嘿嘿地笑,说怕影响他的工作没有提前告诉他来上海的事情。尹南平问:"爸,秋怎么收呢?"父亲说:"我交代给你二叔了,他收了秋粮食一家一半,明年我和你妈不回去的话叫他种了就算了,一亩地收他一百块钱。"尹南平说:"就别叫我二叔收秋了,我这段儿不忙,想回家里住住,捎带就收了。"父亲敏感地问:"你工作顺利吧?"尹南平故作满不在乎地说:"反正是个公务员,有什么顺利不顺利的。"父亲说:"没事就好,我给你二叔打电话。"

挂了电话,天已经黑了。他也不开灯,一个人在黑黢黢的水泥院子里逡巡,突然而至的主人的感觉让他心里充实而幸福,手里握着手机,好像握着剑柄一样的有底气。隔壁邻居屋檐下黄色的灯光投射到树枝上,树枝就像水粉画一样亦真亦幻。左右邻居家都盖起了高大的新厦屋,把自家的老房子陷进了低谷里,但这反而增加了老屋的温馨。此时邻居院子里娃娃们的喧闹,还有婆娘们呵斥的声音让他在黑暗中微笑起来。他围绕着院子中心的菜圃不停地兜着圈子,辛巴儿跟了他两圈,兴味索然地睡到屋檐下的台阶上去了。他觉得应该给老婆孩子打电话报个平安,举起手机来,却把电话拨到另一个人手机上去了。电话一接通,他就听见了悠扬的钢琴声,知道她正忙着,不方便说话,听了一会儿琴声,就挂了。

她并不知道他回到了乡下。他们互相之间并不是经常了解对方的行踪,他每天就是工作和酒宴应酬,而她的生活则相对简单许多,除了每天晚上在家教两个小孩子各一个小时的钢琴课,就是逛街,逛商场和超市。在师范学院的音乐系毕业后,她没有找下工作,就延续了上学时当家教的工作,只不过不上门授课了,而是每天晚饭后在家等着学琴的孩子们来,一对一教授,每个人一个小时,每小时收一百块钱,一个月下来倒也是一笔可观的收入,倒比上班的挣得还多一些。他和她在一次宴会上相识,她是被一个做生意的人半道叫来喝酒的,那个人托尹南平办事,为讨他的欢心,不断地叫年轻漂亮的女孩来陪酒,她是最后一个来的,却是唯一一个打动了他的心的。她是那种外表美艳绝伦的女子,又有从小的音乐教育修养,气质就卓尔不群,一袭黑衣,绾着一个发髻,露出雪白光洁的脖颈,一下子就让之前来的那一帮子五颜六色的女孩子鲜得俗艳笨拙。让他惊讶的是,她的酒量也非常好,来者不拒,频频举杯。倒是他被她的美所震慑,显得拘谨放不开。饭后一帮人又去唱歌,开了满茶几的啤酒,他举着一瓶去敬她,她站起来爽快地说:"怎么喝?吹了!"仰脖一口气喝下了整瓶啤酒,就在大家正为她欢呼的时候,她喝喷了,把肚子里的东西一股脑全都喷到了尹南平的身上。尹南平呆若木鸡,才明白过来她只是爽快,其实酒量并不大。

当然没有办法回家了,正好落入了请客的那个家伙的圈套,他给尹南平在酒店开了个房间,把他的衣服都送去干洗了,然后嬉皮笑脸地陪着他去洗桑拿。等他们洗过桑拿上来，尹南平回到自己的房间，在外间看了一会儿电视，穿着拖鞋进了套间打开灯，惊讶地发现双人床上躺着一个穿黑衣服的女孩，别扭的姿势说明她已然喝得不省人事。

尹南平握着门把站在那里看了一会儿，慢慢地退出来，轻轻地拉上了门。他们是之后才慢慢熟稔起来的。

二

夜里睡得并不好，听惯了城市里彻夜不休的汽车引擎声，他已经不习惯乡村浓得化不开的黑暗和巨大到无可名状的宁静，躺在祖母去世时的硬板床上，黑暗像一头温柔的老黑熊无声地拥抱着他，他渴望梦见祖母，但老人在这座老宅里仿佛无处不在的灵魂却没有打搅孙子不安稳的睡眠。在这个世界上，每个人都会有一个人认为你最重要，自从祖母去世后，尹南平已经不是这个世界上最重要的那个人了，他为此悲伤过度，以至于有半年时间严重的失忆。他没有告诉任何人，也没有去医院，一个人慢慢地体会着，承受着，也享受着这种状态。黎明之前，他被一种类似野兽悲号的声音从深沉的睡梦中拽了出来，趴在枕头上侧耳细听了好一阵，判定哭声来自村东的土崖下，可能是村里谁家殁了老人，心里就做好了天亮去丧事上帮忙的准备。在红白喜事上露脸，对他回归后重新融入乡村社会是一个绝好的机缘，或许他们会用他的皮卡车来采办菜蔬和猪肉，那他和他的车就都派上了用场。

尹南平有一点小兴奋，一改往日的慵懒，动作迅速地起了床。拉开窗帘，外面天色有些阴沉，不像是死了人的天气——在他从小的记忆里，村里有丧事的时候总是阳光明媚，而娶媳妇嫁闺女才是这样湿淋淋的天气。他蹲在菜圃的矮砖墙上，就着菜地里的自来水龙头洗脸刷牙，辛巴儿叫唤着跳起来抢龙头流出的水喝。尹南平从装满方便食品的行李箱里翻出两袋豆奶粉，分别倒进两个空碗里，用暖瓶里昨晚烧好的水慢慢地冲调好，一碗自己喝，一碗放地上喂辛巴儿。又撕开一根烤肠，提起祖母用过的厚重菜刀，在木头案板上剁成小段，自己每吃一个，就给辛巴儿扔一个。然后他打开因为雨水导致地基下沉而变得沉重无比的大门，站到大门口去向东眺望，辛巴儿站在他的脚边也向东眺望，小小的狗脸上一副煞有介事的神情。没有看到谁家要办丧事的迹象，巷子里空荡荡连第二条狗也没有。尹南平扭头向西边的村街上望，看到一个骑电摩的小媳妇从南往北驰过巷子口，辛巴儿抬头用湿漉漉的黑眼球望望他，有些索然地卧倒了地上，下巴贴着水泥地面纳凉。

　　他弯腰一只手兜起辛巴儿，拉开车门，把小狗扔到副驾驶座上，发动了车子。皮卡车从巷子倒上了村街，沿着水泥路向村外的柏油路驰去，拐过村口的果园，一路向东爬坡，来到本村田地的尽头。路南是废弃的镇办炼铁厂，路北就是祖先们聚居的坟地。尹南平把皮卡车开下公路，在坟地里的树林里扭来扭去地往前开，直到车头被两棵小树卡住。他下车绕过去拉开车门，辛巴儿一跃跳了下来，惯性使它在草丛里打了一个滚儿，然后像旋风一样疯狂地兜着圈子，看到尹南平走出十几步去，才慌忙地调整步子追了上来。找到祖母的坟茔，尹南平倚着墓碑坐了下来，惊异地发现清明节他栽在坟头的那棵葱居然还活着，而且变得粗壮结实，叶片浑圆墨绿，像是上好的翡翠雕琢的艺术品。他忍不住心里的小惊喜，掏出手机来拍了一张照片发到微信朋友圈，写上一句话：

　　　　我们家乡的风俗，清明祭祖的时候要在先人的坟头栽下一棵葱，可以保佑后代"聪明"，但一般会被羊吃掉，或者被路过的人顺手揪回去炒菜。没想到我清明节栽在奶奶坟头的这棵葱活的这样滋润，它那么忘乎所以，很可能已经把自己当成一根野草了。

辛巴儿忙着追逐蚂蚱，咬得嘴边全是绿色的草汁儿。尹南平静静地坐着，忍受着从面前的玉米地里蒸腾出来的潮湿的热气。只一会儿工夫，他已经遍体流汗，辛巴儿也不知所踪了。他赶走绕着脑袋飞舞的蚊蝇，转身跪倒给祖母磕了三个头，站起来匆匆往皮卡车那里走。辛巴儿不知从什么地方冲出来，两只耳朵紧贴在脑袋上，惊恐万状地蹿到了他前面去，他刚拉开车门，它就跃起来跳了进去。皮卡车车头冲西，在柏油公路上慢慢地下坡，快到村口牌楼的时候，有个穿红色背心的人从果园对面的田间路蹿上了柏油路面，手里握着一根长长的放羊铲，笑眯眯地拦在了车前。尹南平踩住刹车，看清是少时的玩伴冯红安——冯红安胖成了一个巨大的发面团，完全改变了形状，但那一对淡到几乎看不清的八字眉在第一时间暴露了他是谁。尹南平推开车门下来喊了他一声，冯红安笑得更像一尊弥勒佛了，他先是倒吸了一口气，让自己在一瞬间看起来严肃了一点，继而更加笑模笑样地说："南平啊，你怎么回来了？我远远地看到一台皮卡车过去，这么半天了又转回来，还寻思是来买我的羊的呢，等了半天是你啊！"尹南平打量他一下说："你养羊啦，清明的时候回来听他们说你养猪哩嘛，怎么又养羊了？"冯红安"嘿嘿嘿嘿"地笑半天，又皱起眉头严肃起来说："我运气不好，前半年养猪猪肉卖不上价钱，赔了一万多；看见羊肉行情好，就把猪都卖了养了一群羊，可你看吧，羊还没长大，羊肉价钱又落了下来，看来要把老本儿都折进去了！"辛巴儿在车里叫，尹南平回身把它放出来，小狗跑到冯红安的脚边去，伸出舌头去舔他的赤脚。冯红安穿着一双折断的蓝色塑料拖鞋，十个脚指头都皲裂成木头桩子一样，尹南平看了一眼他的脚，抬头问："人家都出去打工了，你脑子那么好，为什么不出去呢？比在村里吃苦强吧。"冯红安笑着摇头说："我前些年在城里帮我舅舅要账，什么苦没吃过？还怕吃苦？！我就是跑的地方太多了，不想再跑了。"他抬起胳膊来指着庄稼地的深处，"你看，我在我的地里盖了个小猪场，现在养羊用，实在不行我就把羊卖了，改养野鸡卖给饭店。"他忽然想起什么，打量着尹南平身后的皮卡，皱了下几乎看不见的眉头问，"你怎么开这么个车，你不是开的越野车吗？"尹南平说："我想在村里多住一段时间，这车有个斗儿，拉东西方便，你什么时候到县城卖羊的话，用我的车吧。"冯红安笑了："那可不行，羊又屙又尿的，别腌臜了你的车。"

　　正说话间，一个骑电摩的人从村口出来，看到他俩，径直开了过来。来人一头蓬乱的灰白头发，眼里布满血丝，他熄了火儿，叉开腿坐在电摩上，抬头给尹南平打招呼："南平你回来啦，什么时候回来的？"尹南平看清是少时玩伴郭二斌，跟冯红安相比，他外形几乎没有什么变化，但分明成了另外一个人，面孔相当地陌生难辨，瘦削的脊背佝偻着，刚才尹南平一直以为来的是郭二斌的父亲老郭。冯红安笑眯眯地问郭二斌："你到哪里耍去？"郭二斌没有搭理他，直盯盯地望着尹南平说："南平，你知道了吧？我儿死了，你知道了吧？"说着扭过脸去用手掌擦眼泪。尹南平吓了一跳，扭头看看冯红安，冯红安还是一副笑眯眯的神情。尹南平只好等着郭二斌转过脸来，看着他扭曲的面孔问："怎么回事呢？娃娃不是在省城港福仕打工吗？你两口子不是在北京打工吗？怎么回事呢？"郭二斌把眼睛瞪得牛眼一样大，血丝包裹着白眼球，"啪啪"拍打着车把，尹南平以为他要失控了，但他突然又像泄气的橡皮人一样软趴在电摩上，哀哀地说："娃脾气不好，在港福仕打工得罪了线长，被课长开除了。开除就开除吧，还扣了一个月的工资。娃年轻，当然咽不下这口气，黑夜找了两个人拦住线长，让他偿还一个月的工资。他们用线长的银行卡取了一个月工资，多的没拿。线长答应的好好的，转身就报了警，把娃抓了，其他两个人跑了。我接到港福仕派出所的电话，从北京跑回省城，派出所意思让我找线长私了，没想到线长存心要害娃，今天说八千，明天说一万，这边哄着我，那边逼着检察院提起公诉。我找到咱村在省城当官的几个人，才想办法给娃办了一年的取保候审，我给娃买了张火车票让他回村里，想不到我刚回到北京，我哥打电话说娃骑电摩在国道上被卡车碰了，跑回来一看，娃已经躺到太平间了……"郭二斌"呜呜"地哭起来。

尹南平闻听呆若木鸡，痴痴地望着眼前这个哭泣的人，他凌晨猛醒时听到的野兽般的号哭声，就是来自郭二斌，这让他一时不知如何是好。冯红安冲尹南平眨眨眼，伸手拍着郭二斌的肩膀劝他："事情已经到了这一步，要紧的是赶紧给娃找个合适的冥婚，娃活着没有娶过媳妇，在那边可不能打光棍儿。"郭二斌忽然抬起头来，手掌三两下把脸上的泪抹干净，哑着嗓子说："不和你们说了，我要赶去撞死我娃的车主家里要钱，不拿上赔偿怎么给娃冥婚？"尹南平只好说："快去快去！"目送着他一副凛然的姿势远去。冯红安望着郭二斌的背影叹口气，对尹南平说："天天在村东头的土崖下哭他儿，一村子人跟上他睡不好觉，恓惶人啊！"

"二斌还没要上赔偿金啊？"尹南平把目光从郭二斌消逝的地方收回来，望着冯红安。

冯红安像听到一个笑话一样乐了："他要三十万，人家给二十万，各讲各的理，谈不到一搭里去！"

尹南平说："交通事故死亡赔偿金法律上是有个标准的，好像一般算下来二十多万吧，二斌怎么非要三十万？"

冯红安撇一撇嘴说："他想把办冥婚的钱算在里面，现在没有十万块钱买不来一副女人骨殖。"

尹南平心里不舒服，不想再谈这个话题，就问冯红安："能不能找几个帮忙的，我想把院子里的牛棚和西边的厦子拆了，工钱好说，最好找咱们从小长大的伴儿来干活儿，也能热热闹闹和大家说说话。"

冯红安睁大眯缝着的眼睛："你打算盖新院子？"

"不盖不盖，"尹南平笑着摆手，"我就是看见那两间旧房子开裂了，怕哪天自己塌了把人砸着。光拆房就行，拆了我自己慢慢用瓦刀把旧砖上的石灰砍干净，砍到多会儿算多会儿，反正不着急回去上班，为的就是歇一歇心。"

三

尹南平从放杂物的南屋里翻腾出小时候一家人吃饭用的小方桌来，提到院子当中，用一块半干的抹布使劲地擦着桌面上的老尘土，露出黑红油腻的本色来。桌角上有一个浅浅的黑色圆凹，是自己上初中那年趴在方桌上写作业，睡着了让燃尽的蜡烛烧灼出来的，让陪坐一边打盹的祖母好几天埋怨，担忧着把长孙烧着了。他把抹布扔到桌面上，走过去拿起窗台上的老茶壶，这是一把用来泡大叶红茶的白色大茶壶，壶身是方形的，一面绘着一株兰花，一面绘着一朵牡丹，这把壶一次可以装半暖瓶水，一壶茶可以倒十茶碗，当年就是用来给集体劳动的人们解渴用的。他把茶壶拿到菜圃的水龙头下，揭开壶盖用强烈的水流冲刷着里面的蒙尘，系着壶盖的麻绳已经失去了原先黄白的颜色，被尘污沁得油黑。

刚摆好茶具烧上水，听见有个人在院门外大惊小怪地喊叫："哎呀，你怎么换成了个皮卡？这车有什么好开的，在城里开它人家不笑话你？"尹南平听见是发小张海平的嗓音，自顾拿抹布擦着茶碗外面的水渍，头也不抬地大声说："关你什么事，又不让你开上丢人。"张海平笑嘻嘻地从大门走进来，打量着尹南平说："昨天就听人说你回来了，跑来找你门锁着——你回来也不说一声！"尹南平鼻子里哼一声，把椅子指给他，"坐下，我给你沏茶！"起身到厨房把煤气灶上烧开的水壶提出来，抓起一大把本地产的大叶红茶放进茶壶里，"嚯嚯"地把开水冲进去。张海平看到桌子上放的大红的中华烟，牙缝里吸着凉气，"哎呀，就是不一样，'中华'啊！"拿起来抽出一支点上。尹南平提起茶壶倒出一碗来，又揭开茶壶盖，把刚倒进茶碗里的茶水又倒回壶里去。张海平叼着烟哂笑着夸奖他："哟，还记得'回茶'嘛，还寻思你在省城喝好茶喝得早忘了沏大叶茶的路数了。"尹南平把食指按在茶壶盖上，翻动眼皮看着他问："听说你离婚了，干什么不好好地生活，你媳妇多好啊。"张海平低下头去往方桌底下弹烟灰，嘿嘿笑着说："你还不知道我？我在村里能干什么啊？我爸妈又不让我出去。"尹南平不客气地说："你出去能干什么？那些年你跟着董嘘嘘在省城混，帮他开皮包公司骗人钱，白天租个门店开张收定金，半夜就搬家跑路，你们干的那是什么正事?！"看见张海平不吭气，尹南平倒出两碗泡成褐色的茶来，给他面前推了一碗，放缓了语气接着说："你知道董嘘嘘坐牢的事情吧？"张海平看他一眼，满不在乎地说："知道，判了十年，我爸妈就是怕我学了他的样子，才不让我出去的。"

"在村里跑出租也行啊，安心生活多好，离什么婚？"尹南平责备他。

张海平呵呵笑笑，叹口气，拉长声调说："人家不想跟我过了嘛，把娃扔下跑到南方打工，一两年不回来，不离婚怎么办？"

尹南平端着茶碗看他一眼："你天天打麻将赌钱，借下一屁股债，开出租车又好上个歌厅小姐——你敢说没有？"

"她还不是一样？"张海平头脸涨得通红，脖子上暴起青筋来，"她在南方打工和咱邻村的一个人好了，回来就逼着我离婚，离婚不出一个月就和那边结了婚，还想把娃也带走！——她想得美，那是我们张家的根，怎么能改姓别人的姓?！"

"人家那是怕你打麻将顾不上照顾娃娃！"尹南平给他添上茶，也抽出一支烟来自己点上，问张海平，"我也是听我妈在电话里提了几句你的事情，就说回来问问你呢，现在呢？现在什么样子？"

"我还是老样子。"张海平看他一眼，有点羞涩地笑笑，接着又青筋暴起，拧着脖子骂道,"扔下我们父子不管,跟上别人去过好日子,她想得美!我那天拿根铁棍跑到她改嫁的那个人家里去,把他们结婚买的电视、洗衣机全给他砸了!"他气咻咻地端起一碗茶来一口喝干,把茶碗蹾到桌面上,瞪着眼睛喘气。

尹南平愕然:"你怎么能砸人家的电器?那是犯法的事情!"

张海平嚷道:"我不管,法律让他抢我的媳妇,就不让我砸他的家?!"

"后来呢?人家报警了没有?"

"没有,那个人的侄子叫了几个人把我打了……"

阳光突然从云层里流泻下来,像滚烫的钢花飞溅到他们裸露的皮肤上,两个人不约而同地站起来,抬起小方桌往屋檐下的阴影里面移。刚把小桌放稳当,听见巷子里有人一路清着嗓子进了院子,张海平低声说:"晓松这孙子!"头也不抬,只顾喝茶,并不把身子扭过去看。

尹南平抬头,看见果然是在本村小学当校长的严晓松,穿着黑T恤黑裤子,自来卷的乌黑头发,饱满的白面皮上两撇小黑胡子。在尹南平从小的玩伴中,严晓松是孩子王,他父亲是下放知识分子,因为娶了晓松妈没有回城。晓松爸会打几路拳脚,晓松从会走路就被逼着蹲马步练冲拳,尹南平几个是被他打着长大的,他最喜欢打的是冯红安,直到现在喝醉了还会专门跑到养羊的冯红安家里去打他一顿。但严晓松从来不打张海平,因为张海平是个二杆子性格,一旦挨打了就会不依不饶地哭着缠着你,直到报仇雪恨为止。小学三年级的时候,课间十分钟玩闹,严晓松学着香港电视连续剧《霍元甲》里的陈真飞身腾起踢倒了张海平,张海平捡起块砖头追了严晓松一天,哭得都吐了血,到底在家门口追上了放松警惕的严晓松,用那块砖头把严晓松脑袋上砸了个血窟窿。从此以后严晓松看见张海平就绕着走,张海平还不解恨,很多年来一直用仇恨的目光盯着他,把他看作死敌。

此刻严晓松迈着小碎步走进院子,溜着屋檐下的阴凉走过来,看见是张海平坐在那里，就没有坐下来的意思了，环抱着双臂挑起左边嘴角笑着问尹南平："我听红安说你回来了嘛，怎么，打算拆老房子？"尹南平拉过把小椅子来示意他坐下喝茶，指指院子西侧养过牛的西屋和存放柴草的厦子说："就拆那两间，你看都成危房了，怕阴天下雨自己塌了砸着人，我就想趁爸妈不在的这段时间把它们拆了算了，反正以后也不会再养牛了，这些年一直闲着。"严晓松并不坐下，眯缝着眼睛望着阳光下的那两间旧屋子，慢悠悠地问："你打算多会儿开始拆呢？这点活儿也不值得请人花工钱，咱们几个人就帮你拆了，有好饭好烟好酒就行。"尹南平笑着说："那当然！"张海平一言不发，只顾喝茶抽烟。

三个人一个坐着两个站着，尹南平正不知道该怎样让茶局继续下去，郭二斌骑着电摩像只支棱着翅膀的病母鸡一样从大门外呼扇到了眼前，没等人问，郭二斌拧着脖子咬牙切齿地说："龟孙就是不肯出钱！"瞪起两只凹陷的牛眼看看尹南平和严晓松，用不容分说的口气哀求道："不行，南平和晓松你们得出面了，你们有文化，这事还得靠你们出面和龟孙讲理，把我儿的赔偿金要回来！"严晓松用鄙夷的眼神看着他只顾冷笑，尹南平笑笑说："二斌你先别着急，坐下喝着茶慢慢说吧。"郭二斌眼珠子瞪得快掉出来了，脖子上蹦起青筋来："我哪里有心思和你们喝茶！你们也别喝了，事情办完了我请你们喝酒。"严晓松黑色的小胡子动了动，用眼角瞅着郭二斌，像教训学生一样阴阳怪气地说："交通事故死了人怎么赔偿，国家法规都有规定标准，不是你要多少车主就该给你多少，你想让他出你儿冥婚的钱，他不愿意出，也不犯法——法律都解决不了的事情，我们凭什么解决？"尹南平的意思也想劝解郭二斌两句，刚要开口，一直闷头抽烟的张海平"啪"一声把手里的茶碗砸到了桌子上，慢慢站起身来，依然低着头，眼睛看着地面骂道："全是鸡巴废话！喝墨水喝得淹了良心，我发现人越有文化越不像男人了！"翻身骑到了郭二斌的电摩后座上，手搭着郭二斌的肩膀命令道，"没人和你去，我和你去，我就不信还有比死了人更大的天理！"他把脸别到另一边去，坚持不看尹南平和严晓松。郭二斌哭丧着脸为难地看看眼前两个哭笑不得的人，张海平又嚷起来："你走不走？不走我也不管了！"郭二斌又分别看了看尹南平和严晓松的表情，没看到什么指望，这才开动电摩，两个男人骑着摩托车出了大门。

严晓松鼻子里哼哼着，脸上是鄙夷的笑，摇头说："张海平就是个半脑子，我敢打保票，他一定会把事情弄得不可收拾。"尹南平有些担心地看看空荡荡的门口说："啧，刚才真该把他们拽住，别真坏了事情。"他让严晓松坐下，"先坐下喝口茶吧，咱俩商议商议"。严晓松坐下来，从桌子上拿起烟盒和打火机，挺着肚子，身子仰靠在椅子背上，抠出一支烟来点上，喷出一口青雾，又用一个漂亮的动作把烟盒轻轻扔到桌面上，问尹南平："你就不能下来当个县长什么的？将来娃娃们毕了业安排工作也有指望了。"尹南平把倒好的茶碗放他面前，笑笑说："朝里没人别做官，咱一个农民的儿子，没有背景，谁能想到你啊！"严晓松鼻子里喷出两股很长的烟柱，像个科幻片里的怪兽一样，有些含混地说："现在不是反腐反得人都不敢当官了吗？空下那么多岗位来，你干干净净的，他们不敢上你上啊。"尹南平笑道："再说吧，有时候没人上也不一定能轮到咱啊。"

两个人聊到日上中天，小方桌也跟着阴影挪到贴着墙根的屋檐下了，喝了一通茶，肚子也饿了，严晓松建议叫上当了村长的李小亮去镇上的饭店喝酒。尹南平忽然担忧起来，站起来对严晓松说："不行，咱们得去一趟车主村里，那两个家伙到现在没回来，肯定没好事情！"话音未落，手机响了，尹南平看看号码，心里一紧，看着严晓松说："郭二斌！"刚划开接听，就听见郭二斌在那边哭声囔气地喊："你们快叫人来，海平把车主的脑袋开了瓢了！"尹南平拉上严晓松就往外跑，严晓松说："别慌，别慌，我给李小亮打个电话，他是村长，他出面更合适。"

尹南平发动了车子，严晓松坐在副驾驶座上给村长李小亮打电话。李小亮说他正在镇上办事，叫他们到镇上接他。出了村口，碰上冯红安正赶着他的羊过马路，冯红安看到是尹南平的皮卡车，肩膀上搭着块脏毛巾笑眯眯地迎上来要攀谈，严晓松摇下玻璃皱着眉头呵斥他："真没眼色，还不把你的羊赶开，我们有急事！"冯红安赶紧扬起羊铲另一头绑着的皮鞭来，吆喝着把羊赶下了路面。尹南平想拉上冯红安一块儿去，严晓松说："开车走吧，要他没用，那就是个窝囊废！"

在镇街上接上李小亮，三个人径直开车进了车主的村子，远远看见村街上警灯在闪烁，李小亮从后排向前探身，伸着脖子盯着前面说："坏了，警车都来了，这下麻烦大啦！"尹南平也紧张起来，心里盘算着是不是给在县公安局当办公室主任的同学打个电话，让他出面摆平一下。车到近前，发现不是110警车，是120救护车，两个穿白大褂的正给一个坐在地上的人头上缠绷带，看热闹的都是些老人和孩子，场面还算平静。尹南平松了一口气，心说幸亏村里年轻小伙子基本都出去打工了，不然还不知道要打成什么样子。郭二斌正蹲在一边抽烟，看见他们来了，胆子壮了起来，甩开面条长腿大步冲过来，扔掉手里的烟头，两手握住尹南平和李小亮的腕子，急切道："你们怎么才来！"李小亮甩开他，面沉似水地问："海平呢？"郭二斌低声说："他把车主打了，怕被村里人截住，骑着我的电摩跑了。"严晓松鄙夷地吹着小胡子："没脑子！"

这个村里的村长和李小亮惯熟，上来把李小亮拉到一边说："你们村这两个傻屌把好好的事情弄糊糊了，我看先把人拉到医院吧，你跟我到家里商量一下。"李小亮笑眯眯地点点头，大有见怪不怪、临危不乱的气度。车主受伤的头包扎好了，医生让他站起来，他干脆闭上眼睛躺地下了。郭二斌一见拍着屁股跳脚骂起来："你装什么死？我看到就打破了一层皮，你装什么死！"车主老婆沉着脸站在一边看着躺在地上的男人一言不发。郭二斌急得像咬自己尾巴的疯狗一样兜圈子，后来索性一屁股坐地下拍打着地面，捶胸顿足地号哭起他死了的儿子来。医生等了等，不耐烦地问村长："你说句话，这人我们拉不拉？"村长陪着笑说："拉，拉走，该怎么治怎么治！"走到车主老婆跟前，低声说："嫂，你跟上去医院，人要紧。他们村长也来了，先让到我家里去坐坐，事情咱们过后再说。"

车主被抬上了担架，使劲闭着眼睛，两个男护士把担架推进了救护车，车主老婆也跟了上去。郭二斌跳起来去拉救护车的后门，被严晓松一把搂住了，挣了几下没挣开，又溜坐下来，开始了更加悲怆高亢的号哭。

四

尹南平跟着李小亮来到村长家里喝茶，李小亮也是村长，方圆村里的村长们平时隔三岔五吆喝在一起喝酒，他们倒比尹南平和李小亮更亲热随便多了。村长先把车主骂了一通，说他没人性，轧死人家娃娃还要讨价还价；李小亮也把郭二斌和张海平骂了一通，说郭二斌是个尻人、窝囊废，张海平是个泥腿子、不务正业。尹南平坐在一边像是在看电视里的小品，觉得眼前的情景很不真实。他看了一眼严晓松，严晓松这会儿只顾抽烟不吭气。

过半天儿，村长的电话响了，他看一眼屏幕显示说："车主婆娘的。"接通了嗯嗯啊啊一边答应着，一边翻动着眼球轮番看着李小亮、尹南平、严晓松的脸。挂了电话，把握着手机的拳头放膝盖上对李小亮说："坏了，人家说把他男人打坏了，前头答应的那二十万也不陪了，要扣五万当医药费，只赔十五万。"李小亮收回目光来，把手上夹着的烟头抽完，摁在烟灰缸里，抬头告诉村长："这事我管不了了，你直接跟郭二斌说吧。"村长说："那你把他叫进来，我给他说。"李小亮看看严晓松："你坐在门口，你叫他进来吧。"严晓松莫名其妙地露出了笑容，站起来把透明的塑料门帘掀开一条缝，冲着光线明亮的院子里喊:"二斌,叫你进来,快着点!"

郭二斌痴痴呆呆地蹲在阴凉里的墙根下,正瞅着村长家花圃里疯长的月季花发愣,听见叫,扶着膝盖晃悠悠站起来,拖着两条腿想从门帘上严晓松掀开的那条缝钻进来,严晓松早丢了手,郭二斌头上顶着门帘像个海带精,拨拉了好几下才利索了。村长让他坐下说话,他又蹲下来,像一只被斗败的大公鸡,瞪起眼睛等着村长发话。村长扔给他一支烟,又给在座都递了一支,自己也点上一支,吸了一口才说:"你看你把好好的事情弄成什么了?——领了个闯祸的人来把人打了,这下好,人家要扣五万医药费,只给你十五万了。"抬起眼皮看了李小亮一眼,"事情到了这个田地,我和小亮也没办法了。人家说了,十五万要行,今天就打进你卡里,不行的话出院后再说"。尹南平望向郭二斌,屋子里的人都望着郭二斌,看着他像阳光下的糖人一样慢慢地化了,瘫坐在地上,咧咧嘴要哭,大概想到在人家屋子里哭丧不吉利,手掌抹抹流出来的鼻涕,爬起来冲了出去,坚持跑到村街上,才让屋里人听到他难听的哭声。尹南平觉得像等了一百年那么长的时间,才听到郭二斌的哭声。

"坐到一起了,今天我管顿饭吧。咱们去镇上吃。"村长拍拍大腿站起来,冲里屋的婆娘喊,"我们出去喝酒了,你中午睡觉记得关空调啊!"

几个人都挤进尹南平的皮卡,郭二斌一个人坐在后面的车斗里。村长低声说:"那人敢让坐车斗里?别想不开寻了短见,咱们麻烦可就大了。"严晓松鼻子里哼一声说:"他才没那苦胆,他还等着花他儿的赔偿金哩!"李小亮闭闭眼,一字一顿地说:"不能这么说,二斌是个恓惶人。"尹南平只觉得热得遍体流汗,打开空调关了车窗,世界一下子安静下来,他对坐在后排的李小亮说:"不行我给二斌介绍个律师,叫他起诉吧,法院判决了双方就没争议了。"半天了李小亮才说:"打人以前我就叫他不行就打官司,他怕法院判少了,现在把人打了,有理的事情做成了没理,给多给少还不由了人家了!"尹南平自小在村里长大，可是多数时光都是在学校度过的，对乡间的诸种不成文的规矩和处理这种麻烦事情的方法从来就不了解，李小亮却熟谙在心，所以他才能当村长。尹南平第一次发现自己当了这么多年处长，平时自认为大小算个知识分子，面对曾经生养了自己的乡村，竟然像个无知孩子一样茫然和无所适从。

镇街上有两家还像样的饭店，一家环境上档次，被镇政府用来作为对外接待的场所；另一家不那么打眼，食材可都是当地养的猪羊鸡鸭，做法和菜量都很合地方的口味，最主要老板娘皮肤白，还爱和男人们斗嘴，客人喝醉了对她摸摸揣揣也不会翻脸，惯会和男人家拍拍打打。而老板通常不出来，只爱钻在厨房里帮大师傅们拾掇鸡鸭鱼肉、淘洗菜蔬、剥一剥葱衣蒜皮，外面喊她出来陪着喝两杯，她就出来喝两杯，喝完就说："还要加什么菜就说，我去看着让做好点！"李小亮他们这些村长们最爱来这一家，各村里人办事找不见他们就来这里，通常都能逮得住。有一年尹南平拗不过父亲的面子，想办法以支持村级文化大院软件建设的名义，辗转给村里弄到了十几万块钱，李小亮让人把村里闲置的老磨坊房顶掀了，蓝色的老瓦片换上了红色的机制房瓦，墙壁重新粉刷得雪白，就把文化大院的牌子挂上了。村里人议论纷纷，说李小亮改造文化大院最多花了几万块，剩下的钱都让他和尹南平私分了，父亲打电话来说到这件事情，很是懊恼，说以后再也不管村里的闲事了。张海平为此专门坐火车跑来省城，质问尹南平到底有没有和李小亮私吞那笔钱，弄得尹南平哭笑不得。后来基本搞清楚，剩下的钱都让李小亮和村干部们在这家饭店吃喝完了。

李小亮指挥着尹南平把皮卡车拐下公路，停到饭店前面，下车的时候告诉他："你回来住的这一段，有客人来就到这里吃，不用给钱，签我的字！"尹南平笑笑说："没人来看我。"进了包间，李小亮把村长让在首座，他和尹南平两边作陪，其他人依次就坐。趁郭二斌上厕所的时候，尹南平悄悄嘱咐李小亮："别让二斌喝酒，怕他喝多了胡闹。"李小亮笑着摇头说："唉，今天就专门让他喝哩，喝多了搬你车斗里拉回去，让他好好睡两天，让村里人也好好睡两天——每天天不亮就哭他儿，全村人跟上倒灶！"抻长脖子喊，"老板娘，妹子？先来五坛'金家酒'！"

喝起来，严晓松尽着给郭二斌倒酒，他倒一杯郭二斌喝一杯，二斌基本没动筷子就趴桌子上了。其他人直把桌上吃得盘干碗净，这才散去，村长让儿子开车接走了，李小亮和严晓松把郭二斌抬到皮卡车车斗里，几个人也打算上车回去。上车前，尹南平不放心地回头看了一眼像只猫一样首尾相接卧在车斗里的郭二斌，李小亮拉他一把说："别看了，放心，没几步路就回去了。"

把郭二斌抬进他家院子，二斌婆娘迎出来瞪着黄色的眼珠子大呼小叫地骂："哎呀，看喝得跟个死人差多少，怎么不把他喝死了，把我儿的命换回来！"上来揪住人事不省的郭二斌噼噼啪啪一顿乱打。李小亮瞪起眼睛喊："你看你这婆娘，你先让我们把这死人给你扔床上，你不累，我们可没劲了！"严晓松也耸动小胡子调笑道："等我们走了，你把他扒光了好好打。"婆娘这才住了手，气咻咻地抢到前面去撩开门帘。好歹把醉鬼扔床上，李小亮和严晓松拍打着身上的土，边拉拽被弄皱的衣服边往出走，刚走到院子里，手机响了，李小亮翻开接听，是刚分手的车主村村长打来的，说那边催问郭二斌要不要十五万，要，今天就转款，不要，以后再说以后的话，让李小亮问清楚，立等给个准话。李小亮笑着说："郭二斌都喝成个死人了，别说今天，估计明天也起不来，你那会儿在饭店也看到了。"电话里说："他家再没个喘气的了？"李小亮就让他等等，扭头问跟出来的二斌婆娘："你能做了二斌的主吗？人家车主那边说十五万行的话让现在过去拿，不行以后再说了。"婆娘的黄眼珠瞪得比牛眼还大，尖声惊叫："我们要三十万，他给十五万，人命也能搞价钱?！"李小亮看着她笑："谁让你家二斌和张海平跑到人家家里把车主脑袋开了瓢？人家原来应承给二十万，现在要扣五万医药费。"婆娘"哎呀"嘶喊起来："二斌这该死不能活的，他就是世界上最没出息的男人，好歹把他死了吧！"一只手掌捂着两眼哭将起来。

尹南平走进院子里来看究竟，看到婆娘靠着门框哭，村长李小亮走到厨房里去，拿出三根黄瓜来，走到院子里的自来水龙头下胡乱冲洗过，递给他和严晓松各一根，三个人就"嚓嚓"地啃起黄瓜来。尹南平不爱吃生的，慢慢地啃，心里乱得像个草窝，另外两个人"咔嚓咔嚓"吃得香甜。李小亮手里的黄瓜啃完，拿手背抹抹嘴，看那婆娘一眼，那婆娘突然止住了悲声，胡乱抹一抹脸上的泪痕，冲上来一把拉住李小亮，哭红的眼瞅定他，哀哀地说："小亮你说吧，你说我该怎么办？娃死了这些日子了，我们两口子都快让这件事拖成神经病了，二斌也不是个能立起杆儿来的，我脑子也昏了，你是村长，你说句话，我都听你的。"严晓松上来解围："这是你自家的事情，村长……"李小亮摆手打断他，收敛了笑容认真地看着二斌婆娘说："你要三十万，他给二十万，不管三十万还是二十万，以前都是一句空话，现在这十五万可是实实在在的票子啊。"他往前半步，压低声音说，"要我说，咱先把这十五万装兜里再说，嫌少你以后还能告他啊！"婆娘仰头看看他，眼里放了光，咬牙道："行，听你的，现在就走，我回去拿银行卡。"转身扭动着肥硕的屁股进去了。

李小亮扭头微笑着对尹南平说："还得你开车，咱和她跑一趟。"尹南平说没问题，反正也是闲着。他抬头看看浅蓝的天空，有只鹞子在孤独地盘旋，夏日天长，这一天的时光还没有过去一半呢。

五

尹南平开着皮卡去县城跟一帮同学吃饭，除了在县公安局做办公室主任的刘宝华，大家都来了，说的是省里有个现场会要在本县开，来了很多省、市大领导，刘宝华执行安保任务去了。吃完饭照例是去 K 歌，和以前不同的是有小姐陪的歌厅不能去了，新的时尚是去量贩式 K 歌房。一群中年男女吼叫了半下午，又商量着晚上一起去涮火锅。尹南平担心着辛巴儿独自在家，说什么也不去了，硬是在他们的生拉硬劝中突围出来，坐进了自己的皮卡。

  出了县城，刚上国道就发现前面堵成了长龙，"一定是出了交通事故。"尹南平想。前面很多人推开车门下来走到前面去看究竟，口口相传回来的消息是有人拉着白布封锁了国道，摆下一口棺材跪在路中间拦车要钱，说死者是在这条路上被撞死的，没钱下葬，就拦路索要丧葬费，五十一百都行，给一张钱放一辆车，很多司机不愿意出这冤枉钱，于是堵的车越来越多，喇叭声响成了一片。尹南平给刘宝华打通电话，问这事他知不知道，他们公安局有没有派交警去处理？刘宝华说知道，交警和当地派出所民警都在现场，可是拦路的人跪在棺材前面，手里拿着一把剪子，就顶在自己喉咙上，谁也不敢上去碰他，公安局长已经报告给县政府了，县领导正紧急磋商解决办法。"这个家伙可真会挑时候，专门在省里和市里领导来的时候拦路，背后肯定有人支招啊，等过后查出来谁在破坏省里的现场会，肯定不能放过他！先这样啊，我得赶紧去县政府了。"刘宝华匆匆挂了电话。

  这种情况，着急也没用，突然的闲暇中，不知怎么的他就想起很久没有和她联系过了，就拨通了她的电话。他已经不记得有多长时间没给她打过电话了，接通后依然是弹奏钢琴的声音，她依然不说话，当然正在给学生上钢琴课，他照例听了一会儿，挂掉了。不知道为什么，就从胸腔深处叹了一口气，是那种毫无防备的真正的叹气，眼前是堵得水泄不通的车流，耳朵里是萦绕不去的钢琴曲，妻子正在省城忙着照顾儿子，父母也在上海陪着姐姐，刚刚分手的同学们应该开始热火朝天地涮火锅了，没有了他当处长的单位也在有条不紊地运转着，这个世界上仿佛已经没有了这个叫尹南平的人。奇怪的是尹南平并不感到孤独，他只是感到有那么一点点好笑，于是不自觉微笑起来，暗自赞叹："对于人生来说，孤独是一件多么可笑的事情啊！"突然他收敛了笑容，想起还有一个真正牵挂他的"人"来——辛巴儿一定饿坏了，正眼巴巴地等着他回去，一阵暖流滚过心田，他扭头看了一眼副驾驶座位后面的塑料袋，里面是中午饭后给辛巴儿收拾起来的几块大骨头和半只烧鸡。

　　回过头来，看到前面有几辆车离开了国道，拐上了旁边村落的道路，尹南平马上意识到他们这是要绕道乡村公路了，他也发动了皮卡，挂挡跟了上去。前几年全省大力推行的村村通油路工程，这个时候算是派上了用场，尹南平的心情顿时轻松愉悦起来，他跟着那几辆或黑或白的车再次进入了乡村的世界，看一看倒车镜，后面已经跟上了一串儿或黑或白的车。他们像一条巨大的蜈蚣，从一个村庄出来，又进入另一个村庄，和尹南平记忆当中不同，每个村庄都很像，村街两边都是高大簇新的水泥门楼，门楼下是玩耍的孩童、看护着娃娃的老汉和老婆婆，还有各色悠哉的狗。看到这么多车穿村而过，老人们紧张地拉拽住乱跑的娃娃，一起瞪着眼睛一辆一辆地打量着，狗们兴奋起来，一边追逐汽车一边躲闪，发出狂妄而又惊惧的吠叫。

　　滚滚车轮，惊扰着乡村的宁静，尹南平置身车队里，心里竟然也有了一点久违的冲动，这个陌生而临时的集体，让他重温了多年前集体生活的荣誉感和幸福，而不知道从什么时候起，无论置身一个单位还是一个村庄，大家都是孤独的个体了。

　　绕行到离自家村口不远的生化公司的厂房外面，必须要穿过十字交叉的国道了，车龙又缓慢了下来，像一条迅疾游走于乡村草木中的蟒蛇，开始缓缓地蠕动。尹南平忽然想到那个扯着白布摆着棺材拦路要钱的人就是郭二斌，这种事情郭二斌是干得出来的，他是个胆小如鼠的人，但同时也是一个惯于撒泼耍赖的人。尹南平飞快地拿起副驾驶座上的手机，在通话记录里翻找到李小亮的电话——他没有想过打郭二斌的电话,因为如果是他,他不会接听,如果不是他,会提醒他这么做——他知道在乡村里这种事情直接打给村长是最合适的。

日理万机的村长李小亮破天荒地关机了。

尹南平想也没想又打给严晓松,只响了一声那边就接了,严晓松清了清嗓子劈头就问:"你也知道啦?"

"真的是二斌?!"尹南平叫道。

严晓松嘿嘿笑两声,用一种轻描淡写的语调说,"不是他还有谁?"

"小亮呢,小亮知道吗?"

"应该……知道吧,全村都知道了。"

"小亮不在村里?他电话怎么关机了?"

"谁知道他神游到哪里去了,这半天县里、镇上的领导都找他哩,你回来看看,村里就没有这么热闹过,街上全是车,比支书家娶媳妇儿那天来的头头都多。"

尹南平从严晓松的语调里听不出一点兴奋,他感觉到严晓松有一种奇怪的幸灾乐祸。

四个方向的车辆在交叉路口堵得死死的,司机们都下来观望,抽着烟发出恶毒的咒骂,尹南平也下了车,爬进皮卡的车斗里,站在上面朝县城的方向观望。天慢慢黑了下来,远处国道上警灯闪烁的光芒越来越清晰,好像遥远的海面上传来的闪电。

2015 年 12 月 31 日　初稿于鲁迅文学院
2016 年　1 月 14 日　定稿于太原家中

解决

我对中介公司漂亮的小姐说:我要一套最好的两室一厅的楼房,结婚用。

小姐直勾勾地看着我笑着说:我还以为你已经结婚了呢!

找不到你这样迷人的,哪有心思结婚?我逗她乐。

喊,你连房子也没有,现在的女孩子谁愿意跟着你租房住呀?想不到她竟认了真,脸上的笑容开始变酸,低下头去专心地查阅电脑资料。我盯着她探出遮脸的长发来的翘鼻头儿,微笑着琢磨另一些事儿。

要哪个地段的？她发觉我的笑容不怀好意，瞪了我一眼。

离报社越近越好，上班方便。

哟，你是报社的？报社干什么的？她挑起了好看的眉毛。

编稿子，采访。我无所谓地说。

没看出来，你还是个记者，我还以为你是个艺术家呢，胡子八枞的！

我望着她似乎很调皮的微笑，摸了一把自己那仙人掌般的下巴说，我全靠这个下巴吸引女孩子。

她开心地笑起来，捂着小嘴低下头去，头发披散了满满的一背。我耐心地站在那里等着，直到她抬起头来很妩媚地翻了我一眼，然后招呼一个十七八岁的小伙子：小刘，你带李先生去看1413号楼房。小伙子走过来，对我招招手，先走出去了。我趴到小姐办公桌的隔板上，一本正经地对她说，我希望我对房子不满意。

为什么？她意味深长地望着我，眼睛里内容很多。

那就可以每天来这里找你。

讨厌！她很高兴地笑了。

那天上午我心情很好。就这么简单，如果下次在街上碰见这个女孩子，约她看电影很可能不会遭到拒绝，因为她已经高兴地骂过我，我们算是熟人了。

令她失望的是，我随便看了看那套楼房就决定租下了。来的路上，带我看房子的小伙子提醒我：一个月六百块的房租有点贵，你最好跟房主再商量一下，回到公司签合同的时候省不少事情。我猜想小伙子可能怕我嫌房租贵要另换一家，那就让他白跑一趟了。我说，你是不是有什么事要急着去办？

他有点不好意思地说，我女朋友快下课了，我得赶去接她。

房东两口子都来了，很随意地带我转了转各个房间，大概他们接待过来看房子的人太多了，而从没有谈妥的，于是才有这副例行公事般敷衍了事的样子。我转完了，问房租能不能便宜。男房主犹豫地望望女房主，女房主说，不能，这地段是最便宜的了，又有电话又有有线。我说那去签合同吧。男房主和中介公司那小伙子都露出很吃惊的样子。

我们回到中介公司，那漂亮的小姐瞪着眼睛问：签合同？

女房主赶紧送上笑脸说：签签，可算是租出去了。

月租金有变化吗？小姐用冷漠的眼神看看我。我对她笑笑。

六百块不变，一次性交清一年。女房主说着伸手去拿桌子上的合同。小姐瘦长的手指提前摁在了合同上面。先请坐到那边的沙发上，我给你们发合同，她说。

写完合同，我交了钱，接过男房主递过来的一串钥匙。他仿佛做了什么亏心事，一直不怎么敢看我，这时候特别关照我说：你住进去后把门锁及时换了，以前住过不少人，有本地人也有南方来做生意的人，都不摸底细。我说谢谢，等什么时候结婚时再换吧，现在我一个人住，也没什么值钱东西。

你过来把中介费交一下吧。小姐对我说。我跟上她过去，等她坐下来，给了她六百块钱。

你不是说结婚用吗？她瞥了我一眼。

是。

那你刚才说不知道什么时候才结婚？她用验钞机检查着我的钱，很随便地问。

就是不知道什么时候会结婚，才先租下房子，万一很快要结，没房子怎么办？

你女朋友在哪里上班？

你是说准备结婚的那种女朋友吗？

她看看我，突然失笑：你这人怎么这么有意思！

我还没有准备和我结婚的那种女朋友，不过迟早会有的，说不定明天就有了，后天就要结婚。

那你着什么急，才看第一次房子就定下了，月租也没有协商。她似乎有点责怪我的意思，这让我感到很温暖，我对她做出真诚的苦笑。

有些事情总要解决的，干脆一点比较好。我说。

走出中介公司，街上的阳光很亮，昨天刚立秋，今天的阳光就变得很有层次，空气有一点点凉意和若干诗意，让人觉得神清气爽。我把那串钥匙挂在皮带上，一路走向单位，为的是领略一番城市里秋天的情调。半路上，我决定打车去超市买几张摇滚碟，就招手拦了一辆的士。拐过一个路口，发现公交车站牌下站着一个有点眼熟的姑娘。我让司机在不远处停了车，付过钱，下车向站牌走去。那姑娘穿黑色的紧身衣，戴着白色的凉帽和红镜片的小太阳镜，身材很好地站在挂满广告牌的站牌下。我走到离她很近的地方，她没有朝我看，因此没有认出我来。我想起来她是我弟弟的同事，我去找弟弟的时候和她打过招呼，当时的印象是她人很酷，但嗓音有点沙哑。不过我坐在弟弟办公室里的时候听见她在楼道里走来走去地唱歌，歌声却很动听，有点张惠妹的味道。我弟弟告诉我：她叫王华，快三十岁了，还没有男朋友。不会吧，这么漂亮的姑娘，蛮有味道的嘛，怎么会没有男人追？我感到很不可思议。后来我又去过我弟弟单位几次，发现王华对音乐很发烧，总是一个人戴着随身听旁若无人地哼唱。我弟弟这样对我说过好几次：我的确没见过她男朋友。

此时我站在王华身边，有点心怀鬼胎做贼心虚，努力了半天才说了三个字：嗨，王华。

是你呀，她摘下墨镜很靓地笑着问我，去哪里？

超市，买几张摇滚碟。

哎呀，我也是去超市，一块儿去吧。她喜出望外地瞪了瞪眼睛。

是吗，你去买什么？我不动声色地问。

我妈把我新买的一套磨砂玻璃小碗打碎了，叫我再去买上一套，她本来说不喜欢那套碗的，打碎了又逼着我去买，真搞不懂！

我想那是她妈怕女儿责怪，以攻为守罢了，属于恶人先告状的老一套。不过我没有这么说，因为我跟她不太熟，不能开这样没分寸的玩笑。因此我就笑笑了事。

对了，你去哪里了？你们报社好像不在附近。

我刚刚去中介公司租了一套房子。

租房子？你们报社没有分你房子住吗？

有，可是又小又旧，结婚不能用。

你准备结婚吗？什么时候？

也许明天也许几年以后，我得先找下女朋友。

哈，她笑了，你还没有女朋友？我以为像你这样的人有很多女孩子追呢。

是不是？我很帅吗？我可没钱。

你很特别呀，像个唱摇滚的乐手。

我很感谢她像个老朋友一样跟我开玩笑，更加觉得她可真是个好女孩，实在不应该没有男朋友。

上了车，我们面对面地站着，人有点多，我们不得不靠得很近。她身上散发出来的成熟女性的芬芳气息让我有点头晕。我不停地说话，把许多公众人物都骂了一遍，又把我看得上眼的少数名人夸了一遍。

超市的音像商场就在一楼，她陪着我转了转，VCD和CD分别买了几盘，其中包括崔健"新长征路上的摇滚演唱会"、唐朝全记录和别安（BEYOND）乐队的"光辉岁月"，还有一张爵士乐和一张蓝调。

这些你都没有吗？她很温柔地表示了她的惊奇。

刚租下新房子，买几张新碟听听比较相配。

你真逗。她替我把那几张碟抱在胸前。我无心地看了一眼她被那些碟片挤压着的雪白柔软的胸脯，感到很受刺激。我感到很强的性欲，同时想到，一定要想办法解决一下，不然平静不下来。

我一转眼看到她在看着我，又想到，待会儿想办法把她解决了算了。

我陪她买到了那套果然很漂亮的玻璃碗。照我看，这种碗夏天放冰糖银耳粥最相宜，我对她说。

可是我妈不会做，她用这碗来喝汤药，说是容易观察药汤的颜色。

交了款，我们直接到超市一角的冷饮部吃冰激凌。昨天才立秋，今天冷饮生意就明显萧条了。我们坐在玻璃钢椅子上边吃边聊。我发现周围没坐几个人。

你打算去哪里呢？

你呢？

不如我们一起去我新租的住处听听这些摇滚吧，在空空荡荡的房子里听摇滚，感觉肯定非常特别。我尽量做出一副绝对热爱艺术的样子说。

可是那里有音响吗？你不是刚租的房子吗？电器都搬过去了？她看上去很无邪地说。

那里有一台房主的旧彩电，只是没有VCD机和音响。

那还是不能听啊。她惋惜地笑道。

你等我一下。我把吃了一半的冰激凌放下，站起来重新走进超市。

五分钟后，我抱着刚买的VCD机走回到她面前。

走吧，现在有了。

你疯了？说买就买啊！她快乐地冲我瞪眼睛。看来她并不清楚我的企图。

我们打的回到我新租的房子，把VCD机跟电视接在一起，开始看崔健跳来跳去地大喊。我们一人举着一瓶矿泉水，靠在沙发上盯着电视画面，沉默地跟着节奏晃动着身体。崔健唱《一把刀子》的时候，她把身体向前倾去，浑圆的肩头从衣服里冒出来，腰肢向下沉去，臀部显得又圆又大。我想解决她的念头再次强烈起来，不过这一天的事情弄得我有点困，我决定先休息一下。

闭上眼睛，我很快就睡着了。做了一个梦。梦见跟她一起去逛一个商场，在一个光线呈棕色的角落里，有一张古老而结实的大方桌，桌子上有一个大玻璃缸，缸里是一条扭来扭去的大青蛇。我们站在那里欣赏了半天那条蛇妖媚的动作，讨论它是不是已经修炼成精了。后来我们不知为什么会钻到那张桌子底下，我趴在她身上，拼了命地吻她，她闭着眼睛热烈地迎合着我。我感到她的嘴唇柔软，牙齿冰冷，脖子散发着令人眩晕的幽香。我撕开了她的紧身上衣，揉搓她精巧的乳房，那对看上去很结实的东西摸起来却很松软，但这更加刺激了我的欲念的升腾，我用嘴叼住它们，腾出一只手来去脱她的裤子。她的小腹绵软得像个泥潭，我在上面滚来滚去，差点就把持不住。就在我准备进入她的时候，发觉有两个人坐在一边望着我们，我心头一阵惊慌，吓醒了。

我满头大汗，心跳得快要撞出胸腔。我闭了一会儿眼睛，等到眼前不再发黑，这才发现她已经不在我旁边的沙发上，看来是趁我睡觉的时候走了。——难道我睡梦中的动作让她觉察到我的居心不良？我把头转到另一边去，吓了一跳——看到真的有两个男人坐在我不远处的地板上，他们目不转睛地望着我，一个人在笑，另一个人板着脸。

你刚才扭来扭去的干什么？裤裆里都支棱起来了。那个笑的人笑着说。

你们怎么进来的？你们是什么人？！我站起来冲他们大喊。

我们原来住在这里，所以有钥匙，当然是开门进来的。房主没提醒你把门锁换了吗？依然是那个笑的人笑着说。

我指着他们叫道，我不管你们以前是不是住在这里的，现在这房子我租下了，请你们出去！

可是我们每天晚上都回来住的，我们并不知道这里有人租了。那个板着脸的很认真地说。他看起来不像个说谎话的人。我看了看窗外，原来天真的已经黑了。

你们是在我之前租住这里的吗？我坐下来把语气放缓和了说。他们有两个人，我硬来是不行的，谁知道他们是干什么的，搞不好会让他们把我解决了。

我们本来已经退了房子，可是后来发现落下了一件东西在这里，就用以前配的钥匙开门进来拿，结果发现这房子一直没有租出去，就每天晚上回来住了。反正空着也是空着。笑的人笑着说。

老兄，现在我租下了，希望你们以后不要回来了，这会打搅我的生活。我尽量坦诚地跟他们谈判。

可以，等你换了锁，我们打不开门了自然就进不来了，不过在此之前我们还是要回来的，因为我们有钥匙啊。他们说。还互相交换了一个同意的眼神。

妈了个逼，真是强盗逻辑！我气不打一处来，真想拿起茶几上的瓶子把这两个混蛋给他妈解决了，可是茶几上的矿泉水瓶子是塑料的，连只耗子也打不死。因此我换了一种战术，我端起架子说，你们知道我是什么人吗？

什么人？他们果然面露犹疑之色。

我很想说我是警察，但又怕这样反而招他们恨，来个袭警劫枪。因此我只好实话实说：我是报社的记者，你们最好别找麻烦，我一个电话就能叫你们进看守所。

他们听了都大笑起来，身体姿势也明显地放轻松了。那个板着脸的板着脸走到那部我还没来得及用过的电话跟前，轻轻地把线拔掉了。他又走回来坐在同伴身边，他的同伴幸灾乐祸地说，这下你打不成了吧，你连110也拨不成了，我们会在你插上电话线之前把你解决。还有，把你的手机交出来！

我把手机交给他们后说，你们要清楚你们这是在干什么，你们的犯罪情节越发展越严重了。好了，我不介意这些，你们还是走吧，我不会去告发你们的，多个朋友多条路嘛。

说得好！他们再次交换眼神后，笑的人笑着说，我有个条件，你满足了我们，咱们各走各路，满足不了，事情会发展到什么地步我们也不知道。

什么条件？我不耐烦地靠到沙发上看着他们问。

你借给我们一笔钱，我们再去租套房子住。有了房子就不会来打搅你了，即使你不换锁我们也不会来了。

可我并不认识你们。

可咱们在一套房子里住呀，你要让我们出去，总要做点牺牲吧。

好吧，我只有这些了。我把钱包掏出来，把仅剩的三百块钱拿出来放到茶几上。他们看了一眼，谁也没有去拿。板着脸的人板着脸说，你这是打发要饭的吧！

可我就这些了，我刚刚交了一年的房租，还有六百块的中介费，刚刚又买了一台 VCD 机，还有几张碟，我就剩这些了。

当记者的会没有钱？你以为我们是白痴呀。笑着的人笑着说。

你看住他，我去找找看。板着脸的人对同伴说。他站起来走进其中一间卧室，很快又出来了，——这里他们比我还熟悉。我看见他又走进另一间卧室，站在门口，像是看见了什么新鲜东西，然后他回头问了一句：

这是你老婆吗？

我听不懂他在说什么，就走过去看，结果我发现在那张只铺着报纸的床上睡着一个身材很好的姑娘，她穿着黑色紧身衣，显然是王华。看来她并没有不辞而别，而是不打算晚上回去了。妈的，如果不是冒出这么两个该死的强盗来，今天晚上真是销魂良宵呀。我没好气地对板着脸的人说，是我女朋友，她睡着了，这不关她的事，你们别吵醒她，她胆子小，会吓坏的。

那个笑的人也站起来跑过来看，他看完了，把我拉到一边和气地说，你真的没有钱吗？

我说骗你干什么。一朵不祥的云彩升上我的头顶。

这样吧，咱哥们也好说话，不为难你，把你女朋友让我们哥俩玩一玩，玩完了咱就走，再不回来了。他让人恶心地笑着等待我的回答，怎么样？

操，你们也太不把我放在眼里了！兔子急了还咬人呢，逼急了我你们也没什么好果子吃！我真有点急了，好像躺在那里的真是我女朋友，而有两个混蛋竟然想当着我的面强奸她！

你不要敬酒不吃吃罚酒！板着脸的人掏出一把刀子来顶在我的脖子那里，凉飕飕的，让人产生绝望之感。我的腿开始又软又困，我努力地笑笑说，都是年轻人，有话好好说嘛，这样吧，给我个面子，放过我的女朋友，我把我的手机、传呼还有新买的 VCD 机都给你们，完了我再把这房子退了，钱全给你们。怎么样？

板着脸的人思考了一下，他转过头去看笑的人，但他的同伴却冲向了门口，捉住了想趁我们说话时溜出去的王华。看来她早就醒了，一直躺在那里不敢动。听见人家说要玩她，才斗胆跑出来想趁乱溜掉。此时她被笑的人拧住了胳膊，一脸痛苦却强作笑颜问我：他们是你的朋友吗？我没有回答，她也没有等我的答案——朋友有拿刀子逼住要强奸人家女朋友的吗？

　　板着脸的人沉着地对同伴说，你先把那个女的拉进去玩，我拿刀子顶住这小子，完了咱们再换。

　　笑的人把王华向卧室拉去。王华拼命地往地上蹲，但地板很光滑，她被人家拖着进去了。她绝望地回头望了我一眼，眼里满是怨恨。我感到很惭愧，一瞬间想拼了命去救她，可是刀子就搁在我的咽喉上，一定会白搭上一条命。这时我听见王华尖声大叫道：等等，我有话说！

　　板着脸的人推着我走进去，叫道：喊个球呀，再喊我一刀捅了他！

　　但王华还在喊，她喊道：不关我的事，我不是他女朋友，不信你们问他。

　　笑的人停下撕她衣服的手，看着我。我点点头说，她说的是真的，她是我弟弟的同事，我们刚才在街上碰上，她是来我这里听摇滚的，——你们放了她吧，根本不关她的事。

　　那这件事就不关你的事了，你站在那里看我们玩吧，反正你也没见过她被操的样子，开开眼吧。笑的人得意极了，他又去撕王华的衣服，用撕下来的衣服把她的嘴堵上了。

　　妈的，小子，这个女的八成是你叫来的小姐吧，玩过了没有？板着脸的人问我。

　　她真的是我弟弟的同事，不信你可以给我弟弟打电话问问，她叫王华。

　　妈的，给你弟弟打电话，你把老子当小孩子呀？老子先把你解决了！

我下意识地捉住了他握刀的那只手臂，他挣了几下挣不脱，抬起脚来踹到我小腹上，我仰面朝天倒在墙角，感到已经坠入地狱里了。这时笑的人也许已经撕开了王华的衣服，他发出快乐而兽性的笑声。板着脸的人本来打算用脚踩我，听见同伴怪异的笑声，侧过头去看。我决定趁机站起来撞倒他，然后抢过刀子来把这两个狗操的杀了。我恶向胆边生，伸出手去撑地，却摸到了一个坚硬的东西，拿起来一看，老天，是一把生锈的大菜刀！我跳起来，不出声地抡着那把比对手的刀子大好几倍的菜刀向他砍去，铿然有声，卷了刃的破菜刀已经嵌入了他肩膀。我听见那家伙哼了一声，然后一屁股坐到了地上，表情惊愕，同时一股恶臭弥漫开来，——他拉到了裤子里。我又一刀砍断他拿刀的那只手，把刀子捡起来冲向床上的另一个。那个家伙正得意地在王华的身上扭来扭去，我把两把刀一块儿插在他背上时，他还没弄明白发生了什么事情。我把他从王华身上拉下来，看到王华双手还拼命地提着底裤，我大大地松了一口气。

我心情激动地把上身赤裸的王华扶起来，她还在拼命地挣扎，我抱着她用力摇晃，大声地喊她的名字，终于把她喊醒了，一边发抖一边问我：发生了什么事？我说没事了，我把他们都解决了。王华就翻了白眼。

我把身材很好皮肤滑腻的王华抱到客厅的沙发上，脱下我的衣服给她穿上，又跑进去把刀子从已经不会再笑的那个人背上拔下来夹在胳膊下，在躺在门口的另一个家伙身上找到我的手机，然后拨通了110。我的手抖得像抽了鸡爪风。

我报完警，回到王华那里。她已经醒了，看见我过来，就扑进我的怀里哭。我说不要哭了，警察马上就到，咱们又没有结婚证，小心被人家误会。

王华果然不哭了，她眼泪花花地望着我说，我要做你的女朋友。

我说，你刚才还说不是我女朋友呢，喊那么大声！

可我现在最想做你的女朋友，你为了我连手机和新买的 VCD 机都肯给他们。

喊，何止！你没看见吗，我为了你连命都不要了！

所以我要做你的女朋友。我还要和你结婚，明天就结婚。

你别冲动，这件事情有的是时间商量。

我等不及了，你这么勇敢，又会疼人，我怕别人会把你抢走。

我还是觉得这事情太着急了，等我们平静下来再说吧。我们都再考虑考虑？

不用考虑了，该解决的事情迟早要解决的。就这么定了，明天你把这房子退了，我们去买一所新房子，同时去登记结婚。

买房子？可我并没有那么多钱。

我有。

第二天，我们去中介公司要求退房子。那位漂亮的小姐盯着王华瞠目结舌地说，退房子？他昨天刚租上的，这也太快了吧！

他昨天还没女朋友呢，今天还不是要准备结婚？

你是他女朋友？

就快成他老婆了。

搞什么，我都被你们弄糊涂了！小姐皱着好看的眉头说。

有些事情总是要解决的，干脆一点比较好。我说。

原载《山西文学》2002 年第 6 期
《小说精选》2002 年第 8 期
人民文学出版社李敬泽主编《2002 年文学精品》

局外人

表面上看，梦境圆俱乐部的生意冷清。正是这种落寞的氛围吸引了我，我几乎没有考虑就选择了它。

这里的女侍应的装扮有些护士的味道，不同的是衣服的颜色是浅粉的，让人油然而生一种不很光彩的想法。但她们和她们的衣服都给人以轻盈和温暖的感觉，而且她们似乎对生意的冷清不以为然。一位长着俏皮的翘鼻头的姑娘优雅地迎向我，笑容和语调都有些倨傲意味地说道：

"您是我们今天第一位客人，欢迎您！"

她的坦白叫我很舒服，我就近坐在吧台前的高凳上，用表示满意的缓慢声调说："谢谢。"

"先生需要安排您的司机吗？"

"不用，我自己开车来的。"

"先生需要些什么服务？我们各项服务都很出色，包您满意。"翘鼻头热情地向我询问，其他女侍应都微笑着望着我。她们的目光如水，这一点我也感到满意，于是我稍加思索说道："有没有清雅一点的房间，我需要休息。"

旁边散座上闲谈的几个小伙子一直朝我这边看，这时候其中一个走过来对我说："先生请看我们这里的装饰，都是以清雅古朴为主调，我想您一定感觉到了。"我这才注意到这里的墙壁、地板、桌凳甚至灯具都以原木的纹理和本色为主，只不过颜色要亮一些、黄一些。这里的光线较暗，待的时间长一些才能够适应，看清楚一开始看不清的许多东西。而且男侍应们的打扮也很别致，很容易让人想到这里是个台球俱乐部，但我前面说过了，要光看女侍应，又很容易认为这里是个不错的疗养院。这真是一个别致的地方，包括女侍应的天真和男侍应的闲散都让人感到舒服。我无法掩饰愉快的心情，站起来说："那带我去吧。"

男侍应做了一个请的手势说："先生请先到贵宾休息室稍坐一下，我去安排。"他轻轻给了翘鼻头一个眼色，小姑娘马上说："先生请跟我来。"

我们并肩走过一条摆着许多高茎花草的走廊，她把我请进一间同样古香古色的休息室，我坐到沙发上，她站在那里直截了当地问我："先生需要人陪吗？"

我想想也没事可干，就说："也好，你们都陪客人吗？"

"是的，您喜欢什么样的女孩子？"

"找个文静些的吧，我很累，不想有人吵吵，能安安静静地陪着我就行。

哦，对了，个子要高挑一点，不要胖的，有吗？"

"有，当然有，"她从书架上取下一本厚厚的相册来，翻到某一页，指着一张长头发的姑娘的照片给我看，"您看她怎么样？她的名字就叫文静。"

"她的名字就叫'文静'？"我有点惊愕地问道。

"是的，看来你们很有缘分。"翘鼻头笑眯眯地看着我，试图加深我的信任。但我的确不相信，我知道假如我喜欢浪漫的姑娘，她肯定会指着另一张照片说那上面的姑娘叫"曼曼"。不过翘鼻头清纯的笑脸让我产生了恻隐之心，于是揭穿她的念头一闪而逝了，虽然我打算采取的只是开个玩笑的方式。我说："好吧，一会儿叫她来我的房间。"

我上午十点钟来到梦境圆，一觉醒来已经是下午四点了。几个小时的休息使我通体舒泰，我感觉四肢绵软，懒懒地躺在床上打量这个房间。这里的确很清雅，除了几只沉重的原木衣柜，几乎没有什么家具，装饰也简单，好像一个有钱的年轻农家的卧室——唯一不同的是墙上挂着一张达·芬奇的《蒙娜丽莎》。我用手掌摸了摸床单，确定是粗糙的家织布。——这可真是一个理想的休息地呀，我由衷地感慨着。

长时间的睡眠使我的脑袋有点迟钝，但我还是想起来身边应该还睡着一个人。我转动僵硬的脖子扭过头去，果然看到毛巾被下睡着一个女孩子，她的睡相不太好，毛巾被几乎没盖住她什么，露出黑色的胸衣和内裤，——或许是黑衣服的对比效果，她的胳膊和腿都显得很白，在下午拉着窗帘的光线下，依然很白。浓密的长发几乎遮住了她整个头部和大半个身体，这样子不知为什么使我想起一棵被伐倒在水边的柳树。我看不见她的脸，但露在长发外面的下巴玲珑而光洁，我伸出手去，用中指的指节轻轻触摸了一下，感觉有点滑腻。我用手掌轻握住她的手臂，她的胳膊不像别的正值青春期的女孩子那样结实，而是有一点绵软，幸好她偏瘦，所以给人不很健康，但很美好的感觉。

我静静地端详着，尽量轻柔地摩挲她光洁的臂。但她还是被惊醒了，用手指拢了拢头发，露出半张满月形的脸来，眼睛又黑又大，但不是很有神——我想这是刚睡醒的缘故。她有点沙哑地问我："你醒啦，你睡了快一天了。"

我把手越过她的脸颊，让手指插入她的发际。她的头发虽然长，但发根很有力，我甚至能感觉到她发根下的皮肤洁净而苍白。我很温柔地问道："你叫文静吧？"她嗯了一声，定定地看着我。我浅笑着说："你睡得离我有点远了。"她看了看我们之间宽宽的床单，也笑了，爬起来向我靠近。在她逼近我的时候，我突然被提醒了：只要我愿意，这个女孩子在一段时间里就完全属于我了。于是我用力托住她的头，把她的嘴唇凑近我的。我轻轻地吻她，她的嘴唇也很绵软，我很明显地感觉到她牙齿的坚硬。我的舌头告诉我，她的牙齿整齐而冰冷。我们像一对小别重逢的新婚夫妇，忘情地亲吻着。但仿佛就是在梦中，我的感官仍在沉睡着，没有快感，也没有激情。并且我能觉察到她的感觉也是同样，她的吻有点职业和迎合的味道。于是我放弃了，我坐起来，用手掌抚着她的长发说："对不起，我这段时间太累了。"她依然定定地看着我，眼角有一点翘，睫毛显得很长。她半支起身子，握住我一只手说："你这样的人真少见，不过别担心，过几天会好些的。"我望着她始终被长发遮住一半的脸庞，想拂开那头发看个清楚，但手指动了动，放弃了。屋里光线更暗了，我们都没有去开灯，我想假如我们再在阳光下见面的话，我肯定认不出她来，——但这样也没什么不好。

我下床穿衣服，一边对她说："我要出去一下。"

"要我陪你吗？"

"不用了，你就待在屋里，我会随时回来。晚饭我叫他们给你送来。"

她没再说话，一直半支着身子望着我离开。

我关上门的时候，听见她轻轻地呻吟了一声，仿佛目光被门夹疼了。

我实在想不出去哪里好。领导安排我到这个几千里外的城市"考察"时告诉我：你的任务是消失两三个月，在这两三个月里，不能结交任何朋友，而且要花完十万块钱。我知道领导这是为我好，当领导在某些事情上遇到麻烦时，为了不牵连我这个局外人，给我一个堂皇的理由离开那个是非之地，我真应该感激不尽。唯一使我烦恼不堪的是我手上这张卡，它的意义在于我有整整十万块钱可以随便花，但我一点也不为此感到兴奋，每花一笔钱，我的心情就会坏上一些——我并不是个守财奴，我只是清楚一点事实，那就是：如果我花完了这十万块，我就不再是什么局外人了。

如果一个人怀里揣着一块火炭还能够谈笑风生的话，我口袋里装着这张卡就能心情愉快。但是我连心平气和都做不到，我甚至打算不顾领导千万不要做出让公安机关盘问的事情的告诫，打算找个不顺眼的人打上一架。既然跟陌生的漂亮女人做爱这样新奇的事情都提不起我的兴趣，开车去郊外兜风简直就是无聊之极，——早上一下飞机，领导的一位"老朋友"就把那辆跑车的钥匙交给我，让我自己开车去选个满意的地方住下，就是他告诉我：没事的时候去郊外兜兜风，要不上高速路开快车去吧。我想在他的眼里，我这个土包子简直把这里看成了天堂，这个自以为是的家伙根本没看出来，我的心离地狱更近一些。

"在一段时间之内，我几乎可以为所欲为！"这个念头鼓舞着我。我上了一辆电车，拣了个靠窗户的座位，准备对这个城市的夜景进行环城观光。不知走了几站地，上来一个穿碎花连衣裙的女孩，她梳着一条马尾辫，这种装束在这个时代可不多见了，我的精神为之一振，——我爱人跟我见第一面时就是这个发式，好像也是穿的碎花连衣裙。女孩在我前面的座位坐下，一阵茶香弥漫开来。我端详着她白皙的后脖颈上发际处的几撮茸毛出神。她好像有所察觉，扭过头冲我笑了一下。就在我还在回味这笑容的时候，有人不客气地把手掌拍在我的肩膀上，我一抬头，看见一个小帅哥冲我冷笑着说："喂，你是外地的吧？思想不太健康呀！"

我注视着他，看不出他有什么毛病来，只好问他："你有事吗？"他眉毛一扬说："是你有事！"我有些愣："我，我有什么事？"小帅哥不屑地指指我的裤裆处说："瞧你那德行，还装蒜！"

我一低头，看见裤裆处高高地凸出一块来，前面的女孩也顺着我们的视线看下去，然后她突然骂了声："呀，讨厌！"捂着自己的后脖颈跑到另一边去了。我注意到她坐在那里眼睛望着窗外，不停地用手擦着自己的脖子，好像那里不巧落上了鸟粪。

我抬头对小帅哥说："哥们儿，你误会了，这是我的手机。"我伸手把手机从口袋里拽出来，把裤裆上凸起的那一块拍了下去。然后我心安理得地望着他，等着他的道歉。然而小帅哥依然不屑，他哼了一声说："别耍花招，你站起来我看看！"我感到全身的血轰轰地往脑袋上涌，忽地站起身来，同时拳头打上了他的额头。他措手不及，一屁股坐到车厢地板上。这时我听见前面那女孩像哨子一样尖叫了一声，然后有人叫喊："打架了，快拨110！"正好车靠站了，有人跑下去打公话报警。我突然想起领导的忠告，踢了一脚躺在地上的那家伙，抢出车门消失在城市夜生活的人海里。

我打车回到梦境圆，精神有点好转，甚至想到应该搂着那个叫文静的女孩子好好做上一夜爱。我走过大厅散座的时候，翘鼻头迎上来问道："先生回来啦，吃过晚饭没有？"我说："送到房间吧，一个小时以后再送来。"翘鼻头笑了笑说："好的。"她抢上前去帮我摁电梯。等电梯的时候，我悠闲地扫视了一圈散座上的那些男侍应。我突然发现其中一个有点面熟，额头上还有个青紫色的拳头印。我赶紧扭过头去，但他早就看到了我，这时候已经向我蹿过来，并试图揪住我的衣领。我赶紧把拳头挥过去，两个人在别人的目瞪口呆中扭打起来。我挨了几下，觉得很受用，不禁勇气倍增，一拳更比一拳狠，一直把他打到楼梯口。其他人这才拥上来分开我们，小帅哥骂骂咧咧不肯干休，我则揉着脖子走上了楼梯。

爬到二十层时我已经像长跑一样喘气，我决定休息一会儿。我趴在楼梯扶手的拐角处，把头探出去朝下望。我估计小帅哥不敢追上来，他应该清楚他不是我的对手，但是我不敢肯定他会不会报警，但愿他为俱乐部的收入和自己的工资考虑，咽下这口气去。

我推开楼梯旁的安全门，看到是一个同样古色古香的休息室，与整座大楼不同的是，这里灯火辉煌。我走进去，仔细欣赏这里的每一件装饰，竟然有一幅《贵妃出浴图》，不知道挂在这里是什么用意。我入神地欣赏这幅隐隐约约的粉红色调的画，突然听到一声女人的轻咳。我吓了一跳，下意识地往后退了一步。安全门"呀"地响了一下，被推开一半，我看见一只女人的手反掌推着门把手。那里有一个中年女人的声音缓缓地问："今天来的那位客人谁陪着？"

一个少女的声音答道："文静，她在客人房间里待了整整一天了。"

原来那个女孩真的叫文静。

"客人一直没出去？"

"天快黑的时候出去了，他不让文静离开房间。真是个怪人。"

"不要随便议论客人，要尽量让他们满意。"

"嗯，我会告诉文静的。"

一直扭着头偷听别人谈话很别扭，我转身坐到那幅画下的沙发上。我看到那半扇门慢慢地开了，走进一位头发花白的老妇人来。她看见我，愣了一下，礼貌地问道："您在这里休息吧？"我赶紧点点头。

老妇人坐到我对面，自我介绍说："我是这里的老板，看上去您像个文化人。来了多长时间了？"

我欠欠身，客气地回答："今天刚到，您这里环境很好，很别致。"

老妇人说："谢谢，您满意我很高兴。"然后她思考了一下，小心地问我，"您对文静还满意吧？她有没有让您生气？"

我说那姑娘挺好，安安静静的。老妇人放心地笑了，随即又叹了一口气说："肯定是您提出来要个文静的，要不然不会让文静去陪您。"

我有点奇怪，问她："文静怎么了，有什么不好吗？"老妇人赶紧说："不是不是，文静是最好的，她很听客人的话。只是……"

"只是什么？"我不知为什么有点怕。老妇人又叹口气说，"她曾经爱上过我们这里的一位客人，人家走后，她割腕自杀，好在发现得早……这是她出院后第一次陪客人，我担心她调整不过来。所以……"

我吃了一惊，但嘴上说："没事没事，她挺正常。"

老妇人笑着说："那就好，不过您最好不要问起她这事情。如果觉得不满意，我们再给您换人。"我说："满意满意，不用换了。"

老妇人又笑了，显得很善良，像隔壁大娘。然后她站起来告辞了，剩我一个人在《贵妃出浴图》下知该干什么好。我想刚才忘了问一下老妇人为什么把《贵妃出浴图》挂在这里，而客人的房间却挂着一幅《蒙娜丽莎》。

我推开房门，屋里没有开灯，文静正坐在床上看电视，两条腿盘在一起，怀里抱着一袋豆类零食。她显然是在等我，但想不到我会这么快回来，正把一颗零食往嘴里放，看见我进门来，愣了一下，顺势把那两根指头也咬住了，侧着脸看我，样子很调皮。我走过去坐到她旁边，抚着她的头发，看着她。她的眼睛在电视的荧光下五彩斑斓。她做了个笑模样,甜甜地问我:"回来啦?"

我点点头,依然看着她。她又问:"要不要开灯?"

我说不要,这样挺好。我把手从她头上滑下来,抚摸她光洁的脖颈。她低下头,喃喃地说:"你要是什么也不做,我怎么好收你的钱。"

我说你急什么,我这不正打算做嘛。她伸手打了我一下,把脸从头发里抖出来说:"讨厌,拿人开心。"然后我们就纠缠在一起。

天知道我们竟然像热恋的情人一样在一起打闹,我们互相挠对方的痒痒,叽叽咕咕地笑着,像一对笼子里的鸽子。直到听到有人敲门。

一刹那我们像断了电的机器人,被敲门声定格住了,其姿势滑稽至极。我仰面朝天,探身摁了一下门铃对话器,外面问:"先生现在要晚饭吗?"我看看文静,她两臂撑着身体伏在我头上问:"你饿吗?"我说不,她说:"我也不。"然后我们就不约而同地冲着对话器喊:"No,Go away!"然后我们又扭打在一起。

平静下来后,我打开了灯,想赶走那种梦幻般的不真实。文静伏在我的胸口,像阳光下一团正在融化的雪。她低声问:"你喜欢我吗?"我说,嗯。我装作不经意地捉住她的左手,依次吻着每一根半透明的手指。我看到她的手腕上果然有一道疤痕。

"假如这女孩是为我割腕的,我会怎么对待她呢?"我陷入遐想。文静显然觉得有点异样,她抽出手来,在我的胸脯上摩挲。我问她:"你们这里的客人都是些什么样的人?"

"有钱人!"她随便地回答,"有不少是像你这样的公家人。"

"都是公款消费嘛?"

"可能是吧,反正出手都比大款阔绰。"

我想不到她竟然用了"阔绰"这个词,这不是一般的小姐会用的形容词,于是我问:"你是哪个大学毕业的?"同时我感到她惊悸般动了一下,抬头盯着我,像看一个陌生人,反问道:"你怎么知道我是大学生?"

"猜的。"我与她对视着,想从那眼睛里发现些什么。

她的眼神亮了一会儿,渐渐黯淡下来,叹了口气说:"不说了,反正我是个不错的女人!是吗?"

我不愿甘休地问:"你怎么会到这里来做小姐?"她瞪我一眼说:"这有什么好奇怪的,我们在大学时就陪客人赚钱了。只要不让学校知道就没事。"

这种事我也见过,并不十分惊奇,于是微笑着问她:"你谈过恋爱吗?你这么漂亮,一定有很多人追你吧。"

"当然啦!"她有点骄傲地说,"但我从没爱过任何人,跟他们玩玩而已。"

我忍不住刮了一下她的鼻头说:"你说谎!"她有些慌乱地强辩:"没有,我做小姐是为了生活得快乐一点,并不是感情受了挫折。"

我抓起她的左手举到眼前问:"这是什么?你的手腕天生有条疤吗?"她想挣脱,但力气不够,只好认输说:"好吧,我承认,我被人抛弃后割腕自杀未遂,心灰意懒,找不到活着的快乐,就做了小姐。"

我问那是什么时候的事,她说:"当然是在学校的时候,那个男的是个高干子弟,玩腻了我,又跟别人好去了,还诬赖我有精神病,我一气之下……"

我看见她有些神伤,就打诨说:"你床上功夫这么好,换了我,一定舍不得离开你!"她羞从中来,说你这个家伙真坏,抡起另一只拳头打我。我一把捉住,想把她两个腕子捏在一起。突然,我的眼前电光火石般一闪——

她的另一只手腕上也有一道疤痕!

我猛然想起那位老妇人的话,文静曾为这里的一位客人割腕,如果这不属于小姐的表演项目的话,她先后两次为了爱情准备放弃生命了!我不知如何是好,把两个带伤的手腕并在一起仔细地审视:它们是那样相像,像工笔线描的两道细细的红线，隐隐约约地陷在半透明的皮肤里，惊艳绝伦。

文静挣扎了半天，抽不出手腕来，急得眼圈都红了。我放开她，把她的头抱在胸前，自言自语地说："想不到世上真有你这样的女孩子，要是为了我，我会一辈子把你当宝贝……"

我显然触动了她的隐衷，她开始抽泣起来。我紧紧地抱着她，仿佛这是我千年修来的奇缘，我开始考虑怎样永远地拥有这遍寻不见的稀世珍宝。

等她稍稍平静了，我捧起她的脸，像哄孩子一样给她拭着泪水。我温柔地望着她问道："你愿意跟我走吗？"她显然没听懂，傻傻地看着我。

我用目光逼视着她说："你愿不愿意离开这里，跟我去过正常人的生活？"

她很凄惨地笑了："你别开我的玩笑了，我够惨的了。"

我翻身从我的口袋里摸出那张卡，递在她手里说："这里是十万块钱，你如果愿意，我们可以永远离开这里，找一个安静的小地方住下，过一种实实在在快快乐乐的生活，你愿意吗？"

她有点受宠若惊："让我考虑考虑，我连你的名字还不知道……"

我激动地说："不用考虑了，难道这种生活你能过一辈子吗？我看得出来，你跟我一样不快乐，为什么不离开该离开的地方呢？说吧，说你愿意！"

文静显然被我感动了，她小心地观察着我的眼神，渐渐地相信了我，最后轻轻吻了我一下说："我愿意，我们什么时候离开？"她胸部剧烈地起伏，显然激动万分。

我说我恨不得现在就离开，但是怕引起别人的怀疑，不过明天早上一定要走，我一秒钟也不想多待了。文静同意了我的安排，把那张卡还给我说："你先收起来吧，我身边还有些钱，我们明天路过我存钱的那家银行，全部取出来带走吧。"

我说："有多少钱？要不也办上一张卡？"她说不用了，就三万多。于是我们彻夜未眠，搂在一起商议定居到哪里比较合适。黑暗中我们的脸上都洋溢着幸福和快乐的光彩，像两个梦中的人物。

从此，我们都将成为生活的当局者！这是多么让人振奋的事情。半夜里我们趴到窗台上看星星，像一对真正的情侣那样。——原来夜里也有阳光在闪现，我怎么从未发现过！

第二天我们起得很早，从从容容地吃过早餐，把车钥匙交给翘鼻头保管，告诉她我们去散步。文静软软地偎着我，与她的姐妹们招手告别，我们在大家客气的微笑中走出玻璃门。

砖蓝色的清晨让人听觉灵敏，我们并肩徜徉在干净透明的阳光里，一切都在为爱情存着，为一夜情的延续一生辉煌着。我们迎着太阳走，像一对金色的璧人，一对爱情的鲜活标本。

路过银行，为使别人不起疑心，文静一个人进去取钱，我站在街对面的广告牌下等她。阳光渐渐驱散晨霭，我周身涌动着兴奋的潮水，一种偷到王冠般的幸福和惊恐交织在一起，在这如水的清晨里荡漾。

然而手机响了。是家里来的电话，老婆在电话里用哭腔喊："儿子发烧得厉害，你快回来啊！"我像个失忆的人被猛敲了一棒子，想起自己竟然还有个幸福的家！周身的潮水开始退却，初夏的朝阳冰凉冰凉的，毫无生机和暖意。

当文静笑靥如花从银行出来的时候，她急切的目光没有看到那个痴心的人微笑着站在阳光里等她，——她在那个世界里永远找不到我了，我刚从梦中悠悠转醒，带着满心的歉意看着我熟睡的贤妻和爱子。

原载《大家》2000年第5期

《短篇小说》选刊版2000年第11期

流氓兔

那天,老板的举动令人震惊,他做出的决定出乎所有人的意料,甚至包括他自己。

那天,是本公司招聘新员工面试的最后一天。正因为是最后一天,大家都以为大局已定,还有没有人来应聘已经不重要了。也因为是最后一天,负责接收应聘人员报名表的人事部经理李美的态度就没有刚开始那两天好。也许问题正是出在她那天的态度上,至少她的态度是一条导火索,这条导火索不巧又碰上了一个大火球,于是最终引爆了老板的脾气。

那天我在场，刘小姗推开玻璃门进来之前我就看到了她。但我的身份是总经理助理，此时正坐在老板身边替他逐个记下面试者的回答内容，所以很不方便跟刘小姗打招呼。刘小姗那天从头到尾压根儿没认出我来，据她后来讲，她有点（500度）近视眼，为了在面试中留下一个好印象，那天就没戴眼镜。至于为什么不戴隐形眼镜，她的说法是，打算应聘过关再买，否则不划算。这也不足为奇，女孩家都喜欢个精打细算，天生心眼小——如果不是心眼儿小，那天也不会发生那么大的变故，更不会瞬间改变了两个女孩子的命运。

当时我和老总们坐在会议室的玻璃门里，人事部经理李美坐在玻璃门外一张桌子后面收发表格。玻璃门是隔音的，玻璃也是特殊的，我们看外面很清楚，但从外面看上去就不过是两扇深灰色的不透明门。从里面望出去，外面的人走来走去都没声音，又打手势又比口型，像哑巴聚会，安静极了。这种安静的氛围，与面试的即将结束十分协调，它甚至麻痹了所有人的神经，让有的人昏昏欲睡，有的人则心不在焉。我不清楚老板是否察觉到了大家的这种状态，他依然坐得笔挺，面无表情地打量着每一位应试者，并在轮到他提问时说出他那个一成不变的问题来：你最喜欢什么东西？

在我面前的表格上，排列着应试者们对这个问题五花八门的回答：旅游、写作、工作、权力、孩子、吃零食、钱、刺激……这里面包括了所有的庸俗、迎合、矫情、哗众取宠和故作姿态。我猜不透老板为什么要问这样一个没头没脑的问题，因为几乎所有的报名表上都会有"个人爱好"一栏，他唯一的创造就是把这几个字口语化了：喜欢什么东西？我也猜不透老板问话的目的和他所想听到的满意回答，不过我有个发现：每个应试者对这个问题的回答都和表格上"个人爱好"栏里填的不大一样。我不知道这就是所谓的临阵状态时的活跃思维，还是老板的问题确实让他们措手不及。对所有的回答，老板一律点点头表示可以"过"了。

对这一切人事部经理李美既听不到也看不到，她收下最后一名应试者刘小姗的报名表，递给她一张空白的面试成绩表，然后就对着门口那一片走道发呆。可能是门口大理石地板反射的阳光过于强烈了，李美的眼睛一直眯着，这使她看上去心事重重或者无精打采。刘小姗推开玻璃门进来，先微笑，后鞠躬，接下来把表格递给第一位副总，然后退到那把孤零零的椅子那里，坐下来等待提问。与前面的应试者相比，刘小姗无论形象还是素质都很出色，几乎每个问题都赢得了老总们赞赏的微笑，但她并没有像别人回答问题时表现得那样搜肠刮肚、绞尽脑汁，她看上去并不是努力要回答好每一个问题，甚至神情有点漫不经心，——后来我才知道这是近视又不戴眼镜的缘故。尤其她对老板的问题的回答，很出人意料。

老板的问题排在最后，他打量着刘小姗问：你最喜欢什么东西？

刘小姗不假思索地回答：流氓兔。

流氓兔是什么？——老板没听明白，不得不破天荒追问一句。

一种玩具，根据韩国卡通片里的形象设计的。

可能是最后一位应试者了，老板认为大可以轻松一下，就继续问道：原来是个玩具，可为什么要叫它"流氓兔"呢？

刘小姗微笑道：它看起来坏坏的，眼睛都懒得睁开，一副小无赖的样子。

你为什么喜欢这样的玩具？

它对我很重要，不过，我不便说出来。对不起呀。刘小姗略带羞涩地笑笑。

老板点了点头，没再问下去。说完这句让人遐想万千的话，刘小姗结束了她的面试，站起来，鞠了个躬，推开玻璃门出去了。

老总们开始放松自己，吩咐打开换气扇，从口袋里掏出香烟来，扔来扔去，互相点火。老板对我说，你把表格收起来，把每个人的分数汇总一下，我们抽支烟歇一歇。就在这时，王副总突然说，老板，你看，李美好象不太对劲嘛。大家应声向玻璃门外望去，果然看到李美和刚刚出去的刘小姗隔着桌子站着，她用翘成莲花的食指指着刘小姗的鼻子，看样子正在教训人家。李美不停地翻着嘴皮子，刘小姗偶尔才张张嘴，这两个女人僵持在那里，看上去就快要动手了。我们像看电影一样望着外面，老板沉着脸，一言不发。张副总分管人事，站起来说，老板，我出去看看，这样有损于公司形象。老板说，你们继续讨论，我出去看看怎么回事。

　　老板推开门，李美尖锐刻薄的骂声就飞了进来，老总们交换了一番眼神儿，都露出似笑非笑的神情，继续观望事态的发展。老板没有关门，背对着我们，他问李美：怎么回事？李美继续指着刘小姗的鼻子对老板说，这种人太没素质，取消她的应聘资格！刘小姗反唇相讥：你现在还没资格炒我，我要自己退出，请我我也不来了。李美气不打一处来，冲老板叫，你听，你听，这种素质的人也能要吗？叫保安赶她出去！

　　我看到门口的两个保安应声向刘小姗走过去，很担心刘小姗会受委屈。但是老板及时地摆了摆手，制止了保安的企图，他挥手示意他们走开，然后面向李美，用平静而清晰的语调宣布：你被解雇了，可以去财务部支取三个月薪水，我给你签字。老板的话令人震惊，他的决定出乎所有人的意料，我想李美肯定不能相信自己的耳朵，她瞪着眼睛一字一顿地问老板：你要解雇我？就为她？！老板点点头，宣布了另一个更加令人震惊的决定：她被聘用了，从现在起接替你人事部经理的职位。李美怒视着老板，我甚至能听见她把牙齿咬得咯咯作响，她哆嗦着美丽的红嘴唇，却一句话也说不出来。后来，她又去怒视刘小姗，但是刘小姗此时却不敢看她的眼睛，刘小姗显然更不敢相信自己的耳朵，她本能地替李美向老板求情：不行，我干不了的，您不必解雇她。

但是我们都了解老板是个一言九鼎的人物，这两个女孩的命运在那一瞬间发生了质的改变或者说戏剧性的变化。我不知道是什么让老板作出了这样的决定，但这样的事情恐怕连他自己都会感到意外。我确信这一点，是因为老板当时并没有看到：改变这两个女子命运的同时，多少也改变了他自己的命运。更让我惊奇的是：对于老板的决定，副总们竟然没有任何异议。

晚上，我去看望李美。老总们肯定不会来，因为李美是老板的情人，他们的好心会有黄鼠狼给鸡拜年之嫌。但我不怕，一来我虽然是总经理助理，实际上是个高级秘书，而且我了解老板，他并不是个营营苟苟之辈，不会因此而怪罪我；二来我和老板还有李美私交甚好，不来说不过去。各部门经理也不会来，他们早就恨透了李美的跋扈，只是碍于她是老板跟前的红人，都不敢明刀明枪跟她过不去，对他们来说，李美的下场可谓大快人心。底下的员工平时对李美巴结得倒是紧，现在也没一个人来看望她，对一个失宠的人，大家避之犹恐不及。

是他让你来的吗？李美夹支烟盘坐在沙发上问，她怀里竟然也抱着一只流氓兔。

我望望那懒洋洋的兔子，如实回答：不是，是我自己要来的。

是啊，我应该了解他的，他怎么会这么好心。李美在烟雾缭绕中无限哀怨地叹口气。

你们究竟是怎么回事？怎么会搞成这样？我站在朋友的立场上问道。

他对我腻了，想换个新人，你看不出来吗？今天的事不过是个踢开我的借口罢了。

我看老板不是那样的人。也许，他想让你回到家庭中来，全心全意地打理生活？

得了吧小邵，你太单纯了，怪不得他那么信任你！他知道只有你不会算计他。

我不好意思地笑笑问，今天是怎么回事，你怎么会跟那个女孩吵起来？

这已经不重要了。李美把烟头摁灭在烟灰缸里，伸出脚去钩拖鞋，苍白纤细的脚上涂着紫色的趾甲油。小邵，陪姐姐出去走走吧，姐姐明天就要离开了。

你真要走呀！打算去哪里？我吃了一惊，想不到她竟然想为此而放弃一切。

李美像猜中了我的心思，走到衣架那边去，边穿衣服边说，我为什么不走？人家已经公开放弃我了，我还不知趣地赖在这里干吗？等着让新来的踢出门去？

我安慰她：我看没这么严重，老板肯定有他的苦衷、他的想法。

哼，你我都了解他，你觉得可能吗？李美穿戴整齐了，过来拉我，走吧，我的傻弟弟。

这套别墅，是老板买给李美的，是郊区环境最好的一处。这里远离城市，早晨和傍晚都弥漫着乡村的安静和闲适。下午刚刚下过一场透雨，路上很滑，李美穿着高跟鞋，走路不稳，紧紧地挽着我的臂。我们拐下石板路，踩着荒草中的小径，向附近的鱼塘走去。

今天的面试是怎么回事？那个女的比别人多待了好几分钟，出来时还笑嘻嘻的。

老板问了她一个问题。

什么问题？李美扭过头来望我，眼睛在没有月光的晚上一亮一亮的。

也没什么，跟问别人的一样，问她最喜欢什么东西？

李美不走了，站下来等待我继续说下去。

她回答说最喜欢流氓兔，老板大概觉得有意思，就多问了几句。

流氓兔？

是的，就你那会儿抱着玩的那个小玩具。

我知道，后来呢？

后来老板问她原因，她回答说不方便说出来，老板就没再问。

你觉得老板跟她认识吗？

不会吧，老板怎么会认识她？我没敢告诉李美我认识刘小姗，女人们最擅长恨屋及乌的。

我们继续往前走，然后沿着鱼塘兜圈子。我的袜子和裤腿已经湿透了，脚在鞋里咕吱咕吱响，像踩在烂泥里。李美光脚穿凉鞋，就舒服多了。

这里好美啊，我真舍不得离开！蛙鸣悠扬中，李美望着迷蒙的水面感叹。

那就不要走了，不要因为公司的事情影响了你们的感情。

我好可爱的弟弟哩，你以为我是他老婆？我不过是他的玩物罢了，就像我玩流氓兔一样，想玩时爱不释手，玩腻了一扔了事。

我看老板不是那样的人，他一定有他的打算，你再等等看。

等个屁，我已经买好机票了，明天早上就飞日本。

去日本吗？你办好签证了？

我又不是个傻子，等人家踢出门才找出路，我早有准备了。哼，他无情，我也可以无义！李美冷笑不已，她拉住我，拦在我面前，双手抚摸着我的胸膛，柔声问，邵弟，愿意和我一起去日本吗？

我吃了一惊，下意识地后退一步，脚下一滑，突然摔倒在鱼塘里，并且沿着斜坡向下滑去。

快，抓住我的手！李美跪下来，俯下身子向我伸出手来。我伸出手去，但够不到她，反而又向下滑了一些。这一切发生得太突然，我怎么也不能相信，刚才还衣冠楚楚侃侃而谈的我，一转眼却趴在一滩烂泥里，抓挠不到任何可以凭借的东西，而且，面临着生命危险。李美奋不顾身地趴下来。全身贴住泥岸，终于抓住了我的一只手。但她的力气不够大，拉不动我。我怕把她也拖下来，叫道：李姐，快放手，你去喊人吧。李美坚持着，冲我叫：不行，小邵，我不能让你掉下去，我还指望你去日本跟我相依为命呢。我试图挣开她的手，并告诉她：李姐，这不现实，就算我肯，明天早上能拿到签证吗？李美道：这你不用管，你先说愿意不愿意吧。我有点哭笑不得：李姐，现在哪还有时间开这种玩笑，你快去喊人吧。我感觉李美一下子放开了我，像放弃一桩久悬不决的事情。

小邵，你坚持住，我去喊人。李美站在高处，她背后繁星满天，周遭又黑又静，我们的叫喊，吓退了青蛙的鼓噪。我感觉自己的身体越来越重，像一块石头，而且还在慢慢地往下滑，李美慌慌张张地向远处跑去，高跟鞋令她身形趔趄。

在下滑的过程中，我体会到了李美的处境：突如其来的变故，绝望无助的境地。人生在世，就像在这泥塘边上行走，不失足时，你是来此漫步的踌躇满志者，一旦滑倒，就会陷在烂泥里无法自拔，也无人来救，只能一点一点地走向绝境。事情发生在你身上，对别人来说，他者的苦难微不足道，对自己来说，却实在是灭顶之灾。但李美尚可以去日本，而我却不会游泳。

我被人捞上来时，满身大粪。凌晨，给塘里撒大粪的养鱼人发现了我，就拿粪勺把我钩到了岸边。他把我搭在大粪桶上猛颠，后来扒光了我，打来干净水把我涮干净。我彻底清醒过来时,他老婆已经把我的衣服洗过晾干了。他们没有谋财害命,把我身上的钱物如数交还了我。我试了试手机,还能用,进口手机不像国产手机,说防水真就防水。我把身上的钱大部分留给了我的救命恩人,只留下一点够打车的钱,走上他们指点给我的一条通往公路的小路。

午后的阳光让田野分外亮堂,我踩着杂草丛中一条若有若无的小路向公路走。这一片低洼地,有着乡村野外的一切特色,有山中灌木,也有水边芦苇,可以说移步换景。由于大难不死,我觉得这里简直就是天堂。我先给李美的别墅打了个电话,我担心她昨天晚上没喊来人是不是因为路上也出了事,但小保姆说她一大早就去机场了。

她昨天回去后没说什么吗?我问小保姆。

我睡得早,她有钥匙,我不知道她是什么时候回来的。

早晨呢?谁来接她的?老板回来了吗?

我不知道,有辆车来接她,但不是老板的车。

我挂了电话,怎么也想不通李美为什么没喊人来救我。我突然想到这一天一夜没见着我,老板一定很着急,就给老板打了个手机,但他的手机竟然关掉了。再打办公室,没人接听。给他的秘书打电话,回答说一整天没见着老板了。

这一切令我如陷梦境之中,阳光炙烤着我,我的头发渐渐散发出大粪的味道。我急于回去洗个澡换身衣服,就开始奔跑,公路像个明亮的带子,横亘在高处,救命恩人的老婆灌的姜汤在我的肚子里咣当咣当地晃荡。我涉过一条水沟,终于爬上了公路,并拦到一辆出租车。司机打量了我半天,才犹疑不定地让我上了车,我想我的样子一定让他想到了某个通缉犯。

我洗过澡，换了身干净衣服。天再次黑了下来，我泡了包方便面，准备吃饱后美美地睡他一大觉，恢复恢复元气，至于其他的，暂时不去管他了，明天上班后再说吧。我刚把面泡上，手机响了，屏幕上显示的是老板的号码。

喂，邵儿吗？——我终于又听到了老板的声音。

是我，老板，你在哪里？

邵儿啊，你马上带两万块现金过来，我在城东派出所。老板的声音很沉稳。

城东派出所？您……

别问了，赶紧过来。记着，不许惊动任何人。

我开车到了公司，拿了两万块现金，又打了个车去城东派出所。

我交了钱，把老板保了出来。他面沉似水，目如深渊，我从没见过他这样的表情，就没敢多问。出来派出所，我们在路边吃了两碗馄饨，看得出，老板也饿坏了。然后，我们打车去李美的别墅。一路上，老板没跟我讲一句话。

回到别墅，老板先去洗了个澡。完了穿着浴衣出来，招呼我到凉台上喝茶。

出什么事了？我小心翼翼地问。

老板呷了一口茶，笑道：我被人下套了。

在哪里？

桑拿中心，刚进包间就被人端了。那几个小警察六亲不认。

那里不是挺安全吗？

问题就出在这儿，事前有人支走了桑拿中心的老板，警察就是那会儿冲进来的。好家伙，一窝端了十几个，都是有头有脸的人，愣没一个有折儿的。

操！谁他妈这么缺德？

我看这事儿跟李美有关系。老板说这话时仿佛在打量我的神情变化。

不会吧？她也没那么大本事呀。想起昨天晚上的事，我有点儿心虚。

我不是那个意思，我是说这件事是因她而起。老板绷住了脸，望望夜空。

我不解，也不便乱猜。老板继续说，知道昨天我为什么对李美那样儿吗？我是逼不得已。李美当上人事部经理后，把好几个亲戚都安排进了公司，那几个副总对这件事很有意见，在董事会上向我施压，要我撤换李美，但在新的人选问题上，他们又各执一词，都想安排自己的人当人事部经理。我明明知道这是冲我来的，但也无计可施，碰巧李美跟新来的那个女孩吵了起来，我就演了一出大义灭亲的戏，既没让副总们得逞，又杀了他们的威风，这个人事部经理还是我亲自安排的，可谓一举三得。

我由衷地赞叹：您可真是有魄力，这事情要放在他们头上，谁敢作出这样的决断来？更精彩的是董事会竟然同意那个女孩当人事部经理了。

老板笑笑，继续说：他们共同的目的只有两个，一是拿掉李美，一是安排自己人上去。这第一个目的达到了，心里就舒服了一大截，虽然没安排了自己人，但这个经理也不是别人的人，况且这个新经理的素质面试时他们也看到了，作为权宜之计，先就那么定了。

那今天的事情是谁捣的鬼呢？我请教老板。

肯定是他们中的某一个人，没有称心如意，出出气吧。不过这种手段，也就通过报复找个心理平衡了，解决不了什么实际问题。再说，我怕这个吗？老板不以为然地笑了，他已经从沮丧的情绪中恢复过来，或者，他根本就没有沮丧过。

我跟着老板一起开怀大笑，觉得他真不简单。里尔克说，他人是自己的地狱，但是像老板这样拥有个好心态的人，自己却是自己的天堂。

笑过后,老板换了个话题,问我:听小保姆说,昨天你来看过李美?

是,我怕她想不开。我并不想对老板讲述昨晚发生的一切,我也说不清楚。

老板若有所思地说,李美不适合再待在我身边,她的权力欲太强,有时候根本不考虑我的处境。假如让她继续干下去,我遭到的报复恐怕不会像今天这么微不足道了。

我觉得您昨天的态度有点过火儿,这对副总们来说是件大快人心的事情。我推心置腹地说。

老板笑笑:我知道,但我不得不那么做。在此之前我跟李美商量过让她让出人事部经理的事,她先是闹,后来说让出可以,但要让她的一个表妹来接任,你说,这是什么歪理!老板点上根烟,眼神开始变得悠远,换上一种缓慢的音调说,还是让她去广州的分公司好,不在我身边,她会安分一些。

您打算让李姐去广州?我一惊,想起来昨晚李美说她要去日本的事。

她没跟你说吗?今天早上的飞机,早就打电话来说她安全到达了。老板看看我。

哦,是这样,我做出一副恍然大悟的样子,心中却着实不安。

好了,不说她了,邵儿,你去把沙发上那个流氓兔拿过来。

我拿过流氓兔来,递给老板。老板捏了捏,笑着问道:昨天那个女孩说它叫什么来着?

流氓兔。我坐下来回答。

对对,流氓兔。李美每天拿着这东西玩,我还不知道它有这么一个有趣的名字。听说,是从韩国进口的?

我说是。

老板把玩不已,眉开眼笑地说,你还记得那女孩说过关于流氓兔不便说出的作用吗?

记得,是什么?

哈哈,我问过她了,她说流氓兔对她的用处有两个,一是用来爱,另一个是用来撒气。心情好的时候像对待孩子一样把它抱在怀里,睡觉时都要抱着;在外面受了气呢,回来就对这兔子拳打脚踢,反正它又打不死。老板开心地大笑:你说,这有什么不便说出来的,李美还不是这样对待这小东西?这女人呀,就是跟男人想的不一样,玩的也不一样。

我看老板很开心,就引申道:我倒觉得咱们做男人的,在女人心目中也就跟这流氓兔一样,不是用来爱,就是用来撒气。

一句话说到了老板的心坎上,他指着我开怀大笑,把流氓兔扔给我,收敛了笑容,郑重地说:邵啊,你跟上我好几年了,光忙了工作了,连个女朋友也没有。这样吧,我看昨天那女孩各方面都还不错——哦,她叫什么姗来着?

刘小姗。

对,刘小姗,我想给你们做个媒,你看怎么样?

我赶紧摆手:您快不要,我不着急,过两年再说吧。

我没敢告诉老板我跟刘小姗的关系,在公司里,你最好别有亲友,老板顶恨这个,不然,也不至于对李美那样。

从老板那里出来,我直接去了刘小姗的住处。打算让她保守我们之间的秘密。

刘小姗一看见我就瞪大了眼睛:

小邵?你不是跟我表姐去日本了吗?

我愣在那里,作声不得,恍惚中,我想起来,昨晚在鱼塘边,好像是李美当胸推了我一把,我才滑下去的。

载《广州文艺》2003 年第 1 期

《小说月报》2003 年第 3 期

《短篇小说选刊版》2003 年第 3 期

人民文学出版社《21 世纪小说年选·2003 年短篇小说》

五福临门

一

那些年，北方农村流行组合柜，木匠们都忙得不可开交。那个时候，福娃爸小喜还很硬朗，猩猩一样健硕的长腰背微微有些伛偻，因为长年拉大锯，左胳膊肘弯曲着伸不展，被闲汉银贵讥笑为"狗鸡巴"。老汉头上扎着轧蓝条的白羊肚毛巾，慢慢挪动两条罗圈腿，笑眯眯地从南无村的街巷里走过，狭长的小脸和魁伟的身躯显得不成比例,硬扎扎的山羊胡须和鱼泡眼却让人感到亲和。

福娃遗传了他爸的高大,并且更加膀大腰圆,小喜是小脸儿,福娃却是一张四方棱正的大脸盘,这张脸来自母亲,同样从母亲那里遗传来的,还有声若洪钟的大嗓门。父子俩在一起拉大锯,一根巨木斜架在木马上,高射炮一样,小喜坐在地上仰着脸,像只猿猴;福娃一条腿站着,一条腿蹬在木头上,像头熊罴。福娃跟着父亲学了三十年的手艺,打门框、窗户,做桌椅板凳,偶尔也打寿器(棺材)——做木匠不过赚点手工钱,不足以养家糊口,想温饱,还是要种地,所以农忙的时候他们是农民,农闲的时候才是木匠。十里八村,村村都有像他们父子这样的木匠,不足为奇。

前三十年看父,后三十年靠子。这话没错,福娃给他爸打了三十年的下手,眼见得老汉的手艺跟不上时代了,一个箱子两个门的立柜不时兴了,如今娶媳妇,女家提的第一个条件就是要"十组合",就是中间是电视柜、两边是衣柜,上下左右都有抽屉的组合家具,足足能占满堂屋的后山墙。据说是从城里流行过来的,前村的瘸子刘木匠会做,福娃就跑了一趟,想问刘木匠讨张图纸,结果空手而回,气得晚饭也没吃。当妈的心疼儿子,骂老汉没出息,不敢亲自去讨图纸,趁早把刨子塞炉膛里烧了火,别干这辱没人的木匠活了。小喜却不急,安慰儿子:"同行是冤家,他要给你图纸他就是傻子——可话又说回来了,活人还能让尿憋死?方圆村子里的组合柜不能让他刘瘸子一个人打了啊。"问老伴:"你整天的东家西家地串门,见过谁家有'十组合'?"老伴瞪起眼睛嚷:"我怎么没见过?支书家刚打了一套准备给他娃娶媳妇嘛!"老汉笑眯眯地说:"明天我就去看看。"福娃埋怨老子:"看了也白看,那时兴东西太复杂,肯定学不会!"

第二天老汉到底还是跑去支书家看了看,趁人家吃早饭的时候看的,人家吃完饭要上地,他就回来了。

笑眯眯回到家,老汉吩咐儿子:"今天上午不下地了,找个装磷肥的牛皮纸袋子,剪开。"福娃半信半疑地问:"干什么?"老汉甩甩手:"赶紧去!"亲自把墨线盒里浇了些松脂油墨,放到做活的简易桌子上,又削好一支扁平的木工铅笔夹到耳后。这是要干活儿的架势了!儿媳在灶房洗涮,老伴抱着孙子,肥硕的身子靠在漆皮斑驳的太师椅上,吊着黑黑的大脸,审视着老汉要搞什么古怪。

福娃割好半个桌面大的一张牛皮纸,铺到桌子上,还是半信半疑地对老子说:"我看要不算了吧,你倒不成神仙了!"老汉笑眯眯地说:"神仙倒不是,不过干了一辈子了,管它什么家具,搭一眼就看它个七七八八。"老伴坐在那边骂:"呸,寒碜!"老汉嘿嘿笑,从耳后摘下铅笔,冲儿子一伸手掌,福娃立马把一把三角尺放到老子手中,老汉搭着尺子在牛皮纸上画了若干短线,又将铅笔夹到耳后,把墨线盒的线头环朝向儿子说,"拽!"福娃拽住铁丝环,墨线盒的摇柄"呼噜噜"飞转,老汉用拇指卡住线,另一只手的拇指和食指指尖轻轻一勾墨线,父子俩很默契地在牛皮纸上打好了一条毛茸茸的直线。又转方向,三勾两勾,牛皮纸就变成了一张图纸的样子。老汉从耳后摘下铅笔,拿过个半圆,画了几个弧,又标注了数字。

忙活了半上午,满脸皱纹里全是亮亮的汗水,老汉略微直起腰来,眯缝着眼睛打量一番,又做了些微修改,笑眯眯扭头对儿子说:"照猫画虎哩,也不难吧。"福娃趴在图纸上细细看了老半天,依旧眉头不展:"是不是这个样子啊?就算图纸能用,谁家用咱们打'十组合'呢?就算用咱们,要是给人家做不成样子呢?"当妈的在一边发了言:"那还不简单,先给二福打一套,打的不好是自己的儿子结婚用,打的好自然别人就找你父子们来了。"二福当然是小喜的第二个儿子,福娃的二弟。父子俩都眯着眼睛望着那当妈的,呵呵笑笑，扭脸各自去拿家伙搬木料。灶房里锅碗相撞的声音却响亮起来，福娃媳妇不高兴了。

小喜老汉自愿给儿子打下手，根据自己绘的那张图纸，打出第一套"十组合"，父子俩细细上过腻子，用粗砂纸打磨过，又用细砂纸打磨一遍，上了三遍漆水。刚用砂纸打磨出来的时候就有邻居跑来看，等上过两遍漆水，南无村的男女老少几乎都来参观过了，啧啧有声地称赞父子俩的手艺。老汉笑眯眯地说："这么时兴的东西咱不懂，也不知道福娃从哪里学来的——老啦，给人家打打下手！"这套组合柜，就成了福娃的金字招牌，也改变了父子俩的格局，从此老汉和儿子调了个个儿，改打下手了。南无村后来的组合柜都是福娃打的，组合柜流行的短短几年时间，正是福娃的发家史，这古老的家具不再流行的时候，福娃腾出手来，问村里批了块地基，在村头盖了一座五间瓦房的院子。他从父母的院子里搬了出来，把旧房子留给了弟弟二福。

二

二福没有继承父兄的衣钵，他从部队复员后，走一个有本事的远房亲戚的后门，被县里的柴油机厂招工，成了一名卡车司机，头顶蓝色的鸭舌帽，甩着两只白色的线手套。

二福也很魁梧，刚从部队回来时，用对过巷子里兰英婶子的话说，看人家那么精干的一个人！当了两年卡车司机，变得白胖，加上天生跟他老子一个笑眯眯的模样，活脱脱一尊弥勒佛。娶了个媳妇叫莲，也是个白胖的，很能说笑，嗓门也高。黑脸的婆婆大嗓门，偏白胖的媳妇也嗓门大，婆媳吵起架来，惊动了半个南无村，村前村后的都拉上娃娃跑来看。

那时节，婆媳已经一跑一撵冲出了院门，正午的阳光把前排房子屋檐蓝色的阴影投在巷子里，长长的一条巷子半明半暗，看热闹的从两头涌进来，几个婆娘大呼小叫地冲过来劝架，脸上的表情半是惊慌半是沉静——惊慌的是有人打架，沉静的是打架的是别人。那婆婆年纪大，脸皮厚，嘴就毒，劈头盖脸七荤八素只顾解气，媳妇年轻脸皮薄，听婆婆那说辞句句不离她的羞处，一时气填胸中，张大着嘴巴只一声"啊哈——"，向后便倒。冲在前面那几个婆娘叫嚷着抱住了掐人中，好歹给救活，又哭着要去寻死。

婆婆洪亮地叫着一个半大小伙子的名字，命他去柴油机厂把二福叫回来："好歹叫他两口把我这老家伙杀了！"婆娘们劝她，把她往家里推，哪里推得动。这时人堆里冲进一个汉子，揽住那厉害的老女人往院门里推，语调伤心地说："还不快回去，也不怕人笑话！"正是福娃。又挤进来一个矮小的妇人，径直走向坐在地上的二福媳妇，给她拍打滚了满身的土，埋怨着："一块地锄不完，还得跑回来给你们劝架，闲得嘛！"是福娃的媳妇，二福和莲的嫂子。那嫂子又对几个婆娘说，你们也真是的，还不赶快把莲弄回她屋里去？于是一起把哭得奄奄一息的弟媳妇扶回去，看热闹的才恋恋不舍地散了去，走了老远还能听见那媳妇嘤嘤的哭泣和语焉不清的诉说。

黄昏里，一辆蓝色解放卡车"轰轰"地开进南无村，绕过村口的老柳树，被一群娃娃跟上，叫嚷着追在车屁股后面闻"汽车屁"，汽油的芳香和尘土混杂在一起从大路向巷子里弥漫。车停在二福家的巷子口，从车门里跳下一个笑眯眯的胖子，瞪起眼睛威胁娃娃们："敢爬到车上，把你们的腿砸折！"一个娃娃冲上来喊："叔叔！"是福娃家的小子明，二福说："明，看好咱的车，谁也不许上去瞎害。"明拉过身边自己的相好，转身对其他人说："除了我们俩，谁也不能上去！"二福很满意，笑眯眯地转身，刚走两步，听见娃娃们幸灾乐祸地攻击侄子："明、明，你不行，你奶和你婶吵死人！明、明，真败兴……"

二福往起推推鸭舌帽，赶紧往家跑。

没办法，二福也搬了出来，也批了块地基，在村头盖了一座五间瓦房的院子，和福娃家成了隔壁。福娃家境殷实，院子是一砖到顶的青砖墙，二福才开始创业，有钱盖房子没钱砌院墙，围了一圈玉米秸秆，两根椽子夹一排秸秆用绳子绑紧了，就是栅栏门，不过他们家这栅栏门比别人家宽三倍，每当黄昏，听见村子里车喇叭响，莲就赶紧跑出屋子，两条胳膊端起栅栏门，费劲地把它搬开，二福的解放卡车就"轰隆隆"地开进了光秃秃的大院子。

自从分了家，二福开始行运了。厂里实行改革，解散车队搞承包，二福承包了一辆"依发"卡车，给煤矿拉煤，成了运输专业户。很快，二福新砌了青砖墙，比福娃家的又高又厚，为了进卡车，没有盖门楼，院墙拦腰留着一个敞口子，依然是栅栏门，换作了粗铁丝绞着一排椽子，显示着二福身躯一样宽广的气派。南无村有了第一家屋子里抹洋灰（水泥）地板的，婆娘们在巷子口歪着嘴叨叨："去二福家了吗？那地板能当镜子照。"娃娃们稀罕，一趟一趟跑去看，莲就烦了，拿笤帚疙瘩往出赶，时间长了，她家两个双胞胎小子在娃娃们跟前就很有派头，皱眉头的神情和村西部队营房里那些身上有香皂味儿的干净小孩很像。莲也下地，戴着大草帽，帽带系在下巴下像蝴蝶结，回来也是一头的汗，头发丝粘在额头上，洗一把脸，越发地白了——大概是汗里有盐分的缘故。妯娌俩是隔壁，光阴染人，福娃媳妇渐渐矮而黑，二福媳妇更加白而胖，像是两个阶级，慢慢有了些微妙的矛盾。

日子此消彼长，嫂子生活水平在落败，心气儿却丝毫不减当年，不是很看得起弟媳，那矮瘦枯干的嫂子，性子像一段钢筋，硬而且韧，一张嘴收拾起熊罴般的男人来像唱歌，别有一番快意在其中。莲坐享其成，在二福跟前却日渐理亏，二福的身躯和表情越来越像伟人，莲看着他的眼神说不清是胆怯还是讨好,天天儿一脸欢喜迎接进门,给人家打好洗脸水,伺候到炕上,赶紧去厨房下面条——关于面条,二福给出的标准是"擀薄,切宽,醋调酸"。面条上来,半透明的面上卧着两个黄白相间的荷包蛋,搭配着几根绿油油的红根儿菠菜,莲小心翼翼两手端着碗,二福懒洋洋地接过来,筷子一挑,吸溜了一口,眉头拧起来,对着眼巴巴的媳妇呵斥:"咸鸡巴死了,你这是喂骆驼呢?这是让人吃的?!"碗搁下,气咻咻又躺被子垛上。莲竟不敢申辩,泪汪汪把那碗面端走,出去给两个眉眼难辨的儿子吃。接着重新和面,一边无声地抽泣。这类故事,隔壁的嫂子在巷子口讲得最活灵活现。

儿子在媳妇面前称霸王,黑脸的妈嘴角也乐开了花,巷子口和老汉、婆婆子们闲坐时,扯着大嗓门,半正经半不正经地说:"治死她,让她厉害,让她犯在我儿手里,治死她个×!"小喜老汉耳背了,听不进这些个咸淡事,老汉依然给福娃打下手,每天在福娃院子里的树荫下拉大锯,不怎么到二福家里去,他和耳提面命了几十年的老大最亲近,几乎不和二福说什么话。

别人的闲话归闲话,在自己家里受多少气,也不会被外人看到,在南无村的人眼里,莲是个乐天派,在自家巷子口和人说话,半村子人能听见她敲铁皮桶一样的笑声,知根底的婆娘们背后服气地说:"那家伙,好本事!"莲就像一串风干的葫芦,动不动发出"哗哗啦啦"的笑声,听起来没心没肺的。二福的事情她操不上心,人家也用不着她操那个心。二福自己有主意,他的心思越来越大了,对挣点跑腿的辛苦钱不满足了,他想挣大钱。

有天晚上,家里来了个战友看二福,他弄到一个小煤窑,开采资金不够,就想到了老战友,希望和二福搞合作。既然是一块扛过枪的兄弟,又正好和自己的心思不谋而合,二福很激动地答应了。一瓶"北方烧"下肚,二福动用了这些年所有的积蓄,用来购买采矿设备,为了和战友各占一半的股份,他把自己的卡车也入了股。这种事情,二福压根没想到要和莲商量,莲也不敢问。接下来，二福雇了个小伙子开卡车，自己专心当老板。

<h2 style="text-align:center">三</h2>

空气在笼罩村子的树冠顶上浩荡而过，阳光翻动着鱼鳞般的叶片。小喜老两口和几个老汉、婆婆子在巷子口围着电线杆坐成一圈晒太阳，看到二福骑着偏三轮摩托车出了自家院门，"咚咚咚"地来到跟前，也没叫爸也没叫妈，只扭过头嘿嘿笑了笑就过去了。兰英婶子抿嘴咯咯笑过，对福娃妈说："你看人家二福，面相就带着福气，长得就和咱们受苦的不一样。"福娃妈依然嗔怪地笑着，目光追着望儿子的背影，嘴里数落着："有两个钱把他烧的，肯定又跑到'公社'的澡堂子洗澡去了！"小喜老汉不动声色地哼了一鼻子，他几乎完全聋了，而且已经不大能拉得动锯，腰弯成了一张弓，人已经皮包骨头，天气一冷就咳个不停。好在福娃黑矮的媳妇人虽然厉害，心地并不坏，不嫌弃老汉不能干活，做下好饭就让明去叫爷爷来家吃，让老汉觉得自己到底是个有福气的人。倒是那厉害了一辈子的婆婆子跟大媳妇二媳妇都不说话，还好两个闺女总喜欢结伴来看她们的妈，隔三岔五婆婆子还能对着外孙子们大呼小叫一阵子。那两个闺女和当妈的一样刚烈，作为母亲的援军，这些年来和两个嫂子干了无数仗，因此两个哥家谁也不能去。

二福来到镇上，把摩托车停在邮电所门口，笑眯眯地踱向隔壁的新华书店，进门的时候高大的身躯让书店里暗了一下，售货员刘娥儿正板着脸把两本书扔在柜台上，翻了那两个初中生一眼，把嘴里的瓜子皮吐地上说："真麻烦！"扭头见二福正看着她，"扑哧"笑了一下，又把粉白的脸板了起来，用手扑扑胸前的瓜子屑，慢腾腾走到他跟前，两个白皙的胳膊肘支在柜台上，懒洋洋地斜他一眼问："'解放'了？"二福憨憨地笑笑说："出来洗澡。"刘娥儿哼一声说:"你以后都别进我这门儿了。"二福笑眯眯地问:"哪根筋不对了?"刘娥儿甩甩烫成卷儿又用块白手绢扎住的头发,低眉垂眼地说:"一块'上海表'两个月都捎不回来,你要舍不得,说话嘛,我给你钱,我又不是没有钱。"二福望着刘娥儿额头上黑亮的发卷和脑后白手绢系成的蝴蝶结,只是笑眯眯的,他就是喜欢看这个女人头发上扎白手绢,还有光着脚穿拖鞋——他当兵的时候,首长的家属们都是这个打扮,显得洋气,让人觉得舒服,二福看也看不够——而这个镇上,只有刘娥儿一个人会这样打扮,其他女人都和自己的老婆一样土气和没看头。半年前,二福把车停到新华书店门口,进去给侄子明买一本小人书《吹牛大王历险记》,一眼看到刘娥儿这样的打扮,就看傻了,怎么也没想到,自己在镇上的柴油机厂开了这么多年车,竟然没发现几百米不到的地方会有这样一个洋气的女人!她用一块白手绢松松地束起黑亮的鬈发,下巴高高地抬着,眼皮却垂着,眼神冷漠,手里拿一把鸡毛掸子,慢条斯理地把玻璃柜台上散落的瓜子皮扫到地上。当时,二福并没有看见刘娥儿的脚,但他能肯定,这个女人一定是光脚穿着白底的粉红色塑料拖鞋。拿着那本小人书从新华书店出来,二福发现自己的心跳得像汽车发动机,刚刚当兵时的那种恨不得把天都吞进肚子里的勃勃雄心平复多年后,再次像吹了气的猪尿脬一样鼓了起来,而且要像气球一样往天上飞。

　　跑车的日子,二福太忙,一身油腻腻的劳动布衣服也不好老往新华书店跑,一当老板,二福终于有了时间,他找了个小伙子开卡车,自己买了辆退役的公安偏三轮,有事没事去新华书店转悠,和售货员刘娥儿聊天说闲话。其实刘娥儿除了人白,长得并不好看,可老话说"一白遮三丑",加上鼻梁上的几点雀斑,就很招眼;刘娥儿也不会笑,老板着张脸,好像谁都欠她二百块钱,这是国营商店售货员的职业病,二福偏偏觉得她那个表情有味道,他不会说"气质",但总觉得很吸引自己。后来他们就变得很熟,二福吹牛说自己的战友能便宜买到"上海牌"手表，刘娥儿就让他给自己捎一块。

这会儿，刘娥儿拿过靠在柜台边的鸡毛掸子，下巴翘起来，眼皮垂下去，专心地扫着玻璃上的瓜子皮，不再搭理二福。二福看见她这个样子，心里就痒痒，忍不住说："一块表算什么？你还想要什么？"刘娥儿哼一声说："我算老几？不白要你的。"二福笑眯眯地低声说："不白给你，只要你敢要。"刘娥儿那眼角瞟着他，鸡毛掸子就打了过来，舌尖顶着门牙说："老子怕你！"

四

去年，福娃给小喜过了六十九岁大寿，今年当妈的又逢九，轮到二福来办。二福有两点压过了福娃：一是汤水好，二是请乡里的电影队来放了一晚上电影，银幕就搭在老人家的大门口，放的是《女驸马》。俊俏的马兰迷倒了南无村的男女老少，年轻的三福就是那个时候害上了相思病，扔下锄头，跑到西山里挖煤挣钱，一心要当城里人。

闹寿正日子那天，南无村无论上五块钱礼还是十块钱礼的，还是称了二斤面粉当行礼的，都是全家老少齐上阵，来"吃大户"。二福从外面拉回来几麻袋大米，就在院子里的树荫下支起大土灶，十张铁笼屉摞起来蒸米饭。蒸出来的米饭，不用就菜就香死人，因为那米是先用水淘过，又拿油拌了的——一笼屉米饭一茶杯棉花籽油，蒸出来的米松松散散，一颗一颗能数清。帮忙的腰里卡着洋瓷脸盆，用一支大碗把里面的米饭抄出来，扣到席面上人脸前的大碗里，后面跟着个提铁桶的——桶里是调料汤，酱油的颜色，热气腾腾漂着油炸过的粉条花和面条段还有厚厚一层韭菜叶子——用一把大搪瓷茶缸舀着汤，浇到每个盛满米饭的碗里，"嗞儿嗞儿"响，那个香啊，吃死不觉饱。南无村的人只有在谁家红白喜事、老人过寿孩子满月的时候才能吃上白米饭，也只有在二福给他妈过大寿的时候才能吃上油拌的米饭和这么好的汤水。吃完二福的汤水后，几个婆婆子跑到二福妈跟前夸她真有福气，跟的是老二——要是跟的老大福娃，就不行，看他去年给他爸过寿时办的汤水就不能跟这比。那黑壮的妈却黑着脸，撇撇嘴角不酸不淡地说："我有什么福气？二福办的汤水好，我能把好吃的全吃了？还不是都让你们吃了！"婆婆子们就骂她："这鸡巴婆婆子，说话真不中听！"

二福的汤水比福娃的好，他还请来了打死福娃也请不来的客人，——这个"公社"（对乡镇的习惯性旧称）顶天立地的大人物，让那些吊儿郎当偷鸡摸狗的小年轻听到名字就发抖的——派出所所长老叶。老叶由村里的一二把手支书、主任和在外工作的有头面的人陪着吃大席，他是个歇顶，几两"高粱白"把个额头喝得红亮，白胖的大脸没有胡子，嘴大唇薄像个婆婆子，其实他不过四十出头，而且一点也不心慈手软，只要犯在他手里，就要拿武装带抽得你像杀猪一样叫。所以陪着他喝酒的人和他说话时大大咧咧，看他的眼神却都是小心翼翼的——因为有幸陪老叶吃饭而大呼小叫，又生怕被他捉住什么把柄。老叶看见莲的肚子又鼓了起来，就把手里的酒杯放在桌上对二福说："要是莲这回生个女子，给我当干闺女，你舍得吗？"二福笑眯眯还没开口，那些陪酒的都痛快地答应了："舍得，怎么不舍得，那还不是娃的福气！"二福笑眯眯地举起酒瓶子说："老叶，我敬你一杯酒！"老叶把这杯酒"嗞儿"喝完，抹抹下巴上的残酒说："要真是个闺女，就是你的福气，我早看透了，'猴娃蛋子'靠他妈 × 不上！"一桌子的人都说就是就是。老叶瞪起眼睛说："是个屁，是还都想生男娃！"大家都哈哈哈哈地笑，说，喝酒喝酒，吃菜吃菜。

那两年，二福的光景是南无村头一份，福娃早就不能比。可福娃根本就不在乎这些，像走路一样，他把日子过得不慌不忙、稳扎稳打。"组合柜"过时后，他基本上回归了一个地道的农民，只是比别人多门手艺，农闲的时候伐上几根木头，大材料打成寿器用油毡盖起来放到墙角，等着谁家殁了人拉去用；小材料做成马扎子，五块八块地卖给每天在巷子口阳窝里枯坐的老汉、婆婆子——这些身上味道很重，总是招苍蝇的行将就木的老人们，被年轻的讥笑为"等死队"——他们坐着福娃的马扎，消磨所剩无几的岁月，最后都要躺进他打的那些寿器里。

而二福的势派却仿佛娃娃们在沙子堆上筑成的城堡，一泡尿就被泡塌了。二福和刘娥儿在镇上的旅馆被人家丈夫领着人捉奸在床，头上打了个血窟窿，问他公了私了，公了就扭送派出所，私了下了三万不说话。幸亏二福和派出所所长老叶交情好，老叶出面调解，一万五了事。老话说"福无双至，祸不单行"，二福躺在镇卫生院的床上输液的时候，战友的煤窑瓦斯爆炸，死了十几个人，一条命十几万块，战友赔不起只好卷包跑人。公安局和煤炭局把窑封了，所有的设备和车辆都查没，包括二福那辆依发车。二福血本无归，还面临着承担法律责任，他哪里经过这样的变故，早就乱了方寸。这时候，一直在医院伺候他的莲，再次让婆娘们服气地说了一回："那家伙，好本事！"她没有因为二福和刘娥儿的事情嫉恨他们，也不觉得这事情丢人，每天在家做好"擀薄、切宽、醋调酸"的水晶面条，用一个小篮子挂自行车龙头上，跑到卫生院给二福送饭。接连出了两件祸事，二福连惊带吓，躺在床上话都说不囫囵了，莲却一副浑然不觉的样子，她把刚断奶的女子艳丢给婆婆，翻箱倒柜把二福的存折全找到，把钱都取出来给了老叶，让他帮忙想办法。老叶果然神通广大，居然把这事给抹平了，他很辛苦，二福瘫在医院那段日子，为了了解情况，他隔三岔五骑着摩托跑到家里找莲商议办法。一个多月后，二福出院了，只是，南无村的人背后都不叫他二福了，改叫他"二蛋"——一是穷光蛋，二是王八蛋。

而小喜老汉，因为二福的事情，连惊吓带熬煎，竟然作古了——到底，二福也是他亲生的娃。

五

二福回来后好几年都没脸出家门，开了二十几年车，他已经不知道怎样种地，也放不下架子扛个锄头去地里干活，只好窝在家里坐吃山空。偶尔跟着莲下地，动弹不了几下就气喘吁吁，一屁股坐地下直到天黑。莲不嫌弃他，两个半大小子却不吃他那一套，晒得黑鬼似的儿子经常和他们养得白胖的爹吵得面红耳赤，那场面就像旧社会的长工要造地主的反。于是二福经常挂在嘴上的一句话是："唉，我现在是社会没地位，家庭没温暖！"

莲还在巷子口和婆娘们七长八短说闲话，笑起来依然像风干的葫芦一样脆亮，仿佛真的没心肝。外面看，瘦死的骆驼比马大，谁也想不到，二福家经常有揭不开锅，把八九岁的女子艳饿得直哭的时候。雪上加霜的是，大小子军结婚的日子看下了，女方要两万块钱的彩礼。莲含着两泡泪问二福："怎么办？"二福笑眯眯地说："这要是以前……"军冲老子瞪起了眼："以前个鸡巴，你就会提以前以前！"脖子一拧甩了门帘出去了。莲说："我出去借吧？"二福没事人儿一样说："我不管你，你愿意怎样都行。"

莲把南无村跑了一圈，平常爱在一起聊野歌的婆娘们，大都是耍嘴的把式，听到个借字，眼睛都瞪大了一圈，嘴皮子翻个不住，像看见了鬼，只剩下个哭恓惶。莲对她们咯咯地笑着，替自己也替对方遮羞。相好们靠不住，莲只好骑着自行车去向外村的亲戚们借债。

吃过早饭出门，先到办养鸡场的表弟家，表弟不在，弟媳妇说刚刚买了几百只优种小鸡，把本钱都贴进去了，借钱没问题，但要等秋后这一茬小鸡都下蛋了才有富余钱。弟媳很热情，非要让莲走的时候带一网兜鸡蛋，弟媳妇说："眼下鸡蛋卖不上价钱，养鸡的又多，鸡蛋成了狗粪，姐你要愿意，我给你一卡车！"莲咯咯地笑着，把那一网兜鸡蛋系在车龙头上说："过两天我给你还网兜来。"弟媳赶紧说："不要了不要了，也不值个钱，网兜不要了！"

莲的自行车龙头上晃荡着那一网兜鸡蛋，蹬了三十多里路，来到纺织厂职工宿舍找自己的小舅舅。头发稀疏的小舅舅正在院子里给两条大狼狗喂食，他呵斥住两条狂吠的狗，圆圆的红眼睛看着莲亲热地笑着问："莲啊，你怎么来了！"莲望着小舅舅，鼻子就有些发酸，眼睛也有些发涩，小舅舅只比莲大两岁，从小喜欢带着她玩，甚至，在他们懵懂的童年，他们还模仿大人在麦秸垛里玩夫妻那一套。小舅舅看见莲手里提着一网兜鸡蛋，责备她："来看看舅舅，舅舅就高兴，带东西干什么！"接过鸡蛋兜，把莲让到屋里，倒茶给她喝，还给外甥女洗了一个苹果。莲问："舅舅，我妗子呢？"舅舅有点掩饰地嘿嘿笑笑说："她去找厂领导了，振国结婚要买厂里的房子，他和媳妇都在生产第一线，厂里有政策，双职工结婚每平方米优惠三百块，可就这咱这情况也困难，你妗子去找厂领导，看能不能分期付款。"莲一块苹果没咬碎，卡在了喉咙那里，赶紧端起茶来喝了一口冲了冲。

舅舅问："你来有什么事情吗？"莲说："军的日子定下了，五月初六，一是通知你和妗子，二是人家那边要两万的彩礼，我这几年困难，来找舅舅想个办法。"舅舅看看她，垂下头静静地笑着，一会儿抬起脸来说："舅舅不怕你笑话，存折都在你妗子那里，这要在平时就不说了，眼下她也正熬煎给振国买房子，舅舅要和她说你的事情，她那个脾气你也知道，就是个吵架……"莲赶紧笑起来说："不了不了，算喽算喽。"舅舅说，你等一下。站起来拉把椅子放到衣柜前面，踩着椅子从柜子顶上拿下来一个鞋盒子，眯着眼睛"噗噗"地吹去盒盖上的尘土，打开来拿出一只旧皮鞋，从鞋子里掏出几张钞票，递向莲，难为情笑着说："别笑话你舅舅啊，这几百块钱是我偷偷藏的买烟钱，你别嫌少啊。"莲赶紧去推："舅舅、舅舅，这可不行！"舅舅沉下脸来了："你舅舅没本事，帮不上你大忙，让你笑话了。"莲慌了："舅舅，看你说的，我什么时候敢笑话你。"舅舅笑了："不笑话，就把钱拿上。"莲把钱接过来，揣裤兜里，觉得心里发堵脚下发飘，也顾不上笑了，说："舅舅那我走呀。"舅舅说行，穿着一件印着纺织厂字样的白背心，把莲送出门来。

为了赶上在自己的哥嫂家吃晌午饭，莲一路上拼命地蹬着车子。嫂子看见莲进门一头汗，脸色就不太好看，嘴里说："有什么重要事赶成这样，气都喘不匀。"她把莲让到炕沿上说："你坐着，我去给你倒碗水。"莲笑着说："嫂，我哥快回来了吧，等下我落落汗帮你做饭。"嫂子哼一声说："你是亲戚，坐着吧，我用不起！"

那嫂子一路说着阴阳不定的话，端着碗水回到里屋，看见莲已经歪在床上睡着了，发出像男人一样粗重的鼾声。

嫂子是个痛快人，两人做饭的时候，嫂子说："莲你也不用等你哥了，吃了饭该回就回吧，你哥的主我做得了。你看见我圈里的猪了吗，这个月底就下娃娃啊，我这猪品种好，一窝就是十六个！原来打算把猪娃娃卖了给庆交大学学费，我看我这娃的球势，连大学的门也摸不着，卖了猪娃娃的钱，干脆先给军结婚用算了。"莲望着嫂子笑，呵呵两声说："你不敢这么说，庆要考上呢？咱还是希望娃上大学哩。"嫂子张着大嘴"哈哈哈哈"一串笑，最后说："考上还不简单，他姑姑垫学费就是了。""他姑姑"就剩下个笑了。

六

莲骑着自行车，穿过田野间的柏油公路拐进村子，一路上和碰见的人说笑着打招呼。在暮春温暖的午后，走过了坐满人的十字路口，远远望见黑壮的婆婆和几个老汉、婆婆子坐在巷子口，近前扫了一眼，发现这么多年不和婆婆说话，面对面也从不看她一眼，老家伙已经明显地老了，脸上手上都皮皮拉拉，背上也明显有了罗锅。莲没有像往常一样和叔叔、婶子们轻巧地笑着打个招呼，然后一直往前骑到自家门口，这次，她在他们面前下了车子，笑着对他们说："坐着啦？"老人们回答说："哦，哦，莲啊，回来啦？"婆婆假装没看见，依然俯着身子在和别人叨叨。就在众目睽睽之下，莲的自行车前轮一偏，拐进了婆婆家的巷子，她就那么推着车子，一直走到婆婆家门口，用车轮顶开门，进去了。就在进门的一刹那，莲想起了自己从这个院子搬出去时的情景，眼前居然什么都没变。

其实，那些老汉、婆婆子一直在用昏花的老眼盯着莲，看她要往哪里去，就在莲从他们视野里消失的同时，红生妈抬起解放脚来，狠狠地给了福娃妈一下，急切而激动地宣布："死婆婆子，快看，你媳妇子进了你的门了！"福娃妈当然不信："死婆婆子，我还没死哩，人家进门去给谁烧香？"但是别的婆婆子都伸长了脖子说："福娃妈，真的，刚进去，你快回去看看。"

福娃妈眼睛瞪得和嘴巴一样大："啊?!"站起身来，马扎子也不拿，直偏偏地快步往家走。红生妈在背后逗她："死婆婆子，看把你绊倒着！"福娃妈也顾不上还击，像一只黑色的老母鸡架着翅膀，甩开两只臂膀只管走路。快到家门口，先是听见有人哭，心说这帮老家伙都在巷子口坐着啊，这是哪个死了呢？紧走两步，就看到莲坐在屋子前面的台阶上，拍着自己的大腿在哭号。听见脚步声，莲偷眼瞧见婆婆进来，"啊——"地拉长了调子，连鼻涕都挂下来了。

福娃妈一直冲到自己的二媳妇跟前,上身前倾,眼珠子都红了,她使足浑身的气力叫喊:"我还没死哩,你跑到我家里来号什么丧——!"婆婆子声音嘶哑,全身都在抖动。莲马上就收了声,她心有余悸,不敢看婆婆的脸,没有底气地说:"我不是哭你,我是哭你家二福,二福要绝后了。"婆婆子把一只手撑在膝盖上,另一只手指着媳妇,她上了些年纪,没有了力气继续喊叫,换了相当平和的语调说:"长嘴的都是说话哩,你怎么光放屁?总要烂了你的嘴!"媳妇的手掌把脸上的汗水泪水抹了一把,抹了个大花脸,哭叫:"把我死了才好,死了不用作难了……"话没说囫囵,触动了伤心事,悲从中来,索性一歪身子趴到台阶上痛痛快快地哭了起来。婆婆子抖抖地说:"哭,你哭,你哭……"没词了。

婆婆像一只黑猩猩站在媳妇跟前,一动不动。院子平平展展地沉默着,白白的,光光的,伸展到墙根,那里梧桐树的阴影笼罩出一片铺满苔藓的湿地,地皮已经是黑的,婆婆子平素不敢到那里去,怕滑倒。再旁边是猪圈,猪圈的土墙根长着一株蒿草,几十年了也没大长高,也不记得有没有被割过,那么蓬蓬地举着,像个倒立的扫帚,又绿又嫩。有时候人是会羡慕草木的,也没有什么烦心的事熬煎,就那么活着。婆婆终于拿定了主意,慢慢地转过身,踩着白白的光光的泥土院子,走出了大门。

人家后屋檐的阴影里,已经有一些年老或不年老的男女试探着走近巷子,准备劝架和看热闹。福娃妈迎面而来,他们收住了脚步问:"莲那是怎么了?"福娃妈吊着脸说:"不知道,反正我还没死!"红生妈嗔骂:"鸡巴婆婆子,什么死不死的,急得死不了啊!"福娃妈这才说:"我惹不起奶奶,我找二福去,看他是我儿还是我爷爷!"走到巷子口上,一群放学的孩子吵吵嚷嚷地滚过来,二福家的女子艳冲过来拽住福娃妈的胳膊喊:"奶!"当奶奶的没做出反应，红生妈抢着说："艳，快到你奶家叫你妈去，你妈在你奶家里。"娃娃抬头望着奶奶的眼睛，奶奶咬着牙发出一个意义含混的词："咂——！"女子放开奶奶，跑进了巷子。福娃妈看看别人脸上的表情，神色和缓了些，望着孙女的背影低声说："这也是个小奶奶！"她撇下那些事不关己的人，按照原计划走向了二福的家，她走到两座院墙中间，东边的墙是福娃家的，西边的墙是二福家的，她朝福娃家的院门口望了望，确定大媳妇不在门口，于是拐进了二福家的大门。二福家的大门依然是那么宽，二福没把它砌起来，似乎有些雄心未泯的意思——不过，也可能他连盖个门楼也力不从心了——当妈的走过那空荡荡的大门，心里也觉着空荡荡的。

她进了门，没再往前走，就站在那里喊："二福，二福你出来！"没听见二福应声，婆婆子转身就走，嘴里嘟哝着："打麻将能顶饭吃?！"出来看到福娃家的大门口已经有人闻声出来了，她的大孙子明站在那里问："奶，你干什么呢？我二叔在那个谁家打牌哩。"明穿着一双白球鞋，站在那里明显的外八字，显示着他的纯正血统。奶奶一直走到大孙子跟前，才用很小的声音吩咐道："明天你抽空去接一下你大姑姑和小姑姑，再给你三叔打电话叫他回来一下。"孙子瞪大眼睛问："怎么啦？"奶奶说："有事和他们说。"孙子皱起眉头劝道："奶，你别和我二婶计较了，我二叔成了那个样子，这个家还不全靠人家？"奶奶骂道："你知道你娘的个脚！"

第二天一早，明开出了自己的"小金刚"农用车，奉奶奶的旨意去搬兵。

饱满高大的两个姑姑，挤在侄子的"小金刚"副驾驶座上，一路上问着出了什么事。侄子扶着方向盘笑嘻嘻地说："还不是和我二婶！我说姑姑家，你们别跟着起哄啊，回去好好劝劝我奶——我二婶容易吗？"小姑姑没吭气，大姑姑气派地说："先回，回去再说！"

当妈的依然在巷子口闲坐，远远看见有辆车"噔噔噔"地拐进村街，有那眼睛不花的婆婆子就冲她喊："老家伙，你孙子把你女家接回来了，快回去做饭吧。"福娃妈黝黑宽阔的脸膛荡漾着泉水般的笑，呵呵地说："看见了，我又不瞎！"站起来，甩开罗圈腿急急地往家门的方向去。

两个姑姑在巷子口下了车，大声而亲切地和摆在那里的老的们打过招呼，追着妈的脚步去了。

母女三人坐在屋檐下的阴影里，看着明从大门口进来了，奶奶盼咐孙子："你进来干啥？回你家去把你爸和你三叔叫过来，还有你二叔——在那个谁家打麻将呢，叫他过来——他要不过来你就说我快死了！"明把脖子一拧，青筋蹦起老高说："一天净胡说！"两个闺女还在打量着她们的妈，目前还琢磨不出老人家的深浅，只是问："又怎么了？这些年不是好好的吗？"妈黑着脸说："一会儿再说。"

儿子们也都到齐了，人高马大也聚在一起有些不适应，都抽着烟催妈发话。那妈也是个干脆利索的人，睁开大眼，把儿女们一个个看过，只没看二福，老人家说："福娃、三福、福女、小女，你爸死后咱第一次人这么全，我今天没叫媳妇子们，就是要你们掏一句良心话，这些年不说了，那些年二福光景好你们光景不好的时候，明里暗里的，老二没少帮你们忙吧？"福女也利索，说："妈，你说要怎么样吧？"小女说："你直说，妈！"当妈的就用手背去抹眼泪，用儿女们从没听过的拉二胡般奇特的嗓音说："这两年二福倒灶了，军要结婚，当大人的连摊子也铺不起，你们不帮忙，是要村里人看妈的笑话？"儿女们面面相觑，沉默着。妈继续说："老二那个媳妇子再不是人，我的孙子我心疼，不能让他结不了婚。就是个这，看你们有人心没人心！"小女埋怨道："妈，别说下这么难听！"福女说："这点事不值得熬煎，妈你就发话吧，一个人出多少，我们嫁出去了，也还是这家的人，不能让人笑话。"

儿子们谁也没吭气，福娃、三福不说话，二福更不说话，当然那是默认了。

　　这事有人说给福娃的媳妇，挑她的气话，那愈加干瘪黑瘦的婆娘拉着刚学会走路的孙子高门大嗓地说："哦，人家老的说啥就是啥吧，反正到了还是各家过各家的。我们家这弟兄三个处得还可以。"

七

　　二福的大儿子军结婚后，踏着他大伯和父亲的脚印，也搬了出去。又过了不知多少年，那黑壮高大的奶奶到底还是作古了。二福家的艳出嫁的时候，福娃已经有了两个孙子。

　　午后斑斓的日影里，福娃微微伛偻着魁梧的背，走进自家的大门，轻轻地把门掩上，不想惊动任何人。其实屋里院里都没人，老伴下地了，大儿子两口和小儿子开着"大金刚"跑运输，要到天黑透了才能回来，孙子们还没放学。但福娃还是把脚步放轻，尽量像猫一样走路。他来到储物的厦子底下，把那一层玉米秸秆拢拢，抱起来倚到墙上，露出掩盖着的三具白茬子寿器——没有上漆的棺材上落着尘土，有一具已经有了细小的裂缝，福娃心疼地用粗糙的手指抚摸着那裂缝——像这样的寿器，凡有老人的人家厦屋里都准备着一具，一来以防万一，二来这东西是个镇物，反而能让老人多活那么几年，而且据说对家里的年轻人也好。南无村的那些寿器若干年来都是福娃打的，它们带来的收入成为大儿子娶亲的彩礼、孙子的学费和书本费。家家都储备了那器具后的若干年里，人吃的好了，活的日月长了，当然不会有人再登门来拉福娃做好的这三具寿器，即使有年轻的或者中年的人意外夭亡，一般也是从邻居或者本家暂借寿器来应急，将来再还就是了，断断不会马上去福娃家来买。而这样的东西，福娃也不好去向别人兜售，于是，眼下在他很需要一笔钱给二儿子娶媳妇的时候，想把它们变成钱就很不容易。

他嘟哝着，直起腰来，从墙上的砖缝里拔出一把早年割草的锈迹斑斑的短把镰刀，握住镰脖子，把弯曲光滑的把儿朝上，把它想象成一把鼓槌。然后他做了一个用"鼓槌"去敲击寿器的动作，在即将敲打到棺材板时，他收住了力道，犹豫着，伸出另一只手掌去把每个寿器上的浮土清理出一片来，又弯下腰去，噘起黑厚的嘴唇来"呼呼"地吹着，让那片木头的表面白净到一尘不染。

那会儿在巷子口，闲汉银贵抽着福娃递给他的烟，耸着肩膀，斜视着他不断嘿嘿地笑。福娃不耐烦地问："你笑鸡巴什么哩呢？"那闲汉分明看透了他的心事，故意拿他一把说："难住了吧，把你福娃也难住了吧？你以为盖起一座一砖到顶的院子这辈子就消停了？想得太美了吧？老天爷让你有两个儿子，就是让你受两份罪。难住了吧？把你一天骄傲的，你骄傲什么呢?！"福娃无奈地嘿嘿两声。那闲汉越发得意了，卖个关子说："也不白抽你的烟，我有办法让你不熬煎哩。"福娃不屑地说："你有个球的办法，有办法你就不是这球样！"银贵也不生气，依旧"嘿嘿嘿嘿"地笑："我要指给你一条路，你怎么谢我？"福娃"哈"一声说："你看你这尿样子，你要真能，我摆一桌，和你喝一瓶！"那闲汉先看看两边没人，对福娃招招手，压低声音说："你往跟前走走。"福娃不由附耳过去，只听闲汉那张臭嘴热气哄哄地说："你不就是想卖几具棺材给老二娶媳妇吗？你趁家里没人的时候，把厦子底下那几具棺材敲敲——那东西是个老虎，惊醒了能吃人——就有那该死的立马完蛋，你的棺材不就卖出去了？"

福娃赶紧瞅瞅两边，幸好没人，也压低声音说："不能干这事吧，让人知道了还不骂死我？"银贵"啧"一声说："你看你这人，这又不是害人，该死的活不了，这办法只是解决一下他死了用不用你棺材的问题。"福娃又递给他一支烟说:"我再想想,这话你可不敢跟第二个人说。"银贵嘿嘿笑着说:"我等着你请我喝酒哩。"

福娃把镰刀把举起来,可是敲不下去,他能看见那棺材板下面的确躺着一个人,那是谁呢?他张了门口一眼,那里没人,嘟囔了一句:"该死的活不了!"把心一横,瞪圆了眼,镰刀重重地敲击到眼前的棺材板上,发出空洞沉闷的回响,然后,他又接着在这具棺材上敲了两下。不知为什么,他有些毛骨悚然,只望了望另外的两具,终于没有去敲。他把镰刀挂回墙上,抱起玉米秸秆重新把那三具寿器盖好,走出厦屋,没有敢回头去望,甩开罗圈腿,慢慢踱到灶屋去烧水,准备沏一壶大叶茶来打发剩下来的白日时光。

一条巷子里的正元家的女子出嫁,二福也去帮忙。村子里像他这样年纪的人到有红白喜事的人家去帮忙,其实是帮闲,喝喝茶吃吃饭斗斗酒,捧个人场,干活的自然有那些个年轻的。闲汉银贵嘴里常常淡出鸟来,盼着谁家有个事情,早早就赶去,拉条板凳,半拉瘦屁股坐板凳头上,翘起二郎腿,裤腿挽起老高,开始一根接一根地抽那不抽白不抽的香烟。一边不时瞥一眼灶上,等着打牙祭,一边冷笑着打量这一圈的人,盘算着一会儿和谁斗酒以便多喝两杯。

貌似伟人的二福吸引了银贵的兴趣,那闲汉不说话,只是望着二福笑,他知道一会儿上了场,怎样用一句话戳到二福的疼处,让他来者不拒地把酒灌下肚去。银贵的主意是:只要有一个人喝多了,场就能晚散一会儿,最好喝到月偏西。

二福不知道闲汉在打他的主意,酒瓶子一开,起初大伙都会有一小会儿的腼腆,直到有个家伙平举着胳臂把酒杯伸到桌子中间大吼一声:"日他妈,喝一家伙!"这个人永远不是闲汉银贵,他的策略是暗里使劲,底下烧火。

喝开后，银贵殷勤地给大家倒酒，他拿眼角瞅瞅二福说："啧，正元不行，让喝这鸡巴便宜酒，大席都不敢上汾酒。"就有人反对："喝你的吧，让你喝这也不错了，满桌子有能让喝起汾酒的主儿吗？"银贵马上说："你忘了，二福家的艳出嫁的时候，二福让你喝的不是汾酒？"对手瞪起眼说："胡球说，二福多会儿让喝汾酒了？别说艳出嫁的时候了，军娶媳妇的时候他已经倒灶了。"有那老实人诚恳地说："早些年二福的确能行，这几年他不行了，他也'二蛋'——艳出嫁的时候你喝他汾酒了？还不是喝的这个猫尿？"二福一直笑眯眯的，像个佛爷爷。银贵就把在座都扫了一眼，咕咕鬼笑："看来我记错了。"

二福拿起酒瓶子，慢腾腾地说："倒上。"

一群帮闲的父辈好容易散了场，更深露重，月光把树影投到东墙上，该死的猫头鹰不知在谁家的屋脊上鬼笑。闲汉银贵打着满足的嗝儿深一脚浅一脚地向村子深处走去，剩下几个人把不说话光打嘟噜的二福送到大门口，问道："能行吗？用送你进去吗？"二福笑眯眯地摆摆手。但大伙还不放心，对着那亮灯的窗户大喊："莲——！"

莲和回娘家住的女子艳把沉重的二福搀回到床上躺下，艳拧着眉头埋怨："闲得没事干，又喝多了！"出外屋看电视去了。莲没有力气给二福脱衣服，就那样给他盖上被子，问了一句："有凉茶你喝吗？"二福笑笑，呼噜打雷一般响了起来。莲出来坐在女子身边看电视，咯咯笑着说："今晚我和你一起睡，你爸别把我熏死！"艳盯着电视，含混地说："我看爸吧，真是的！"

八

莲做好了早饭，冲蹲在花池边上刷牙的女子喊："叫你爸和你二哥起来洗脸吃饭。"艳含着牙刷喊:"爸——二哥——吃饭哩!"莲不满地骂道:"叫花子女子!"她亲自来到小儿子住的角屋,站在窗子外面喊:"海,海!"海烦躁地答应:"知道了!"莲骂道:"我把你个死娃娃!"她回到自己屋里,看到二福睡得很安详,就爬上床去把窗帘拉开,上午的阳光射进屋里来,莲借着光线看到二福的脸色有点发青,就一边嘟囔:"这死人怎么不打呼噜了?"一边往跟前凑,她怔了怔,怕烫似的用手掌尖碰了碰二福的脸,发现二福已经冷冰冰硬邦邦了。

第一个听见二福家哭喊的是福娃,他正站在厕所撒尿,抖了抖,尿了一裤子。福娃出来厕所沉着地对戳在那里的老婆说:"快到二福家看看怎么了!"两口子就往门外跑,孙子在后面追,福娃老婆回头说:"娃,娃你在家,奶奶一下就回来。"

二福死了。闲汉银贵宣布,那天在正元家喝的酒不太真,可能是工业酒精勾兑的,他也差点没死了。无论酒的真假,南无村的人得出一个结论:二福是喝死的。他们认为恓惶归恓惶,这总归是一个笑话。

二福死了,大伙要笑自然是笑话莲,婆娘们聚在二福家陪着莲哭天抹泪,比自个儿死了男人的还恓惶。这都不是装的,就算女人的心是硬的,她们的眼皮却总是软的,管不住自己的眼泪。可也有那偷偷把眼睛扫来扫去只管到处打量的,早在心里开始笑了,顾忌着场合不合适,硬是要装出和别人一样的良善来。这样的人不是不善良,是莲的冤家,婆娘尤其村槽里的婆娘,谁能没一两个冤家幸灾乐祸呢?只看那个子最大的婆娘叫俊的,高挑饱满,脸盘也还周正,只是眼白大黑珠小,嘴角老要撇来撇去沾着一点白唾沫。这是个会说笑的,即便儿子在外打工的时候强奸杀人被政府枪毙了,媳妇扔下娃娃跟人跑了,也还能泰然自若地坐在巷子口和人煽风,说我娃在南方太忙了,干的事情太重要了,好几年也没请一天假回来。又骂媳妇子脸皮太厚,跑到南方找自己男人去了，说出来可真够辱没人的哈哈。俊只把一村子的人当傻子，一村子的人只道瞒着她一个人，以至于她竟然从来没被别人戳破，还能掩耳盗铃地搜罗别人的笑话。

埋了二福，莲在巷子里和人说笑，嗓门听起来更大了，那些等着看她守活寡背后好讲笑话的婆娘，只能当面骂她："没心肝的眉眼！"

真正成了笑话的是福娃，都在传说他敲棺材结果把亲弟弟敲死的事。要想人不知，除非己莫为，也不能认定这事情就是闲汉银贵讲出去的，南无村很有几个称得上"先知"的，更不乏只照别人不照自己的"镜子"——可怜人总是依靠笑话别人的可怜来觉得自己活得还不赖。

装殓二福的寿器，正是福娃用镰刀把儿敲过三下的。福娃认定二福是自己喝死的，迟早是要喝死的，和自己敲棺材没一点关系。但心里还是亏，半夜睡不着，因此来年侄子海结婚的时候，作为大伯的福娃包揽了一切事宜，替死去的弟弟做主了，为此他在南无村获得了一个好名声。

九

二福没死的时候，女子艳就住娘家了。原本艳的两个女娃子没跟来，二福死了，她们来哭姥爷，来了就没再回去。两个挂着鼻涕虫的外甥女来了就没回去的事，开始她们的姥姥莲也没觉得有什么不对劲，一来二福死了，莲成了寡妇，身边没人心里寡得慌，有女子和女子的女子缠在身边，她还怕她们回去哩；二来大伯子福娃和她商议说，二福死是死了，死了也放不下的是老二海的婚事——艳都两个娃了，当哥的海还打着光棍——二福肯定比活着的人还着急这件大事，那么没必要等守满当年的孝再给海办事，只要七七过了，就办喜事，老二一准不会怪咱，还要托梦感谢咱，"你说呢军他妈？"莲擦把眼泪骂起了二福："管他高兴不高兴，他死球了算球，我和娃们还要美美地活哩。——还守一年的孝？他活着不如人，耽误了我娃的事，死了还要看他的脸色，看他个死人敢！"福娃也不好说什么，帮着发落了二福，紧着就开始操办海的婚事。这样，艳的两个女子一直住到二舅娶了媳妇，还一直住着。

　　海结婚后，住着五间北厦西头的两间，把大个衣柜堵住原本和东头三间串通的门，就算独立门户了，只是吃饭还在一起。艳和两个女子住在娘家，莲没觉得有什么不方便，新媳妇的脸色渐渐不好看，开始骂起了自己的命不好，嫁了海这么个没出息的，人家结了婚都单门独院过，自己一过门就得给小姑子看娃娃。隔着个立柜，莲听见了，艳也听见了，莲对艳"嗤"地笑一声，压低声音说："别理她，你就当是狗叫哩！"艳翻翻白眼，呵斥自己的两个人事不懂的女子："你俩要再敢往人家那边跑，看我打折你俩的狗腿！"

　　媳妇要买个铁炉子自己做饭，海面子上下不来，被她歪缠得火了，闩了门美美地揍了个不亦乐乎。媳妇就不下床了，不吃也不喝。海说："有本事你回鸡巴娘家去！"媳妇脸上粘着几缕头发撕心裂肺地喊："你怎么把老子娶来的，怎么把老子送回去，你这没种的龟孙子！"莲要过去劝，艳拉住了："你管人家的闲事干什么？谁会说你个好呢？不骂你就是好的了。"三天过去，媳妇子更加蓬头散发目露精光，海两眼通红没了主意，过来找他的妈："妈，要不离球了算了！"莲咬着后槽牙说："可把你有本事的！"她拦住要去西屋理论的艳，亲自端了碗鸡蛋腜子面给媳妇送进去，坐在床头对着床上那卷大红的绸子面被子说："娃，你心里有什么不平整的，你就和妈说，海是个老实娃，你别和他一般。妈知道你受屈了，这个家没有当家的，要啥没啥，可买个铁炉子还是能买起的。妈是怕你们年轻自己做不好饭，吃不好。娃，你起来吃口饭，吃完饭就让海去镇上买个铁炉子回来。"莲抹着自己的眼，那媳妇头蒙在被子里瓮声瓮气地说："这到底是谁的家？你说这到底是谁的家！"莲这才明白过来，这不是和海生气呢，这是在和自己生气呢，是要当家做主哩。

海和艳看到妈从西边屋里出来，推上自行车往外走，都问："妈，你干什么去？"莲说你俩别管，头也不回地出了门。艳说："哥，你看看咱妈去。"海说："不用去，她肯定是去镇上买铁炉子去了，她看好了我一会开上我明哥的'大金刚'拉回来就是了。"

莲推着自行车刚出门，碰见福娃的老生子小崽。福娃快四十岁的时候，老婆给他生下这个老儿子，矮小枯干，长成个猴子样，脾气却大得很，随了妈。小崽拦住莲说："婶儿我和你说个事。"莲躲开他说："我要去镇上。"小崽一把拽住车龙头，瞪起眼睛说："婶儿，你把我爸给海结婚垫的一万块钱还给我。"莲笑了："看这傻娃，你爸都没要，你操什么闲心？"小崽拧起眉头说："我还差一万块彩礼，你不能不让我结婚吧？"莲挣了挣车龙头，小猴子劲还挺大，没挣开，她提高嗓门嚷："我现在没钱，就是你爸来要也没钱！"小崽说："你骗谁？我海哥结婚没收礼？你把礼钱存银行了吧？"莲扑哧笑了，扬扬手作势要打小崽的头："收下的礼都在你新嫂子手里，你有本事问她要去。"小崽一缩头说"我不去。"莲咯咯笑："不去拉倒，反正我没钱。"小猴子怔了怔，突然撒开手往家跑，头也不回地说："我就不信你不还，你不还，我回家搬梯子去，我搭梯子上你家房，把你家房上的瓦都掀下来卖了！"莲赶紧大呼小叫地去追，一边跑一边喊："儿，儿，好我的儿哩，婶儿这就去信用社取钱还你个龟孙！"

莲安顿好小崽，骑着自行车路过十字路口，又被俊拦住了。俊说："我都听见了，你要去取钱，有钱先把我那五百还了，反正不多。"莲咯咯笑着，压低声音说："我骗那傻小子呢，要不他要掀我的瓦。我哪有钱？钱都在媳妇子手里呢。"俊翻着白眼，撇撇嘴角说："两个儿都结婚了，你把欠人的钱往他们头上分分，你个老×不就轻松多了？"莲瞪大了眼睛："那可不行，那不是让媳妇们生气吗？闹不好要离了婚，我儿子不是要打光棍儿了？不分债，我一条命顶到西天！"

于是俊到处散播莲要赖账，凡是借给她钱的这辈子别想要回来了。

十

有人来接艳，来人不是她那个矮胖的女婿，是个瘦高的平头，目露凶光，人看上去比艳大很多，开着一辆黑色的普桑。莲不认识这个人，海认识，他就是镇上有名的地痞喜喜。艳结婚后在镇上开着一个服装店，喜喜常来坐坐，两个人就好上了。早就有人说，艳那个矮胖的女婿不中用，这两个女子都是喜喜的亲生。莲第一次见这个人，发现他的眉眼很熟悉，再看看自己的两个外甥女，什么都明白了。莲看了看艳的脸色，艳跟没事人一样，踢给喜喜一把椅子说，坐下。喜喜坐下来，把车钥匙扔给海说："老弟你把我后备厢里给姨姨买的东西都拿下来。"海说你抽烟，递根烟过去。喜喜没接，不耐烦地命令："快去！"海出来碰见路过的伙伴平，平皱起眉头问："喜喜怎么到你家了？他来咋呼谁？"海笑着说："他不敢，这是在咱村里呢，他敢咋呼卸他一条腿。"

喜喜直截了当地告诉莲："姨姨，以后艳就跟我过了。"莲看看艳说："好好的你这是怎么了？"艳平静地说："妈，你别大惊小怪，这几年我们就在一起过着哩。"莲说："你婆家那头知道吗？"艳说："知道，怎么不知道？这世界上就你一个人不知道。"莲说："想咋就咋吧，我管不了，把两个女子给我留下就行。"艳说："就是给你商量这事呢。"看看海媳妇不在院子里，压低声音说:"你也该给人家腾地方了,等着人家攥你呀!"海提着东西进来了,莲就没吭气。艳接着说:"喜喜在镇上给你租了房子,今天就是接你去,你和两个女子一起住就是。"海把东西放下,坐下来点上根烟问:"接咱妈给你看娃去呀?咱妈要享福了。"莲骂道:"娶了媳妇忘了娘,你真出息!"海嘿嘿地笑,嘴角的纹路像极了他死去的老子。

艳说:"妈我和你收拾东西去。"莲惊讶地说:"这就走呀?"艳冷笑道:"这个家你还没住够啊!"莲说:"其实也没个什么收拾的,就是一床被子。"喜喜一直坐着没动,看着海和艳往外搬东西,他用大拇指把遥控钥匙摁了一下,"咯——"打开了院外的车门。海媳妇大惊小怪地跑出来问怎么回事,不住地打量喜喜,喜喜盯着她看了一眼,没吭气。

莲领着两个外孙女上车的时候,车边已经围了一圈看热闹的婆娘们,她们眼神复杂表情酸涩地开她玩笑:"哟,莲,熬出来了,这是要跟上女子享福去了。"莲满面红光,笑着,骂着:"怎么啦,不行啊?光眼馋不顶事,有本事你们也跟上走啊!"海的媳妇扑闪着眼睛说:"妈,我们过不下去了到镇上找你要饭,你别不认识啊!"惹起一阵哄笑。在这样欢乐的气氛中,莲上了轿车,搂着两个外孙女坐在后排,不由自主很有风度地从车窗里向外摇着手,脸上洋溢着羞涩的笑容,竟然有了点当年出嫁时的感觉。婆娘们在车轮腾起的烟尘中摇着头,交换着意见:"你看人家莲,你看人家莲,到底是个有福气的人,二福活着的时候享福,二福死了照样享福!"一片"啧啧"声。

十一

镇上出了件不大不小的事,公社时期的派出所所长老叶死了老婆。这个曾经叱咤风云的人物如今也六十好几了,却虎老余威在,加上弄下不少钱,在这一方还是个人物。灵棚就搭在菜市场门口，花圈摆满了市场。喜喜在丧事上当总管，当年老叶是猫他是老鼠，光阴荏苒，他们成了忘年交，成了生意上的伙伴。如今，他们都是镇上有头有脸的人物。

两个外孙女快放学了，莲正做饭，艳抱着一堆脏衣服进来了，"妈，你掏空儿给洗了。"莲回答："你吃饭吗？"艳说："顾不上，老叶的婆娘死了，我和喜喜都在那边帮忙。"她走进厨房，拿起根生黄瓜"嚓嚓"地吃着问："妈，你知道这事吗？"莲说："啊？"艳不耐烦地说："老叶死了婆娘！"莲瞪瞪眼，笑着骂："叫花子女子，他死了婆娘管我什么事？不是病了好几年了吗？"艳也瞪瞪眼，哼一声："你就装！"

莲是在装。她刚到镇上安顿好，老叶就来过了。和二十年前比，老叶更加富态，像个面团，眼神也和善多了。不知为什么，莲一见他就想起了二福，恍惚间，她觉得二福和老叶似乎从一开始就是同一个人。老叶来重申他是艳的干爹那件事，莲骂道："别不要脸了，谁承认呢！"老叶就眯缝着眼睛笑，表情像极了二福。

老叶的婆娘刚出头七，他又来找莲，开门见山地说："干脆，我这干爹变湿爹算了。"莲说："你别胡说，艳还不把我骂死！"老叶乐呵呵地说："你担心的全是没用的，我让喜喜和她说，让她和你说。"莲骂道："没脸没皮，还能让我女子做媒，这世上做媒的人死绝了？！"老叶恍然大悟："行行，我这就去找媒人。"莲赶紧拉住："急死你个老家伙，还不等过了七七？你让人笑话死呀！"

老叶的婆娘死了七七四十九天之后，第五十天，老叶把比他小十岁的莲娶进了门。

然后，小半年过去了。晚饭后，看电视，莲和老叶商议："明天我得回去一趟。"老叶歪歪头，看着她，"没事就别跑"。莲说："该跑就跑它哩，还有一件事没了。"老叶呵呵笑:"欠人钱啊,除了这事别回去。"莲看老叶眉开眼笑的,也咯咯笑起来:"可不是屁啊,鸡巴二福没本事,死了给我留下一屁股债。这几天我睡不着,老梦见村里人追着我两个儿子讨债,我不能光顾自己享福,让儿孙替我遭殃,你说是不是?"老叶收敛了笑容,认真地问:"欠人家多少呢?"莲笑笑,眼神闪烁地说:"两万。"老叶说:"明天咱去信用社取两万,让喜喜开车和你跑一趟,还清了你别老往回跑了,麻球烦!"莲亲昵地推老叶一把,"你替我还了,我还回去干什么?儿孙要孝顺以后叫他们来看我,我才不操他们那份闲心哩"。老叶笑眯眯瞅着莲说:"你这是把自己卖给我了啊!"莲打他一下说:"你愿意买嘛。行了,别讨厌了,我给你端洗脚水去。"老叶乐呵呵地望着莲肥硕的屁股扭啊扭地进了厨房,扭过脸去看电视。

这天早饭后,南无村下地的人们看到一辆黑色的桑塔纳小轿车进了村子,都驻足回头观望。小车停在了老柳树下的和平家门口,车门开了,下来一个有点眼生又有点眼熟的身影,有那眼尖的婆娘叫喊起来:"莲——你个死人回来了!"莲回骂着:"倒你个死人哩,我就不能回来啊?"又嘎嘎地笑着,"我顾不上和你说话,要给人还钱哩,晌午去你家吃盘子!"那婆娘就骂:"还吃盘子哩,有牛粪饼子你吃吗!"说话到了跟前,看见莲烫了头,穿着身时兴的新衣服,人焐得越白了,脖子上挂的,耳垂上吊的,左手无名指上箍的,全是黄灿灿的物件,那婆娘仔细瞅瞅莲,发表感想说:"看你脸上皱纹多的,受苦了吧!"莲嘎嘎笑着说:"天天受苦,钱多得花不了啊!"婆娘又扭头去看小轿车,影影绰绰从玻璃里看到有个人坐在里面,记得是艳后来跟的那个人,不由撇了撇嘴角。

说话间进了和平家的门,他家饭迟,一家子正在端着碗喝米汤,和平媳妇看见莲进来,赶紧搬了个椅子让坐下。拉呱了半天,莲从衣兜里掏出一沓钱来递给和平说:"还给你的两千,这是死鬼二福自己借的啊。"和平说:"二福要面子,我还以为他没跟你说过这事。"和平媳妇剜男人一眼,骂道:"看你把人想成什么了,咱嫂是那赖账的人吗?"又对莲说,"要不是娃要开学,这钱你就用着吧,还什么还!"莲哈哈地笑:"有钱,有钱,咱不是那两年了——不光还你的,今天我家家的都要还。"和平媳妇接过钱来,捏在手里感叹道:"嫂,你还是有福气。"

整个上午,喜喜的车这里停停那里停停,莲把债都还完了,寻思回家看看,又想起件事情来,于是车停到腊梅家院门口。腊梅三十岁时男人被火车撞死了,本家族里人帮扶着把两个儿子拉扯大,儿子成人后,族里人怕她想改嫁,又从本家儿女多的人家过继给她一个小女儿,如今女儿也嫁人了,腊梅自己一直没再找过人家。

喜喜的车等在腊梅的院门外,莲和腊梅在屋里说话,莲咯咯地笑着说:"腊梅,快着快着,你要愿意,年前就能把事情办了——天天和老叶下棋的那个老赵,铁路上的,一个月挣几千,婆娘也死了,也想找一个——你不抓紧,就让别人把窝儿占了。再说,你来了,咱俩是个伴儿。"腊梅羞得满脸通红,笑着啐她一口骂:"你怎么不死!"莲瞪瞪眼说:"我还要美美地活他哩。"两个婆娘呱呱地笑个没完。

后来,腊梅把这件事当笑话讲给婆娘们听,她们都呱呱地笑,骂莲不要脸,笑过后她们认真地讨论了莲这个人,一致认为那家伙好本事,到底是个有福气的人。

2009 年 6 月 4 日凌晨　于太原

前面就是麦季

一

太阳把红芳的脸上晒出了紫色的斑,那个时候她已经三十四五岁,身上少女的影子荡然无存,体态和神情都从少妇向着中年妇女发展。南无村小她一轮的新媳妇们抱着孩子开始在巷口闲聊后,红芳不再熬喝了十多年的治疗不孕的中药。那个时候她每天喝的药比吃的饭还多,已经甘之如饴,突然停了药,总觉得丢了什么东西，好一段时间每天恍恍惚惚。

　　红芳向福元提出抱一个孩子，她主张要个女子。作为男人的福元说："怎么都行，只要将来我死了有人发落。"红芳骂他："出息！"福元说："你最好问问咱妈。"红芳说："忘不了她！"红芳朝透明的塑料门帘外望望，婆婆兰英和跛脚的公公七星正坐在梨树斑驳的树影里小声说着话。

　　抱一个娃娃的事，兰英私下和跛脚的老头子商量过不止一次了，跛子的说法是："咱不管人家，人家自己都不着急，你急顶个什么用？"这要搁在从前，兰英不但要骂跛子，还要连儿子媳妇一起骂，但兰英竟然听从了跛子的，几次想问问小两口，话到嘴边，又生生地咽下去了。

　　红芳掀开门帘出来，笑眯眯地走到老两口跟前，蹲下来笑，不知道该怎么开口，回头喊："福元，你出来！"兰英嗔怪地斜睨着媳妇子，她早习惯了她的缺心眼儿。福元趿拉着拖鞋出来，站在妈的身后，望着媳妇笑，红芳笑得更说不出话来，福元骂她："你喝上夜猫子尿了？"红芳说："你才喝上夜猫子尿了！"又对兰英说："妈，福元想抱一个娃。"福元皱皱眉依旧笑着说："怎么是我想抱？你不想吗？"兰英低声喝斥："住嘴，多光彩的事情，要让全村子都听见吗！"红芳伸伸舌头。跛子泄露了兰英的秘密："你妈早有打算了，就等你们问呢。"福元绕过来，也蹲在兰英面前，三个人静静地望着兰英一个人。兰英一手摇着蒲扇，发了话："我娘家侄子媳妇已经怀了七个月了，这是第三胎，你舅舅早就说已经有一个孙子一个女子了，叫他们早早地把娃娃刮掉，那两口子惜子得不行，宁挨罚也要生。现在犯熬煎了，前面两个的学费都不知道到哪里去找，这个再生下来还不把他爸的腰累折？"红芳附和道："就是就是，现在的娃娃上学比吃比穿，上不起了。"福元说："你别说话，听咱妈讲。"兰英接着说："你舅舅知道你们跟前没有娃娃，就想着娃生下来送给你们，怕你们要面子，不敢说，先和我商量，我也不敢做主。"说完打量下小两口的表情。红芳说:"还要什么面子,福元想娃都快想疯了。"笑着看福元,福元翻她一眼,问他的妈:"不知道是男的还是女的哈?"跛子发表意见:"你管他是男的还是女的,女子更好。"自觉失言,赶紧地看了兰英一眼,怕勾起她的心事想起秀娟来。

大姑子秀娟依然不肯嫁,但她已经不是当妈的兰英心里的病了,她就像一块好在脸上的疤,好看是不好看,疼是肯定不疼了。秀娟每天骑着她的自行车,车龙头上架着锄面已经磨得很圆很小的锄头,去属于她的地里干活,或者推个别人早就不用了的小平车把地里的产物载回她住的老磨房院子。在南无村的人眼里,她生活得很平静,没有人去打搅她,甚至连狗都不大愿意进她冷清院子里转转,直到有件事情发生在她的身上,让一切都变了样儿。

兰英正沉浸在儿子媳妇的目光里,笑容里泛起多年不见的妩媚,提醒小两口:"'侄子外甥过继,一辈子生气',你们想好了啊。"红芳笑呵呵地说:"这是侄子还是外甥?我糊涂了!"福元说:"按说该叫我表叔,该叫你表婶。你说对吗,妈?"兰英笑得用蒲扇撑住了地,捂住嘴不能回答。跛子说:"到娃娃这一辈已经是拐弯子亲戚了,我和你妈死了,这门亲戚就快断了,不算侄子,我看能行。"红芳和福元也表示同意,事情就这么定下了。

一家人在梨子树的阴影里围在一起说了一下午的话,数红芳最能笑。突然,跛子对红芳说:"你到磨房去叫秀娟,让她来吃晚饭。"红芳说行,站起来就往院子外面走。

估摸着红芳走出巷子口了,兰英弯下腰低声问福元:"这个二杆子不知道是你的毛病吧?"福元摇摇头,又皱起眉来教训他妈:"你别再叫她二杆子了,我就娶了个二杆子?"兰英定定地看着儿子,"嘎"一声笑了,跛子也笑了。福元忍不住,也笑了,他坐在地上,双腿叉开,看到脚边有只蚂蚁,就用指甲围着它画了一个圈,蚂蚁仓皇地奔逃,始终不敢越过那个圈子。

二

最早想让福元抱个孩子的，是秀娟，只是她没说出来。这几年秀娟的话越来越少了，红芳是和她说话最多的人，那是因为红芳是个没心计的人，对这位不愿嫁人的大姑子，她偶尔也会和别人说说她的闲话，但当她们面对面说话的时候，秀娟是从红芳的眼睛看不到别人那种古怪的眼神的——红芳看着秀娟的时候，眼神从来不躲躲闪闪。即使是这样，秀娟也没有提出来让红芳抱个孩子，回到那个家里时，她会替弟媳妇熬熬药，也会问："你不嫌苦？"仅此而已。没人知道她多么渴望弟弟能有一个孩子，前好几年她就想让他们抱一个娃了。

话多话少，秀娟从来是个豁达的人，谁家有红白喜事都能看见她拉把小凳子，坐在灶房旁的大盆边洗碗，那些年兰英嫌她丢人显眼，骂她，她依旧我行我素。这些年兰英也不骂了，但在那样闹哄哄的场所看到这一幕，也不会去跟女儿说句话。四十岁的人了，每天两晌下地，秀娟也没有晒出像红芳那样的紫斑来——真正白净的人是晒不黑的，顶多在夏天变红，一个冬天就捂过来了——但皱纹是不可避免的，眼睛已经不再和秋天的晴空一样清亮，头发里也有了白丝丝。一切都显示着秀娟作为女人最好的岁月过去了，像一块没来得及开垦播种的地，被荒草覆盖着，就连草也要渐渐黄了。但秀娟还是姑娘家的身材，劳动使她的胳膊和腿变得粗壮，可那腰身你从背后看去，总要误会是谁家十几岁的小女子。

村里有闲话说，别看秀娟是吃了秤砣铁心不嫁，但在这件事情上，当妈的兰英只要还有一口气，那就是"帝国主义亡我之心不死"。

红芳站在老磨房的院子里喊："姐——你在吗？"她不愿意进秀娟的屋子

里去，这么多年秀娟的屋里还是那么简单，一张木板床上挂个电灯泡，除了福元给她买的一台电视机，实在没其他可看的，跟刚住了三天人的一样。就听见秀娟在偏屋说话："红芳，我正做饭呢，你进来吃根黄瓜。"红芳进了三片石棉瓦当屋顶的灶房，一边说："做什么呀，别做了，咱妈叫你过去吃饭哩。"秀娟把一瓢面"嗵"丢回面缸里，递给红芳一根洗好的黄瓜说："前天不是我才去过吗？这是怎么了？"红芳扑哧一笑说："姐，你说抱个娃男的好还是女的好？"秀娟静静地问："抱啊？能找下吗？"红芳说："咱舅舅的孙子，怀了七个月了。"

　　夕照从石棉瓦的缝隙里把黄红的光漏在秀娟的右边脸上，红芳看见大姑子眼角的皱纹已经很明显，脸的轮廓跟婆婆兰英有些相似，她"嚓嚓"地嚼着黄瓜，笑模笑样地望着大姑子。秀娟笑着说："我也觉得这个娃合适，再说舅舅也养不起三个孙子。"红芳骂着："吃他娘×十年药屁事没顶，还得让人替咱受罪！我也想开了，抱的娃更亲。"她眼里突然有了泪水，看看秀娟说："就是给你说了空话，还说我多生几个送你一个养老呢！"秀娟也拿手去抹眼睛，又劝红芳："行了行了，侄子照样能养老，我走不动了他还不给我端碗饭？"红芳说："要是个女子，到了还是人家的人，养大了又走了，还不把人心疼死呀！"秀娟说："呸呸呸，肯定是个男的。"红芳破涕为笑："看，你什么时候能掐会算了！"招呼秀娟出门，"走吧，迟了咱妈又骂呀。"

　　两个人出来灶房，见秀娟锁好了门，红芳就要往院子外面走，秀娟招呼她："你来帮我搬件东西。"红芳跟着进了屋，秀娟从床下拉出两个方便面纸箱子说："一人搬一个。"红芳问："什么呀？"秀娟笑着说："别管！"红芳搬起一个抱到怀里看看秀娟说："这么轻？"秀娟说："不是重东西。"红芳笑着问："到底是什么好东西？"秀娟笑道："好东西就是好东西，问什么！"

　　两个人说说笑笑，一路走回来，看到跛子和福元还在院子里喝茶，兰英大概到灶房生火去了。福元见她们笑个不停，也笑着问："你们怎么了？都喝猫尿了？"秀娟骂道："扯你的嘴！"老头子温柔地问："箱子里是什么？"红芳抢先说："我也不知道，你问我姐。"秀娟吩咐福元："找两张报纸去。"福元问："干什么？"秀娟说："放箱子里的东西，快点！"福元不屑地埋怨："什么好东西，还要摆到报纸上！"红芳说："叫你去你就去，这么不利索。"福元已经起身去了，秀娟和红芳把箱子放到地上。秀娟冲灶房喊："妈，你出来。"

就听见兰英在茅房里答应，一边系着裤子走过来，天光还很亮，她看到了地上的箱子问："谁买的方便面呢？"红芳说："我姐让从她那里搬的。"福元把报纸拿过来了，铺在地上说："好家伙，我看你们要干什么！"秀娟问她妈："我舅舅那里说定了吗？"兰英说："那是我哥，又不是外人，他还要咱的钱啊？"秀娟就吩咐福元："去抱娃娃的时候，把这两个箱子带上。"福元说："人家不稀奇你的方便面吧？"兰英就骂儿子："你知道个屁，现在坐月子都在医院，坐月子的吃鸡蛋，伺候月子的都吃方便面。"红芳附和道："就是就是。"秀娟一边开箱子一边说："这里头不是方便面。"

几双眼睛都跟着她的手去看，箱子打开了，满满当当都是月娃娃的小衣裳，最上面是几双小小的袜子和虎头鞋。红芳第一个叫了起来："妈，你看，你看我姐！"兰英默然地说："低声些，我没瞎！"秀娟又把另一个箱子也打开来，是几床小棉被和小棉褥子，她把它们指给家里人看："抱娃娃的时候用得上，得提前预备下。"兰英讥讽她："这是给人家抱娃娃还是给你抱娃娃？"跛子老头不满地说："你当妈的怎么跟娃说话呢？"秀娟知道这辈子她妈都不会忘记对她的怨恨，习惯了，也不计较，看看福元，黑瘦的弟弟正在那里慢悠悠地笑。

"姐，你可真细心！"红芳由衷的感激之情写在脸上，她把那些小小的衣物拿出来，一件件摆在报纸上看，抬头问："你多会儿做的？这得做个把月吧？"秀娟说："我地里忙，下雨天还要追肥料，这几件东西做了一年多。"老头子忍不住也拿起来看，那小小的衣服拿在手里，仿佛抱着孙子一样让他的神情变得有如一个老太太一样慈爱。兰英却低声地呵斥道："别抖了，不能拿回屋里去慢慢看？有人进来看见算怎么回事！"她讲的是有道理的，秀娟和红芳匆匆收拾进箱子，一前一后端回小两口的屋子里。福元不由自主地跟进来，站在身后看两个女人在床边摆弄小娃娃的衣物，秀娟回头看看他说："奶粉也得提前买下。"福元笑笑说："肯定要买啊，还指望吃红芳的奶？"红芳笑着回头骂他："滚！"

三

跛子看家，其他的人都去医院抱娃娃了。昨天孩子一落地，舅舅就亲自来了，宣布了是个男娃的喜讯，他和妹妹还有跛子妹夫商议，也别等出院后去家里抱了，干脆明天直接从医院抱走，一来趁当妈的奶没下来，还没喂过奶——等回去吃过了奶，再要抱走就等于割肉，万一舍不得送了就麻烦了；二来产妇回去，村里人见只有大人没有娃娃，就说娃娃没成，夭了，计划生育也好过关。兰英说行。这样的事情自然是她定下个啥就是啥了。舅舅又找福元两口子谈话，传达儿媳妇的意思说："罪替你们受了，住院费你们出了吧。"福元笑着说："行，怎么不行！"

次日一早，福元把自己那辆平时拉客人的三轮摩托车的车篷换了新帆布，密不透风，里面坐的是他的妈、姐和媳妇子。福元把车开得飞快，面色愉快而庄重，三个女人从帆布上那一小块方形玻璃里望着他的后脑勺笑，兰英斜着眼说："看把他急的！"

舅舅已经在镇卫生院大门口等老半天了，福元的车一到，舅舅领着三个女人头前快步走，福元抱着那个装棉被的纸箱跟在后面。找到病房，舅舅先进去，然后是兰英，秀娟跟着，红芳提着一兜鸡蛋躲躲闪闪在最后面。福元在门口把箱子给了秀娟，他不打算进去。病房里有三个床位，两边靠墙的床上各躺着一个产妇，都盖着被子，中间的床上没人，放着一个包袱。兰英只看了一眼躺在床上的侄子媳妇和伺候月子的嫂子，眼圈就红了。嫂子抹着眼泪说："大人没问题，先看娃吧。"兰英就走向那张空床上的包袱，娃娃在里面睡得正甜。

这时候侄子提着个暖瓶进来了，笑着和姑姑、表姐、表嫂打招呼，说："福元不进来，在外面站着呢。"兰英说："他一个男人家，进来也没用。"秀娟抱起了娃娃，眼神亮亮地看了看红芳，把娃娃递给她。红芳手忙脚乱地接过来，看着那张小脸傻笑。

侄子媳妇在无声地垂泪，兰英拿过床头的毛巾给她擦擦，也落着泪劝道："娃，别太伤心，咱还不是一家子？以后你什么时候想见，骑车子来就是了。"又对嫂子说："别着急出院吧，多住几天，养好了再回去。"嫂子说："不了不了，这就回啊，就等你们把娃抱走呢。"兰英说："福元装着钱呢。"嫂子就吩咐她儿子："你去和福元把住院费算算。"兰英已经开始催促着秀娟和红芳给孩子换新被褥了，她先把新被褥在床上铺了两层，又亲手把裹娃娃的包袱解开，让那肉肉的小东西在眼前滚着，一边说看这个小伙子，一边把娃娃从头到脚摸了一遍，又提起两只小脚看看脊背和小屁股，确信没什么毛病，才笑不拢嘴地把那小心肝捧起来放到新被褥上，小心地重新裹将起来。

这时，福元探进头来低声喊红芳，红芳抬头看他，福元说："你出来。"秀娟把娃娃抱在怀里，目不转睛地看着那张丑丑的小脸。兰英和嫂子说着话。

楼道里只有福元一个人，红芳问："怎么了？"福元一只嘴角挑了挑，看上去像笑，他说："人家说让咱再出两千块。"红芳瞪起眼睛问："谁说的，舅舅?"福元说:"不是。"红芳就明白了,苦笑:"这又不是卖娃娃!昨天舅舅没有说这个啊。"福元说:"表弟说他媳妇子昨天夜里给妗子说的,说让咱出点怀孕期间的营养费。"红芳鼻子里哼一声说:"咱给她送过多少回鸡蛋了,她怎么不说?"福元说:"算了,别说废话了。你说一句话吧,要行,一定不能让咱妈知道。"红芳快快地说:"行,谁让我不会生呢,迟早还不都得这样!你带的钱够吗?"福元说:"不够,差一千,我马上去海峰的修理铺问他借一千。"红芳说:"傻子,你先给他一千,以后再给不行啊?"福元皱着眉说:"给他算球了!"甩开腿紧着往外就走。

红芳是个心里藏不住事情的,回来再面对妗子和那产妇,依然在笑,但那笑容就有些僵。秀娟一心在孩子身上,兰英倒看出什么不对头来,但她不说。嫂子不容红芳开口,喋喋地嘱咐着什么时候给娃娃打疫苗,喂奶怎样定时定量,并说这是护士再三嘱咐过的。

舅舅进来说住院费福元已经交了,手续还没办完,让兰英一家抱上娃娃先走,以免一起走时碰上熟人不好说。兰英从秀娟怀里抱过娃娃,裹严实了,就往外走,秀娟紧跟,红芳红着脸在最后面。一出病房门,福元在楼道那头看见,掉头就跑。兰英抱着娃娃,缩着肩疾步走着,秀娟红芳跟在后面小跑,能看见福元已经发动了车子,掀起车篷的门帘等在那里了。

上车坐下,依然是兰英抱着娃娃,虽然她上了点年纪,秀娟红芳还是充分信任她的经验。红芳就忍不住笑:"妈,你跑那么快干什么?又不是偷娃娃!"兰英也笑了:"你知道什么,谁身上掉下来的肉谁心疼,这可是个男娃啊,我怕她变卦。"红芳就说:"她变什么卦,连营养费都让咱掏了,我看她还怕咱变卦哩。"突然意识到说漏了嘴,吐舌头也已经来不及了。秀娟望着红芳说:"那会儿福元叫你出去就是说这啊!要了多少钱?"红芳先看了一眼婆婆,假意轻松地笑着说:"不多,两千块,要不是亲戚还不知道要多少呢。"兰英拉下脸说:"要不是亲戚,给多少钱人家舍得把个男娃娃给你?"红芳想不到婆婆的态度是这样,想起自己不会生养来,就闷在那里不说话了。秀娟冷冷地说:"要钱好,要了钱就糊了他们的嘴,将来这娃就不能说是她生的了,她敢跟娃说两千块把娃卖了?"

福元把车开得很平稳,就像船在无风的湖上悠,车篷是新换的帆布,密不透风,里面坐着三个女人一个婴儿,抱娃娃的是奶奶,奶奶旁边坐着姑姑,姑姑对面坐着妈妈。进村的时候,她们把说笑的声音压得很低,外面什么也听不到。

四

有苗不愁长。一家子已经开始商议给江江过满月的事情了,这个名字是妈妈红芳取的,因为他哥家娃叫海海,就随了这个名字。奶奶兰英不爱叫这个名字,她叫孙子小狗子,这个名字是从心上来的,怎么亲怎么叫,也不管红芳高兴不高兴。福元跟上媳妇叫"江江",老头子七星变通了一下,叫"狗狗",秀娟有时候叫"江江",有时候叫"小狗子",有时候只叫一个字:"亲!"

对于是否给江江过满月,妈妈红芳的意见是:过不过吧,不是自己亲生的,过满月,会不会惹人家笑话?福元向来没主见,只说:"娃是咱妈的亲侄孙子,叫她定吧。"红芳这回多了个心眼说:"你别去问,你去问万一不合适该让妈生气了,你让咱姐去问。"福元就去老磨房找秀娟,秀娟听了说:"过,为什么不过?养的比亲的更亲!我去跟妈说。"

黄昏,从地里回来,秀娟洗了洗就过来帮妈做晚饭了。每次秀娟主动来,兰英都会心情很好,一口一个"娃"地叫着。这个时候最快乐的是跛子,老头子看着老伴渐渐看开了秀娟的事情，不再把娃当眼中钉肉中刺，望着她们的眼神就越发温柔得近乎迷离。此刻，手里摇着躺在自己亲手制作的童车里的孙子，娃娃苹果般的小脸和藕瓜似的一节一节的胳膊腿儿，总使老人想起秀娟刚生下来的时候，那是他的第一个孩子呀，他对她的爱和对她一辈子的祝福简直无法形容，后来，这一切的美好心愿都化成了泡影，就像几十年后对兰英和"土匪"长盛的恨也化为了泡影。跛子并不是那么粗心的人，他能看出秀娟的长相和神气一点也不像长盛——近四十年的观察使他敢下结论，秀娟和福元不同，她绝不是长盛的种——这使他对秀娟是自己的亲生多了许多幻想，而这幻想，兰英竟从来没让它破灭，而且看来这辈子都不会破灭，这给了老头子无限大的安慰。

此刻，坐在梨子树下，望着兰英秀娟母女在灶房门口择着菜说笑，老头子笑呵呵地摇着快一个月大的孙子，竖起耳朵来捕捉着她们的话音，希望能够插上几句。

秀娟说："妈，福元和红芳想给娃过满月。"

兰英压低声音笑道："这一对脸皮真厚！"

秀娟也笑了，责怪自己的妈："看你，先笑话人家了，人家就是怕外人笑话！"

兰英马上就成了一副同仇敌忾的面孔，厉声道："笑话？打破他们的脑瓜！我的娃我想过就过，谁看不惯谁别来，请他们去了?！"

跛子发表意见说："你这人真是，着什么急，这村子里谁敢笑话你？"

兰英喝道："静着！"

跛子不服气地发出"喊喊"的声音，把那母女逗得咕咕笑。

一阵摩托车声响，福元开着车从大门进来了。车没停稳，车篷的门帘被撩开了，红芳从里面跳到地上来，跛子适时地柔声责怪："慢着，看摔着！"

红芳看到秀娟在，打招呼："姐，你来啦。"秀娟笑着说哦。福元把车停好，走到跛子那里弯下腰逗了逗娃娃，才笑眯眯地到灶房里打水洗脸。红芳先去抱起娃娃，蹲到择菜的母女面前去，兰英不搭理她，是嫌福元拉完客人又专门去地里接了媳妇子。秀娟说："福元，明天别去跑车了，和红芳去集上买菜吧。"福元没反应过来，红芳一脸惊喜地问道："给娃过满月呀？"她去看婆婆的脸色，兰英不动声色，这并不影响红芳快乐的心情，她从来不在乎这些，她只知道自己的办法奏效了，就对秀娟眨了眨眼睛。

跛子很郑重地发表意见说："不用专门去买菜，现在谁家办事还自己买菜？都用'理事会'了，买菜、做席面、上菜全是人家的事，你只要找个总管管花销就行了。——该省的心不省！"

兰英没吭气。红芳就提高声音说："福元，咱用'理事会'吗？"

福元正拿毛巾擦脸，嗡声说："怎么不用？"

红芳说："那你在你的伴儿里找个人来当总管吧。"

福元说："海峰吧，他是副村长。我明天出车时跟他说。"

红芳说："你今天晚上去镇上的修理部找他吧，叫他明天一大早就来商议。"

兰英终于发话了："着什么急，天黑开车多操心，福元别去。明天去外村联系'理事会'的时候捎带告诉他还不行？"

于是又讨论用哪个村的理事会，一致同意北张村的张呆子手艺最好，席面不浪费，收拾得也干净。

最后兰英说："红芳明天回下你娘家，让你妈找几把干净稻草，扎个'草芽儿'，让你哥赶后天天亮前拿来挂到咱家门楼额上，还得写张喜帖，贴在'草芽儿'后面，村里人看见就知道咱们要给娃过满月了。"

红芳问："妈，什么是'草芽儿'？什么是喜帖？"

秀娟就笑了："这也没见过啊？'草芽儿'就是用稻草扎一个房子的样子，里面是个小草人儿，穿着红袄绿裤子。生的是男娃，大红喜帖上就写'栋梁之材'，女子就写'巾帼英雄'。"

福元说："姐你别告诉她，没吃过猪肉也没见过猪跑？"

一家子都在笑话红芳的少见识，红芳不好意思地笑了，还像个小女娃一样红了脸，她不服气地问兰英："妈，福元满月的时候喜帖上写的是什么？"兰英想想说："那个时候兴写'雷锋再世'，好像写的就是这个。"红芳就抱着孩子笑得坐到地上："哈哈，看不出来福元还是雷锋转世！"跛子叫着："看娃摔了，看娃摔了！"歪歪斜斜地跑过来抱过小狗子江江。

五

理事会提前两天就来了，盘了灶给前来帮忙的村里人做饭。女人们聚在热气腾腾的屋子里和面蒸小花卷馍，一笸筐又一笸筐；男人们来了没事可做，就打扑克"斗·地主"，到吃饭的时间就每人拿一个碗，到大铁锅里打烩菜，端到桌子上去吃，理事会的人给桌子中间放一大盆冰凉的花卷，一圈手一伸盆子里就剩不下两三个了。看那些碗里，泡着掰碎的花卷，是嫌凉，手里还抓着一个。兰英在窗户里看见，心里直骂："这是来帮忙的？饿死鬼转世！"

好的理事会是为主家着想的，正日子前一天的晚上才做正经的菜：炸酥肉丸子、粉条丸子，炸豆腐片，炸好的整鱼和炖好的整鸡在偌大的洋瓷盘里摆得像表盘，都放在灶房里猫狗祸害不到的保险地方。张呆子后半夜把火封了才回去，第二天天不亮就来了，把火捅开，开始用肉丸子和炸豆腐炖比前两天油水大很多的烩菜，犒劳那些早早来帮忙的邻居们。

正日子这天最有威严的是总管，脸色很庄重，眼神很大气，举手之间就是发号施令，但总是恩威并施，四个口袋里鼓鼓的装的全是没拆封的香烟，碰上有那敢于挑战总管权威的小年轻，只要厉声喊过来，悄悄给口袋里塞上一盒，马上就是亲兵了，叫干啥干啥。早上来的小年轻不多，因为村外的国道边正建设一个大厂子，都去那里找活干了，都是些受苦的土工活，但据说工钱开得还及时。家里有农用车的，都开着大小"金刚"去拉土方，拉一车领一张票，最后凭票结账。中午的时候，都来吃饭了，总管给每张桌子上都放着个盘子，拆几包香烟放盘子里，抽的时候方便，也防止有人整盒的拿去，但也有那聪明的，拿出个抽完的空烟盒，把盘子里零散的香烟一支一支装进去，还是一盒。如若被总管看见了，只需要做个鬼脸，大多数时候总管会假装没看见，但一会儿派活儿到你头上的时候，懂事的就乖乖地服从，这样大家都有面子。

刚订婚的军军望见总管海锋刚转过身走向灶房，对同伴强说："快，快装！"块头很大的强抓过一把香烟来就给自己的空烟盒里装，结果只进去两支，其他的都撒在了桌子上。军军急了，伸手来帮忙，旁边的人都哈哈大笑，起哄。军军干脆把烟盒抢过来自己动手，强不给，两个人推推搡搡了半天，才装了半盒，看见周围的人都不吭气了，一回头，海锋就站在他俩背后静静地看着。强一吐舌头，把烟盒给了军军，军军临危不乱，很镇静地把烟盒装满，装进了自己口袋。海峰默默地转身走了，一桌子的人就起哄，把那一盘子香烟全部瓜分了。谁也没想到，海峰又回来了，还站在他们背后，有那听话的年轻人就缩起了脖子，不由低声嘟囔："海峰叔！"海峰从后面把手伸进军军的上衣口袋，把那盒烟拿出来，"哧——，"烟盒撕成两半，烟又回到了盘子里。小年青们都嘲笑地望着军军，军军扭过头，挑衅地望着海峰，眼里是不无胆怯的怒火。海峰从口袋里掏出一盒没开包装的"红河"，插到军军空着的口袋里，慢悠悠地说："没烟了，跟你叔叔说嘛！"若无其事地转身去了。

军军吐吐舌头，转脸用得意的眼神打量着一桌子羡慕的人，说："打牌！"哄一声，无数的手都伸向他被烟盒撑起的口袋，吓得他一个后仰倒在地上，捂着口袋死活不撒手。

一院子的人都被这边的闹剧吸引，秀娟也朝这边望，笑着责怪道："这些娃们，就不知道歇一歇。"

兰英的哥嫂和娃娃的亲妈亲爸半上午来的，兰英陪着在红芳的屋子里坐着，和红芳的娘家人一起对娃娃的胖瘦和长相品头论足。兰英嫂子说："嘴长得像红芳。"红芳不好意思地说："又不是我生的，怎么能像了我？"兰英嫂子就说："你看这女子傻的，谁养的就像谁，娃娃都是看着长得嘛。"于是又说起谁谁家都是抱的孩子，神气长相比亲生的还像，可笑死了。兰英不像红芳那样没心没肺，不喜欢听这些，笑脸说出去看一下，出来一放下门帘，脸就沉下了。在院子里找到总管低声念叨了两句，海峰就一路走进堂屋，撩开红芳屋子的门帘说："亲戚先坐席，要走远路！"兰英嫂子说："不远，不急。"那媳妇却对没吃过自己奶的亲骨肉没有当初被抱走时那么动情，对婆婆说："坐吧，听人家的安排。"一屋子的人就出来坐席，被总管安排在堂屋的桌子上，那是身份特殊的客人才能坐的席面。海峰又每个屋子里喊了一遍："亲戚先坐，亲戚先坐！"又到院子里赶那些已经坐满桌子的村里娃娃，"起来，让亲戚先坐，人家吃了要赶路！"

坐下来才发现找不见了跛子，他该陪兰英哥坐的。海峰又找福元，也不见，有看见过的人说父子俩顶了几句嘴，就都不知道去哪里了。海峰就找到兰英说："婶子婶子，我叔叔和福元都寻不见，总得有个人陪人家喝酒吧，要不你先坐？"兰英把颧骨那里的肉都耸了起来，笑着说："我多会儿坐过席？还喝酒哩，你婶子是那有出息的人吗？"海峰为难地说："红芳呢？"兰英说："找福元去了，让我给她看娃娃呢。"海峰说："怎么呀，让我秀娟姐陪人家？"兰英问:"合适吗?"海峰说:"合适,又不是出嫁女。"

海峰在院子里找到秀娟,说:"姐,你先顶顶,我叔叔和福元回来你的任务就完成了。"秀娟是男人的性格,也不考虑一下,就坐到桌子上了。

兰英的哥嫂在家里每顿饭都习惯喝二两的,有不花钱的酒当然要放开喝个饱,秀娟陪不起酒,那妗子就劝道:"娃,喝一点,喝一点这世上就全是顺心的事情了。"一来二去,秀娟就喝了几杯,看着舅舅妗子都成了四只眼睛,再有人劝,仰脖就是一杯,一点也不辣了,跟凉水没什么两样。外面的流水席已经开了,红芳送自己娘家的人走半天了,这边兰英娘家人还在喝。海峰进来敬酒,才看到秀娟的眼神都喝直了,赶紧出去悄悄吩咐红芳:"赶紧把咱姐搀出来,再喝要出事了。"红芳小跑进堂屋,把秀娟往出劝,秀娟不走,口齿不清地说:"娃满月他姑姑高兴,我要再和他亲爸亲妈喝两杯。"那亲爸亲妈也看出表姐喝太多了,帮忙劝,几个人好容易把秀娟从座位上拉起来。正要往兰英屋子里送,兰英闻声从红芳屋子里出来,低沉地喝道:"送她回自己家里去,别在我这里丢人!"红芳叫道:"妈!"海峰说:"送过去送过去吧,你妈屋里人也满着呢,万一咱姐要吐要哭的,不好看。"

秀娟没吐也没哭,她从站起来的那一刻就神志不清了,什么也听不到,只感觉云里雾里地飘。几个人把秀娟扶出来,海峰一眼看到吃完抹嘴准备走的军军和强,喊一声:"军军,看外面谁的三轮摩托在,和强把你姑姑送到老磨房去。"那两个二十出头的少年不敢磨蹭,赶紧往院外跑,可巧强叔叔新买的三轮摩托就在巷子里,他正是开着它来的。把秀娟架进车篷里,红芳也打算上去照顾秀娟的,还没上车,那舅舅妗子和江江的亲生爹娘也出来了,要回去,红芳只得嘱咐强开慢些,和兰英一起送客。

三轮摩托突突地开出巷子,亲戚还在寒暄,就看见跛子从邻居家出来了,原来是和儿子生了气,找人喝茶解闷去了。接着福元也开着三轮摩托回来了,车停下，下来一个媳妇子和脸上抹着紫药水的半大小子。是红芳姑姑家的媳妇子和姑姑的孙子，那会儿小孩子好奇要开福元的摩托，结果撞到树上，把脸蹭破了皮，福元饭也没顾上吃，赶紧带他到镇上去抹紫药水了。

亲戚都送完，流水席也接近尾声了。红芳想起该去看看秀娟时，已经大半后晌了，可一时还走不了。

六

天压黑时分，红芳捎带送了借别人家的几件物什，来看秀娟。走进老磨房，推秀娟的屋门，竟没推开，就趴着门喊："姐，姐——？"没人应，再看看门，是从里面闩上的，就拿巴掌拍门，一下比一下重，嘴里喊："姐，我是红芳，开门来！"还是没动静，红芳就觉得后脖梗子发麻，怕秀娟是出了什么事。正要出去找人来，有人在外面喊："秀娟？"是跛子听说秀娟喝多了不放心，也赶来了。红芳已经控制不住自己的声调，大着嗓子说："爸，我姐把门从里面插着，叫也不答应。"跛子就叫了几声，果然没声响。红芳说："爸，不会有什么事吧？要不你在这里看着，我去叫福元。"跛子说："跑快点！"

福元听说了并不急，笑着说："喝多了就是这样，叫不醒。"但他还是马上就开着三轮摩托车拉着媳妇到了老磨房，老头子还在那里叫喊，已经有两个热心的邻居过来看究竟了。福元进来瞅瞅，门是暗锁，没有钥匙是绝对打不开的，除非撞开，但福元觉得没那么严重，不必要撞门，他推开仰着写满紧张和期待的脸哀求地盯着自己的老子，走过去打开摩托车的工具箱，找到一把长改锥，笑眯眯地走进来对邻居们说："没事，没事，又不是冬天怕煤气中毒，就是喝多了，回去吧，回去吧。"跛子和红芳也机械地跟着赶人，邻居们就不甘心地退了出去，眼神闪闪烁烁，站在院子里不肯走，低声地议论着。

福元把改锥的刀头深深地插进锁眼里，握住那木柄使劲一旋，鼻子里发出"嗯——"的一声，锁子就被撬坏了，卡轴心的弹簧断了，锁心跟着螺丝刀随便转。跛子眼睛一亮，伸过手去握住球形门把，还是转不动。福元把改锥交给老子："拿着！"腾出两只手来握住门把，又是"嗯——"的一声，那门就开了。他把门推开，红芳趴在他背上探头探脑地问："在吗？咱姐在吗？"福元往进走着拧回脖子说："你自己不会看？"从福元的背后，红芳依稀看见秀娟背朝里躺在床上，屋子里酒气熏天。福元打开墙上的开关，就看到床边吐下一摊秽物，秀娟黑色的裤子扔在地上，皮带像一条蜿蜒的蛇。跛子一蹿一蹿地奔了过去，红芳轻手轻脚地往跟前蹭，她绕到床那边，看到秀娟脸色苍白，干结的汗水把发丝贴在脸上，鼻孔里呼出很粗的气息。红芳蹲下来轻轻地叫着："姐，姐，你难受吗？"秀娟睁不开眼睛，无力地抬起一只手掌，轻轻地摇了摇。红芳仰头看看站在床尾的福元，福元说："凉茶解酒，我回去端一壶凉茶来。"松了一口气的跛子催促道："快去，快去！"他把闺女的裤子拾起来，搭到一把旧折叠椅上，跟在福元的后面去门背后拿笤帚，又跑到灶房去用小铁铲在炉子里挖来满满一铲草木灰，撒在呕吐物上，小心地把它们扫进簸箕里，端到院子里倒掉。回来后对正给秀娟喂水的红芳说："你看着她，我回去把你妈换过来给你姐洗洗。"红芳说："等下福元过来开车送你过去。"跛子气鼓鼓地说："用不起！"

跛子在家看着娃娃，福元开着摩托车拉着他妈来到磨房。兰英一眼看见秀娟的样子，沉着的脸就如同阴云里爆发了闪电，骂道："你说你这算怎么回事？你是我奶奶，你是我奶奶还不行吗！"红芳不满地嚷道："妈，你也不看我姐难受成什么样子了？"兰英说："该，她逞能哩嘛，自作自受！"红芳嘟囔着："这人心真狠！"低头看见一行泪水越过秀娟微微有些皱纹的鼻梁，和另一只眼睛流出的泪水汇成一股，终于消失在枕巾的沙漠里。兰英的怀里还抱着个茶壶，狐疑地望着搭在椅子上的秀娟的裤子。三个女人半晌都不言语。

福元给屋门换好了新锁，进来拿过茶壶放到陈旧的木桌上，倒了一杯酽茶，递给红芳。红芳说："姐，起来喝一口凉茶吧。"秀娟撑起身子抖抖地握住茶杯，"咕咚咕咚"两口喝干，又躺下了，似乎不愿意看她的妈。

兰英在那把旧折叠椅上坐下，命令福元："福元你和红芳回去，我和你姐待一会儿。"福元迟疑地问："你呢？"兰英拉长着脸说："我一会儿走回去就是，又不是在城里京里的！"福元就望向红芳，红芳有些心烦地看看他，低声对秀娟说："姐，那我先回，咱妈在这里招呼你。"站起来欲走又止，俯身问道，"你吃点什么呢？我到那边给你去端碗丸子汤吧？"秀娟摇摇头，没言语。红芳只好跟着福元走了。

听到摩托车声远去，兰英过去把门关上，回来依然坐在那把离床很远的椅子上，声音毫无感情色彩地问："怎么了呢？"秀娟躺着没动，声音暗哑地回答："没怎么。"

"你把我当傻子，我吃的盐比你吃的饭也多！"当妈的紧逼不放。

秀娟咬着牙不说话。

兰英有气，毕竟不如年轻时的心肠硬，不由坐到床边来，声音柔和了些，转着眼珠问："大白天的，脱了裤子干什么？"

秀娟说："我难受，准备睡觉呀，就脱了。"

兰英把手放到秀娟的薄被子上，尽量用了慈母的语调问："秀娟，今天就咱娘们俩，你说实话，你不愿意嫁人，是不是怨恨我？你说实话。"

秀娟冷笑："你真可笑，我不嫁人，怨你干什么？有意思吗？"

兰英长叹一声说："娃子，你苦，妈知道，你不嫁人，就是让妈活着不如死了！你六岁的时候碰到妈和那该死的'土匪'在你梅子婶子家的炕上，吓破了胆，妈也知道。你觉得妈不是个正经女人，可是你知道妈为了谁？还不是为了你和福元？妈命不好，嫁了个'武大郎'，成了人的笑话；妈怎么忍心再生一窝'武大郎'，让儿女也成笑话？妈错了吗？天地良心，妈要是为了自己，让我死到大年初一！"

秀娟忽地转过身来，红红的眼睛瞪着亲妈，不耐烦地嚷："你别说了！告诉过你多少遍了，我不嫁人，和你没关系没关系，你以后别再说这些话了！"

兰英抹了把眼泪，歇斯底里地说："把我死了吧，把你们都死了吧！"站起来，直撅撅地走出门去，把门摔上了。

七

兰英摸黑走进巷子，将近自家院门时，看到有个人正站在门口朝着灯火依然通亮的院子里探头探脑地张望，她收住脚问道："那是谁呢？"一个女人受惊的声音回答："婶子啊，是我。""谁呢？"兰英上前几步借着光仔细看，"玉翠啊，怎么不进去？"原来是强的妈玉翠。玉翠说："我家强说来你家帮忙了，还不见回去，我来找，看见院子里早没外人了吗？"兰英说："强不是在那个什么厂的工地上干活吗？"玉翠担忧地说："就是呀，人家工头说他后晌就没去。"兰英说："小伙子家的没事，也许中午在我家喝多了酒，到谁家玩扑克去了吧？"玉翠说："兴许是呢，我到军军家问下去，婶子你回去吧。"兰英说："你不进去了？给你端碗菜吧，剩下可多菜呢，天气热了，明天怕就放坏了。"玉翠说："那就端一碗，我先送回去再到军军家去找强。"

玉翠跟着兰英进了院子，到厨房里端了一碗做酒席剩下的菜，说了几句闲话走了。兰英心情好了些，想去看看孙子，问福元："红芳看着小狗子呢？"福元说哦。兰英就进了红芳的屋，红芳是个没心机的人，看见婆婆进来，笑着问："我姐好些了吗？她不吃点什么？"兰英早趴在孙子跟前，有心无心地说:"别管她,死不了。"红芳说:"看你说什么!"又问:"刚才谁来了?我听见有人说话。"兰英说:"玉翠找她家强,鸡巴娃不知道到哪里云游去了。我让她端了碗菜。"红芳说:"我姐中午喝多了,就是她家强和军军送的,开着辆新三轮,肯定是跑到镇上打台球去了。"兰英只顾和一个月大的孙子说话,并没有听见媳妇子的话。

第二天一早,秀娟过来拿喷雾器,要去给刚秀穗的小麦喷洒防止吸浆虫的农药,先进来看小侄子。红芳见她眼睛肿肿的,脸色也灰白,说:"姐你好点了吗?要不你给我看娃,我给你打药去算了。"秀娟依然是她那恬淡的笑,说:"不用不用,一点酒毒不死我!"红芳对她做个鬼脸,指一指婆婆屋子的方向。秀娟似有似无地笑笑,并不当回事。出来碰见兰英,当妈的亲热地问:"娃,有炸好的鱼,你这几天过来吃饭吧?"秀娟说行。跛子知道闺女没把她妈的话当话,补充说:"打完药过来吃早饭。"秀娟说行。

前脚秀娟走,后脚玉翠胳膊底下夹个碗又来了,红肿着眼睛,带着哭腔说:"该死的强到现在还不见影子,军军昨晚也没回去。"她看着兰英,试探又决绝地问,"说是两个娃昨天晌午开三轮送秀娟回磨房去,就再没见影子?"兰英的脸就开始变酸:"看你说的,秀娟一个女人,能把两个小伙子吃了?"玉翠说:"好我的婶子哩,我不是那个意思,我就是想问问秀娟知不知道两个娃后来干什么去了——刚才我去老磨房,秀娟的门锁着哩,有人说看见她到前面来了,我就跟过来问问。"兰英依然沉着脸说:"我问了,她不知道,她喝那么多酒,话也不会说了,怎么能知道?"玉翠就开始抹眼泪,有大哭一场的意思。兰英硬硬地说:"你还不到工地上问问,别是出了什么事工头瞒着你!"玉翠也没听出这话里的毒来,只觉得很有道理,直魂飞魄散,转身就走,走了两步又回来,把碗还给兰英说:"婶子,你的碗。"

兰英望着她慌慌张张的背影,低声骂了句:"那嘴门上也不安个栅栏!"

她本来想回屋里看孙子,想到玉翠可能去地里找秀娟,就急急地出了门,抄近路向河边的地里走去,她走得飞快,不想被别人看见,——她这一辈子可是从来没下过地的。

同一时间,福元正把一个客人拉到县城的火车站,客人进站后,他没有走,在车站前面和几个同样开三轮的抽烟闲谈,他不多来火车站,向他们打听下一趟列车什么时候到站,想顺脚拉几个回本乡镇的客人——如今油价又涨了不少,福元不想放空。一转头,就看见军军和强正蹲在候车室外的台阶上抽烟,他想起两个娃的妈昨晚找他们的事,想告诉他们一声,就喊了一声:"军军——!"军军一抬头看见是福元,没有答应,慌慌张张拽了一把蹲在旁边的强,两个人跑进了候车室。福元想,这两个鸡巴娃这是哪根筋不对了?也不跟家里人打个招呼就坐火车走啊,想去南方打工?寻思了半天,觉得为他们的父母着想,应该问问这两个娃打算去哪里,就走向候车室。

这趟火车就要来了,人都排着队检票,福元进去的时候,看见军军和强刚进了检票口,他喊了一声:"强——你妈找你哩!你们去哪里?"两个娃飞快地跑向了站台,也没见拿什么行李。福元跟过去,检票员拦住了他,冷漠地说:"送人不能进站,去买站台票。"福元正犹豫是不是该去买张站台票,从弹簧门的玻璃里看到那些开三轮的都涌向了出站口,显然生意需要抢,他就想:"算了,没钱了他们就会回来的;看见我就跑,肯定不想让我知道去哪里,问了也不会说。我还是抢客人去吧,不能放空费油。"

福元送完客人,回村里吃午饭,路过国道边的厂子工地,看到强的妈玉翠正在那里跟工头哭闹,他把车开过去,喊道:"嘿——嘿——嫂,你家强和军军坐火车走了。"玉翠惊愕地望着他,福元笑笑说:"我刚才在县城火车站送人,看见俩鸡巴娃,叫他们,他们就跑。"玉翠用巴掌抹了抹脸上的泪水问:"你没问他们去哪里了?"福元说:"我想问哩,鸡巴娃跑得太快,上火车了,人家不让我进。"玉翠问身边的工头:"这俩娃干得好好的,怎么跑了?"工头的眉头拧成了疙瘩,不耐烦地把烟屁股扔地上说:"谁鸡巴知道!现在你知道人没死我这里就行了!"转身摇着头走了。

福元对玉翠说:"嫂,回去吗?我捎你。"玉翠拉住他说:"福元,你赶紧拉我去县城火车站!"福元笑了:"迟了五百年了,火车这会儿到上海了!"玉翠突然面目狰狞,厉声怒骂儿子:"鸡巴娃,好生把你死在外面!"

八

有闲话在村里传开了,说军军和强那天趁着秀娟醉得不省人事,把比他们大了一辈的老女子糟蹋了,两个小畜生怕秀娟告他们强奸,畏罪潜逃了。有那持反对意见的人说不对,谁不知道秀娟是男人的脾气,真要被人害了能不气死?可是你看秀娟还跟以前一样,侍弄着她那两亩口粮田里的麦子,跟没事人一样,不像,肯定是瞎说。

家家都在议论这件事,只有兰英家最清净,舌头最长的妇人也不敢到兰英跟前翻这闲话,都知道她是一门理:你来说闲话,你先不是好人!因此一家人像傻子一样耳根清净,乐呵呵地过日子,没有去寻思快成了疯子的玉翠怎么突然就不来找她家强了。兰英看着小狗子不出门,红芳满村子跑,偏她又是个没心机的,人家的话拐个弯她就听个表面的意思,也从来不琢磨别人古怪的眼神。

这天红芳帮秀娟清洗完准备装新麦的化肥口袋,急着回去看看娃娃,路过军军家那条巷子,就看见玉翠倚着水泥电线杆,正和人说话,有个妇人靠墙站着听,只能看见半个身子,看不见脸,可能是军军的妈巧香。玉翠背对着巷子口,没瞅见红芳过来,正压着嗓子骂人:"我正要去找那个老×,问她个不是,她以为她的老女子真是尼姑子?凭什么我们两个好小伙子非要日她个嫁不出去的老女子?肯定是她女子守不住了,借酒撒疯勾引我娃理嘛,她美过了,把我娃吓唬得跑没影了,她还装得跟没事的一样。我看就是家传,她母子年轻时偷汉子,她也偷人,她们一家子都偷人,那个娃娃说不定就是福元和城里哪个小姐生的私娃子……"她突然看见巧香瞪起眼睛看自己身后,赶紧住了嘴,但是已经太迟了,红芳的两只手弯成爪子从她额头到下巴齐齐抓下,就是十道血印子。玉翠像杀猪一样号叫起来,伸手去抓红芳的胳膊,红芳不言语,脸刷白,一手揪住玉翠的头发,一手就去扯那妇人的嘴。巧香呆了一呆,赶紧去抱红芳的腰,红芳依然扯着玉翠的头发不放手,嘴里只念叨着:"扯你的狗嘴,扯你的狗嘴!"玉翠满脸的血,号哭着一头撞向红芳,把两个女人都顶在墙上。

这时有一对串村卖菜的夫妻和一个路过的男人叫嚷着过来把她们分开了,又有两个半老太太过来,说着一些惯用的毫无针对性的劝架的话,指责打架的双方"真可笑",应该"快回家去"。红芳并不回去,靠着墙根坐下来,刷白着脸,喘着大气,指着玉翠骂:"你再胡说一句,你再胡说一句试试,我就坐这里等着,你再说一句立马、立马扯烂你的狗嘴!"年纪大身体弱的玉翠果真不敢乱说了,只披头散发地大哭:"我的强啊,你死到哪里去啦?你妈回去就上吊啊——!"一个老太太劝说她:"强妈,你能打过年轻的?快回去洗洗脸,别让人看笑话!"另一个老太太过来拉红芳:"女子你也起来回去吧,你不知道她嘴不好?别和她计较啊。"红芳不起来,把脸埋进两膝盖间放声大哭。

兰英是个爱看热闹的,听见街上闹,把孙子给了跛子就跑出来大街上看,碰上玉翠满脸的血,还关切地问了句:"这是怎么了?和谁啊?"没人搭理她。走到跟前一看，红芳坐在地上，声调就失了控："红芳，这是怎么哩呢？"红芳抬头看见婆婆，眼神说不清是亲还是恨，只说了个："妈你别管！"起来就往家走，屁股上的土也不知道拍打下。人也就散了，只有几个留下来围着军军妈巧香，看来打算探问议论一番。

兰英恼恼地跟进了家门，红芳已经回她屋里哭上了。跛子小心地问："怎么回事？"兰英沉着脸说："和玉翠打架，把人家抓了满脸血。"又说："该，把那个神经婆娘的嘴扯了才好！"在院子里站了站，寻思还是该去问问红芳怎么一回事，就进了屋。

红芳已经不哭了，在床上躺着。兰英立在地下问："好好的怎么在街上干上了？"红芳依然咬牙切齿地恨道："该死的婆娘嘴里不好受，在街上宣传我姐的闲话。"兰英就紧张起来："你姐和个死人没两样，有什么闲话？"红芳厌烦地说："你坐在家里什么也不知道，人家都说娃满月那天军军和强送我姐……"她看看婆婆的脸色，接着说："那两个小坏仔把我姐害了，害怕告他们，就跑了……"又看看兰英，"也不知道是不是真的。她们在街上嚼舌头，正好被我撞见，我先把那个浪婆娘抓了个满脸花，又扯她的嘴！"红芳又激动起来。兰英把目光从红芳脸上挪到墙角，呆了半晌，低声恨道："辱没先人啊！"慢慢转过身，撩开门帘，出去了。

红芳见兰英回自己屋里了，怕玉翠男人来闹事，自己要吃亏，就从堂屋里把自行车推出来，飞身上车，去镇上叫福元去了。走时叫公公把院门关上，自己回来叫门再开。跛子抱着娃娃不明就里，问着怎么了怎么了，红芳什么也不说就走了。跛子关了院门，回屋想问问兰英，兰英躺在床上，闭着眼一声不出。

红芳找到福元，福元并不想回去，不耐烦地说："别听她们胡说八道，咱姐不是那种人。"红芳吓唬他："咱妈可气病了，回不回由你吧。"福元是个孝子，一听就把红芳的自行车放三轮子上，两口子赶了回来。

回来一看，当妈的真的病了，不吃不喝，也不和人说话。秀娟正坐在床边掉眼泪。

九

小两口商议了半天，福元去院子里了，红芳把秀娟叫到自己屋里，悄悄地探问："姐，到底是不是真的？"秀娟坦荡地看着弟媳妇说："什么真的假的，你也神经了？"红芳不好意思地笑了："我当然不信……咱妈问你了吧？"秀娟摆摆手说："问了，我说没有，她不相信嘛！"红芳也不相信秀娟的话，但她愿意相信大姑子，就说："谁再胡说八道，我扯她的嘴！"秀娟说："再有几天好太阳，麦子就焦了，电视新闻里说南边已经开始割了；我没工夫和咱妈生这肚子气，她愿意睡就睡着，我回去呀。"红芳说："只要老太爷不捣乱，也不用慌，反正都是要联合收割机，到时候我和福元帮你去拉麦子口袋就是。"秀娟说行，那我走呀。

秀娟来到兰英的屋里，对睡着的妈说："你这人真可笑，老了老了看不开了；我都四十岁的人了，还不知道个事情的反和正？用你对我这个样子？我一个人要干的活儿还很多，没工夫和你生这口气，你睡着吧，我走了。"秀娟说走就走，到院子里抱过小侄子亲一亲，又还给老头子，低声说："爸，我走了她就起来了，你不信看着。"红芳捂住嘴笑，福元没听清说的是什么，也跟上笑。

估摸着秀娟走出巷子口了，兰英突然冲出了屋门，站院子里冲门口骂："厉害死你个奶奶，你脸比那城墙还厚，我丢不起这人！你和没事人似的，我们怎么出去见人？你把我气死吧……"她的头发也睡乱了，起来得太快，这会儿只觉得头晕目眩,赶紧说:"福元给我拿把椅子。"福元拿把椅子放在她屁股后面,兰英坐下来,谁也不看,把脸冲着大门口。红芳接过公公怀里的江江,抱回去了,说:"太阳太毒了,我让娃回去睡会儿。"跛子说:"我去做饭,福元妈你想吃什么?"兰英说:"什么也不吃,气也气饱了!"语气已经是很松动。福元说:"生气顶什么用?要是真有这事情,等那两个小坏仔回来,我把他们都骗了。可是看我姐的样子,不太像。"兰英瞅瞅儿子:"你懂个屁,肚子大起来才像啊?你姐心善,从来是不害人的,吃了亏也不吭气——我就是生她这个气,你说年轻的时候死活不嫁人,现在落下这个名气,活着窝囊不窝囊!"福元说:"还不是你这辈子太争强好胜,遮盖了我姐?"兰英斜儿子一眼说:"哦,你们都怨我吧,好歹把我气死了吧!"起来就回屋里去了。跛子埋怨儿子:"她好不容易起来,你又惹她干什么?没事你去给你姐帮忙,一会儿叫她过来吃饭。"跛子是最心疼闺女的。福元不高兴地说:"这还用你嘱咐?我姐就那二亩地,现在又都用联合机,我捎带就给她干了,倒是熬煎咱这一大家子的吃喝吧!"

就听见有人进了院子问:"我婶子在吗?"福元一看是军军的妈巧香,心里就有火儿,说一声:"屋里呢。"干他该干的事情去了。巧香尴尬地笑笑,对灶房里的跛子打个招呼,一边往屋里走,一边喊着:"婶子?"就看见兰英脸朝里躺在床上,于是在床边坐下,就开始"呼哧呼哧"地哭了起来。兰英转过来,阴沉地望着她说:"我养的女子不正经,勾引了你家娃,让你伤心了?"兰英的刀子嘴是没几个人能招架了的,巧香抱的就是个服软的态度,撩起衣角擦着泪说:"说实话哩婶子,我也不知道究竟是怎么回事,都是玉翠那个×胡说呢,村里谁不知道秀娟的为人?要造孽也是两个小畜生造的孽……可是婶子,说实话哩,我家那军军再淘气,他从小不是那胆子大的,强也是个木疙瘩,我真不相信他俩娃能做出这种不是人的事情来。也许,是个误会？秀娟没说什么吗？我们不能问，婶子你当妈的就没问一问？"兰英不是糊涂人，听人家说的在理，也就坐了起来，一边说："我也不相信有真事情，可人嘴里带毒啊，还有那不要脸的婆娘自己站在街上宣传，也不怕她儿将来说不下媳妇。"听到这个茬儿，巧香又哭了起来："该死的军军，也不给家里打个电话，不管他妈的死活。婶子，不怕你笑话，不知道哪个嘴长的把闲话翻到了我亲家哪里，人家捎来话了，说收麦前军军不回来，那就是逃犯，就要和我们退婚，你说这刚花了万把块钱订了婚，人家要反悔了，到哪里去要钱啊！"巧香哭得很凄惶，兰英有心劝劝她，又不愿意让她觉得自己理亏似的，就说："不行就报案，让派出所去找。"可把巧香吓着了，抓住兰英的胳膊说："婶子，你要报案我就给你跪下！"又哭了起来。兰英趁机拿她一把："不报案也行，你去跟那个烂婆娘玉翠说，她要再敢到处煽风，说我女子的坏话，就是逼我报告派出所。"巧香一万个应承："行行，婶子，我去骂她，我就说去骂她哩，都是她那张嘴不好给我惹下的事情，我家军军要真退了婚，我就提上尿盆子天不亮去她家大门口骂街。"兰英说："你坐一下，我去上茅房。"伸脚去钩地上的鞋，巧香赶紧弯下腰去从床底下帮她把鞋拉出来，嘴里说："我不坐了，回去做饭啊婶子。"

　　半夜里，跛子正睡得好，被人推醒了，睁眼看，昏暗中兰英坐在自己的单人床上，眼睛里仿佛有星光。老头子问："你神经了？"兰英低声说："福元爸，我说了你别生气，其实要是咱秀娟真怀上了，生下个带把的来，那也算是咱的亲孙子，你说呢？"跛子马上就说："我看你真神经了，这是人话吗？"兰英又羞又气，探身抓住跛子脑袋下的枕头一把拽出来，又砸到他身上去。跛子不敢动了，嘴还硬着："你想想这是当妈的能说出来的话吗？"兰英一把揪掉他身上的毛巾被，低声骂："你就是个绝户的命！"跛子只好坐起来，盘起腿来望着压制了他一辈子的厉害人，强压住心头的火气说："可我看不是这么回事。"兰英问:"不是这么回事,那两个小畜生跑什么呢?"

关于这个问题,老两口讨论了大半夜,睡觉的时候,窗帘发白,院子里梨树上的麻雀已经开始吵闹成一片了。

十

舅舅来了,茶也不喝,一脸的严厉,把妹妹和妹夫叫到屋子里,黑着脸说:"秀娟的丑事都在我们村传成笑话了,再不能由着这女子的性儿了,四十岁的人了不嫁,不出是非才怪。你们当爹妈的不管,我这当舅舅的可不能不管了。"从自己口袋里摸出根烟来点上,望着兰英说,"咱村原来在省里的纺织厂开车的小贵你还记得吧,这几天回来了,说他的一个战友在矿务局上班,婆娘年前死了,跟前有个不到十岁的娃,愿意找个农村的女人。我看和秀娟合适,你俩当爹妈的说句话吧,小贵就要回省城去了,要行就让人家来见个面。"

跛子问:"有多少年纪了?"

兰英说:"我女子一结婚就当后娘啊?"

舅舅看看他们说:"四十多岁吧,不大;我看跟前有个娃是好事,秀娟的年纪恐怕也不能生了,她的日子也过了小半辈子了,将来总有个养老送终的吧。"

兰英就开始抹泪,跛子也开始抹泪。舅舅叹口气说:"都别太难受,个人有个人的命,也许娃这是要过好日子了。"

谁也料不到,秀娟竟然认命了,不哭不闹,只说要等把这季麦子收了再商议。兰英有自己的小九九,想拖上两三个月,看看秀娟的肚子能不能大起来。可是人家那边催得紧,麦收后来见了一面,都还中意,秋播前就娶了过去。福元送的亲,回来说新房在一座旧楼里,据姐夫说很快要搬新房子。

兰英几个月来想起来就哭，想起来就哭。新棉花下来后，兰英想起秀娟结婚时没来得及给娃做两床被子，就弹了几斤新棉花，给闺女做了一厚一薄两床被子，被子面是自己结婚时娘家陪嫁的好绸缎，几十年没舍得用。又亲自抄了一袋子花生，让福元坐火车给秀娟送去。

福元扛着两个大编织袋下了火车，找到秀娟家，房子里已经换了主人，原来新房是租人家的。只好又到纺织厂找到舅舅村里的小贵，小贵说秀娟两口子回矿上去住了，把地址给了福元让他自己去找。福元先坐公交车，又换长途车，下了长途车雇了个小三轮，颠簸了十几里路，终于来到矿区。打听姐夫的名字，有认识的说在半山住，于是爬了半下午山，天黑时终于在一片棚户区找到了秀娟的家。秀娟正坐在屋前洗一大堆工衣，看来是给别人洗衣挣钱的。看见福元，秀娟满是皱纹的脸上乐开了花，赶紧把弟弟让进屋里，说："你姐夫还没下班哩，先喝碗水，等他回来一起吃饭。"福元看看低矮破旧的棚屋，问秀娟："姐，你娃呢？"秀娟倒了一碗水递给福元说："上初中了，住校呢。"福元端着那碗水，看着秀娟满是皱痕裂纹的手，怎么也喝不下去，眼泪大颗大颗地掉进碗里……

红芳使劲地推着福元："福元，快醒醒，村长来了，咱妈叫你出去说话。"福元心突突地跳，张开眼睛半天才发现是做了一个噩梦。红芳把他拉起来，笑道："这人真有意思，快四十了做梦还哭哩！"福元边穿鞋边说："我梦见咱姐嫁了个恓惶主儿，难受死了，幸亏不是真的！"

福元走出来，院子里已经亮起了灯，村长银亮正坐在梨树下和老两口说着话。福元打招呼说："银亮哥你来了？"银亮说："福元你坐下，我正和我叔叔婶子说事情呢。"福元坐下，拿起小桌上的湿毛巾擦擦脖子里的汗——刚才做梦吓出了一身的虚汗。跛子给儿子倒了一杯茶，福元端起来咕咚一口喝干。兰英嗔怪道："慢着，看呛着！"银亮说："军军和强找到了，这两个鸡巴娃受不下工地的苦，听说南方打工好挣钱，早想走，可家里大人不同意让去；那天趁秀娟喝多了，从她屋里偷了七千块钱，跑到广州去做买卖，想着将来挣了大钱再还给她；结果一下火车就被人给骗了，住在火车站回也回不来，要不是去找他们，就要成叫花子了。死娃娃！"福元蔫蔫地说："是这么回事啊？"看看他妈，兰英的脸上也有些寡然的样子。银亮说："两家的大人凑齐了钱叫我还给秀娟，刚才我给她送到老磨房，问她知不知道丢了钱，这女子光笑，到了一声没吭。"福元笑笑没说话。跛子说："我女子从小就善。"端起茶壶给村长的杯子里加满水。

银亮对兰英说："婶子，眼看就收麦呀，多一事不如少一事，既然秀娟没说什么，我看这事情就算了了，也别经公了，两个娃都不是坏人，进回派出所不值得。玉翠不好意思来给你赔话，她已经去和秀娟赔过不是了。"看见兰英没不情愿的表示，就站起来说："那我回去了。"

兰英说："银亮在家吃了饭再走。"

银亮说："不了，家里等着哩。"往外走。

跛子拄着椅子说："福元和你妈送送银亮。"

母子俩把村长送出大门，兰英说："福元去叫你姐过来吃饭。"福元说："太迟了吧，她肯定做下了。"兰英斜儿子一眼说："你没听银亮说玉翠在你姐那里吗？她哪有工夫做饭？"

福元说哦，向老磨房走去，心里想着那会儿做的那个梦，感到很庆幸。村街上有不少人在夜色里往家赶，晚风吹散了燠热，空气中氤氲着麦子熟透了的带着尘土味道的香气。

2007 年 12 月 28 日　写成于鲁院 311 室